いまはただ瞳を閉じて

ローリー・フォスター
兒嶋みなこ 訳

NO HOLDING BACK
by Lori Foster
Translation by Minako Kojima

mira

NO HOLDING BACK

by Lori Foster

Published by K.K. HarperCollins Japan, 2024

謝辞

アメリカ陸軍レンジャー部隊のシェイン・ラフリン曹長に深くお礼申しあげます。レンジャー部隊についての無数の質問に答えてくださって、本当にありがとうございました。

偉大な作家パメラ・クレアと、すばらしいリーダーのキム・ポッツにも感謝を。コロラドの地理やハイウェイ、ロッキー山脈の山並やそこにある小さな町について、教えてもらえて助かりました。

軍隊で働くすべての人と、彼らを愛し、支えるご家族に、心からの感謝と深い敬意を表します。

日々、人身取引や強制労働を撲滅しようと戦っている警察特殊部隊にも感謝を。みなさんはだれも目にするべきではないものを目にしているし、仕事はひどく困難です。それでもその職についてくださって、どうもありがとう。みなさんのおかげで世界はよりよくなっています。

コロラド州、レンジャー部隊、特殊部隊について、間違いがあればすべての責任はわたしにあります！

いまはただ瞳を閉じて

おもな登場人物

スターリング（スター）・パーソン――長距離ドライバー
ガス――スターの恩人
マトックス・シムズ――売春組織のボス。スターの宿敵
アデラ――組織にさらわれた女性
ケイド・マッケンジー――バーのオーナー
レイエス・マッケンジー――ケイドの弟。ジムのオーナー
マディソン・マッケンジー――ケイドの妹
パリッシュ・マッケンジー――ケイドの父親
バーナード――マッケンジー家の執事
ケネディ・ブルックス――ジムの新入り会員

1

酒を飲む男を、がたがた震えながら見つめた。部屋の隅で縮こまり、もはや避けられない運命におののく。恐怖にがんじがらめにされて息をするのも難しい。泣きたいけれど、泣いてもどうにもならないのはわかっている。いっそヒステリー状態に陥ってしまいたいが、まだ運命を受け入れてはいない……完全には。

受け入れられない。

部屋の外にはさらに二人、男が見張りに立っている。そいつらに言われた——これからは一晩に十回、これをやるんだと。この最初の一回めを生きて終えられるかどうかもわからないのに。

家に帰りたい。

ぎゅっと縮こまって死んでしまいたい。

なにより抗《あらが》いたい——けれど、どうやって？

怯《おび》える姿が愉快なのか、男がじっとこちらを見つめたまま、また酒をあおった。わたしの恐怖が楽しいのだ――そう悟ってますます恐怖がつのった。

どうする？　どうする？　どうする？

二階の部屋のなかを必死に見まわした。小さな窓が一つ、そよ風を入れるために開いているが、その外は砂利敷きの駐車場まで真っ逆さまだ。あの窓から飛びおりて、無事でいられる？　でも、いま、それは重要？

男はドアのそばにいる。先ほど金属製のかんぬきを差して、わたしが逃げられないようにした。と同時に、だれも入ってこられないように。男の用が済むまでは。

男は二時間分の前金を払ったのに、急いで始める様子はない。

ドアの右手には小さなテーブルがあり、ウイスキーのボトルとグラスが置かれている。

左手には木製のコートかけがあって、男の服がかけられるのを待っている。

壁際には、マットレスのみがのせられた小さなベッド。

室内にあるのはそれだけだ。

あとは、わたしの恐怖と、迫りくる現実と、恐ろしい予感と、憎しみと、残酷さと……絶対に生き延びるというわたしの強い意志。

男のだらしない口元に気取った笑みが浮かんだのを見て、身構えた――そのとき、歩み寄ってくる男の足が少しふらついたことに気づいた。

心臓がどくんと脈打つ。壁にくっついたまま、ゆっくり立ちあがった。見えない手に首を絞められているような気がしたものの、じわりと横へ、閉ざされたドアのほうへ向かった。

小さなテーブルのほうへ。

廊下からはやかましい音楽が聞こえる。この部屋のなかでなにが起ころうと、外の連中はそれに邪魔されたくないのだ。

じっと男を見つめつづけた。恐怖のあまり、両手は汗ばんで脚は思うように動かない。

「逃げるつもりか?」男が尋ね、にんまりした。

「じゃなくて……わたしもお酒をもらえないかなって」

「感覚を麻痺《まひ》させたいのか?　それはだめだ」

わたしに怯えていてほしいのだ。この屈辱的な夜の忌まわしいすべてを感じてほしいのだ。必死の思いで吐き気をこらえ、どうにか尋ねた。「だったら……あなたにおかわりをつぐのは?」

男は鼻で笑い、壁に片方の肩をあずけた。「おれを酔わせようって?　いいぞ、やってみろ。だが残念だったな、おれは酒に強いことがわかるだけだ」首を傾け、目を狭めてせせら笑う。「それと、飲むと凶暴になることが」

その予言についてはぐずぐず考えないようにして、うなずいてからボトルに手を伸ばした。どんなに震えているか、わざと男に見せつけながら。そうして小さなグラスを満たすと、それを男のほうに差しだした……ボトルは反対側の手に握ったまま。

醜悪なけだものはそこにまったく気づいていなかった。近づいていくわたしの震えるさまと、つまらない捧《ささ》げ物のように差しだされたグラスだけを見ていた。

男はグラスを受けとるのではなく、乱暴にわたしの手首をつかんでぐいと引き寄せた。

わたしの悲鳴を聞いて、笑う。

わたしはありったけの力でボトルをふるった。

スターリングは、はっと目覚めた。心臓が早鐘を打ち、叫びたくてのどが痛む。

それでも叫ばなかった。叫んだことはない――なにがあっても。むしろ沈黙こそが、数多くの場面でこの身を守ってくれた。

バーの抑えた照明と、ジュークボックスから流れる懐かしのロックンロール、低い声で交わされる会話のざわめきで、徐々に現実に引き戻される。

ああ。ごくりとつばを飲んで、見なれた光景に目を走らせると、視線がバーテンダーで止まった。

こちらを見ていた。いつものように。

彼はなにも見逃さない。

どこにでもいるふつうの男性のようにふるまい、単なるバーのオーナーのふりをしていおそらくは、彼はなにかを隠している。間違いなく、彼はなにかを隠している。おそらくは、こちらと同じくらい大きな秘密を。けれどなにを隠しているのかと訊《き》いたりはしない。バー〈ほろ酔いクズリ〉《ティプシーウルヴァリン》は、トラック運転手のわたしにとって安息の地だ。トラックのなかでも眠れるし、ときどきはそうするけれど、それだと本当には休めない。けれどここ、コロラド州リッジトレイルの小さな山あいの町にある、なんてことのないバーでは、だれもちょっかいを出してこない。

彼がいるから。

視線がまたその人物に吸い寄せられた。身長は百九十五センチ超。すごく大きいけれど、頭のてっぺんからつま先まで引き締まっている。姿勢は正しくて、感覚は鋭い。つややかな黒髪はすっきりと切り揃《そろ》えられ、身だしなみもきちんとしている……が、こちらの注意を引きつけて離さないのはあの射抜くような青い目だ。

その目はもうわたしからそれたけれど、だからといって、意識まで離れたわけではない。きっと元軍人――でなければ、それよりさらに死との距離が近い職についていたのだろう。一般人にしてはできすぎだ。

全身を眺めているうちに、ため息が漏れた。地元の人が座席にだらしなく腰かけてやかましく笑う、街のさびれたこの一角で、彼はいつも……礼儀正しい。落ちついている。プロフェッショナルだけれど、スーツ姿のビジネスマン的ではない。

むしろ、どんな状況にも対応できるとわかっている男。かすり傷一つ負わずにやすやすと悪党どもをぶちのめして名前を吐かせられる男。だってあの分厚い肩……。彼の肉体を眺めていると、お腹のなかに奇妙なぬくもりが広がって、気がつけばたくましい二の腕に視線を吸い寄せられ、ごく小さな動きでも流れるように収縮するみごとな筋肉に見とれてしまう。広い胸をぴったりと覆うプルオーバーシャツが彫刻のような大胸筋を引き立てていて、誘われるように視線はそこから下へ、平らなお腹のほうへおりていった。

ああ、なんて立派な肉体なの。そこへもってきて、すっきりしたあご、存在感のあるまっすぐな鼻、そして色濃いまつげに囲まれたあの冷たいブルーの目ときたら、毎日のようにだれかのハートを粉々にしているに違いない。

だけどわたしのハートは別。そういうことには免疫があるから。じっくり観察しても影響は受けない。本当に。

ただ……この男性に関しては、ものすごく集中していないとその言葉が嘘になりそうだ。

そのとき視線がぶつかって、観察されていたことに気づいた彼が凛々《りり》しい唇の端をあげ、〝きみには免疫などない〟と言いたげな小さな笑みを浮かべた。

口のなかがからからになった。

わたしの考えていたことがわかったの？　まさか。それでも、彼の表情はまさにこちらの頭のなかの称賛をすべて読みとったと言わんばかりだった。

妙にむきだしにされた気がしてグラスを掲げたが、まだほとんど口をつけていなかったことに気づき、口だけ動かして〝コーヒー〟と伝えた。

すると彼はうなずいて、バーの奥のカウンターに向かった。そして三十秒と経《た》たないうちに、さりげないが自信に満ちた足取りで、湯気ののぼるカップを手に近づいてきた。

好きな飲み方はもう知られている。砂糖を一杯、クリームを少々。なぜ知られているかというと、この男性はなにも見逃さないからだ。絶対に。

カップをテーブルに置きながら、彼が尋ねた。「そっちはもう飲まないか？」注文したまま手をつけていなかった酒を、手で示した。

ふだんは長い居眠りの口実として、二、三杯、酒を頼む。今日は骨まで疲れていたので、口にする前に眠ってしまった。

「ええ、ありがとう」そう言ってコーヒーを飲んだ。

彼がテーブルを離れないので、心臓が一瞬、止まった。なにか用かと見あげると、眉間にかすかなしわが寄っていた。おそらくは心配のせいで。わたしは人の感情を読みとるのが得意だ――まあ、この男性だけは例外で、たいていの場合、なにを考えているのかわからないし、わからないのが気に食わないのだけれど。

訝《いぶか》しく思って尋ねた。「なに？」

すると彼は濃いまつげを伏せてしばし考えてから、ふたたび目を見た。「なにを言っても怒らせるんじゃないかと気がかりだ」

警戒心に身をこわばらせた。「なにを言おうっていうの？」

「怖い声だな」彼がからかうように言った――親しい間柄のように。「ここにいるだけのために飲み物を注文しなくてもいい。場所が必要なんだろう？　楽に足をあげたり――」

向かいの座席にのせていた両足をすぐさまおろした。無意識のうちに身構える――行動し、反応し、必要なら身を守ろうと。

「――邪魔されずに休憩したりする場所が」こちらの緊張を無視して彼が続けた。「いつでも歓迎だ」消えない不安を知っているかのように――近づかれると勝手に起きる反応が見えているかのように、彼は一歩さがった。「おれはなにも訊かないし、きみは飲み物を注文しなくていい」

こちらが返事を思いつく前に、彼は去っていった。

それから二十分、そのまま座っていたが、彼はもうこちらを見なかった。

わたしがバーを出るときまで。そのときふたたび彼はこちらを見た。じっと見つめた。そそがれる熱い視線は、肌で感じるくらいだった。まるで関心があるかのようで、おかげで強く意識してしまった。

彼のことを。

憎らしい。

ケイドは自分の尻を蹴飛ばしたかった。

彼女がバーに来るようになって数カ月が経つ。本人はまだ名乗っていないが、それでも名前は知っていた。このバーを訪れた人間のことはかならず把握するようにしている。こちらの任務にとって重要であろうとなかろうと。

スターリング・パーソン。略称はスター。

だが、おれは密《ひそ》かに〝トラブル〟と呼んでいる。

身長は百八十センチ弱、引き締まった体つきで、落ちついた足取りは能力を示しているというより主張に見える。堂々としたその歩き方で、〝近寄るな〟と警告しているのだ。ウェーブのかかった茶色のロングヘアはいつも一つにまとめられていて、たまにそれを三つ編みにしていたり、トラック運転手ご用達《ようたし》のキャップのなかに収めたりしている。ゆったりしたシャツにストレートジーンズ、ごつい黒の編みあげブーツというい でたちで体型をごまかそうとしているが、気づかずにいるのは難しい。このバーにいる男どもは全員、気づいている。

あの女性はいろいろな意味で独特だ。大胆だが、ときどきもろい。落ちついているが、かっとなりやすい。そして美しいが、そう言えるのは目の肥えた人間だけだ――なぜなら、本人が全力でごまかそうとしているから。

彼女が運転する大型トラックの横腹には〈SP運送〉というロゴが入っているものの、店を訪れるそのへんのトラック運転手とは大違いだ。

初めてこのバーに足を踏み入れてきたときは、だれもが振り返り、目を丸くして、好奇心を刺激された――が、ケイドが店内に視線をめぐらせると、全員がその意味を理解した。

この女性には手を出すな。

理由はだれにも説明しなかった。これまで説明したことはない……まあ、まれに家族にするときもあるが、それすらしつこく要求されたときにかぎる。

初めてスターリングを目にした瞬間から、あの女性が隠している心の傷を感じた。山のように秘密をかかえているとわかったし、休む場所を必要としているのもわかった。

おれを必要としていると。

スターはまだそれを知らないが、問題ない。おれのバーでは、このさびれた界隈《かいわい》では、どのみちおれが目を光らせている――だれであれ、困っている人のためならそうするように。

窓辺に寄って、去っていく彼女を眺めた。明るく照らされた砂利敷きの駐車場を大股で歩いていく。急いでいるからではなく、エネルギーがありあまっているからだ。あの女性がだらだら歩く姿は想像できない。彼女の知る速度は一つだけ――全速前進だ。

彼女はいま、トラックのドアロックを開けて、慣れた動きで乗りこんだ。首を後ろに倒し、一瞬休んでから、姿勢を正してエンジンをかける。少しアイドリングさせながら、おそらくはメーターを確認したのち、クラッチを離してなめらかに路上へ出ていった。テールランプが見えなくなるまで、ケイドは見送った。

彼女がどこへ向かっているのか、まだ知らない――が、知りたい。自己紹介をして、いろいろ質問をして、できれば協力を申しでたい。

まあ、あちらがそれを喜ぶかどうかは明らかだが。

しかし今夜、彼女はふだんよりこちらを見ていた。

いや、おれに目を向けるのはしょっちゅうか。慎重そうな疑いの目を。そしてこのバーにはかならず戻ってくる。

一時間、眠りつづけることもあれば、もっと長く寝ているときもある。今夜は二時間ほどうとうとして、はっと目覚めた。

怖い夢でも見たか？

それとも、いやな記憶がよみがえったか？

いつもどおりなら明日の夜、戻りの道中でまたここに寄るだろう。もしかしたら、あの鎧《よろい》にひびを入れられるかもしれない。彼女がいつも選ぶ小さなテーブルを見やった。

明日は、なにか別のものを提供しよう。

コロラド州の夏の暑さのなか、満足に休憩もとらないまま何時間もトラックを走らせたあと、スターリングはいつものバーに向かった。全身くたくただったので、いつもより少し早めに駐車場に着いたときにはほっとした。

じつは、ほかの休憩場所を探そうかとも思った。ロッキー山脈のこちら側にはバーも長距離運転手用の食堂もたくさんある。〈ほろ酔いクズリ〉を見つけるまでは、毎回違う店に転がりこんでいたが、ここは……。なぜかわからないけれど、ここにいるとだいたい落ちつくのだ。だいたい。

理由はあのバーテンダーだろう。口数が少なくて、ゴリラみたいに胸をたたくこともしない――なぜならそんな必要がないから。あの圧倒的な存在感を前にしさえすれば、彼こそがこの場の支配者だと、だれにでもわかる。

わたしにもわかった。あのバーでは、だれにも傷つけられることはない――彼がそれを許さないから。

スターリングは首を振った。おかしな論理だけれど、自分の直感を信じていた。これまで何度も直感に救われてきた。

脱ぎっぱなしにしていたジャケットをつかみ、トラックをおりた。山中の標高の高いあたりでは冷気が骨まで染みるものの、この谷間では気温三十度を超える。コロラド州では標高が気温を左右し、高地であればあるほど寒いのだ。谷間ではシャツ一枚で平気でも、道がのぼりになれば上着が必要になってくることをすでに学んでいた。そしてバーのエアコンもしょっちゅう涼しすぎる――居眠りをしているときはとくに。

長いポニーテールを背中で揺らし、重たいブーツで砂利をざくざく鳴らしながら、駐車場を横切った。奇妙な感覚が体のなかで熱く目覚めた。

違う、これは期待なんかではない。

ドアをくぐった瞬間、違和感を覚えた。いつもの席に、常連の男性客二人が座っている。数カ月前の三度めの来店以降、なかったことだ。あのテーブルはいつもわたしのためにとってあるのに。そう思いつつも足を止めることなく、周囲に会釈をしながら薄暗い店内に入っていった。

特別混んでいるわけではない。

空いているテーブルもある。

それなら、どうして……？

不思議に思ったとき、いきなりあのバーテンダーが目の前に現れたので、二メートル近い筋肉の壁に急停止を余儀なくされた。

「少し話せるか？」

彼にぶつかりそうになったせいで、心臓がのどまで飛びあがった。背は高いほうだから、男性を前にしても小柄だと感じることはめったにないのだが、この男性は見あげるほどだった。

近づいてくることさえ気づかなかったのに、いまはこうしてすぐそばにいて、その大きさと強さで圧倒してくる。体が瞬時に防御モードに入った。

不安を隠しつつ、戦うか撤退するかと考えた。

いまいましいことに、それを見透かされたのがわかった。彼の目つきが鋭くなって、口元がやわらいだのだ。

同情したの？

ふざけないで。店から出ていこうとして一歩さがった。この男性と戦うなんて、現実的な選択肢ではない。

すぐさま彼が冷静な顔で両手を掲げた。「よければ、カウンターのほうで話せないか。まだ勤務中だから」

ちらりといつものテーブルを見た。数秒前まで、あのくたびれた座席で骨を休めることを楽しみにしていた。いまは、疲労の一部が少し薄れていた。

「そうしてほしいなら、あの二人に席を移ってもらう」彼が小声で言った。「話のあとで」

この男性と話すことに興味はないし、どんな意味でも惹《ひ》かれていない。そもそも、だれかと親しくなるのは危険だ――けれど、それでも好奇心が勝った。警戒しているのをごまかすために軽く肩をすくめ、先に行ってと手振りで示した。

この男性に背中を見せるなんて、冗談じゃない。

するとまたあの短い笑みが返ってきた。

すてきな唇につい目が行ってしまう。どうでもいいけど。すてきだろうとなかろうと、わたしには関係ない。

彼が向きを変えてバーのほうに歩きだした。

一つ息を吸いこんで、あとに続いた。背中もすてき。二の腕も。それにあのジーンズに包まれたお尻も……。

自分に顔をしかめて、どれも関係ないとあらためて宣言した。

傷はあれど丁寧に磨かれている木のカウンターの端のほうには、だれも座っていなかった。いちばん端に腰かけると、彼は奥に回った。

「コーヒー？　コーラ？」

「コーラで」

「よければサンドイッチを用意するが」

食べ物をすすめられてもたいてい断るのだが、ここでなら、彼からなら、問題ないように思えた。なにしろいまはお腹が鳴っている。「もらうわ。ありがとう」

すると彼は腰高のドアを抜けて奥の厨房《ちゆうぼう》にさがり、ほどなくハムとチーズのサンドイッチとポテトチップスを手に戻ってきた。食事をスターリングの前に置いてから、グラスに氷を入れてコーラをそそぐ。

このささやかなパーティのために、事前の調整をしたのだろう。頼まれてもいないのにスタッフの一人が客の注文をとっていた。

間違いなく、彼はなにか企《たくら》んでいる——けれど、なにを？

じっとこちらを見つめたまま、彼がバーカウンターに腰をあずけた。「きみはほとんどなにも見逃さないんだな」

さっと彼の目を見た。サンドイッチを頬張っていたので、咀嚼《そしゃく》して呑《の》みこんでから、返した。「もっと見逃すべき？」

「いや。ただ、きみほど観察力の鋭い人もめずらしいというだけだ」自身もコーラのボトルを取り、瓶から直接飲む。「ところで、おれはケイド・マッケンジー」

「訊いてない」

「わかってる。だがもっとおれのことを知れば、きみも——」

「わたしも、なに？」動揺か、あるいは怒りのせいで、口調が険しくなった。「リラックスする？　あなたをもっと好きになる？　愛想がよくなる？」

「——おれを疑わなくなるんじゃないかと」

わたしの警戒心はそんなにわかりやすかった？　どうやらそのようだ。「わたしはいま、あなたの作ったサンドイッチを食べてるわ。これが信用じゃなかったら、なんなの？」

この論理には彼もにやりとして、きれいな白い歯をのぞかせた。すると、どうだろう。まぶしいほどにゴージャス。花崗岩《かこうがん》の尖《とが》りがやわらいで、近づきやすいとさえ感じた。そして悩ましいことに、わたしの奥深くに眠るなにかに火をつけた。

サンドイッチに集中することにした。

「弟は街でジムを経営している」彼が続けた。「何度かここで見かけてるはずだ」

たしかに。兄弟はそっくりだからすぐにわかった。「あなたに似てるけど、目の色が違うわね」

やはり観察力が鋭いなと言いたげにうなずきながら、彼は続けた。「母親が違うんだ。だが一緒に育ったし、妹も一人いる。まだ二十六歳のねんねだ」

「妹も似てる？」家族に違いないと思えるような女性をこのバーで見かけたことはない。

「似てはいるが、もっとマイルドにした感じだな。目の色は弟と同じで、髪の色はおれたちより明るい」

いまさらながら、自分が〝おしゃべり〟をしていることに気づいた。なにげなく、気楽に。最後にこんなことをしたのはいつ？　驚きのせいで気が立った。「家族を紹介してって頼んだおぼえはないけど」

「わかってる。きみが頼むのはいつものテーブルとときどきの飲み物だけで、あとは放っておいてほしいんだよな」

「なのにいまはこうなってる」別に彼だけのせいではない。食事と会話を受け入れることにしたのはわたしだ。だけどそこからなにも生まれたりしない。これ以上、親しくなることはないし、友情も芽生えない。

絶対に、ない。

あのあざやかなブルーの目に見つめられた。「おれはただ、ここに根を生やした人間だと知ってほしかったんだ。どんなかたちでもきみの脅威にはならないと」

ガードをさげないまま、尋ねた。「でも、どうして?」善意なんて信じない。すぐ後ろには動機があるものと相場は決まっている。

「きみはいい常連客で、自分の空間を必要としていて——もちろん、その点についてはなにも問題ないが——おれなら力になれると思うからだ」

もう一口、サンドイッチにかぶりついて、ゆっくり咀嚼しながら考えた。立ち去りたい気持ちは強かった。

けれど不思議なことに、知りたい気持ちも強かった。「力になるって、どうやって?」

思いついて、つけ足した。「なんのことで?」

彼がバーカウンターに両肘をつき、身を乗りだした。「つまり、きみのテーブル席……きみが望むならあそこをキープしておく。それはかまわない。だが、きみはいつも居眠りをするから、おれのオフィスを使ったらどうかと提案したかった」

ポテトチップスの一枚がのどに引っかかって、むせた。

ありがたいことに、彼は手を伸ばしてきて背中をたたいたりしなかった。触れるのはとんでもない間違いだとわかっているのだろう。

代わりに、コーラのグラスを手元に寄せてくれた。

三口飲んで、やっと息が整った。かすれた声で言った。「あなたのオフィス？」

絶対にノー。ありえない。

「内側から鍵をかけられるから、客が入ってくる心配はない」

あなたが入ってくる心配は？

「おれは鍵を持ってる」不気味な読心術を使って、彼が言う。「だがきみがオフィスを使うときは、それをきみにあずける」

驚くあまり、断るためのうまい言葉が浮かばなかった。そこで、ただ首を振ってこう言った。「遠慮するわ」閉ざされた部屋より開けた空間にいたい。もちろん人目があれば安全だというわけではないが――そのことはつらい経験から学んだ。それでも、もうこの店には慣れている。細かなところまで記憶したし、出口もドアまでのテーブル数も把握しているし、正面側の大きな窓が強化ガラスだということも知っているし、ケイド・マッケンジーがバーカウンターの裏に銃を何丁か用意しているのもわかっている――そして、店内に秩序を取り戻すためにその銃が必要になる可能性はほぼないことも。

そう考えていたら、おのずと視線が彼の手に向かった。大きな手。こぶしに握ればハンマー並みの威力だろう。

そう、この男性に武器は必要ない。この男性そのものが武器だ。

スターリングの拒絶をものともせずに、彼は説明を続けた。「おれがオフィスを使うのは、店を開ける前と閉めたあとだけだ。デスクと椅子のほかに、ソファとクッションもある。個人用の固定電話も」目で目を探った。「オフィスのほうが快適だ」

急に愉快になってきた。なにしろ二人とも、明らかな一点を避けている――わたしは彼がただのバーテンダーではないことを知っているし、彼もわたしがただのトラック運転手ではないことを知っている。

にっこりして背筋を伸ばし、しげしげと彼を眺めた。

「いいな」彼が言った。

不意をつかれて尋ねた。「なにが？」

「いまの笑顔」

意外な言葉に、つかの間うろたえた。「ねえ、わたし、まだ名乗ってもいない」

「気づいてるよ」

「でも、とっくに知ってるんでしょ？」否定してくるだろうと思っていたし、そうしたら彼を信用しないたしかな理由が手に入るとも思っていた。そのあとは食事の代金を払って、店を出て、トラックで走り去る——そして二度と戻ってこない。

彼のほうもしげしげと眺めてきた。こちらの顔に視線を這《は》わせて、いろいろな特徴をとらえ……見たものが気に入ったような表情で言った。「詳しいことは話せないし、説明もしないが、ああ、きみの名前は知ってる」

一瞬、心臓が止まった。素直に認めた！　それはいったい、わたしたちの関係にどんな意味をもつの？　心の一部は警戒して震えたが、できたら打ち消したい別の一部は、じつに奇妙な……安堵《あんど》を味わっていた。

もしもだれかが本当にわたしを知っているのなら、わたしはもう一人ぼっちではないということになる。たしかに存在していて、みんなと同じく重要だということに。

油断するなと首を振った。この男性は、それほど善良ではないかもしれない。

相反する思いの板挟みになりつつ、目を狭めた。「いいわ。どこまで知っているのか、聞かせてもらいましょう」

ケイドは背筋を伸ばし、だれにも会話を聞かれていないことをすばやく確認してから、さりげなく〝調査結果爆弾〟を落とした。「スターリング・パーソン、だが以前はスターで通っていた。年齢は二十九、商用の運転免許証は弱冠二十二で取得、しばらく〈ブラウン輸送〉で働いたのち、二十六のときに自分のトラックを購入」

文字どおり、あごがはずれた。信じられない、どうしてそこまで？　知りすぎだ。やはりこの男性を恐れたのは正解だった――いえ、違う。恐れてなんかいない。おなじみの警戒心だ。ほかのだれにでもいだくのと同じ、警戒心。わたしを生かしつづけてくれている、警戒心。この男性はほかの人と違わない。特別じゃない。だから――

「おれの妹は」ケイドの大まじめな口調に、思考が遮られた。「調べ物の天才で、おれは興味をいだいた」

「わたしに？」

「きみに」彼が認めた。

謝罪ではなく、説明？「あなたにそんな権利はないわ」こわばった唇でささやいた。

一瞬、ケイドが視線をそらし、長く無骨な指でコーラの瓶についた水滴をなぞった。

「第二の天性かな」分厚い肩の片方を回す。「あるいは本能か」そこでふたたび目を見つめられると、二人のあいだの緊張感が高まって、少し息苦しくなってきた。やわらかなうなりのような声で、ケイドがつけ足した。「知っておくことが重要だと感じたんだ」

その答えにうろたえ、戸惑い、いまいましいけれど失望して、首を振った。「これで別の場所を探すしかなくなったわ」

ひたとこちらを見つめたまま、ケイドが言った。「きみがなにをやっているにせよ、このほうが安全だぞ、スター。脊髄反射する前に少し考えれば、きみも認めるはずだ」

「ええ？」あざ笑うように言った。「わたしがなにをやってるか知らないの？　理由も？

意外と……無能なのね」

「立ち入りすぎないように遠慮したんだ」

これには笑ってしまったが、その笑いはユーモアをいっさい欠いていた。

「注目を集めないほうがいいのに、きみは注目を集めてる。いや」緊張で首がこわばったのに気づいたのだろう、ケイドがすぐに否定した。「危険な人物の、じゃない。そうじゃなく、常連客はみんなきみに興味を示していた。だれもきみの笑い声を聞いたことがないから」

「だれが危険でだれがそうじゃないか、わからないでしょ」ときにその判断はつきにくいものだと、すでに学んでいた。

ケイドがそっと言う。「おれにはわかる。ここへ来る人間のことは全員知ってるからな。その点についてはおれを信用してくれ」

鼻で笑ってしまった。わたしは二度とだれも信じない。

「いまは地元の人間と、トラック運転手が数人、あとは休暇でここを訪れている人しかいないが、それでも注目されないほうがいいだろう？　だれかが現れて、あれこれ質問してきたときのために」

落胆に貫かれ、少し吐き気がこみあげて、苦しさでいっぱいになった。それと、切望で。とても深い切望。

このバーのことはもはや……〝帰る場所〟のように感じはじめていた。わけがわからない。特別なところはないし、街のすてきなエリアにあるわけでもない。それでも、純粋にリラックスできる場所だから、いまさら失いたくなかった。

位置も理想的なのだ。州間高速道路I‐25からたった三十分だし、その道中には隠れる場所がたくさんあるし、怪しげな取り引きで知られるほかの店にも近い。

手放したくないけれど、こうなってしまっては仕方ない。

ケイドが小さく不満そうな声を漏らした。「きみのテーブルが空いた」

ええ、気づいている。立ちあがってバーカウンターに現金を置いたものの、ケイドはいらないと首を振った。「さっきのは店のおごりだ。さあ、少し休めよ――で、おれの提案を考えてみてくれ」

本当はまだ店をあとにしたくなかった。お腹が満たされたせいで、すっかりだるくなっていた。ついにうなずいて言った。「わかった。考えてみる」

「ありがとう、スター。うれしいよ」

「さっきあなたが自分で言ったとおり、そのあだ名は以前のものなの。いまはスターリングのほうが安心するわ」

「きみが本当に安心したことはないんだろうから、呼び名についてはまだ棚あげにしておこう」

またからかってるの？　この男性ときたら、えくぼがある。なんてずるい！　どうもしていなくても魅力的なのに、いまはあの目に満足感をたたえて、セクシーな唇はカーブしているのだから、心臓に毒だ。

彼のことが理解できなかった。彼といるときの自分のことも理解できなかった。けれどそんな混乱を見透かされてしまう前に、向きを変えてテーブルのほうへ歩きだした。だれかとおしゃべりをするのが異例のことだと知っている常連客の好奇の目は無視した。

新たな警戒心が芽生えたにもかかわらず、安心感は変わらなかった。座ってものの数分で眠りに落ちた。

ケイドには、彼女が眠りに落ちた瞬間がわかった。店内側を向いて座席に座り、長い脚を伸ばして向かいの椅子にのせ、腕は胸の前で組んでいる。だれにどう思われようと気にせずに姿勢を崩し、首は後ろに倒して壁にあずけ、目を閉じている。長いまつげが頰骨に羽のような影を落としていた。

あの鼻が好きだった。細くて、鼻梁《びりよう》にごく小さなくぼみがあって――彼女の顔にぴったりだ。かわいすぎず、大きすぎず、小さすぎない。態度と同じで、顔と体のどのパーツも独特だ。

呼吸が深くゆっくりになっても、いびきはかかない。完全に気が緩むこともない。緩めたことなど一度もないのではないだろうか。

常に警戒しているから、きっといつも張り詰めているのだろう。おれ自身がそうだ。熟睡することはめったにない——まあ、睡眠はそれほど必要ないのだが。

運に恵まれれば、彼女は午前零時の閉店時間まで眠るだろう。バーテンダーは本当の職業ではないので、この店の営業時間も一般的なそれとは異なる。このあたりのほかの店はたいてい深夜二時まで営業しているが、ケイドは午前零時で店を閉め、開けるのは午後四時だ。これでもう一つの仕事をする時間がたっぷり確保できるし、両者が重なったときも、バーのほうは頼れるスタッフに安心して任せることができた。

閉店まであと一時間というとき、見かけない二人が入ってきた。腹の底のざわめきが、問題が起きそうだと告げている。

本能的にちらりとスターを見た。

彼女はすでに体を起こし、鋭く目を狭めていた。おやおや。

これほど周囲に敏感な女性は見たことがない。その点において、彼女はおれに匹敵する。だからといって、危険に突っこんでいってほしいわけではない。その〝危険〟がおれのバーに入ってきた場合は、とくに。

さりげなく、視線を彼女と二人組のあいだで行き来させた。頼むから二人を無視してくれ、また眠ってくれと祈りつつ。

ばかな真似《まね》はやめてくれと。

もどかしい気持ちで見守っていると、スターは結わえていた髪をほどき、軽く揺すってから片側にまとめておろした。

度肝を抜かれた。

女性の髪が外見にもたらす効果なら知っている。だが、それがスターとなると。新たに加わったやわらかな印象には、実際に腹を蹴られた気がした。なんて美しい髪だ。思っていたより長く、豊かな茶色はところどころ陽光を浴びたせいで金色に光っている。見とれていると、スターが髪に指をもぐらせてウェーブを生き返らせた。

ああ、いまのはおれがやりたい。両手が自然に緩いこぶしを握り、指先にはあのつややかな髪を感じた気がした。

スターのしなやかな指がシャツのボタンの上から三つまでをすばやくはずすのを見て、あごがこわばった――が、彼女はもちろん気づくことなく、ひたすら二人組を見据えていた。そして胸の谷間がかなりのぞくよう胸元をはだけてから、左右の裾を結わえた。

三十秒と経たないうちに、地味で目立たない女性がセクシーガールに一変した。〝近寄るな〟というサインは消えて、全身が〝つかまえてごらん〟と叫んでいた。

なぜだ？　いったいなにを企んでいる？

彼女が立ちあがったとき、その意図がわかって、心のなかで悪態をついた。

スターはちらりともこちらを見なかった。おれのことなど完全に忘れていた。そこが気に障った――なぜなら最初に二人組を目にしたときにこちらが考えたのは彼女のことだったから。

彼女が立ちあがった瞬間、二人組が気づいた。スターは誘うような笑みを浮かべて二人に近づいていく。

その彼女に向けた目つきだけで、二人組をぼこぼこにしてやりたくなった。

スターが大柄なほうに近づいて、尋ねた。「たばこ持ってる？」

男はひどく失礼なやり方で彼女の全身をじろじろ眺め、Tシャツの胸ポケットからたばこのパックを取りだすと、一本振りだしてパックを掲げた。

スターはその男と目を合わせたまま、身を乗りだしてゆっくり一本抜きとった。

男は二人とも、彼女の胸元を見おろした。

背の低いほうが尋ねた。「火は？」

「外にあるの。ありがとう」気取った足取りで出ていく姿を見送ったのは、二人組だけではなかった。店内の男全員の視線が、彼女のヒップに釘《くぎ》づけになっていた。

くそっ。ケイドはすばやくかつさりげなく、バーを引き受けてくれるようほかのスタッフに指示すると、休憩が必要なふりをして廊下を進み、スターに使ったらとすすめた専用のオフィスに入っていった。ドアに鍵をかけてから、一つしかない窓に歩み寄って開け、腕の力で体を持ちあげると、外に出た。この図体《ずうたい》なのでスムーズにとはいかないが、前に練習したことがある。万一、必要に迫られたときのために複数の出口を確保しておきたかったのだ。

スターの背後を見守るのは、じつに必要なことに思えた。

足音も立てずに建物を回り、耳を澄ました。砂利を嚙《か》むスターのブーツの音が導いてくれる。自身のトラックには向かっていないようだが、おそらくどれが彼女の乗り物か、二人組に知られたくないのだろう。

賢い判断――とはいえ、スターについて知りたければバーにいる人間に訊けば済む話だし、二人組が最初につかむのはその情報だろう。

建物の角に張りついて陰に身をひそめたまま、スターの姿を視界にとらえた。たばこにはまだ火をつけておらず、ただ唇のあいだに挟んでいる。

いったいどうする気だ？

スターはちらちらと店の入り口を見ていたが、ついにドアが開くと、もどかしげな仕草をした。

火はあるのかと訊いたほうがにやりとした。「結局、ライターは見つからなかったか」

スターは残念そうに首を振り、胸のふくらみの周りであの豊かな髪を躍らせた。色っぽく唇をすぼめて、尋ねる。「持ってきてくれた？」

男がライターを取りだし、じらすように言った。「おねだりしてみろよ」

スターは唇からたばこを取って、硬い笑みを浮かべた。「本気で言ってるの？　店のなかには、そんなケチなこと言わずに喜んで火を貸してくれる男が二十人もいるのに？」

「あいつらのことは好きじゃないんだろ？　そうでなけりゃ、あいつらにたばこをねだってたはずだ」

スターの唇が弧を描いた。「わたしの好き嫌いを知ってるって言いたいの？」

「知ってるさ。たばこ以上のものがほしいんだろ」

これにはスターも笑った。豊かに響くハスキーな音に、ケイドは歯を食いしばった。彼女は危険なゲームに挑んでいる。頼むからあまり踏みこまないでくれ。

「かもね」スターがそう言って胸の谷間を指先でなぞると、男たちの視線はそちらに吸い寄せられた。「あなた、名前は？」

「スミスと呼んでくれていい」

スターが笑う。「じゃあ、スミス。いくらなら出すの？」

彼女が自身を売るつもりだとは、ケイドは一瞬も信じなかった。そう、彼女の頭にはもっと大きなゲームがあって、ケイドはそれが怖かった。

スミスのことなら知っている。あのくず野郎については、弟と協力しながら一カ月以上にわたって目を光らせてきた。いくつものいかがわしい取り引きに関与しているが、頭脳ではなく筋肉担当。操っているのは別の人物だ。別の、もっと力のある人物。

その全員をつかまえたい。

ところがスターはせっせと関わり合いになろうとして、おれたちが練りに練ってきた計画をぶち壊そうとしている。もちろんこちらに計画があることなど、彼女は知るよしもないのだが……。

「いいことを教えてやろう」男が尻ポケットに手を入れて、財布を取りだした。

ついにスターも少し緊張した顔になったが、それでも引きさがらなかった。むしろあごをあげた。

いま出ていって関与するのは避けたいケイドにとっては運のいいことに、男が差しだしたのは現金ではなく名刺だった。「稼ぎたいなら明日の夜、〈ミスフィッツ〉に来い。元気にしてほしがってる友達がいるんだが、おまえならその役にぴったりだ」

スターが小生意気な態度を取り戻し、ちらりと名刺を見てから、さっと取ってポケットに押しこんだ。「時間は？」

「へえ、つまりかまわないってことか、やつの……おもちゃになるのも」

スターは肩をすくめた。「お友達はそんなに怖い人なの？」

「ほとんどの女は文句を言わない」

ほとんどの女は。つまり、文句を言った女性もいるということ……がしかし、関係ないのだろう。スミスの友達の用が済んだら、文句を言うことさえできなくなっているのだろうから。

ゆっくりと深い呼吸をくり返して、心を静めた。どうにかしてスターの安全を確保し、最終的にはスミスを倒す。

ほんの一瞬、スターが無表情になった――恐怖で、それとも怒りで？――が、すぐに唇をカーブさせてまた笑みを浮かべた。「いままでもそのお友達に贈り物をしたことがあるの？」

「長い脚と、でかいパイオツが大好物でね」

いますぐにでもこのろくでなしからスターを引き離したかったが、介入はしなかった。まだそのときではない。

スターは長い巻き毛を指でいじり、粗野な言葉にも危険なほのめかしにもひるんでいないふりをした。「それで、いくらなのよ」

苛立《いらだ》ったのか、スミスはいきなり手を伸ばして彼女の髪をつかんだ。「じゅうぶんな額だ。あんまり調子にのるなよ。いいから明日の夜九時に〈ミスフィッツ〉に来い」

スターはひるむことも痛そうな顔をすることもなく、引きさがりもしなかった。むしろスミスに近づいた。近すぎるほどに。「ええ、行くわよ。だけど行ってよかったと思わせてよね」

スミスが明らかにキスしようとして身を乗りだしたが、スターは不意に彼の手を振りほどいた——その拍子に髪の毛を数本、失いながら。「お金が先よ。ただでってわけにはいかないわ」そしてスミスが反応に迷っているうちに、背を向けて歩きだした。賢いことに、トラックへ向かうのではなくバーに戻っていく。比較的、安全な場所に。だが店を出たあとは、どれだけの安全が保障されるだろう？

彼女が入っていった店の入り口をにらんだまま、スミスは携帯電話を取りだして番号を押した。画面の光で歪《ゆが》んだ笑みが強調される。「おれだ」相手が応じたのだろう、スミスが言った。「奥の部屋を用意しときな。明日、新人が来る」相手の反応に笑った。「ああ、きっと気に入るぞ。あんたの好みにドンピシャだ」しばし耳を傾けて、首を振った。「いや、それはないだろう。だが念のため、今夜あとを尾《つ》けてみる。それから条件が一つ——譲れない条件だ」反応を待ってから続けた。「あんたが済んだら、おれに回せ」

2

店内に戻ってみるとケイドがいなかったので、スターリングはますます気が高ぶった。彼がいたほうが安全だと感じるし、鳥肌が立って心臓が暴れているいまは、あの安心感が必要だった。そんな論理はおかしいとかおかしくないとか、彼がこちらを守りたがっているかどうかとか、そういうことは別にして、ただあの男性にいてほしかった。

好奇の視線には無視を決めこみ、あごをあげてまっすぐ前を見たまま、自身のテーブルに向かった。まだたばこを手にしていることに、いまさらながら気づいた。

結局、火は手に入らなかった。

けれど、むしろそれでよかったのだ。たばこを吸ったことはないし、吸おうとしても煙でむせただけだろうから。

そこへ急にケイドが現れて、ほんの一瞬、体が触れたと思ったが、次の瞬間には彼はもうバーカウンターのほうへ戻っていった。

触れ合った感覚に肌がざわめき、高ぶっていた神経は静まった。いったいどうして?

思わず彼を見つめてしまったが、我に返って視線をそらした。なにかすることを自分に与えるだけのために、さりげなさを装って携帯電話を取りだし、メッセージを確認するふりをする。手が震えていた。だれにも気づかれませんようにと祈りつつ、念のため、笑みも浮かべることにした。

先ほどの二人組はまだ居座っていて、隠そうともせずにこちらを見張っている。となると……どうする？　先のことまで考えていたら、脱出のための計画が必要だとわかっていたはずだ。けれど実際は、二人を目にした瞬間にどういう連中かがわかって、即座に行動してしまった。連中をぶちのめしたいという欲求に呑《の》まれて。

そうだ、配車サービスのウーバー。ウーバーを使おう。だけど、トラックは？

ああ困った。

目の前に新たな飲み物が置かれ、聞こえないくらい小さな声でケイドが言った。「弟がきみを迎えに来る。ダークグレーの新型モデルのラム（大型ピックアップトラックのブランドの一つ）だ。きみのトラックはおれが引き受ける。出る準備ができたらキーを椅子の上に置いていけ」

目をしばたたいて彼を見たが、ケイドはもう背を向けて行ってしまった。二人組がこちらを見ていることに気づいて、またさりげなさを装う。この世に心配事など一つもないふりをしてほほえみ、楽しいことが大好きな女の子の役に戻って、グラスをあおった。

自身が選んだ人生のおかげで——しょっちゅう安っぽいバーに足を踏み入れることにな

ったせいで――酒の飲み方は心得ていた。けれど今回、慎重な飲み方を心がける必要はなかった。こちらが指示どおりにするものと思ったのだろう、ケイドが水で薄めてくれていた。

いったいどこまでわたしを知っているの？

わたしのトラックを引き受けるって、どうするつもり？

これまでのところ、彼はずいぶんあれこれと勝手な思いこみをしている――弟が車で迎えに来るという計画をわたしが受け入れることも含めて。そんな計画は却下するべきだ。けれど……こちらを見張っている連中に視線がさまよった。そう、たしかにあの二人は厄介。

ウーバーで赤の他人に拾ってもらうのと、ケイドの計画と、どっちがましだろう？こんな困った状況でしかめっ面を消すのは容易ではなかったが、さっきはすばやく対応できた。

考えてみると、ケイドの計画は悪くない。彼の弟がおかしな行動をとらないなら、うまくいきそうだ。

もう一度、ちらりとケイドを見ると、彼は携帯電話でなにやら入力していた。それが終わると従業員――ロブと呼ばれている、中背でがっしりした男性――に小声でなにか伝えてから、厨房《ちゆうぼう》に入っていった。

見ても危険はないと感じたので、視線をロブに移した。初めてこの店に来たときから、ロブの目は印象的だった。悪魔の目のように真っ黒だが、それでもやさしさを感じさせる。もしかして、ケイドの圧倒的な存在感に比べたら、ロブの目もやさしく感じられるというだけかもしれないけれど。

　ロブがラストオーダーですと告げるのを聞いて、もうすぐ午前零時だと気づいた。あと数分で客は帰りはじめ、店は空になる。あの二人組さえ去っていった。いや、去ったふりをしただけだろうか。こちらが一人のところを狙わないともかぎらない。

　空になったショットグラスをさげに来たふりをして、ケイドがまたテーブルのそばに来た。「弟は外にいる。まっすぐあいつのトラックに向かえ。スミスが話しかけてきても無視しろ」

　彼と同じ、くつろいだ口調で返した。「あなたがリーダーだって、だれが決めたの？　はっきりさせておくけど、わたしはあなたの部下じゃないわ」

　これにはケイドの動きも止まった。命令にはみんなおとなしく従うものと思っているのだろう。

「スター――」

　以前の名前を使われても聞き流した――いまは。そう呼ばれてうれしくなかったといえば嘘になる。遠い昔の思い出。わたしの全世界が引っくり返される前の記憶。「十七のときから一人で生きてきたの。ばかじゃないから助けの手は受け入れるけど、もしもあなたの弟が変な真似《まね》をしてきたら、殺すわよ」

ケイドはまた一瞬ためらってから、うなずいた。「いいだろう」

弟をかばわないの？　いったいどういう兄貴？　もしかしたらわたしなんて深刻な脅威ではないと思っているのかもしれない。となると、やっぱりわたしについてはそんなによく知らないということ。

安心できなくて、尋ねた。「ほんとにトラックを任せていいんでしょうね？」

「保証する。だがあまり長話はできないから、いつまでにどこへ移動させてほしいかは弟に伝えろ。その指示どおりにする」

両眉をあげて尋ねた。「それだけ？」

どうやって実行するのか説明もしないまま、ケイドが言った。「きみが始めたことだ。もっといい方法があるか？」

悲しいかな、ない。立ちあがると、先ほど言われたとおり、車のキーは椅子の上に残してジャケットを拾った。「お礼を言うべき？」

ケイドが目を狭めた。「必要ない。だが、さっきの提案について考えてくれるとうれしい」

そして返事も待たずに去っていった。

不安と警戒でいっぱいのまま、スターリングは店を出た。明るい防犯灯が店の正面側を照らしているが、周辺にはよどんだ影が広がっている。ケイドの弟はすぐにわかった。運転席からおりてはこなかったが、手を伸ばして助手席側のドアを開けてくれた。

ブーツで砂利を踏むたびに、視線を感じた。二人組は姿こそ見せないものの、間違いなくどこかにひそんでいるのだ。じっと見て、考えている。

偽りの笑みを浮かべたまま、会えてうれしいと言わんばかりに、ケイドの弟に手を振った。せめて名前を知っていればよかったが、ケイドは教えるべきだと思わなかったのだろう。

それでも前にバーで見かけたことがあるので、容姿に恵まれているのは知っていた――ケイドほどではないけれど、やはり長身で、体つきも同じくらいたくましく、もしかしたら兄よりさらに筋肉質。ジムを経営しているというから、会員の面倒を見ていての自然な結果なのかもしれない。

「じゃあ行こうか」そばまで行くと、まるでこちらが待たせていたかのように彼が言った。

仕方ない。迷惑はかけたくないが、今夜はもうじゅうぶん向こう見ずな真似をした。すばやくドアをチェックして、乗りこんでも閉じこめられないことを確認してから、助手席に腰かけた。

ドアを閉じるか閉じないかのうちに、彼が「シートベルト」とだけ言ってギアを入れた。

むっとして歯を食いしばった。弟くんも、お兄さまと同じくらい偉そうにしていないと気が済まないの？「言われなくても締めるから、命令したいならほかの人にして」

すると彼はにやりとした。「怒りっぽいね。まあ、ケイドに忠告されてるから問題ないけど。で、どこへ向かう？」

ケイドに忠告された？「わたしは怒りっぽくなんかない。ただ――」

「はいはい。自立心を傷つけてごめんよ。あんまり気にするなって」バックミラーをのぞいてから視線を道路に戻す。「家へ帰りたい？　それなら、回り道して追っ手をまこう。映画みたいでかっこいいだろ？」

驚いて尋ねた。「追っ手がいるの？」

「いるよ――だめだ、見るな！　まったく」顔をしかめて言う。「きみは自分で自分の面倒を見られる子だってケイドから聞いてるのに、新米みたいな行動はやめてくれよ」

むかつく！　シートの背にもたれて、鋭い口調で言った。「自分で自分の面倒は見られるわ――いまはちょっと不意をつかれただけ」

彼はふんと笑った。「今夜はいろんなことに不意をつかれたみたいだね。ほら、つかまってて」言うなり急カーブを切ってスピードをあげたので、スターリングは片手でドアハンドルを握り、もう片方の手でダッシュボードをつかむしかなかった。

この道はまっすぐでも平坦《へいたん》でもない。

追っ手をまくとは聞いたものの、目的地からどんどん離れていることには警戒心を覚えた。「ねえ、モールでおろしてくれればいい――」

「ありえないね。ケイドに首をちょん切られる」ちらりとこちらを一瞥《いちべつ》してから視線を道路に戻した。「どんな理由があるにせよ、兄貴はきみに焦点を絞ることに決めたらしい」

失礼な！　どう考えてもいまの〝どんな理由があるにせよ〟発言は〝兄の気が知れない〟という意味だ。

とはいえ、それで気分を害したりはしない。兄弟のどちらにも魅力的だと思ってほしくないのだから。本当に。

食いしばった歯のあいだから言った。「焦点をぼやけさせてくれて、けっこうよ」

「そう？」また鼻で笑う。「きみから兄貴に言ってみなよ。おれの言葉には絶対に耳を貸さないから」

どうやらケイドは弟を説き伏せて、この即興救出劇に引き入れたらしい。そして弟のほうはわたしと同じくらい、それを喜んでいない。「そうね、言っておくわ」

にやりと浮かべた笑みからすると、おもしろがっているようだ。「うん、ぜひ。そのあとどうなったか、聞くのが楽しみだな。だけど今夜はきみを玄関まで送るよ――追っ手をまいてからね」

一秒ごとにいらいらがつのってきた。「わたしがどこに住んでるか、あなたに教えると思ってるなら――」

「教える必要はないよ。いいからちょっとお口にチャックして、運転に集中させてくれないかな」

お口にチャック？　お口にチャック！　噛《か》みつきたい衝動に駆られたものの、いまだ追っ手は見えないし、じつを言うと新たな警戒心が背筋をのぼってきていた。もしもこの男性がものすごい嘘つきで、作り話でわたしをどこか遠くに連れ去ろうとしていたら？　腹を掻《か》っさばいてやる。

ゆっくり下に手を伸ばし、足首に革紐《かわひも》で固定しているナイフを抜こうとしたものの、指が柄に触れた瞬間、背後にヘッドライトが現れた。

「しつこいやつらだな」彼が前方の道路を見てからふたたびバックミラーをのぞく。「無事でいたいなら、おれを刺さないほうがいいよ」

罪悪感で顔が赤くなった。

とりわけ、こう言われてしまっては。「まあ、おとなしく刺されはしないけど」

「この――」

彼が我慢強い口調で言った。「モールに向かうよ」

脅威は本物だとわかった以上、もはやモールでおろしてもらうことにはさほど惹《ひ》かれなかった。だれかの車に乗せてもらえるまで、容易なカモになってしまう。隠れるのは得意だが、もう真夜中を回っているし、気温はさがったし、この時間ではモールに人はいないだろう。あっという間にあの二人組に見つかって——そのあとは？

しかしケイドの弟がトラックを乗り入れたのは、こちらが思っていた大型モールではなく、できて間もない小さめのアウトレットモールだった。ヘッドライトを消して静かに防犯灯の光の輪から離れ、裏手に回ると、幹線道路に面して停車した。

つまり、わたしをおろすのではなく、しばらくのあいだ身をひそめるということ。それなら対処できる。

「トラックはどこに移動させてほしい？」危険から隠れてなどいないかのように、彼がのんびり尋ねた。半分だけこちらを向いて続ける。「車内灯は切ってるけど、まだ携帯は使えない。こっちの手の内を見せたくはないだろ？　だけどこの場をやり過ごせたら、すぐケイドに知らせるよ。必要以上に店に居残らせる理由はないからね」

彼が落ちついているので、こちらも落ちつきを取り戻してきた。ドアとシートが作る角に体をもたせかけ、なるべく彼から離れて、じっと見つめた。「ケイドはトラックを運転できるの？」

「兄上さまはいろんなことができるんだ。飛行機から飛びおりる——問題ない。汗一つかかずに十キロ走る——お手のもの。水にもぐったまま——」

「自分の兄をスーパーヒーローかなにかだと思ってるの？」

「遠からずだね」道路に目を戻し、少し耳を澄ましてから、満足そうにうなずいた。「お出ましだ」

一台の車が、この曲がりくねった山あいの道路をありえない速さで走り去っていった。スターリングはそっと安堵《あんど》の息をついた。「もう出ていってもいいんじゃない？」

「あと三十秒待とう。気づかれるのは困るけど、連中が戻ってきて見つかるのもまずいだろ？」にっこりして言う。「タイミングが命だ」

ケイドの弟は、わたしに言わせれば少しばかり生意気すぎる。本人にそう言ってやろうとしたとき、彼がトラックのギアを入れてじわじわと前進させはじめ、道路の手前でいったん停《と》めた。左右どちらを向いても、見えるのは街灯だけだった。

「それで」ふたたび道路に出て、今回はスターリングの家のほうへ走りだすと、彼が切りだした。「きみとケイド、か」

否定したい気持ちがこみあげて、首を振った。「違う」わたしがだれかとつき合うなんて筋書きは存在しない。相手がだれであれ。これまでも、これからも。

「違う？」

そんなに驚いた声を出さなくちゃいられない？「彼のバーによく行く、それだけよ」

「へえ。つまりケイドが過剰反応したのは、あの二人はよきサマリア人で、山あいの路上に一人ぽつんといるきみを見つけたがってたから、なのか。了解」先ほどまでよりのんびり車を走らせながら言う。「で、トラックはどこに移動させればいい？」

今回はその質問にも不意をつかれなかった。「オフィスがあるの」

「なるほど」携帯電話を差しだす。「ケイドにテキストメッセージで伝えて。おれはハンドルを握ってたいから」

自分の携帯電話を差しだした？　数秒のあいだ、まるで蛇を見るような目で携帯電話をじっと見つめてしまった。けれどこれは、ケイド・マッケンジーのことをもう少し知るいい機会かもしれない。弟との過去のやりとりから多くがわかるはずだ。

残念ながら、携帯電話に残されていたメッセージは一つだけだった――〝店の前で彼女を拾え〟

画面をスクロールしたものの、ほかには一つもない。ほかの電話番号も、やりとりも、ひとまず目に入るものはゼロだ。もう少し探れたら、あるいは……。

ちらりとケイドの弟を見たとたん、そんな考えは捨てた。憎たらしい青年はまたにやにやしていた。

あきらめて、〝トラックは彼女のオフィスに〟と文章を打ちこんでから、住所を添えた。けれど好奇心は薄れなかったので、尋ねてみた。「これはいったいなんなの？　超極秘の携帯コミュニケーション？」

「いいね、そう呼ぼう。すると、なんかおれたち、かっこいいじゃん」

彼の上機嫌に疲れてきた――そのとき、携帯電話が音を立てたので、見おろすとケイドからの返信が届いていた。〝彼女はいい子にしてるか？〟よりによって……。ケイドの弟に断りもせず、返信を打ちこんだ。〝いや。おれのケツを蹴飛ばしてハンドルを奪った。筋金入りのビッチだ。おれたちの助けなんて必要なかったに違いない〟

対するケイドの返信は――〝スター？　きみだろう〟

こみあげた笑みをこらえた。座席の上でもう少し体を丸めて携帯電話を引き寄せ、癪《しゃく》に障る彼の弟がとなりで鼻歌を歌っていることも忘れかけた。〝ええ、わたしよ。なんでわかった？〟

〝弟なら絶対にきみをビッチ呼ばわりしない〟

つまり、運転中のまぬけ男にも欠点を補う美点があるということ？　わかってよかった。

次になにを入力しようと考えた。

ケイドに先を越された。〝大丈夫か？〟

そんなこと、自分以外のだれにも打ち明けたりしない。〝ええ、問題なし〟もっと言うと、あなたの弟以外は問題なし。だけどそれを伝えても、つまらない女だと思わせるだけだ。〝わたしのトラックは？〟

〝いま移動中だ。今夜は用心して過ごせ〟

わたしをひよっこ扱いせずにはいられないの？　自分の面倒は自分で見られるし、今夜だって人の助けは必要なかったはずだ。

自力でどうにかできていたはず。

画面をにらんでメッセージを打ちこんだ。〝あなたもね〟むっとさせることに成功したのではと期待して返信を待ったものの、なにも返ってこなかった。

感じた失望には気づかないふりをして、数秒後、携帯電話を彼の弟に返した。「あなた、名前はあるの？」

「もちろんあるさ。出生証明書に記載されてるよ。ちゃんと法的にね」

本当にいらいらする！「教える気はない？」

「やめとこうかな。今夜のこれが終わったら、きみとは二度と会いたくないし。というより、今夜のことだって起きるべきじゃなかったんだ。ケイドもわかってるはずなんだけどな」ちらりとこちらを見る。「ほんとに兄貴とヤッてない？」

なんておかしな人。もう少しで気分もなごみそうだ。けれどほほえむ代わりに、辛辣に返した。「ヤッてたら気づいてる」

「言うね」彼のほうは素直に笑みを浮かべた。「いいぞ、だんだん呑みこんできた」

「どういうこと？」

「敵意をむきだしにするのは、いいエネルギーの無駄遣いだ。きみは敵意ではちきれそうで、いまにも爆発しそうだっただろ？　そういうときは鋭い返しのほうが楽だし、どのみち効果的だ」

「効果的？」この男性にも奇妙な侮辱にもだんだん慣れてきたので、背もたれに体をあずけて脚を伸ばした。「笑いのネタにされてるときに？」

「笑いのネタになんかしてないよ」彼が言う。「参ったな。一緒に笑ってるつもりだった。ほら、もう明るくなっただろ？」

「一つ言っておくけど——わたしは〝敵意ではちきれそう〟なんかじゃなかった」なんてくだらない表現。

「じゃあ、なに？」

「混乱してた、かな。あなたが素直に答えてくれないから、なにが起きてるのかよくわからなくて」

「おれはきみを助けてる——ただし、ケイドに頼まれたから、だけどね」

「で、名前を教えてくれないのは、それがトップシークレットだから？」

「そのとおり。おれってミステリアスなのさ」両眉を上下に動かす。「だけどきみには興味を引かれるな。だってケイドはわかりにくい男だ」

「じゃあ、ふだんは助けを申しでたりしないの？」つまり、わたしは例外？　それとも、彼が無視できないほどのトラブルにわたしは陥っている？　そうは思いたくない。

「ふだんどおりなら、きみに気づかれないように助けてただろうね。それを、わざわざ前面に出てきて助けたっていうのが、すごく興味深い」

たしかに、かなり興味深い。「わたしのトラックは本当に明日の朝、指定した場所にあるの？」

「もちろん。たぶん二十分後にはそこにあると思うけど、頼むから今夜はそのトゲだらけの自尊心を引っこめて、家のなかにいてほしいな。ドアにも窓にもしっかり鍵をかけて、しばらくは一人でどこへも行かないほうがいい」

今夜は家にこもっていようとすでに決めていたけれど、それを言う気はなかった。秘密主義の相手にすべて打ち明けることはない。

「おや、まただんまりかな？　わかるよ。人にケツを持ってもらうのはおれも好きじゃない」

その表現に、思わず天を仰いだ。「あなたにケツを持ってもらったりしてない――」

「それはどうかな」

「だけどあなたがなにか言うたびに好奇心がむくむく湧いてくるわ。だから教えて、どうしてわたしが家に帰ったあともまだ安全じゃないと思うの？」

「本気で言ってる？　ケイドが首を突っこんだんだから、生きるか死ぬかの話に決まってるじゃないか。兄貴はいつもめちゃくちゃ冷静なんだ。それはつまり、おれの運転技術はずば抜けてるけど、きみの家を突き止められる人間はいるってことだね」

自宅は安全なので、その点は心配していない。「ケイドは冷静だけど、あなたはそうじゃないの？」

「まだ訓練中」そう言って肩をすくめる。「前はすぐかっとなってたんだけど、兄貴のおかげで短気を起こさなくなってきた」

ティーンのころは短気だったけれど、そこへケイドが現れて、導きの手を差し伸べた、ということ？　じゃあ、生まれたときから一緒にいたわけではないの？

「ほら、あれこれ考えない」彼が言った。「おれの唇は封印されてるよ」

「それ、なんの冗談？　あなたの唇はわたしがこのトラックに乗りこんだときからずっとぴらぴら動いてるけど」

「ぴらぴら？　その表現には反論してくれる女友達が何人もいるけどな。なんだよ、ぴらぴらって」くり返して鼻で笑った。

うんざりしてきて、大きく息を吐きだした。「次はその皮肉をどうにかするのがいいかもね」

「おれ、皮肉を言った？」笑いそうになりながら、スターリングの家がある道に車を進める。「だとしたら、きっときみが引きだしてくれたんだな」

「そんなに楽しそうに言わなくても」

彼がどうにか笑みをこらえて言った。「あのね、おれが言いたいのは、ケイドについて知りたいことがあるなら本人に訊《き》かなくちゃだめだってこと。まあ、兄貴が教えるとは思えないけど」

「バーテンダーだってこと以外は？」

「そう」集合住宅の前にトラックを停める。「ここはセキュリティがしっかりしてるのかな？」

「じゅうぶん安全よ」名乗りもしない相手に、自宅のセキュリティについて詳しく教えたりしない。「だからそのかわいい頭を悩ませないで」

侮辱にはいっさい反応せずに彼が言った。「そのつもりはなかったよ」こちらが車をおりる前に続ける。「待って。ケイドにこれを渡しとけって言われてる」グローブボックスを開けて、携帯電話を取りだした。

スターリングは受けとらなかった。「持ってるから。でもありがとう」

「うん、それはわかってる。でもこれには兄貴の番号が登録済みだ」

発信器かなにかもついているかもしれない。どうにか険しい笑みを浮かべた。「もらっても捨てるわ」

すると彼はしばしこちらをじっと見つめてから、笑った。「きみはすごいな――なにがすごいかは置いとくけど。じゃあ、こういうのはどう？」小さなメモ帳とペンを中央のコンソールボックスから取りだして、番号を書きつけた。「これで番号はわかるけど、受けとるのはただの紙。だろ？」紙を掲げて表裏に返す。「脅威じゃない。どう？」

「悪くない」すばやくポケットに収めて車をおりた。「送ってくれてありがとう」

「ほんとに玄関まで一緒に行かなくていい？」

「ええ」

「じゃあお好きに。だけどキッチンの明かりがつくまでここで待ってるからね」

その言葉にくるりと振り返り、しかめっ面で彼を見た。この駐車場に面している窓はキッチンのものだけだと、どうして知っているの？

彼はにやにやしたまま、両手の指をうごめかした。「おれたちってミステリアスだろ？」

これにはもう笑いをこらえきれなかった。

もちろん部屋に入った瞬間、愉快な気持ちは消えた。この部屋が好きなのは、広くて開放的で、だれかがひそんでいられるような隅も角もないからだ。それでもケイドの弟が外にいて、こちらが無事だとわかるまで待っていると思うと、安心した。

鍵を手に、絨毯《じゅうたん》敷きの階段を二階までのぼって、部屋の錠を開ける。なかに入ると同時にブーツからナイフを抜き、鍵をかけた――ドアノブの錠だけでなく、自分で取りつけたデッドボルトも。リビングルームを横切ってクローゼットのなかを確認し、キッチンとダイニングエリアを抜けてバスルームに向かう。そっとなかをのぞいて、キャビネットとガラス張りのシャワールームもチェックしてから、寝室に入った。人がうまく隠れるとしたらここなので、まずはベッドの下をのぞく――ベッドの脚の部分を隠すスカートをつけていないから簡単だ。寝室のクローゼットは大きめで服も多く収めているので、それらを動かして丁寧に確認してから、ダイニングルームに戻ってパティオに通じるドアをチェックした。ありがたいことに鍵はかかったままで、自分で取りつけたかんぬきも収まったままだった。

キッチンに入って我慢できずに窓から外をのぞいてみると、ケイドの弟が腕組みをしてトラックのフロントフェンダーに寄りかかり、まさにこの窓を見あげていた。

思わず笑みが浮かび……窓から離れて明かりをつけた。数秒後、トラックは走り去った。ふう。ケイドとその弟のおかげで、正真正銘、本物のセキュリティが得られた。信用はできない――心からは、無理。

ケイドの弟は、ミステリアス、と言った。たしかに。ケイドはいまだ謎だらけだし、だから心配されても疑ってしまう。

けれど……怪しくはないような気がした。むしろ、純粋な心配に思えた。

そして白状すると、うれしかった。

ケイドは可能なかぎり待ってから弟に電話をかけ、レイエスが応じた瞬間、尋ねた。

「彼女は無事、落ちついたか？」

「おれの知るかぎりはね」レイエスが言う。「で、いったいなにに首を突っこんだわけ？」

「複雑なんだ」

「あの女性のことを言ってるなら、それは違うな。むしろ彼女はめちゃくちゃシンプル。だれかをぶちのめそうと思ってて、おれたちの助けは望んでない」

それはそうだが――一つ問題がある。「彼女が狙いを定めたのはサッカーで、やつは彼女にスミスと名乗った」

長い沈黙のあと、レイエスが吐き捨てるように言った。「ふざけんなよ」

「同感だ」こちらも腹を立てている。「おれが耳にしたところによると、彼女は明日、やつと会うようだ」

「彼女がおもちゃになるって？」

サッカーもその仲間も、女性はどうにでもできるおもちゃとしか考えていない。「そうらしい」

「兄貴のガールフレンドは一カ月分の労働をぶち壊しにするんだけど、気づいてる？」

「おれのガールフレンドじゃない」簡潔に訂正した。「だが、そうだな。どうやらピッチをあげなくちゃならないようだ」

「父さんが激怒するぞ」

「わかってる」いまいましいが、父はいまだにすべてをコントロールしようとする――まるでおれたちが単なる操り人形であるかのように。「いずれ怒りは収まるさ」

レイエスが笑いながら、咎《とが》めるように言った。「父さんには言わないつもりだな？」

「言うさ――すべてが動きだす数時間前に」

兄のその考えをどう思うか、レイエスの低い口笛が物語っていた。「マディソンは？　あいつには知らせておく？」

二人の妹であり、監視の要でもあるマディソンは、絶対に必要だ。「ああ。朝になったら話す。おまえはもう休め。明日はきっと――」

「とんでもない大失敗が待っている」

「そんなに楽しそうに言うな」

レイエスが笑った。「おもしろいね。兄貴のガールフレンドにも同じことを言われたよ。じゃあまた」

ガールフレンド、か。ケイドはやれやれと首を振った。そんなに浮ついたものが入りこむ余地など、おれの人生には存在しない。

3

外から見ているしかないとは、じつに歯がゆい状況だが、そうなったのはひとえに自分のせいだとケイドにはわかっていた。予想どおり、父は静かに激怒したものの、それはいまに始まったことではない。少なくとも、長男のケイドが相手のときは。

案の定、弟のレイエスはすべてをはしゃいで受け入れた。そしてふざけたことを許さない妹は、ふだんと変わらず現実的だった。マディソンにとっては、これもいつもの仕事なのだ。

だからといって、スターが人身取引組織の連中と関わっているときに、手持ちの車でいちばんみすぼらしい一台——窓にスモークが貼られた、錆《さ》びたおんぼろの白いバン——のなかでじっと待っているのが楽になるわけではない。

バンはさびれた商業地域にある建物の、通りを挟んだ向かいに停《と》めていた。バーであり、出会いの場であり、百パーセント会員制の店である〈ミスフィッツ〉は、これまでの綿密な調査からわかったところによると、男が女性や少女を手に入れる場所だ——彼女たちの意に反して。

ああ、もしも好きなようにできるなら、いますぐ真正面から入っていって、忌まわしい、ビジネスに関与しているごみくずどもを全員八つ裂きにし、建物をめちゃくちゃに破壊して、あとには虐待者の血しか――それと、多少の土埃《つちぼこり》しか残らないようにしてやるのだが……。残念ながらその方法は却下された。理由はわかるが、それで我慢しやすくなるわけでもない。

双眼鏡を使って、平たいレンガ造りの正面側の窓からのぞいていると、スターがなかに通された。いまのところ、バーのなかの雰囲気は音楽とダンスを楽しむだけだが、入り口のすぐ外には屈強な男二人が立っている。

入ろうとする人間を阻止するためではなく、だれも許可なく出ていかせないために。

もともとの計画では、責任者の一人を突き止めるまで見張るはずだったが、スターの関与で変更を余儀なくされた。

これまでに〈ミスフィッツ〉から救出した女性五人の顔に浮かんでいた恐怖は、死ぬまで忘れられないだろう。風通しの悪いトラックの後部に押しこまれていた十七歳から三十三歳までの女性たちは、妹のマディソンが移送の情報を探りだしてケイドたちが道中で奪還する手はずを整えるまでに、もう地獄を見ていた。

匿名で働いているので、ケイドとレイエスはトラックの運転手たちを殺すのではなく半殺しにとどめ、地元警察に通報してあとを任せた。

そして、心身ともに傷ついた女性たちが自由を取り戻したことをたしかめた。妹が全員のその後を追ったところ、三人は家族のもとに戻り、一人は遠くへ移って、残る一人は父が資金提供している女性のためのシェルターに入ったとわかった。

みんな立ちなおると信じたいが、それでも彼女たちとは悪夢のなかで再会する。

非道な連中がだれかを虐待する前にこういう腐った施設をたたき壊す方法があればいいのだが。作戦を指揮する父は、絶対に必要とみれば致命的な暴力に訴えることにもいっさい罪悪感を覚えない。他者を奴隷にしようとする人間は死に値すると考えている。

ケイドも同じ考えだ。血も涙もない悪党を殺すときは、この世に善をなしている。

そのとき、数人の男の輪のなかで踊っているスターを見つけた。まったく、手慣れたものだ。

ブース席に座っているレイエスには気づいているのだろうか？　あの女性はかすかな違和感も見逃さないが、弟はまぎれこむのが天才的にうまい。兄と違って軍の訓練は受けていないものの、どんな荒くれ者集団にでも溶けこむことができる。

レイエスはいま、必要に迫られたときの緊急援護として店のなかにいる。だが運がよければ、今夜のこれは試験のようなもので終わるだろう。スターがとらわれることはなく、彼女の許容範囲をチェックするだけで。

今度ばかりは、父が指揮する家族ぐるみの仕事に加わってよかったと思えた。まあ、父と自分では動機が異なるのだが。ケイドはできるだけ長く抵抗しつづけ、果ては十八のときに唯一の親とのあいだに距離を置くため、軍に入隊した。

ほかの新兵と違って、基礎訓練が好きになった。好きすぎて、空挺《くうてい》訓練学校にまで進み、その後はＲＩＰ、つまりレンジャー教化《インドクトリネーション》プログラムを受け、最終的に第七十五レンジャー連隊に所属した。軍隊での生活は肌に合ったし、一生のキャリアにしたかもしれないが、重たい荷物を背負っての作戦行動や飛行機からの激しい着地によって脚にいくつもの問題が生じ、医療除隊を余儀なくされた。

とはいえ、それで〝絶対に失敗しない〟精神は変わらなかったし、最高の状態も常にキープしている。いざとなれば、また飛行機からスカイジャンプだってする。

定期的にはもうやらないだけだ。

人身取引組織と戦うという家族の仕事に加わるのは、貴重な技術のあれこれを活用しつづける、残された唯一の道だった。

いま、またスターが踊りながら正面側の窓の前を通った。ほほえんでいても、緊張しているのがわかる。胸のふくらみにぴったり吸いつく黒のＴシャツに、前をはだけたグレーのシャツを重ねて、ヒップと脚を強調するスキニージーンズを穿《は》いた姿は、まさに男の夢だ――いまはもう少し目立たない格好をしてほしいのだが。熱い関心に導かれるまま、輝く目から足元まで見おろして――にやりとしてしまった。スターが履いていたのは、いつものいかついブーツだった。きっとあのつま先には鋼鉄が入っていて、蹴って攻撃したいときにうってつけなのだろう。

スターリング・パーソンには独自の流儀がある。その流儀が気に入った。大いに。あの態度も、我慢強さも、勇気も。

どれも立派な美点だが、きたる対面を切り抜けるために必要なものも備えているだろうか？

見ていると、スターは踊りながらブース席の前を通り過ぎようとしてつまずき、レイエスの膝の上にすとんと着地した。

弟は驚いた顔になったが、スターは違った。笑いながらなにか言って、少々強めにレイエスの頬をたたいてから、別の男と踊りながら去っていった。

くそっ。

数秒後、携帯電話が鳴ってテキストメッセージの着信を知らせた。スターから目を離したくはないが、メッセージはレイエスからだとわかっている。

案の定、こうあった――〝さっさと帰れってさ〟

冗談じゃない。すぐさま返信した。〝その場から動くな〟

双眼鏡越しに、レイエスが笑って携帯電話をしまうのが見えた。

それから一時間はなにごともなく過ぎた。スターは次から次へと飲み物を渡されたが、実際に飲んでいるかどうかはわからなかった。笑みを浮かべたまま、触ってこようとする手をうまくかわしていた。

用心棒が一人現れて、スターを廊下の先へうながしたとき、緊張が走った。

ショータイムだ。

建物の間取りは知っているので、彼女が連れていかれるのは奥の部屋だと容易にわかった。連中が人目を気にせず女性を言いなりにできる場所だ。

レイエスは酔っ払いのふりをしてふらつきながらあとを追ったが、途中のトイレまでしか行けないだろう。バースペースよりは近いが、スターを守るには遠い。

貴重な三秒を使って建物の裏にバンを回し、怪しまれない距離に停めた。裏口は別のチンピラが見張っていたが、二つ並んだ窓のおかげで室内が見えた。

スターのほかに女性が二人。一人は笑いを止められず、もう一人はいくつかあざができていて、ひどくショックを受けているように見える。男は三人——昨夜バーに現れた二人組と、たったいま入ってきた巨漢だ。

この瞬間までスターはのんきで明るいパーティガールを装いつづけていた。ほかの女性のように笑いが止められないこともなければ、あきらめきった様子でもなかった。

たったいま、どんなことを言われたのかわからないが、とたんになにか強い感情で唇が引き結ばれた。その感情は恐怖か、それとも激しい怒りか。

断言できるのは一つだけ――スターをあそこから連れださなくてはならない。いますぐに。

ダブルパンチって、まさにこういうこと？　思いもよらない展開にスターリングは呆然《ぼうぜん》としていた。

まず、明らかに虐待されたとわかる女性に引き合わされた。二十代前半らしきその女性は酔っているかラリっているかで、消せない恐怖心ゆえか呼吸も浅かった。

そんな現実を目の当たりにさせられただけでも、怪物どもと一室に閉じこめられていて逃げだせる確率は低いという自身の危うい状況を再認識させられた。そして、部屋に閉じこめられたあのときをまざまざと思い出させられた。

あのときは若くて無力だった。

いまは違う。

危険をわかっていて、自分が苦しんだことを他人に経験させたくないと願っているからこそ、目を見開いて〝これ〟に飛びこんだ――まあ、たしかにしっかりした計画も脱出方法も用意しなかったけれど。

最初の驚きから間を置かずに訪れた二つめの驚きには、本当に衝撃を受けた。

マトックス・シムズ。この男の濡《ぬ》れた唇に浮かぶ残忍なせせら笑いを最後に見てから、十二年が過ぎた。あの冷たい茶色の目で、人間ではなくものを見るように見つめられてから、十二年。

その十二年を使ってわたしはより強く、勇敢になり、過去を葬って現在に目的を与えた。また会うとは思っていなかったが、殺すことは何度も考えたし、夢にまで見た。

相変わらず、冷蔵庫に腕と脚が生えたような体格で、記憶にあるとおり、野獣のようだ。肩はワイシャツの縫い目がぴんと張るほど分厚く、襟元が窮屈に見えるほど首は太い。後退しつつある銀髪のせいでひたいがいっそう目立つようになっており、腹もせりだしてきた。

そして相変わらず、わたしをもののように見ている。けれど……わ、た、し、だと気づいていない。

たしかめたくて、だらんと片手をあげて気さくな笑みを浮かべた。「フランシスよ。よろしくね」違うだろうと言われるのを待った。嘘をつくなと言われるのを。

ところが向こうは手を握ってきてほほえんだ。「これはこれは、上等な贈り物だ」

なんてこと。わたしが元気にしてあげなくてはいけない男というのはマトックスなの？

いやよ。絶対に無理。

この男のおもちゃになるなんて、できるわけがない。のどを掻《か》っ切るなら、できる。元気にするのは、気が進まない。

まっとうな計画を思いつかなくては——早急に。

手を引っこめようとしたが、逆に指を強く握られて、引き寄せられた。

「どこかで会ったか？」

心臓がのどまでせりあがって、ヒステリックにも聞こえそうな短い笑いを漏らした。

「会ってないって断言できるわ。会ってたら絶対に覚えてるもの」

「ふーむ」まだしげしげと眺めて、冷たい目に称賛を浮かべた。「このあたりに来てどのくらいだ？」

「生まれたときからここよ」これも嘘だ。ここへ来たのは逃げたあと。マトックスのほうはいつここに移ってきたのだろう？　もしかして、国中に拠点があるの？　考えただけでぞっとする。

わたしは外見だけでなく内面も変わった、と自分に言い聞かせた。十七のときは痩せっぽちで髪は紫色に染めていて、唇には輪っかのピアスをはめて、ごてごてと化粧をしていた。

反抗期、と薬物依存症の母は呼んでいた——娘がどんな格好をしているか気づけるほど頭がしゃっきりしていたときには。まあ、そういうときはあまり多くなかったけれど。

「たしかに、おれも覚えているはずだな」ついにマトックスが言い、手を握ったまま椅子のほうへ移動して腰かけると、椅子が重みにうめき声をあげた。マトックスは木の幹のような腿を広げてようやく手を離してくれたものの、スターリングは逃げようとしなかった。

そもそも鍵のかかった部屋で、いったいどこへ行けるというの？　背後に窓はあるけれど、たとえ取り押さえられる前にたたき割れたとしても、すばやく抜けだすには位置が高すぎる。スミスとその相棒はドアのそばに立ってにやにやしており、あざだらけの娘はさめざめと泣きどおしで、もう一人はなにがあってもくすくす笑うのを止められない。ほとんど手に負えない状態だ。

それにもし逃げようとしたら、マトックスは捕食者の反応を示すだろう。つかまえて、服従させ、むさぼる。そしてこちらの恐怖を心ゆくまで堪能するはずだ。もしかしたらそれが彼の求めるお楽しみかもしれない。

「くそっ」マトックスが不意に悪態をついた。「一人邪魔だ」手でスミスに合図をする。

スミスが、笑いやまない女性を乱暴につかんで部屋の反対側へ連れていくと、用心棒が文字どおり彼女を引きずっていった。そこで初めて、その女性は文句を言いはじめた。

じきに笑いもやむだろう。マトックスたちが彼女を逃がすとは一瞬も思えなかったし、いずれ薬物の効果も切れるはずだ。彼女は生き延びられるだろうか？　もしもわたしがここにいる三人の男と、ほかに関わっている連中を殺せたら、可能性は残る。

スミスがまたドアを閉じて鍵をかけると、胸のなかで馴染《なじ》み深い感情とともに緊張が高まってきた。無力感。燃え盛る憎しみ。

「さてと」マトックスが椅子の背にもたれて、腹の上で両手の指を組んだ。「二人とも、服を脱げ。早くしろ。あまり時間がない」

もう一人の娘が大っぴらにすすり泣きながら、急いでサンダルとズボンを脱いだ。彼女が二度転びそうになったのを見て、男たちが笑う。腐った豚ども。マトックスの股間を蹴ってやろうかと考えたが、そんなことをしても殺されるだけだ。

ケイドの弟には計画があるのだろうか？　それとも、出会いを求めてこのバーに来ただけ？　わたしが帰るように言っても帰らなかったのは、ここが女性を売買するための場所だと知っているから？　彼はなかなか鋭いようだし、兄のケイドはどう考えてもただのバーテンダーではない。

「おい、アデラ。ぴーぴー泣くな」スミスが言って乱暴に押すと、泣いている女性は壁に倒れこんだ。

アデラ。その名前は初めて聞いた。いつからここにいるの？　こんなに怯《おび》えるほど長く、ということだろう。

どうにかしてこの娘も連れて逃げださなくては。けれど天才的な計画を思いつくまでは調子を合わせるしかない。まずはわたしが連中の気を引いて、アデラに手出しさせないようにしてみる？

「じゃあ」のんびりと言い、ボタンをとめていないシャツをはだけて片方の肩をさらしてから、胸が揺れるように体を揺すった。「ゆっくり脱ぐのはどう？ ストリップショーみたいに。そういうのは嫌い？」途中でブーツからナイフを抜くチャンスが訪れるかもしれない。それがだめでも、マトックスの膝にまたがって、ネックレスの隠し刃でのどを切り裂けるかも。

ネックレスはTシャツの内側に落としこんであるが、見られたとしても武器だとは悟られないだろう。見た目はなんの変哲もない、長いチェーンにさげた金属製のメダル型ペンダントだが、小さなボタンを押すと盤が開いて、弓形の鋭い刃が現れる仕組みになっている。正しく使えば致命的だ。

使い方は知っているし、いまこの瞬間なら、まばたき一つせずにマトックスを殺《や》れる。けれど、せっかちな人でなしは歯を見せて邪悪な笑みを浮かべた。「いや、待たされるのは好かん。いいからトップスを脱げ」じっと目を見つめ、笑みを消す。「早くしろ」

そう来たか。じらそうと思っていたのに、出した声には震えが混じっていた。「待ちきれないの？ かまわないけど、お金はいつももらえるのかしら？ このささやかなショーの見返りにお金がもらえるって聞いて来たのよ。現金で、前払いがいいわ」

スミスが鼻で笑った。「それだけの価値がおまえにあるかどうか、まずは見せてみろ」口調をやわらげて不満そうに言う。「アデラには価値がなかった。そうだよな？」そしてアデラのほうに手を伸ばすと、彼女は悲鳴をあげた。スターリングはとっさに向きを変え、結果も考えずスミスにつかみかかろうとした――そのとき、窓の一つをコンクリート片が突き破って、四方にガラスが散った。直後に照明が消える。

続く騒ぎのなか、アデラは悲鳴をあげて、男たちは罵りながら右往左往したが、スターリングはこのチャンスを逃さなかった。練習を重ねた動きでブーツからナイフを抜きとり、マトックスが座っていた椅子めがけて突き刺した。

ナイフは深く沈んだ……椅子のクッションに。あれほど大きな図体《ずうたい》で、なんてすばやい身のこなし。突き立ったナイフを抜いてから椅子の後ろに回り、激しい殴り合いの音に耳を澄まして、だれがどこにいるのかを探ろうとした。

なにも見えないが、携帯電話の懐中電灯機能を使えばこちらの居場所がばれる。アデラのすすり泣きが聞こえたので壁を手探りしながら進むと、彼女のところにたどり着いた。

二人の前でだれかが床に倒れ、さっきまで身を寄せていた壁に別のだれかがぶつかるような音が響いた。暴れているのがだれにせよ、手際がよくてじつに静かだ。倒されている男たちのうなり声やうめき声は聞こえるものの、倒しているほうの大きな人影は声も漏らさない。

そっとアデラの腕をつかんだとき、背後のドアが開いて、さらに男二人が突入してきた。正面側のバーのほうでも騒ぎが起きたらしく、混乱した悲鳴や出口に急ごうと慌てふためく物音が聞こえた。

「こっちよ」そう言ってアデラを引っ張った。意外にも彼女は抵抗することなく、さっきまでの涙も止まっていた。脱出が目前に迫っていると悟ったからだろう。

だれかがぶつかってきて危うく倒されそうになったが、どうにか踏ん張った。真っ暗ななか、アデラを引っ張るようにして進むと、奥の部屋へ連れていかれるときに通りかかった男性用トイレのドアノブを、手がつかんだ。なかも暗くておまけに悪臭がしたが、そんなものでひるみはしなかった。奥の壁の汚い窓から、街灯の明かりが射《さ》していた。

「ここから出るわよ。いいわね？」アデラの返事は待たなかった。

窓は狭く、上にスライドさせるのではなく外に開くタイプだったが、ほかに脱出口はない。アデラの腕を離してナイフをブーツに戻し、錆びたハンドルを両手で必死に回した。いまにも男たちに見つかるかもしれないと思うと、心臓は早鐘を打ち、手のひらは汗ばんだ。

「行けないわ」アデラがささやくように言った。

「ええ？」少しずつしか開かない窓が、不吉な音できしむ。ホラー映画の効果音のようだ。

「大丈夫よ。信じて。先に行かせてあげるから」

「だめよ。あの人たちに殺される」

どうしていまこのときを選んで強情になるの？「逃げてしまえば殺されないわ」必死

に説得した。「約束する。安全な場所へ連れていくから」

「あなたの家?」

わたしの? 住所を明かすつもりはなかったので、こう返した。「うちじゃなくて、別の場所――」

「そんな危険は冒せないわ」アデラは息を吸いこんだ。「ここに残ったほうがいい。二人とも残るべきよ」

恐怖というのは人におかしな作用をもたらす感情で、報復を恐れるあまり、いろいろなものを麻痺《まひ》させてしまうこともある。それは理解できるが、どう克服したらいいのかはわからなかった。

少なくともアデラはもう泣きやんでいるし、ヒステリー状態でもない。

廊下でだれかが叫び、懐中電灯の明かりがドアの下から射した。

「早く逃げないと」小声で言い、ぼんやりと輪郭がわかるアデラのほうに手を伸ばした。

アデラは後じさった。「いやよ。無理」

「だったらこれだけでも」そう言ってポケットからカードを取りだし、アデラの手に押しつけた。「わたしの電話番号よ――気が変わったときのために」記されているのは数字だけだから、これで足がつくことはないが、被害者にとっては自由への手がかりになりうる。

この数年で、何十枚と渡してきた。

アデラはそれを受けとり、ドアを開けて叫んだ。「わたしはここよ！」

しくじった自分への情けなさとアデラを助けられなかった悔しさにまみれつつ向きを変え、洗面台の縁に片足をかけて飛びあがると、部分的に開いた窓から抜けだした。窓枠で背中と腰と太ももをこすり、蹴ったり身をよじったりしてようやく、砂利敷きの私道に横向きでどさりと着地した。なにかでジーンズが破け、手のひらは固い地面にぶつかった衝撃でしびれて、指の一本は不自然に曲がった。

一瞬、体は倒れこんだまま、痛みを感じなかった。直後に感覚がどっと押し寄せてきて、ありがたいことにアドレナリンも連れてきた。

ケイドの弟がどこへ行ったのか、わからないのが残念だ。正直なところ、いまなら多少の筋肉に頼りたい気分。あいにく暗い混沌《こんとん》のなかでは彼を見つけようとも思えなかった。一人きりなのだから、一人でやるしかない。

歯を食いしばってどうにか立ちあがり、ぶざまながらもできるだけ速く裏通りを走りだした。空きビル二棟の後ろを過ぎて駐車場を抜けると、やっと大通りに出た。脇腹の痛みに腰を折ったとき、血に気づいた。

いまは無視しなさい。ぽかんとこちらを見ている人たちも無視するの。

逃げることだけに集中して、〈ミスフィッツ〉から数ブロック先の駐車場まで、足を引きずりながら急いだ。離れたところに駐車したのは尾行される危険を冒したくなくてのことだったが、まさかぼろぼろの状態で逃げることになるとは思っていなかった。強くなってくる痛みにもめげず、ぐるっと車を迂回《うかい》して、だれも特別な注意をこちらに向けていないことを確認してから、ブーツに収めていたキーを取りだすと、運転席側のドアロックを解除した。

いつものように後部座席をのぞいて、だれもいないことをたしかめてから運転席に腰をおろす。まずは震える手でドアロックボタンを押し、トラックを運転しないときに乗る黒のフィエスタのなかで息を整えた。

ケイドの弟はどうなっただろう? まだバーにいる? 騒ぎを起こしたのは彼? 一瞬、戻って無事をたしかめようかと思ったが、ハンドルを握ろうとして手をあげた拍子に、不自然に曲がった指が目に入って、また激痛が走った。いまはだれも助けられない。仕方なくアクセルを踏み、ケイドもあの場にいて弟を見守っていましたようにと祈った。家に帰れば電話番号がわかるし、いったん落ちついてから電話をしよう。答えてもらっていない質問が山ほどある……。

けれどいまはただ〈ミスフィッツ〉から離れたかった。数キロ走ったところで、照明が煌々《こうこう》と輝く〈ウォルマート〉の駐車場に停車し、ゆっくりシャツを脱いで、出血している太ももを縛った。ああ、この指での作業はものすごく痛むけれど、そんなにきつく縛らなくても、少しは出血を食い止められるはずだ。

家に着くころには、脈打つ巨大なあざになった気分だった。それでも慎重を期して階段をのぼった。一歩一歩が試練だった。

ふだんと変わらずアパートメントは静かで、だれとも会わなかった。いまでは本格的に足を引きずりながら、どうにかいつもの確認作業をこなし、すべてのドアとベッドの下、クローゼットのなかをチェックしてから、よろよろとバスルームに入っていった。

明るい蛍光灯の下で太ももからシャツをほどき、顔をしかめた。皮膚に刺さったガラス片が二・五センチほどの傷をこしらえていた。床を汚してしまったのを見て、浴槽のなかに転がりこむ。

大きなうめき声を漏らしながら、突き立ったガラス片を血まみれの指でつまみ、歯を食いしばってゆっくり引き抜いた。盛大に自分を哀れみながらガラス片をごみ箱のほうに放ると、さらに血がジーンズに広がった。

ゆっくり二度、深呼吸をして、説得力のない励ましの言葉を自分に送った。大丈夫よ、全部治る。

もう安全。

とはいえ、傷の手当てをしないと状況は悪化してしまう。化膿《かのう》するか、敗血症にだってなりうる。手当てしてくれる人はいない。何年も前から――いいえ、最初からずっといなかった。

服を脱ごうとするとまたお腹の底からうめき声が漏れて、肌はうっすらと汗ばんだ。編みあげブーツとタイトなジーンズはまたいちだんと手強《てごわ》かった。スキニージーンズのばか。痩《スキ》せっぽ《ニー》ちを卒業して何年も経《た》つし、これほど快適ではないものを着るには大きな動機づけが必要だ。

人身取引組織の連中を仕留めることはそのリストの筆頭だけれど、それでも……。激痛のなか、ありったけの根性を奮い立たせて裸になった。服の山は浴槽の外に放置し、肩で息をしながら傷をあらためる。

黒みがかった青あざが、ウエストから足首までのあちこちを飾っていた。どうりで痛むわけだ。あのとき、アデラが尻込みしないでいてくれれば。あの窓をもう少し開けられていれば。ああ、失敗の苦みがこみあげてくる。

このまま動きたくないけれど、ほかに選択肢はない。鬼のように痛くても脚は曲げられるのだから、折れてはいないはずだ。

ゆっくり上体を起こしてシャワーの栓をひねり、水が湯に変わると、体を前にずらして膝にひたいをあずけ、しぶきを浴びた。どこかの時点で意識を失ったらしい。どのくらいそこに座っていたのかわからないが、湯が水に戻ったせいで目が覚めた。歯を食いしばり、慎重に太ももを洗う。手を伸ばしてシャワーを止めようとしたとき、新たな痛みに襲われた。

指。いたるところが痛むせいで、右手の薬指のことを忘れていた。どうやら、転落したときに脱臼したらしい。

痛む右手は守るように体に当て、左手でシャワーを止めると、壁を支えにどうにか立ちあがった。太ももの傷からはいつまでも血がにじんで止まらないので、できるだけ拭ってちょうちょ型の絆創膏《ばんそうこう》を何枚か貼ったあと、包帯を巻いた。

タオル地の大きなバスローブの袖に怪我《けが》した手をそっと通して全身をくるみ、ベッドを濡らすよりはと、足を引きずりながらソファに向かった。疲れ果てた体を丸めて、ありがたい気持ちで眠りについた。

4

ケイドは電話をかけようとした。そっと玄関をノックしさえした。午前二時で、人を訪ねるにはまったくふさわしくない時間だが、むしろ彼女と連絡をとらずによくここまで我慢したものだと、自分でも驚くくらいだった。

あのあと、レイエスと二人でほかの部屋に閉じこめられていた女性数人を確保し、サッカーの相棒もつかまえたが、スターも、スターと一緒にいた若い女性も、見失ってしまった。マトックスとサッカーにも逃げられて、やつらがスターを連れていったかもしれないと思うと胃がきりきりした。そこは妹が調べてくれているので、マトックスたちの居場所はいずれわかるだろう——が、そのときにはもう手遅れかもしれない。

それは断じて受け入れられなかったので、いま、こうしてここにいる。スターのアパートメントを訪ねて、無事なかにいることを祈っている。

もう一度ノックしたが、強くたたきすぎたせいで、となりに住む女性が顔を出して悪態をついた。

女性はおそらく八十代、めがねは傾いて髪はぼさぼさ、不機嫌な顔に、人前に出るべきではない格好で、ぴしゃりと言った。「こんな時間になんなの」

ああ、くそっ。「夜中に申し訳ない」

「とにかく静かにして」女性は吠《ほ》えるように言うと、乱暴にドアを閉じた――建物のほかの住人が目を覚ますほど大きな音で。

スターの部屋に押し入ろうかと真剣に考えた。もしなかにいなければ、すぐにでもこの一帯をくまなく捜して――

「だれ?」弱々しい声が閉じたドアの向こうから言った。

安堵《あんど》と同時に新たな警戒心が芽生えた。少なくともスターがここにいることはわかったが……一人ではないかもしれない。

さっとドアののぞき穴を見た。彼女から見えるよう一歩さがり、言う。「ケイドだ。入れてくれ」

なにも起きなかった。

ドアに近づいて脅した。「おい、スター、いますぐ開けないとドアを蹴破る――」

かちりと音がしてドアが開いた。

一目見たとたん、抑えようのない怒りが戻ってきた。これまで一度もなかったことだ。ふだんは可能なかぎり冷静に熟考し、距離をとって、プロらしく行動する……がしかし、これはスターだ。この女性には毎度、自制心を揺すぶられる。

一歩入って静かにドアを閉じてから、尋ねた。「だれにやられた？」まるで戦場にいたような見てくれだ。

スターは痛みに顔をこわばらせ、見るからに足を引きずりながら、ソファに歩み寄ってそっと腰をおろした。そしてケイドの質問に答えるどころか、質問をぶつけてきた。「なにしに来たの？」

見れば、部屋のあちこちの照明がついている。「一人か？」

スターは深く腰かけた。「そうよ」バスローブの身ごろが開いて右脚がのぞいた。

目にしたものにあごをこわばらせ、彼女の前に膝をついた。「ああ、ベイビー、いったいなぜこんなことに？」

スターは震えながらごくりとつばを飲み、目を閉じた。「〝ベイビー〟？」

いま気になるのは愛情のこもった呼びかけか？「文句はあとだ。なにがあったのか話せ」

スターは実際には肩をすくめなかったものの、そうしたいのが口調ににじんでいた。「男性用トイレの窓から外へ飛びおりたときに強くぶつけたの。でも大丈夫よ」

いや、ちっとも大丈夫ではない。あざは太ももの上部となかほどでは赤黒いが、そこから外に向かって青、緑、黒と広がっている。バスローブで隠れているので、どこまで広がっているのかは定かではない。そっと肌に触れた。血がこびりついた傷口を覆う包帯のところは、とりわけ慎重に。

スターがだるそうに言った。「ひどいでしょ？」

こういうあざを見たことはあるが、女性の体にあるのを見たのは初めてだ。「ハムストリングをやられたな。いったいどうやってここまで帰ってこられたのか」

「きっとアドレナリンのおかげね。家に帰らないわけにはいかなかった。でも、いまはめちゃくちゃ痛いわ」

そういえば彼女は腕もかばっている――それに気づいて視線を手に移した。なんてことだ。気の毒に思って顔をしかめたが、まずは先にやることがある。あごで脚を示して尋ねた。「見てもいいか？」

あのベルベットのような茶色の目に見つめられた。「じつを言うとバスローブの下はすっぽんぽんだから、よくない」

本人から聞くまでもなかった。体がすでに反応していて、相反する欲求に苦しめられていた。この女性を助けたい。守りたい。触れたい。

見たい。

しっかりしろ、おれ。深く息を吸いこんで、ここは事務的に徹しようとした。「医者に行くべきだ」

「だめよ。それを言うために来たんなら、どうぞいますぐお帰りになって」

「スター」両手でソファをつかんだ。「こんなきみを置いていくと思うのか?」

彼女の目が険しくなった。「思ったらおかしい? わたしはあなたの〝ベイビー〟じゃないし、あなたになにも頼んでない――」

「言いなおさせてくれ」こちらも険しい目で遮った。「こんなきみを置いてはいけない」

二人はにらみ合い、意志と意志のぶつかり合いをくり広げたが、ついに彼女のほうがしぶしぶ折れた。疲れすぎていて、そうするしかなかったのだろう。

「わかったわよ」不満そうに言う。「好きにして。まあ、だれかがあなたを尾《つ》けてきたとしても、わたし一人じゃ対処できそうにないから、援護にはなるでしょうし」

「おれはだれにも尾行されていない。だが、きみが尾行されていたとしたら、そうだな。おれは最高の援護になる」目的をもって立ちあがった。「一つずついこう。まずは、なにか呑《の》んだか?」

スターが痛みに目を閉じて体をこわばらせたまま、尋ねた。「なにかって……?」

「痛み止めとか。ああ、脚はあげて氷で冷やしておけ。さもないと明日は歩けなくなるぞ」

短い笑いが返ってきた。「歩く? 這《は》うことだってできそうにないのに」首をもたげてうっすらと目を開く。「たぶん言うべきじゃないんだろうけど、シャワーを浴びただけでエネルギーを使い果たしちゃったの。いまはただ眠りたい」

　本音を聞いてやさしさが芽生えた。「すぐに眠らせてやるから、その前に少しできることをしておこう。痛みに効くものは持ってないか？」

「薬棚にアスピリンが」

「救急セットもあるようだな」スターの処置はまずくはないが、おれならもっとうまくできる。「その切り傷の手当てもきちんとしよう。どうしてできた傷か、わかるか？」

「ガラス片で」もう気を張っていられないとでも言うように、またうなだれた。「バスルームのごみ箱のなかか、そばにあるわ」

　まずは敵を知るべしとばかりに、そのガラス片を探しに行った。床の上には脱ぎ散らかした服があり、血だらけのジーンズとブーツも転がっていた。カウンターの上にはナイフとネックレスがある――いや、ただのネックレスではない。隠し武器だとはわかったものの、どう使うのか理解するには数秒かかった。メダル型の部分に組みこまれた小さな装置を押すと、鉤爪《かぎづめ》のような刃《やいば》が飛びだす。

　まったく、この女性はなにをするつもりだったんだ？　たった一人の〝悪党退治〟にどこまでのめりこんでいる？

　それについて考えるより、いまは傷の手当てだ。見つけたガラス片は割れた瓶の一部のようで、まだスターの血にまみれていた。というより、いたるところが彼女の血だらけだ

――床、浴槽、洗面台……。

救急セットはカウンターの上に、蓋を開けたまま放置してあった。アパートメントのほかの部分は整理整頓が行き届いていることからすると、散らかっているのは不本意に違いない。手当てが終わったらここは片づけておいてやろうと決めた。

次にキッチンへ行って、ミネラルウォーターのボトルはないかと探した。冷蔵庫のなかはほぼ空っぽで、戸棚には食べ物のパックがたくさん入っているが、健康的なものは一つもない。食事を用意するにはちょっと工夫がいりそうだ。

救急セットと市販の痛み止めと水を手に戻ると、彼女は眠っているようだった。「スター?」そっと呼びかける。

「うーん」だるそうな声が返ってきた。

「呑めるか?」指先で唇に触れた瞬間、スターがはっとして茶色の目に警戒をたたえた。このやわらかな唇にキスしたくてたまらなかったが、ただこう言った。「口を開けろ」

彼女が従ったので、痛み止めを入れてやってから、水のボトルを握らせた。

スターは薬を呑みこんだあともさらにボトルを傾けて、半分空にした。「人に世話してもらったのは初めてよ」

初めて? 本当に? 「じゃあ、どういうものか教えてやろう」

彼女は考えるように眉をひそめてこちらを見つめていたが、ついに降参した。「いいわ。

じつはお腹もぺこぺこなんだけど、まさか料理はできないわよね」

「たぶんきみよりうまい」またソファのそばに膝をついて、役には立っただろうがじゅうぶんではない、ちょうちょ型の絆創膏をそっと剥がした。この状態では恐ろしく痛いだろう。

「ゆうべはぜんぜん眠れなかった」スターが痛みをごまかそうとするように説明しはじめる。「食事も今朝早くにとったきり。そこへ今夜の……刺激が加わって、まあ、ずたぼろよ」

「刺激、か」ケイドは聞き流すことにして、目の前の作業に集中した。「悪いが」脱脂綿を消毒液で湿らせながら言った。「痛むぞ」

「わかってる」スターは言い、左手でソファをぎゅっとつかんだ。「やっちゃって」

それでも手当てを進めていると何度も息を呑むので、会話で気をそらしてやることにした。「しょっちゅう食事を抜くのか？」

「わたし、欠食状態に見える？」

とんでもない。スターはしっかりと均整のとれた体つきをしているし、初めてこの女性を見かけたときからその点には気づいていた。女性にしては肩幅が広く、胸のふくらみは立派で、ヒップときたら両手でつかみたくなる。そういう美点を本人はまったく強調していないものの、むしろそれゆえ、こちらの目には恐ろしくセクシーに映った。

「早朝以降、食事をとらなかったのは緊張のせいか？」

「わたしは緊張しない」否定した直後に息を呑んだ――切り傷の端に残っていた小さなガラス片をケイドが取り除いたのだ。

「じゃあなぜ食べなかった？」

「準備で忙しかったの」怖い顔でにらむ。「もう終わった？」

苛立《いらだ》った顔のほうが、痛そうな顔よりずっといい。「もう少しだ。本当は何針か縫ったほうがいいんだが、出血はほぼ止まったから、絆創膏でしのごう」バスローブは満足に慎みを保っていないものの、彼女が気にしている様子はない。ケイドがこれほどそばにいることにも、自身が肌をさらしていることにも、まったく動じていないようだ――動じていたとしてもうまく隠しているのか。

いずれにせよ、その態度に感心させられた。現状、少しでも恥ずかしそうにされていたら、手当てがスムーズに運ばなかっただろうから。

手当てが終わると、バスローブの端でふたたび肌を覆ってやった。「さてと」となりに腰をおろす。

そばに寄られるのはうれしくないとはっきり示すためか、また怖い顔を向けられた。

「その指は関節がはずれてる」やはり緊急治療室へ行かせるか、それとも……おれが治すか。

痛む右手から目をそらして、スターがささやいた。「知ってる」

そっと彼女の右手を取り、腫れた関節を指先でやさしく撫《な》でた。「こっちの腕でほかに痛むところは？　手首とか、肘は？」

彼女は腕を守るようにして、唇を引き結んだまま、首を振った。

「本当か？」片手でしっかり手首をつかみ、もう片方の手で脱臼した指をつかんだ。「動かそうとしてみたか？」

「ええ。シャワーの栓をひねろうと――あああ！」

彼女が言い終える前に問題の指の関節をすばやくはめ、落ちつかせようと、やさしく手で手を包んだ。「よしよし、そうだよな、痛むよな。さあ、何度か深呼吸をしろ」

「この悪魔！」鋭く言い放った直後、寄り添ってきてうめき声を漏らした。

ケイドはどうにかつばを飲みこんだ。自身の指も含めて、脱臼を治したことは何度もあるが、今回はわけが違う。手で手を包んだまま、空いているほうの腕を彼女の体に回した。

「ごめんよ、ベイビー」

スターが震える息を吸いこんだ。「謝らないでよ」まだ少し震えながら言う。「わたしのために治してくれたんだから」

「本当に医者に行ったほうが――」

彼女はまた深く息を吸いこみ、ゆっくり吐きだしてから体を離した。「大丈夫よ」

この強情さが癇《かん》に障ってきた。「ほかに痛むところはないか?」

苦しげな笑いが返ってきた。「痛くないところがないくらいよ。あの窓から逃げだすなんて、ばかなことをしたわ」

きみを逃がすためにおれがあの場にいたのだから、同感だ。まあ、彼女はそれを知らなかったわけだが。「創意工夫の表れじゃないか?」

ふうっと息を吐きだす。「まあ、あの場に残るよりましだった」

考える前に手を伸ばして、もつれた髪を撫でおろしていた。「あそこでなにをしていたのか、話してくれるか?」

「そっちが先よ」

驚いて顔をあげた。「知ってたのか?」

「どこかにひそんでるんじゃないかって思ってた」

しゃべっていると落ちつくようなので、またとなりに腰をおろした。「きみを見張っていた」そこまでなら言える。この女性には知っていてほしかった……気にかけていることを。彼女がなにをしようとしているにせよ、代わりに引き受けてやれることを。「きみはいったいなにをしたかったんだ、スター?」

するると彼女は震える手を掲げ、まつげに宿った涙のしずくを厄介なもののように拭った。

「別になにも。わたしはただ、あそこに行けばお金をもらえることになってたの。あなたこそ、どうしてあの場にいたのよ」

　こんなにいらいらさせられる人物には会ったことがない。「それは話せない」

「あらそう。こっちも同じよ。お互い、ささやかな秘密があったっていいわよね」

　ケイドは戦術を変えた。「腹が減ってると言ってたな。残りの傷の手当てをしたら、なにが作れるか見てみよう」

「手当てはもういいし、自分でシリアルかなにか用意するわ」

　寝る用意すら自力でできるかどうか怪しいものだが、それは言わずにおいた。「腕で、ほかに痛むところは？　肩や背中は？」

「背中が少し痛いけど、窓枠でこすっちゃったし、着地したときに頭と肩をぶつけたから、まあ……首の骨を折らなかっただけ運がよかったとするわ」

　その可能性にぎょっとして、息苦しさを覚えた。「見せてみろ」

　すると彼女は疑わしそうにこちらをにらみ、少し体を引っこめた。「じつは医者だなんて言うんじゃないでしょうね」

「医者じゃないが、戦場でそれなりに経験が――」

「ああ。軍人」情報のかけらに飛びついて、勝ち誇ったように言う。「だと思った」

「本物の医者に診てもらうのはいやだと言うなら、せめておれになにができるか、見せてくれ」

数秒の逡巡《しゅんじゅん》のあとにスターが言った。「わかったわよ」どうにか体を起こす。

そっと手を貸して、もう少し上体を起こさせた。

「パンティがいる」彼女が言う。「あと、前開きのシャツも。そうしたら好きなようにお医者さんごっこをしていいわ」

いまはそんなときではないのに、からかうように言った。「お医者さんごっこ？　いいのか？」

「ふざけるなら帰って」

いつもの態度が完全に戻ってきたのがうれしくて、つぶやくように言った。「悪かった」手を貸して立たせる。「服を着るのを手伝おうか？」

「手伝ってもらうしかないかも。バスローブを着るだけでも一苦労だったから」

まさか受け入れられるとは思っていなかったので驚いたが、なにも言わずにうなずいた。寄りかからせて、一緒に寝室へ向かう。寝室に入ると、スターはそろそろとベッドの足側に腰をおろした。「パンティはいちばん上の真ん中の引き出し」

なんという目新しい体験だ――女性にパンティを穿かせるとは。レイエスなら底抜けにおもしろいと思っただろうが、いまは笑うとはほど遠い心境だった。

指示された引き出しを開けると、さまざまな色と素材が現れた。ほとんどがコットンで、レースの飾りがついているものやナイロン地、超すけすけのものもある。選び放題だ。ちらりと肩越しに振り返った。「しっかり隠すのと布が極小のと、どっちがいい？」

スターが笑った。「〝しっかり隠す〟っていうのがおばあちゃんパンツのことなら、そういうのはそこにはないわ。あんまり小さすぎないやつで、できたらコットンがいい」

「色の好みは？」

「何色でも」

つまり、おれの好みで決めていいと？　ふーむ……。

繊細な下着を物色するには、この手は大きすぎるように見えた。ブラはパンティとセットで着けるのだろうか？　なぜかそうは思えない——彼女にとって特別なとき以外は。スターにとって、セックスは〝特別なとき〟なのか？

答えを知りたい……って、おい、なにを考えている。

ホットピンクに黄色い小花の一枚を選んで振り返ると、スターはかろうじて起きている状態なのだろう、肩を丸めてうなだれていた。よもやスターリング・パーソンのこんな姿を目にするとは思ってもいなかった。

つらかった。ものすごく。どういうわけか、この女性はとっくにこちらの心に入りこんでいた。そんなことがこれまでにあっただろうか？　いいや、一度もない。

スターの前に膝をついて言った。「ほら」左右の足に美しいパンティを通し、ぴったり閉じている膝まであげた。

すると彼女は怪我《けが》をしていないほうの手でケイドの肩につかまって立ちあがった。「なにも言わないで」

顔は彼女のお腹の高さ、両手は膝の外側に当てていて、肩には温かな手がのせられている。さまざまな筋書きが頭のなかを飛びまわって血をたぎらせ、筋肉をこわばらせた。もしも彼女が怪我をしていなければ、このまま身を乗りだして顔を押しつけ、熱い香りを吸いこんでいただろう……。

近いうちに、またこの体勢に戻ってみせる——彼女が完全に回復したら。いや、だから、なにを考えている。

自分を叱って、彼女の顔を見あげた。

スターはあらぬほうを見ていた。「本気よ」

「わかってる」顔を見ていれば体を見なくて済む。パンティを引きあげるときに指先や手首を刺激する、温かでなめらかな肌も。そのままバスローブの下まで引きあげて、ヒップに穿《は》かせた。

鉄の意志を総動員して立ちあがった。「シャツは?」

「やっぱりバスローブのままにする。だけどそうしたければ、背中の具合を見てもいいわよ」向きを変えてベルトをほどき、肩口をはだけた。

当然ながら、さらにあざが現れた。予期してはいたが、少なくともこちらは脚ほどひどくない。豊かな髪を片手でかきあげ、もう片方の手でそっとあざの部分を押したが、スターはぴくりともしなかった。「いちばんひどいのは脚と指だな」

「指はもう平気になってきたけど、たしかに脚はつらいわ」

家にはジャグジーがあるものの、彼女を招けばますます問題が増えるだけだ。まあ、そもそもスターが招待を受けるとしてだし、受けるとは思いがたいが。

「脚を氷で冷やして、ソファで横になるというのはどうだ？　指にはテーピングをしてやるし、そのあと食事も用意する」

「わあ、この〝お世話してもらう〟ってやつ、悪くないわね。自分がなにを逃してきたか、気づいてもいなかった」

きっと皮肉を言っているほうが楽なのだろう。だからなにも返さないまま、手を貸して一緒にリビングルームに戻った。

もしもかかえている事情が違っていたら、これほどずたぼろの状態であれほど肌を見られたことに、もっと気恥ずかしさを覚えていたかもしれない。けれど現状、最大の問題は肌の露出ではなかった。ケイドに頼ることだった。

本当に最悪。それでも、彼のおかげで少しはましになっていると認めざるを得ない。じつにてきぱきと事務的で、こういうこともしょっちゅうやっているみたいな態度なのだ。

まさか、しょっちゅうやっているの？　いや、この男性はだれかの下僕になるような人ではない。それがいまはわたしの下僕になってくれているのだから、ありがたいと思おう。あれこれ世話を焼かれるだけでもうれしいのに、その光景がまたすばらしい。ぞくぞくする。

たしかにいまはゾンビの気分だけれど、女性ホルモンのほうは活発だ。ケイドが床に膝をついたときなんて、まさに妄想を刺激された。

本当に料理ができるのだろうか？　料理以外のどんなこともやすやすとやってのけるのだから、おそらくできるのだろう。もしかしたら、そのうち答えがわかるかもしれないけれど、今日のところは基本的な食材もない。代わりにピザロール――冷凍庫発、電子レンジ経由――とコーラで食事を済ませた。冷たいシリアルと袋入りのクッキーは彼に却下されたので、用意できるなかではこれがベストの選択だった。

シャワーを浴びて、指はまっすぐに戻ってとなりの指とテープで固定され、太ももは枕の上にあげて彼が定期的に角度を変えてくれる氷のうでじんわり麻痺《まひ》し、お腹に食べ物を収めたいま、はるかに気分がよくなった。いい気分とまでは言えない――〝いい〟は地平線を探しても見当たらない――けれど、間違いなく惨敗気分ではなくなった。

この世に一人きりという気分でもなくなった。

もちろん、今後はケイドに頼ろうと思っているわけではない。まさか。この男性はあらゆることについて秘密主義すぎる。

「それで」脚の、氷をのせられていないあたりをゆっくりさすりながら切りだした。「いったい〈ミスフィッツ〉でなにがあったの？　あれはあなたの弟の思いつき？　大騒ぎを起こしたのは。わたし、奥の部屋へ連れていかれる前に、あなたの弟を見たのよ」

「いや、すべておれの思いつきだ。弟には直前に知らせた」負傷した脚にかがみこんで氷のうの角度を変えてから、説明する。「昨日の夜、きみがスミスを――ちなみにやつの本名はサッカーだ――おれのバーの外へおびきだしたとき、きみたちの会話を聞いていたから、やつがきみに誘いをかけたことは知っていた」

ええ？　そんな。「どこで聞いてたの？　どこにも見当たらなかったけど」

ケイドは肩をすくめた。「だろうな。おれはオフィスの窓から出て暗がりにひそんでいた。きみがまっすぐ罠《わな》に歩いていくことになるのはすぐにわかったから、急いで計画を立てたんだ」

「言ってくれればよかったのに」

「引っこんでろと返されるだけなのに？　冗談じゃない」

まあ、きっとそう返していただろう。たいていの場合、プライドが良識を上回る。「あいつの名前がスミスじゃないのはわかってた」

「だろうな」

じゃあ、多少は脳みそがあると認めてくれているのね。「あなたも〈ミスフィッツ〉にいたの？」

「外にいて、窓越しに見張ってた。やつがなにを期待してるかわかってたし、きみがそれに同意しようとするまいと、おれは許す気がなかった」

「許す？」静かに尋ねた——険悪な響きをこめて。

「そんな権利がないのはわかってるが、言いたいのはそういうことだ。で、おれには阻止する力があったから、阻止した。なあ、本気で文句を言うつもりか？　きみ一人のほうが、もっとうまく状況をコントロールできたとでも？」

状況をコントロール？　とんでもない。わたしはどん詰まりで、ひとことで言えばこの男性に助けられた。まっすぐ目を見られず、追い詰められた気分で視線を落とした。

もう、お礼を言うのは得意じゃないのに。感謝の気持ちがこみあげてきたとき、それに気づくことだって得意じゃないのに。けれどいま、胸にずっしりのしかかっているのはその感情に違いなかった。「その……〝不機嫌モード〟がわたしの基本設定で」

ケイドは気分を害するどころか小さく笑った。「気づいてるさ」

そっと見あげると、彼の口元には本当に笑みが浮かんでいて、それに気づいたとたん、なぜか心臓が飛びはねた。だけど無理もない。こうして間近に座っていて、わたしの部屋に二人きりで、この男性が向けてくる関心にはまったく動じないというわけでもないのだから。「とにかく」暴れる思考に手綱をかけて、言った。「助けてくれて感謝してるわ」

ケイドがこちらの顔を見ようと、首を傾けた。「どうってことない」

彼にとってはそうだろう。あのバーの闇のなかでヒーローが悪党をばったばたと倒すところは見えなかったけれど、先陣を切ったのがケイドだということは、なぜかわかった。この男性の静けさを思い出した。呼吸一つ乱さずに、あの部屋にいた全員を倒していった――わたし以外の全員を……いや違う。

アデラ。さっと顔をあげた。「あの部屋でわたしと一緒にいた女性は？　彼女がどうなったか知らない？　無事なの？」

ケイドは悔しそうに小さく首を振った。「悪いが、わからない」

落胆に襲われた。そろそろ少しくらい本当のことを知りたい。「整理させて。あなたは弟と一緒だった。わたしはあの場にいた。わたしたちはお互いを信用していない――それはわかった。だけど本当に知りたいの、なにがあったのかを」

ケイドはただ無言でじっと見つめた。

必死さで声が揺らいだ。「お願いよ」

永遠に思えるほどの時間が過ぎたころ、ついにケイドがうなずいたが、それでも完全に腹を割りはしなかった。「おれが本当のことを言ったら、きみも言う。どうだ？」

ずるい！　わたしには知らなくちゃいけない理由があるけれど、そっちにはどんな言いたくない理由があるっていうの？

にらみつけたものの、ケイドはそれを無視して言った。「きみしだいだ、スター」

意地悪。拒めないとわかっているくせに。「いいわ。でもアデラがどうなったかを先に教えて」

「教えられない。言っただろう。ただ」口を挟まれる前に続けた。「サッカーは――つまりスミスは――逃したが、相棒のジェイはつかまえた。おれのバーに現れた二人組だ。別の部屋に閉じこめられていた女性数人も弟が見つけた」

心が沈んで、彼の手首をつかんだ。「その女性たちは逃がしてくれた？」

つかまれた手首に彼が視線を落としたので、自分のしたことを強く意識させられた。ケイドの手首はとても太くて、指と指が届かないくらいだ。熱くて岩のように固くて、やわらかな毛が生えている――こちらの視線もそこに吸い寄せられたせいで、手のひらがじんじんしてきた……そのしびれは腕を這いのぼり、忘れたほうがいい場所に向かっていく。

「ごめんなさい」急いで手を引っこめた。

「いつでも好きなときに触れてくれていい」

なんて胸躍る申し出！「別に触れたいなんて――」

抗議の声を遮られた。「女性はもうみんな安全だが、きみともう一人の女性は見つからなかったし……」言葉を切る。

「マトックスも消えた？」

ケイドの両眉があがった。「やつは自己紹介したのか？」

驚くのも当然だ。マトックスは目立たないほうを好むうえ、汚れ仕事は手下に任せがちだから——女性の手配を別にして。そのときは、あの薄汚い悪党も絶対に参加する。

それより重要なのは、明らかにケイドがマトックスを知っている——うわさだけでも聞いている——という事実だ。やはり、セクシーなバーテンダーは彼の本職ではなかった。さらに、軍での経験があることもわかった。いったいこの男性と弟は何者なの？

こちらの秘密を明かさずに質問に答える方法は思いつかなかった。しばし考えてから、言った。「自己紹介は必要なかったわ」

「前からマトックスを知ってたのか？」

「ええ」知っていて、軽蔑していて、苦しむところを見たいと心から願っていた。「あなたも知ってたんでしょ？」

質問に質問が返ってくる。「どうやって知った？　会ったことがあるのか？」

「だめよ。質問は一度に一つずつ。さあ、答えて。あなたは〈ミスフィッツ〉でなにをするつもりだったの？」

「きみを守る、以上」迷いもなく答えた。「きみの番だ」

「そんな！　店のことも関わってる連中も、あなたは事前に知ってたんだから、はぐらかさないで――」

「〈ミスフィッツ〉の存在と、そこでなにがおこなわれているかについてはしばらく前から知っていた。だが昨夜あそこへ行ったのはきみが行ったからだ。そうでなければ続けていた……」言葉を切る。

「監視を？」探りを入れた。「調査を？」いったいあなたの役割はなんなの？

無言の承認として、鋼のような肩の片方があがった。

それでは足りない。用心をかなぐり捨てて、ケイドの全身を眺めた。「つまり、それがあなたの仕事？　人身取引組織を見つけだして暴くのが？」

反応はなかった。まばたき一つしない。

「そのあとは？」本当にわたしたちは使命を同じくしているの？　だとしたらすごい。ケイドのことはどんどん好きになっている。おおむね信用している。必要なときに専属のタフガイがそばにいてくれて、そのタフガイは目の保養でもあるなんて、すごくありがたい。

「こっちが質問する番だ」ケイドが言い、毛布の上から足をさすってきた。

危うく心臓が止まりかけた。

足をさすられるなんて経験はレパートリーにない。けれど正直に認めると、天にものぼりそうな心地だった。

「教えてくれ、スター……」

「スターリングよ」

わかったと短くうなずいた。「あんな真似（まね）をして、なにがしたかった？」

どうせだれかが最初の一歩を踏みださなくてはならないのだから、それがわたしだっていいはずだ。少し譲歩すればきっと向こうも同じようにしてくれるだろうし、もしかしたらそれぞれ隠している秘密を打ち明けられるかもしれない。

　ふつうなら、そんなことは検討すらしない。わたしのことだけでなく、わたしの動機を知っている人が少なければ少ないほど、安全だと思えるからだ。けれどこの世のあらゆる男性のなかで、ケイドのことは実際に好きだと思えた――共通の目標があるとわかったいまはとくに――すなわち、性的搾取をおこなう人身取引組織をぶち壊して、とらえられた女性を解放し、責めを負うべき者たちを罰する。

　腹が決まったので、どこから始めようかと考えた。「サッカーがあなたの店に現れることは当てにしてなかった」あそこはわたしにとって安息の地……だったけれど、おそらくもうそうではなくなった。「これまで来たことはなかったから。まあ、わたしの知るかぎりでは、だけど？」

　問いのように言い終えると、ケイドが答えた。「現れたのは、あのときが初めてだ」

　うなずいて、一つ打ち明けた。「あいつのことは少し前から知ってるの」

「どうやって知った？」

「そうね……あいつを知ってる女性数人と話をして。あいまいな答えだけど、いまのところはそれ以上言えない」そちらも情報を差しださないかぎり。これは対等な取り引きでなくては。「それで、どうやったらあいつをつかまえられるか、ずっと考えてた――」

「なんてこった」片手で短髪をかきあげ、ソファの背にもたれて顔をしかめた。

おかげで足をさする手が止まった。残念。

「そんなとき、あいつがあなたの店に現れた。ぱっとね。わたしの手が届くところに。で、こんなチャンスは逃せないと思った」

「チャンスってなんの？　大怪我をする？　レイプされる？　売り飛ばされる？」

最悪の恐怖を突きつけられて、しかめっ面が戻ってきた。「もう、うるさいわね。少しは信用したらどう？」

「スター」警告するような口調で名前を呼ばれた。

「スターリングよ」反射的に訂正した。新しい人生を、自分で切り開いた人生を始めたときに、すべてを変えた――環境も外見も、あだ名も。「〈ミスフィッツ〉を探れると思ったの。あいつらがどんなふうにものごとを運んでるのか、とかをね。招かれずになかへ入るのは簡単じゃないから、ああするしかなかったのよ」

「そんなことはない」

たしかに。だってケイドは明らかになかへ入ったことがある。ケイドの弟も。二人とも

〈ミスフィッツ〉がどういう場所かを知っていた。けれど二人とも、それをわたしに教えようとはしなかった——わたしが乗りこんでいく気だと知っていたのに。

ふと別の可能性に気づいて、どう主張するかを考えなおした。ケイドはわたしを守ると固く決めているようだから、そこを踏まえて論を張れば有利な方向に進められるかもしれない。なにも一人でマトックスとその気色悪いお友達に立ち向かいたいわけではないのだ。その道が行き着く先は失敗——すでにわかったとおり。

けれどケイドの助けを借りたら？　弟の力も。

そうしたら、どこかへたどり着けるかもしれない。

新たな考えにほほえみ、ケイドのあざやかなブルーの目を見つめて提案した。「正直に話してくれるなら、わたしたち、協力できると思う」たちまちケイドの表情が険しくなった。もしもこの男性は怖くないとすでに結論をくだしていなかったなら、この表情一つで頭のなかの警報が鳴り響いていただろう。なぜかケイドはほかの人とは違うとわかったのだから、不思議な話。

今度は、わたしもほかの人とは違うことを彼にわかってもらう番だ。

5

ケイドの反応を見守りながら、スターリングは続けた。「あなたにもできるんでしょ？弟みたいに潜入することは」

静かだけれど頑とした声で、ケイドがささやくように警告した。「これはきみが遊んでいいゲームじゃない」

「あなたはそう思ってるかもしれないけど、わたしは違う」この数年、遊んだゲームはこれだけだし、わたしはこれを復讐《ふくしゅう》と呼んでいる。罪滅ぼしと。贖罪《しょくざい》とさえ。

「まだ理由を聞いてないぞ」

そんなに険しい顔をするのは、もしやわたしを心配しているせい？　興味深い。「理由なんて関係ない。だって――」

「大いに関係ある」

「とにかく」口を挟んでほしくないことをはっきりさせるために、強調して言った。「今日だって、もしすべてうまくいってたら、怪物を何人か倒して女性を何人か助けられてたかもしれない」

首がもう一つ生えてきた人を見るような目で、ケイドにじっと見つめられた。「なにもうまくいかなかった」

言われなくてもよく覚えている。努めてさりげない口調で返した。「そうね、でもあなたが大活躍してくれた」

こちらが止めるよりも早く、ケイドが氷のうと毛布を脇に押しのけて、色濃くなってい く脚のあざを手で示しながら言った。「これが大活躍の結果か?」続いて手首をつかみ、テープで固定された指二本を示す。「これを見ても、おれをヒーローかなにかだと言えるのか?」

驚いた。かなりの剣幕だけれど、不思議なことに怖くはなかった。わたしに怒っているのではなく、わたしに代わって怒っているように見えたから。

アデラはまだとらわれの身でマトックスはまだ死んでいないのだから、払った努力は大失敗に終わったと言える——そしておそらく、わたしが怪我《けが》をしたせいで、ケイドも同じように感じているのだ。

わたしがアデラに責任を感じているみたいに、彼はもうわたしに責任を感じているのだろうか? そう思うと胸がぬくもったものの、頭のなかでは警鐘が鳴った。あまりにも長いあいだ、一人で生きてきたから、だれかに——とりわけこちらと同じくらい大きな秘密をかかえている男性には――にじり寄ってきて人生のコントロールを取りあげるような真似《まね》をしてほしくなかった。

複雑な心境を、どうにか皮肉で隠した。「わたしはこうして生きてるし、大怪我はしてないし、レイプされても売り飛ばされてもいない。なにより、あなたがあいつらの気をそらしてくれたおかげで助かった……少なくともわたしはね」息を吸いこむ。「それは意味のあることじゃない？」

ケイドは立ちあがり、リビングルームをうろうろしはじめた。この部屋はとりたてて狭いわけではないのに、この男性にうろつかれると極小に思えた。まるで彼の大きさと存在感が空間を圧迫してしまうみたいだ。ケイドのことなら永遠に見ていられそう。あの自在な攻撃性は、ふだんはしっかり閉じこめられているけれど、必要とあらばすぐに取りだせる。そんな肉体的な強さがうらやましい。

ケイドがうろつくのをやめてこちらを向いた。「きみに怪我をしてほしくない」

保護本能を突きつけられて、驚いた。そんなものには慣れていない。「お互いさまね」

彼に怪我をしてほしくないというのは本心だが、そんなふうに心配されることを当人は喜ばないのではという気がしたので、話題を変えた。「サッカーの相棒をつかまえて、女性数人を保護したと言ったわね。彼女たちはどうなるの？」

これくらいは説明してもらえた。「家族のもとに帰したり、安全なシェルターに連れていったりした」

よかった。わたしもきっと同じことをしていた。「くず野郎どものほうは？」

向けられた表情がすべてを語っていた。

スターリングは口笛を鳴らした。「死んだの？」

質問に質問が返ってきた。「きみはそうするつもりだったのか？」

「そうね。でも、どうやらあなたには、わたしにはないコネがあるみたい」

「きみにはないものがたくさんある」

侮辱のつもり？　笑ってしまった。「冗談やめてよ。いくつか挙げてみましょうか？

そうね、まずは立派な上腕二頭筋と大きなこぶし。それから筋肉隆々の脚と岩みたいな肩。わたしだって背は高いけど、あなたには身長だけでなく腕力でも戦闘能力でも劣るわ」彼の苛立《いらだ》ちが愉快だった。「脚は短くないけど、あなたのほど強くはない。弱虫でもないけど、あなたにはかなわない。戦い方については、もちろんがんばってるし意志だって固い。だけど自己流だから、あなたと同じものは当然もってない」

「なあ……」ケイドが向きを変え、緊張に肩をこわばらせたまま、またうろうろしはじめた。「きみをどう処理したらいいのかわからない」

わたしを、処理？　鼻で笑ってしまった。「できないから無理しないで。だけど提案があるの。わたしの質問に答えて。それで、共通基盤があるかどうか、見てみない？」

「だめだ。この件についてはできない」

もどかしさに天を仰いだが、それでもめげずに質問をぶつけた。「助けた女性はどこのシェルターに連れていったの？　あなたはどうやって〈ミスフィッツ〉を監視してた？」

ケイドは首を振った。

「いいわ、じゃあ別の質問」なにか教えてくれないなら、会話は終わりだ。「どうやってわたしの住所がわかったの？　戦い方はどこで習った？」

ケイドは頑固に押し黙ったまま、あごをさすり、射るような目で見つめた。「もうすぐ夜が明ける。少し眠ったほうがいい」

この石頭。大きな落胆に怒りがつのった。わたしとはチームになりたくないの？　けっこう。これまで一人でやってきたのだから、この男性も必要ない。

だれも必要ない。

「そうね、疲れたわ」大きな口を開けてあくびを装う。「どうぞ、どこへなりと帰って。もしかしたらそのうちまたバーで会うかもしれない――」苛立ちのあまり、つけ足した。

「――し、二度と会わないかもね」

ケイドがぴたりと動きを止めて、鼻孔をふくらませ、恐ろしい声で尋ねた。「それはいったいどういう意味だ？」

「もうあんまりあなたのことが好きじゃないって意味よ」

まぶたが引きつる。「好きかどうかが関係してるとは知らなかった」危険なほどの苛立ちもあらわに詰め寄ってくると、大きな手の片方をソファの背もたれに、もう片方を肘かけにのせて、ぐっと顔を近づけてきた。「きみは長距離運転のあと、かならずおれの店に来る」

示されているのが怒りだとしても、ここまで接近されると女としてのエンジンが火を噴いた。怪我をしているのが残念でたまらない。「つまり、わたしはトラック運転手であなたはバーテンっていう設定を変えないわけね。こっちはそれでかまわないわよ」無邪気を装って言う。「一週間は配送がないの。よかったわ。脚が治るまでは無理そうだから」

「その脚は一週間では治らないし、きみがトラック運転手じゃないなら——」

「あら、わたしはトラック運転手よ。あなたがバーテンなのと一緒でね」甘ったるい笑みを浮かべると、ケイドはさっと体を起こした。

「おれはバーテンだ。店で働いてるところをしょっちゅう見てるだろう」

ため息が出た。まったく、この男性ときたら始末に負えない。おまけにセクシーでたくましくて、恐ろしく有能で、いつまで抵抗していられるかわかったものではない。「そっちこそ、わたしがトラックに乗ってるところをしょっちゅう見てるでしょ。そういうこと。すべては見た目どおり」

ケイドの体から怒りが波になって漂ってきた。

たいへん。気に障るようなことを言った？　というか、激怒させるようなことを言ったみたいだ。「あなたのことをほぼ無視してたときのわたしのほうが好きだった？　ごめんなさいね。でもそっちが押しつけてきたのよ、この……なんというか、奇妙な友情を」

視線で釘《くぎ》づけにされた。「性的な関心だ」

驚かせようとした？　残念ね、とっくに気づいていたわ。にっこりして答えた。「それもある」

ケイドの目が狭まった。「相互の敬意も」

あまり譲歩しすぎたくなくて、目を背けた。「あるかもね」こちらはもちろん彼の能力を尊敬しているけれど、あちらに同じことが言えるとは思えなかった。

「有益な関係だ」

「あらそう？」好奇心が湧いて、今度はこちらから鋭い視線を投げた。「あなたにどんな利益があるの？　わたしはなににも同意してないのに」

「することになる」

かちんときた。「セックスのことを言ってる？」

「秘密の共有のことを言っている」

「秘密を明かしてるのはわたしだけじゃない！」

彼はうなずいて認め、背筋を伸ばした。「先にいくつか片づけなくちゃならないことがあるんだ」脇に置かれた氷のうを拾ってキッチンに戻しに行ったが、話は続けた。「おれ一人ですべて決められるわけじゃないからな」

いまのはちょっとした情報だ。心臓の鼓動が加速するのを感じながら、そっと向きを変えて両脚をソファからおろした。

死ぬほど痛かった。

それでもケイドが帰ってしまったら自力でバスルームとベッドに行かなくてはならないのだから、いまから練習しておいたほうがいい。座っていればいるほど、難しくなるのはわかっている。

歯を食いしばって、膝を曲げることに意識を集中させた。とたんに太ももを炎が駆けあがる。これでどうやったら立ったり歩いたりできるの？

早急に気をそらさなくてはと、声をあげた。「じゃあ、弟と二人でやってるの？」わたしに打ち明ける前に、弟に相談しなくちゃいけない？

キッチンで作業している音が聞こえた。氷をシンクに空けて入れ替えるときの、氷がぶつかる音がする。わたしのアパートメントでずいぶんくつろいでいるようだけれど、まあ、どこへ行ってもその場を支配してしまうのだろう。

戻ってきたケイドはこちらの質問には答えず、尋ねた。「いくつか協定を結べるか？おれは、アデラかマトックスを見つけたらきみに知らせる、きみは、なんであれ行動を起こす前にかならずおれに知らせる」

そんなのは一方通行の協定だ。「あなたの言いなりにはならないわよ」

ケイドはこちらの張り詰めた表情を見て、テーブルに歩み寄って氷を置いた。それから体に腕を回して助け起こしてくれた。「どうせこれ以上、連中については教えないほうがいいんだ」

「待ってよ、そういう意味じゃない」片腕で背中を支えられ、片手で肩につかまって胸板にもたれかかっていると、体の大きさの違いをあらためて痛感させられた。たしかにわたしは背が高いけれど、彼のほうが頭一つ分大きい。

しばらくのあいだ、にらみ合っていた。視線を彼の口元におろしたとき、ケイドが首を振って言った。「その状態だ、やめておいたほうがいい」

もちろんおっしゃるとおりだ。いま手を離されたら、きっと顔面から倒れてしまうほどよれよれなのだから。それでもキスくらいなら……それなら対処できる。

ケイドの指にあごをすくわれた。「これからどうする?」

それで決まった。「あなたは帰る」どのみち彼はそのつもりに違いない。「わたしは寝室に行く。その前にバスルームに寄るけど……」

ケイドが尋ねた。「けど?」

「アデラが見つかったか、無事なのか、どうしても知りたい――」

「なら同意しろ」

もしもここまでずたぼろ状態じゃなかったら……どうしていただろう？　自己流で身につけた戦い方など、ケイドのような男性相手に通用しないことくらい、わかっている。むしろそれこそ彼の魅力だった。大きな魅力。たいていの男性にはシンプルに惹《ひ》かれないし、とりわけこちらのほうが強いとわかればなおさらだ——感情的に、精神的に、ときには肉体的に。間違いなく、わたしはたいていの男性より容赦ない。

けれどケイドは、どんな面でも見くびっていい相手ではなかった。その点は、最新の戦術で本人が証明してくれた。「それは脅迫？」

「交渉だ」ケイドが返した。一瞬もひるまず、完全に冷静に。

同意する以外になにができるの？　そもそもほかの選択肢は与えられてもいない。すべて取りあげられていて、降伏することで感じる小さなスリルにもやましさを覚えなくていいくらいだ。

「わかったわよ、わかった」実際はどう感じているかを悟られないように、不満そうにつけ足した。「どのみち一週間か二週間はたいしたこともできないしね」

思いどおりになったからだろう、ケイドの緊張がもう少しほぐれた。けれどよく見ていなければわからないくらいに、だ。眉間のしわが薄くなって口元がやわらぎ、張り詰めていた肩から力が抜けた。それを見て、なぜか距離が縮まった気がした。流れる空気がよりやさしく……温かくなったような。

「先にバスルームか？」ケイドが心配そうに尋ねた。「手伝ったほうがいいか？」

冗談じゃない。「そんな幸運には恵まれないわよ」

これには小さな笑みが返ってきた。「おれは運には頼らない。むしろ綿密な計算を使う。だが一人で大丈夫だと言うなら、ドアの外で待っていよう。なにかあったらすぐに知らせろ。おれは多少のことでは動じない」

わたしだってと言い返しそうになったが、だったらと押されても困る。一人で用を足せなくなるときは、本当に白旗をあげたときだ。

スターリングを洗面台に寄りかからせてから、ケイドは出ていった。掃除をしてくれたらしく、服は洗濯かごに入れられて、あたりの血はしみになる前に拭われていた。うれしい。床に膝をついて拭き掃除ができるのはいつになるやら、まったくわからないから。

救急セットは洗面台の下に収められ、ネックレスは薬棚の取っ手にかけられていた。メダル型の部分が開いて、弓形の刃があらわになっている。武器だとわかったことを示すためにわざとこうしておいたのだろうか——それとも戻し方がわからなかった？　まず間違いなく前者だろう。

ケイド・マッケンジーは、そばに置いておくと便利な男だ——いろいろな意味で。バスルームにいるあいだに歯を磨いた。ざっと髪もチェックしたものの、本当には気にしていなかったので整えるまではしなかった。こわばる脚を引きずりながらドアを開けると、ケイドが胸の前で腕組みをして壁にもたれていた。

考え事をしていたようだが、すぐさま前に出て、一般的には腕と呼ばれているあの鋼鉄のベルトを体に回してきた。「ベッドに行くか?」

「ええ。だけどその前に、あなたが出たあとの戸締まりをしなくちゃ」今夜はたいしてなにもできないだろうから、少し眠ったほうがいい。けれど二人の時間が終わってしまうのはなんとなくいやだったし、少し落ちこんでもいたので、こう尋ねた。「次はいつ会える?」

体を抱くような格好でその場にたたずんだまま、ケイドが尋ねた。「きみは何時に起きる?」

歩けるときなら、たいてい五時には。だけどこうなってしまったいまは、見当もつかない。「八時くらい?」

「その時間にはコーヒーを用意しておこう」

あまりにもさりげない口調だったので、つまずきそうになった。「朝イチでここに来るつもり?」

目に挑戦的な光をたたえて、ケイドが言った。「というより、ここに泊まるつもりだ」

「泊まる?」甲高い声で続けた。「ここに?」

スターの表情がなにかを物語っているとしたら、これが前例のない状況だということだろう。別に驚きはしない。彼女の言動すべてが〝独り者〟と叫んでいる。

こちらの思いどおりにできるなら、それもじきに終わるが。

「おれの手が必要になるかもしれないだろう？」考える時間を与えすぎる前に、寝室のほうへうながした。「戸締まりの心配はするな。やっておく」

断られるのではと、息を止めて待った。あの頑固さが顔を出すのではと。

ところがスターは、不満そうではありながらも、こう言った。「いいわ。助けてもらうのも悪くない」

思わず目を見開いてしまったが、ちょうど顔を背けていたので、彼女には気づかれずに済んだ。驚きに続いて新たな心配が芽生えた。すぐに受け入れられたということは、本当につらいに違いない。そして回復しはじめる前に、明日はいったん悪化するだろう。

リビングルームからバスルームへの道のりは遠かったものの、寝室までは数歩だ。「先にふとんをめくろう」

見たところ、ベッドカバーは使っていないようだが、ベッドメイクはしてあった。彼女をドレッサーにつかまらせておいて、シーツとキルトをめくり、枕をふくらませた。

「それで」スターが張り詰めた声で言った。「あなたはどこで眠るの？　あなたほどの図《ず》体《たい》の男性が横になれるほど、うちのソファは大きくないんだけど」

もっと窮屈な場所で眠ったこともあるが、言わずにおいた。彼女のほうを向き、腕を取ってベッドにうながす。「おれがどこで眠るかは、きみしだいだ。脚にぶつからずにとなりで爆睡もできるし――ソファでもかまわない。床の上でも平気だ」

茶色の美しい髪を枕の上に広げて仰向けになり、両手でキルトにつかまっている姿は、いつもより若く見えた。

いつもより警戒しているように。

「いままでだれとも寝たことがないの」

胃の底が抜けた気がした。「つまり……?」

スターが苛立ちを見せて、驚きを払うように手を振った。「そういう意味じゃない。セックスはしたことがある。だれとも朝まで一緒にいたことがないってだけ」

心臓が止まりそうだ。「もうほとんど朝だから、どうせ数時間の話だ」

スターはベッドを見まわした。この大男が収まるだろうかと考えているようだ。「べたべたくっつきたがるタイプじゃないわよね?」

「きみを抱いていたいかと訊《き》いてるのなら、答えはイエスだ。だがそれも決めるのはきみだ」顔から不安を消し去りたくて、約束した。「やめてほしいなら、眠ってるあいだに寄り添ったりもしない」

スターはもう少しだけ迷ってから、ついに笑って言った。「わかった。考えすぎるのはやめにする」そして色気のかけらもなく、慎重にベッドの端に寄った——空けた側にお尻を向けて。「戸締まりをしたら、あとは好きにして。わたしはもう目を開けてられない」

一時間後、静かな闇に包まれて、ケイドは心のなかでつぶやいた——嘘つきめ、と。スターは眠ったふりをしているが、だまされはしない。しかし、おれがそばにいるせいで眠れないのだとしたら、ここで朝まで過ごすというのはあまりいい考えではなかったかもしれない。

こちらも眠れていないが、理由はわかっている。スターが怪我をしていようと警戒心のかたまりだろうと、欲しいのだ。そんなことはいけないとわかっていても関係ないし、たとえ彼女がその気になったとしてもこちらが現実にはしないと心に決めているのも関係ない——まあ、彼女はその気になったりしないが。

せめて二本のスプーンのように体を添わせたかったものの、となりに横たわるスターはひどく硬直しているので、手を伸ばしでもしたらぎょっとさせるに違いない。

そのとき、不意に小さな苦痛の声が響いて、静寂が破れた。

すかさずにじり寄った。「どうした？　脚が痛むのか？　鎮痛剤を取ってこようか」

噛《か》みつくような声が返ってきた。「さっさとやってよ」

こちらが硬直する番だった。「やるってなにを？」

「さっき言ってた、寄り添うってやつを、よ。どうせあなたもわたしも起きてるんだし、それなら――」

スターの気が変わる前に慎重に近づいて、体に体を添わせた。両脚をすらりとした両脚の裏側にくっつけて、片腕をウエストのくびれにかける。首筋にそっとキスをして、尋ねた。「これでいいか?」

スターの息遣いが荒くなり、かすれた声が返ってきた。「いいわ」じつに温かくて、あんな態度の主にしては驚くほどやわらかい。お腹の上で彼女の指に指をからませた。「リラックスしろ」

スターが首だけこちらに向けて、あきれたように尋ねた。「あなたはできるの?」「そのうちな」もう少し引き寄せる。「目を閉じて、ゆっくり、深く息をしろ。それでもだめなら、おれはソファに行く」返事がないので、もう一度命じた。「ゆっくり、楽に息をしろ」

スターはうなずいてすばやく息を吸いこんだものの、吐きだすときはゆっくりで、それをくり返しているうちになだらかなリズムに落ちついていき、ついには体からも力が抜けた。

眠りについた瞬間が、ケイドにはわかった。そしてケイド自身も眠りに落ちていった。きっと彼女は痛みで何度も目を覚ますだろうと思っていたので、起きて窓から陽光が射《さ》しこんでいるのを見たときには驚いた。二人とも、寄り添ったときとほぼ同じ体勢だった。指はもうからまっていないが、それはスターが怪我していないほうの手を自身の頬の下に入れていて、こちらの手はあざができた彼女の太ももの上にのせられているからだ。体を起こし、ナイトテーブルの上の時計を見た。

これはこれは。最後に午前九時過ぎまで寝ていたのはいつのことだか思い出せないが、いまはもうすぐ九時半だ。

スターがやわらかなうめき声を漏らして身じろぎし――ぴたりと止まった。すばやく首を回して、痛みに顔をしかめる。

「じっとしてろ。先におれが離れて、そのあと手を貸す。寝る前より倍は体がこわばってるはずだ」ベッドを揺すらないように気をつけながら抜けだし、ジーンズを穿《は》いた。留め金はそのままで、シャツや靴も後回しにした。「起きあがれるか？」

「起きるしかないわ」スターが歯を食いしばってケイドの手につかまり、体を起こした。バスローブがはだけたので、絶景が拝めた。おそらくこの光景は……死ぬまで忘れないだろう。怪我をしていようといまいと、極上の体だった。そんなつもりはなかったのに、やわらかで白い胸のふくらみとそのバラ色のいただきに視線を吸い寄せられた。

たちまち股間が目覚めた。

なにも言わずに手を伸ばし、バスローブの前身ごろを合わせてからベルトを締めなおしてやった。

「バスルーム、先に使って」スターが言う。「わたしは時間がかかるから」

「まだ動きたくないか？」

スターは鼻で笑った。「こうなったからには忠告しておくけど、寝起きのわたしはあんまり感じよくないから、こうして人間になろうと努力してるあいだに早く行ったほうが身のためよ」

ケイドはにやりとして、彼女の髪にキスをした。「すぐ戻る」

それから三十分後には、ケイドはきかん坊の股間にどうにか言うことを聞かせ、スターはバスルームを使い終えてソファに陣取っていた。昨夜と同じく脚をあげて氷のうで冷やしているものの、今朝はコーヒーを手にしている。

一杯めがほぼ空になるまで待ってから、ケイドは言った。「そろそろ出なくちゃならないが、その前にきみの環境を整えておきたい」

あの色濃いベルベットの瞳がマグカップの縁越しにじっと顔を見つめ、それから体をおりていった。

まただ――ある箇所にそそがれた視線が、むきだしの胸か腹に到達するのは。そんなふうに目で称賛されるたび、体が少し熱くなる。一度など、ジーンズの前部分に視線をそそがれるので、また固くなるのではと心配になった。

あらわな胸のふくらみの記憶が頭に焼きついているいまなら、ささいなことでも固くなりかねない。

咳払《せきばら》いをすると、視線がゆっくり顔に戻ってきた。スターが言う。「見てほしくないなら、そんなに露出しないことね」

この女性の言うこととときたら——言うことだけでなく反応すべてが——どこまでも予想外だ。「シャツを着てない男を見るのはこれが初めてじゃないだろう?」

スターが両眉をあげて、マグカップで敬礼した。「そうだけど、ほとんどの男はあなたみたいじゃないでしょ。あなたは、これでもかってくらいセクシーだもの。しょっちゅうワークアウトしてるの?」

毎日だが、それを自慢したりしない。「体は維持しておきたいんだ」

「定期的に悪党と戦うから?」

さりげなく質問を滑りこませたのは、こちらが無意識のうちに答えてしまうのを願ってのことだろう。意図しているより多くを漏らしてしまうことを。なかなか巧妙だが、おれはそんなに簡単ではない。「習慣。ライフスタイル。訓練」

「まさに軍人っぽい。で、そのタトゥーってわけ?」スターはそう言って返事を待ったが、こちらは無言でコーヒーを飲むことで応じた。「まだ話したくない? つまらない人。だってわたしたちは一緒に寝たのよ。それってなにかしら意味のあることじゃない?」

「そう思うか？　じゃあ教えろ――どれくらい頻繁に、人身取引に関わってる連中にちょっかいを出してる？」

「それよりタトゥーの意味が知りたい」

「教えてやるさ――いつか、な」

スターはぷいと顔を背けてコーヒーを飲み終え、音を立ててマグカップをテーブルに置いた。

うまく秘密を聞きだせなくてがっかりはしたが、まあ、そんなに簡単にいくわけもない。寝室に戻ってシャツをはおると、靴下と靴を履いた。ふたたびリビングルームに向かい、ソファのとなりの椅子に腰かけて服を着終えた。

立ちあがってもまだ彼女が黙っているので、もどかしくなってきた。

「はじめは」スターがささやくように言った。「ハイウェイ沿いで女の子を拾ったの」

動きを止めて彼女の顔を見つめた。どんな表情も慎重に拭い去ったその仮面は、本人が意図するより多くを物語っていた。ゆっくりまた椅子に腰かけた。「その子も人身取引に巻きこまれてたのか？」

スターがうなずいた。「見てすぐにそうだとわかった。少なくとも、そうじゃないかと思ったし、すぐに裏づけられた」ぼんやりと脚をさする。「寒くて暗くて、その子はコートも着ずにそこにいて……取り憑《つ》かれたような目をしてた。わたしが車を停《と》めると同時に乗りこんできて、出してと言った。ここから離れられるなら行き先はどこでもいいからと。腕はあざだらけで、首にもいくつかあざがあった」

ケイドは立ちあがってソファに歩み寄り、彼女の足のそばに座ってふくらはぎに手をのせた。「安全な場所に連れていったんだな?」

「警察はいやだと言われたの。身分証明書がないから空港は論外だし、バス停は暗すぎるし、病院はわかりやすすぎる――行けば連中に見つかると」

「連中って?」

スターは首を振った。「言いたがらなかった」そこでケイドの目を見た。「でも説得して聞きだした」

鋭い視線にこめられた主張を読みとって、胸が騒いだ。「その連中を追ったんだな?」

これには答えず、言葉を続けた。「ある女性がいて……何年も前、引っ越したときに知り合ったの。信用できる女性だった」落ちつかなげに、指で髪を耳にかける。「彼女に連絡して、どうしたらいいかを教えてもらった」

「たとえば?」

「大事なのは、わたしは変化をもたらしてる、だれかを助けてると自覚すること――それってすごく自信になるのよ。ほとんど病みつきになるくらい」つま先を動かして顔をしかめ、楽な体勢を探した。「で、やめられなくなって、そのあとは独学で学んだの」

自分の耳が信じられなかったものの、これが大きな告白だということはよくわかった。真実であり、どうにか理解しなくてはならないことなのだと。「それで、いまは被害者を探して底引き網を引いて回ってるのか?」

侮辱されたとばかりに目が鋭くなった。「そんな言い方はやめて。わたしはただ、どのみちコロラド州でいちばん人身取引がおこなわれてるルート上にいるし、トラックが集まるドライブインに出入りしてるから、そう、目を大きく開けておいて、そのときが訪れたら行動するだけ」

首の付け根あたりがずきずきしてきた。「危険だ」

「そうね。でも対処できる」

すかさず返した。「〈ミスフィッツ〉でのように?」

スターが痛みも忘れて身を乗りだし、ケイドの胸を突いた。「あなたが首を突っこんでこなければ、どうにか解決してたわ。なのにあなたがめちゃくちゃにした。おかげでアデラの行方はわからないし、マトックスはどこかでのうのうと生きてる。言ってみれば、自力でどうにかしてた場合より、あなたの助けがあったいまのほうが、もっと危険にさらされてるってことよ」

あまりの論理に、もう少しで両手を宙に放りだしたくなったが、それではなにも解決しない。かんしゃくに流されてもいいことはないとわかっている。たいていの状況に向き合うには冷静さが必要だ。しかしスターのような人物に向き合っていると、怒りに歯止めが利かなくなりそうだった。

そろそろやめさせなくては、こちらも告白を期待されてしまう。なにを打ち明けられようと、こちらからはなにも言えない。言えば家族の関与をほのめかしてしまうし、それだけはできないのだ。

立ちあがってキッチンに向かい、いくつか引き出しをあさってペンと紙を見つけた。そうするあいだに冷静さを取り戻せた。彼女のほうも勢いを失ってくれているといいのだが。

リビングルームに戻りながら、怒りを爆発させまいとしてこう言った。「きみの言うとおりだ。おれが悪かった」

非難を浴びせようとしていたのだろう、口を開けかけたスターはそのまましばし固まり、すぐにぱちんと閉じた。「謝罪を受け入れたものかどうか。そっちがお返しになにを打ち明けてくれるかによるわ」

やはり期待されていたか。「話し合うべきことは山ほどあるが、本当に、いまは時間がない。だから買ってきてほしいもののリストを書いてもらえないか?」

はぐらかされたと悟って、スターが言った。「行ってらっしゃい。買ってきてほしいものなんてないわ。今日はここでだらだらテレビでも見てる」

「食事はどうするつもりだ?」

これには一瞬、口ごもった。「シリアルがあるでしょ」

「だが牛乳が古くなってる」

鼻にしわを寄せて返した。「よくあることよ。あなたが解決すべき問題じゃない」

助けを求めるよりも、怪我をして食料もない状態で一人ぽつんと家にいるほうを選ぶのかと思うと、切なくなった。求められなくても助けるが、いちいち抵抗されないほうが楽だった。もちろん、いまはいちだんと手強《てごわ》くなる理由があるのだが。

「おれは人身取引組織を追ってる。最終目標はやつらを壊滅させることだ」

目を見開いて、スターが身を乗りだした。「やっぱり」

「そのうち意見交換できるだろう。いいな?」できるかもしれない。もしかしたら。

おそらくできないが。

「だがいまはまず買い物に行って、いったん自宅に帰ってから仕事に出かけたい。好き嫌いを教えてくれたら、なにかしら食べるものを調達してくる。電子レンジで温めるだけのものか、サンドイッチみたいにそのまま食べられるやつを。どう思う?」

「あなたは根っからの世話焼きなんだなと思う」

「おれの家族は反対するだろうな。だがおれは現実主義者だからわかってる――きみが出かけられる状態じゃないことも、食料品戸棚がほぼ空っぽなことも、ファーストフードの宅配が来たってきみがドアを開けないだろうことも」

スターは否定も肯定もせずに、ただ目を狭めた。「あなたになんの関係があるの？」

「なぜおれに抵抗する？」

唇の端がよじれた。「あなたには混乱させられるし、動機がよくわからないから、じゃないかしら？」

その言葉にならい返せる。運がよければ抵抗を弱めさせられるかもしれない。「きみが好きなんだ。きみを欲しがってることはもうわかってるよな」片手を掲げて続けた。「いや、それが目的で親切にしてるわけじゃ――」

「わかってるわよ」気恥ずかしさともどかしさの両方で彼女の頬が染まった。「少しは信用して」

「おれたちが体の関係をもつかどうかは別にして、もう友達だろう？　おれは赤の他人だろうと助けられるときは助けるような人間だから、当然きみには手を貸したいと思う」それでも同意しないので、うなるように言った。「気難しくなるのが好きなんだな」

唇が先ほどとは反対側によじれた。「借りを作るのが嫌いなの」

「食べ物のことで？　つまり、起きあがれるようになっても礼はしないということか？」

用心深い顔で尋ねた。「礼って、たとえば？」

「夕食をごちそうするとか。料理はしないなら、出かけてもいい」

「料理くらいするわよ」むっとして言う。「役立たずでもばかでもないんだから」

「どちらからもほど遠い。じゃあ、同意するな？」

「わたしは別に空《す》きっ腹《ぱら》をかかえていたいわけじゃないし、やりたいって言うなら料理人ごっこでもウエイターごっこでも、好きにしたら？」

ようやく一歩譲ったか。苛立ちを抑えながら尋ねた。「好き嫌いは？」

「シーフード以外ならなんでも食べるから、それ以外で適当に。だけどあとで払えるようにレシートをもらってきて」

ここは譲らないだろうとわかったので、うなずいた。「わかった《ファイン》」

たっぷりの苛立ちとともに返ってきた。「ならいい《ファイン》」

戻ってきたら自分でなかに入れるよう、アパートメントの鍵を持って玄関の手前まで来たとき、声をかけられた。

「一つだけ言っておきたいことがあるんだけど。交渉できないことが」

心の準備をして、待った。

「詳しいことを教えてくれないなら、戻ってこなくていいし、わたしもあなたの店にはもう行かない。わたしのために買い物をするって言い張る前に、そのことを胸にとどめておいて」

揺るぎない口調に突き動かされて、大股でソファまで戻ると、すばやく温かいキスで唇を奪った。やわらかい唇が驚きに分かたれたので、つかの間、舌で侵入する。このうえない味わい、それを上回る感触。この口をもっと知りたい。この女性のすべてを。

我を忘れてしまう前に体を離すと、ぼうっとした表情が拝めた。自身の唇に触れながら、探るようにこちらの目を見ている。この女性が言葉を失うところは初めて見た。

次にまた熱弁を振るいはじめたら、なにが効果的かを思い出すとしよう。「すぐ戻る」

今度は引き止められなかった。

6

怠惰な三日間を過ごしたスターリングは、もうじっとしているのも限界だった。たしかにケイドは連日、朝まで一緒にいる。バーを閉めたあとにやってきて、翌朝は遅めに出ていく。けれど依然として、たいしたことはなにも話してくれていない。質問しても質問で返してくるので、もはや膠着《こうちゃく》状態だ。肝心なところは上手にかわすから、断片と断片をつなぎ合わせてみてやっと、ほとんどなにも話してもらえていないことに気づく始末だった。

まあ、あの裸体に気をそらされてはいる。ケイドはボクサーパンツ一枚で眠るし、出かけるまで服を着ようとしない。血の通った女性なら、目を奪われずにいられる？　わざとやっているのではと、すでに何度か疑った。都合よくこちらをぼうっとさせて、欲望でじりじりさせるだけのために。だとしたら、やめないでほしい。ものすごく楽しませてもらっているから。

面倒を見てもらうのも楽しいけれど、もう気づいてしまった。あの男性は質問をはぐらかすために、料理や部屋の片づけをして、毎日出かける前に必要なものがすべてわたしの手の届くところにあるかをたしかめている。

ようやくあざは少し薄れてきて、負傷した脚にも体重をかけられるようになってきた。本格的なスクワットはまだできないし、大型トラックの運転もまだ無理だけれど、車なら問題なさそうだ——自分で買い物をすることも。

それはつまり、そろそろあちらが秘密を打ち明けるころ、ということ。そうでなければ出ていってもらわなくては。明らかにこちらを信用していない男性に、これ以上、なにかを打ち明けるなんて筋が通らない。

太ももに圧迫包帯を巻き終えたとき、ケイドの声がした。「どれくらいの頻度で輸送や配達をしてる？」

「怪しまれないくらい頻繁に」返しながら立ちあがり、脚を試す。「トラックを別の目的のために使えるくらい少なく」

ケイドが、必要なら助けの手を差し伸べられるほど近づいてきたが、手は出さないまま尋ねた。「別の目的というと、トラックのルート上で女性を探すとか？」

「ビンゴ」自力で立てることに満足して、少し室内をめぐってみた。脚はまだ痛むしこわばっているが、自分の力で歩けている。「たいていは大きな輸送会社から余剰の荷物をあずかるの。それならかなりフットワークが軽くなる。追いたい情報があるときは、仕事の依頼はパスすればいいし、あまり先まで予定を入れなくて済む」

　感心した声でケイドが言った。「賢いな」

「でしょ？」足を止め、キッチンとリビングルームの仕切りの壁につかまった。「今度はあなたの番——」

　電話が鳴った。

　邪魔されたことにうんざりしながら、釘《くぎ》を刺すように言った。「逃げないでよ」コーヒーテーブルまで戻り、携帯電話をつかんで画面を見る。「非通知だわ」通話ボタンを押して応答した。「もしもし？」

「フランシス？」

　膝の力が抜けて、ソファの端に腰をおろした。答えを知りつつ尋ねた。「だれ？」

「アデラよ」

　さっとケイドの目を見ると、彼は異常を察知したようにすばやくとなりに腰かけてきた。

「無事なの、アデラ？」電話をかけてきたのがだれなのか、ケイドにもわかるよう、あえて名前を呼びかけた。「ちゃんと逃げられた？」

「助けてほしいの」

　質問の答えになっていない。「わかったわ。いまどこ？」

「怖くて言えない——でも、どこか安全な場所で会えない？　あなたは……その、助けたがってるみたいだったから。あなたみたいに勇気がなくてごめんなさい。でもあなたにはわからない……」息が震える。「あの人たちにされたことを考えると、危険は冒せなかった」

「わかるわ」ケイドの視線を感じながら、必死に考えた。「わたしが逃げたあと、どうなったの？」

「あのあと……バーに残るんだと思ってたけど、車に乗せられて別の場所に連れていかれたの」

「どこへ？」

「どこでもいい。わたし、逃げてきたんだけど、これからどうしたらいいかわからなくて。お願いだから、会ってくれない？」

時間を稼ごうと、下唇を噛《か》んだ。

「フランシス？」

「大丈夫よ。聞いてる」言いようのない感情に肺を締めつけられた。おそらくは、恐怖。けれど加えて……疑念？　なにかがひどくおかしい気がする。

ケイドがこちらを見つめたまま、静かに首を振った。

一つの秘密も打ち明けないくせに、わたしに命令しようっていうの？　ふざけないで。どうするかは自分で決められるわ。「どこか安全な場所にいてくれるといいんだけど。じつは、いますぐには会えないの」

「お願いよ！　ここにはいられない。またつかまっちゃう、絶対に。あの人たち、恐ろしい薬を使うのよ……暴力も振るうし、だからすごく怖くて――」

「しーっ」落ちつかせようと、ささやいた。「かならずどうにかする。約束よ。あなたはもう少しだけ身をひそめていて」

いくつか重たい呼吸をして、アデラが尋ねた。「そうしたら迎えに来てくれる？」

心臓をよじられる思いで誓った。「もちろん。今日は行けないってだけ。窓から落ちたときに、その……肩を怪我《けが》してしまって」なぜ嘘をついたのか、わからなかった。それでも、人身取引組織の人間やその被害者とやりとりするときは最大限の慎重さが必要だと学んでいた。「ごめんね。まだ運転できなくて。あさってくらいにはよくなると思うから」

また泣きだす隙を与えずに、尋ねた。「どこへ行けば会える？」

長いためらいのあと、アデラは震える息を吐きだした。「州間高速道路のI－25沿いにいるわ。いまはそれしか言えない」

「それじゃあずいぶん広範囲ね」

「もっと詳しいことは、本当に来てくれるときに」

ほかにどうしようもなくて、うなずいた。「わかった。でも明日連絡したいから、電話番号を教えて。そのときに、近々会う計画を立てましょ」

「だめよ。こっちからかけるわ」アデラは苦しげにつけ足した。「あなたが頼りなの、フランシス。お願いだから、わたしのことを忘れないで」

その小さな嘆願に終わりの気配を聞きつけて、慌てて言った。「待って――」けれど遅かった。電話はもう切れていた。

携帯電話をどこかに投げつけたくてたまらなかったが、どうにかその衝動を抑えてそっとコーヒーテーブルに置いた。

それからケイドを無視して考えを整理しはじめた。

「よくやった」

アデラはなにも答えなかった。いいときでも彼の機嫌は予測がつかないし、いまは〝いいとき〟ではない。彼は計画を乱されるのが大嫌いだけれど、わたしだってできるだけのことをした。あの女が計画どおりに動かなかったのは、わたしのせいじゃない。

「数日気をもませよう」彼が言った。「そのあとパニック状態で電話をかけて、約束をとりつけるんだ」

「パニック状態?」なんだかいやな予感がする。

悪意に満ちた目で射すくめられた。彼がほほえんでこちらに手を伸ばし、こめかみあたりの髪をつまんだ。

抑えようにも、体がびくんと反応する。

「おまえを見て、困っているんだとわかってもらわなくちゃならない。おまえの状態を見て、心の底からぞっとしてもらわなくちゃな」分厚い手が開いて、頬を包む。「おれの言っている意味がわかるか？」

残念ながら、わかった。寒いわけがないのに、避けられない展開を思って骨の髄まで冷気が染みこみ、全身に震えが走る。

分厚い手が首を撫《な》でおろし、ぎゅっとつかんだ――数秒後、もう片方の手が激しくあごに振りおろされた。星が見え、倒れていたはずだが、首をつかむ彼の手がそれを許さなかった。

スターリングは立ちあがってパティオに通じるドアに歩み寄り、遠くの山々を見つめた。以前はこの景色に心を癒やされた。広大なロッキー山脈は隠れ家にぴったりだから――けれどいまは、そのなかに人ひとりが消えてしまうかもしれないと恐れていた。しかも、だれにも知られずに。

だれにも気にされずに。

直接連絡をもらうのは、これが初めてだった。ふだん若い女性を助けるときは、路上で見つけるか取り引きの渦中を押さえるか、だ。長距離運転手のための食堂は人身取引の温床であり、商用の運転免許証を取得したおもな理由もそれだった。

安全を約束し、説得してトラックに乗りこませる。状況に迫られたり、げす野郎に見張られていたりする場合は、強行突破で誘拐してしまう。

トラック運転手としての七年間で、誇れるほどの成果はあげていない――けれど助けた女性たちには大きな変化をもたらした。みんな、やりなおすチャンスを手に入れた。その過程で、自分もやりなおすチャンスを手に入れた。人生に価値を加えるチャンス。

それから――

「彼女はなぜきみの番号を知ってる？」

ケイドの声に、切ない追想が途切れた。それでよかったのだ。いまは内省にふけっている場合ではないし、ぐずぐずしていたらなすべきことから尻込みしてしまう。

ちらりとケイドを見て、言った。「〈ミスフィッツ〉で出会った夜に名刺をあげたの」

怒りと驚きもあらわに、ケイドがゆっくり立ちあがった。「なにをした、だと？」

うんざりして口角がさがった。怒るのは心配の表れだとわかっているけれど、それはつまりこういうことだ――彼はわたしを信用していない。

どうでもいい。こっちも信用するのはやめた。

「落ちついて。名刺って言っても電話番号しか書かれてないし、携帯ではＧＰＳも公共のＷｉ‐Ｆｉも使わないから。ここを突き止められる人間はいないわ」

「おれは突き止めた」

両眉をつりあげた。「わたしの携帯経由で？　それはないでしょ」向きを変えてまた窓のほうを向いたが、もう景色は眺めていなかった。ケイドと協力できたらと期待していたけれど、失望に終わった。あきらめるしかない。「むしろ家まであとを尾《つ》けてきたんじゃない？　それか、ほかのだれかに尾行させたか。いずれにしてもプライバシーの侵害だし、うれしくないわ」

近づいてくる物音も聞こえなかったので、いきなり両肩をつかまれたときにはぎょっとした。感覚がざわめき、鋭くなる。

ガラスに映ったケイドの姿は、決意を物語っていた。

背中に彼の熱を感じた。

不思議だけれど、ケイドが近づいてきたことで暴れる思考が落ちついた。この男性には頼れないのだから、あまりいいことではない。話を戻そうとして言った。「アデラを追わなくちゃ」

ケイドに引き寄せられ、腕とその強さに包みこまれた。「だめだ。代わりにおれがやる」

「そうね、あなたならアデラもわたしだと思いこむでしょうね」天を仰ぎ、身をよじって彼のほうを向いた。「アデラが捜すのはわたしなの。力をひけらかさない女性で――」

ケイドが鼻で笑った。

「――〝いかにも強そうな男〟じゃない。あなたを見たら、アデラはきっと逃げだすわ」

「それはわからないだろう」

「何度もやってきたから断言できるの。アデラの〝信頼できる人リスト〟の上位に男はいない」

「いまのは経験者の声か？」ケイドがまじめすぎるほどまじめな顔で言い、両手でそっと首を包むと、親指であごをあげさせた。「そもそもどうやって始めたのか、話してくれると助かるんだが」

意外なほどに悲しくなったが、それでも首を振った。「それはどうかしら。この生活も楽しかったけど、先はないんでしょ。そのメッセージならはっきり受けとった」体を離して、足を引きずりながら玄関に向かった。「そろそろ出ていく時間よ」

ケイドは動かなかった。「おれはどこへも行かない」

くるりと振り返ると、役立たずの脚のせいで危うくバランスを崩しそうになった。「いいえ、行くのよ」

「そんなにあっさりこれを手放すのか？」言いながら、自分たちを手で示す。

「〝これ〟がなにかもよくわからないもの。あなた言ったわよね、ほかの人にも話さなくちゃならない、どこまで打ち明けていいか確認しなくちゃならないって。で、四日もあったのに、まだなにも打ち明けようとしない。おしまいよ。わたしにはやることがあるし、そのなかに、自分の過去をあなたにぶちまけるって作業は含まれてないの」

話しているうちに、ケイドはますます大きく、険しく、もしかするとさらに恐ろしく見えてきた。それに比べると口調はやわらかだった――が、なぜかそのせいでいっそう危険に響いた。「家族と話すのを先送りにしてきたのは、話せば山ほどの憶測を呼ぶからだ。そして家族がどんな反応を示すか、わかっているから」

家族って、弟だけじゃないということ？　妹も関わっているの？　「どこまでも秘密主義ってわけね」

「何年もそうやって生きてきたんだ。きみも知ってるだろう。秘密を秘密のままにしておくいちばんの方法は、だれにも話さないことだと」

心が沈んだ。最後通牒《つうちょう》を突きつければ事態は変わると、わたしは本気で信じていたの？　なんて愚か。

この男性は信じがたいことに、共通の経験という人参《にんじん》をぶらさげておいて……さっと引っこめた。「出ていって」

ところがケイドは片手で顔をさすり、言った。「おれは母を知らない」

玄関に向かっていた足が凍りついた。振り返ればそれ以上、聞かせてもらえないような気がして、背を向けたままじっとしていた。

「生まれたときから父に育てられた。いま三十二歳だが、母がおれに連絡しようとしたことは一度もない」

頭がくらくらしてきてようやく、息を詰めていたことに気づいた。静かに吐きだし、新鮮な酸素を吸いこんだ。「どうやったらあなたを見つけられるか、わからなかったのかも」

「いや、それは問題にならなかったはずだ」

彼が動く音が聞こえたので、そっと振り返ってみた。

ケイドはソファに腰かけていた。脚を広げ、両手を腿にのせていた。「父は結婚しなかったが、人生のパートナーは手に入れた」肩をすくめる。「その女性は、おれにとっては継母《ままはは》みたいなものだった。父と彼女は愛し合っていて、彼女がさらわれたとき、父はそれまで見たことがないほど打ちのめされた。というより……正気を失った」

心臓が倍の速さで脈打つのを感じながら、慎重に近づいて、そっととなりに腰をおろした。「見つからなかったの?」

「いや、見つかった。父には最高の人間を雇う金も最悪の人間を雇う金もある」

「よくわからないんだけど」

「国中を引っかきまわした。父はその一部始終を見ていた――尋問と復讐《ふくしゅう》のすべてを。最後に彼女が見つかった。ハリウッドが人身取引を高尚で裕福な連中の娯楽のように描くさまときたら、じつにふざけてる。そういうケースもゼロではないが、ふつうはそうじゃない。実際は、ごく一般的な家の裏庭で起きてるんだ」

こらえきれなくて、彼の手に手を重ねた。「知ってるわ」

「彼女はしけたホテルの小さな部屋で見つかった。麻薬漬けにされて……」ごくりとつばを飲む。

またしても感情がこみあげて、息苦しくなった。ささやくように言った。「知ってる」

ケイドがこちらを向いて、固く手を握った。「家に帰ってきてちょうど一年という日に、彼女は睡眠薬を一瓶、呑《の》んだ」

彼の苦悩を目の当たりにして、同じ痛みを感じた。涙がこみあげたが、泣く女なんて、なんの役にも立たない。

強い女なら役に立つ。「気の毒に」

「彼女はメモを遺《のこ》していた。ほかの女性が同じ目に遭わなくて済むようになにかしてという、父への嘆願だ」じっと目を見つめた。「いまはここまでしか言えない。名前や詳細は訊《き》かないでくれ。言えないから」

すばやくうなずいた。これは大切な瞬間だ。この、未来への足がかりをずっと求めていた。これまでのうつろな人生以上のものを。

次のステップをどうするか、しばし迷ったものの、本能に従った。身を乗りだし、広くてたくましい胸に顔をうずめると、両腕を腰に回してぎゅっと抱きしめた。「話してくれてありがとう」

「これでじゅうぶんか、スター？」

ああ、この人にそう呼ばれるのがだんだん好きになってきた。

ケイドが髪に鼻をこすりつけて、言う。「一人でアデラを追わないと約束してくれるか？」

両肩から重荷が取り去られるのを感じながら、うなずいた。「ええ。約束する」

答えたとたん、たくましい胸に抱きすくめられた。「お互いが知ってることをおさらいしよう」

これだ。これを求めていた。協力できるだれか、計画を助けてくれるだれか。新たな視点を提供してくれる対等な相手を。

うなずいて、仲間を手に入れた満足感にひたっていたい気持ちは脇に置き、目の前の問題にとりかかった。「アデラは、州間高速道路のI‐25沿いにいると言ったけど、それだけじゃたいした情報とは言えない」

「人身取引によく使われるルートだという以外は」

そのとおり。「ロッキー山脈の東側沿いを行けば、町から町へ、ほかの州へ、簡単に移動できる。じつは」最後にもう一度、ぎゅっと彼の手を握ってから背筋を伸ばした。「その州間高速道路沿いで女性を三人、拾ったことがあるの。三人とも、コロラドスプリングスから一時間ほど南に行った、同じあたりで」

「関連があると思うか？」

「あってもおかしくないでしょ？　わたしはそこから〈ミスフィッツ〉のことを知ったの――サッカーのことも。だけど広範囲にわたる組織でね、女性の一人はスパから逃げてきたんだけど、そこはのちに警察の手入れを受けたわ」

「きみのタレコミのおかげで？」

評価されたのがうれしくて、赤くなった。「ええ、まあね。だって銃をぶっ放しながら一人で突入していくわけにはいかないでしょ？　だから匿名で情報を流したんだけど、幸い相手を間違えてなかったみたいで、そこから大きなおとり捜査につながったの」

「覚えてる。半年ほど前の話だろう？」

じゃあ、本当にそういうことを日々チェックしているの？　興味深い。「そう。八人が逮捕されて、スパは閉鎖された」

ケイドの携帯電話が鳴って、メッセージの着信を知らせた。もどかしげに画面を見た彼の顔に、あまりうれしそうではない表情が浮かぶ。「残りの二人は？」

当然ながら、だれからのメッセージだろうと気になったものの、向こうはようやく心を開きはじめたところなので、せっつかないことにした。

いまのところは。

「一人は、薄汚いホテルを拠点とする売春組織に組みこまれてた。怯《おび》えて逃げるどころじゃないと連中は高をくってたんだけど、彼女はチャンスを待ってただけで、ある激しい暴風雨のときにそのチャンスは訪れた。大規模な停電が起きたの。おまけに土砂降りだったから、連中はなかなか彼女を見つけられなかった」

「だが、きみは見つけた」

「トラック運転手用の食堂の裏に隠れてるところをね。女だからっていう理由で、男のトラック運転手よりも信じてもらえた」

ケイドはうなずいた。「三人めは？」

「誘拐されたばかりの女性。移動中の車から飛びおりて逃げることに成功したの。だからかなりの怪我をしてた。寒い季節で、暖かい服を持ってなくて、たぶんほかにどうしようもなかったから道路まで出てきたんだと思う。ほかの人に見つかる前にわたしが見つけてよかったわ」

ケイドが称賛の目を向けた。「きみはすごいな。自覚してるだろう？」

その言葉に、またもや心がぬくもった。「やるべきことをしてるだけよ」

「それ以上だ」

「あなたと同じで？」

「間違いなく共通点はあるし、ぜひ情報交換したいところだが、さっきのは父からの呼び出しで、父を待たせるのは絶対にしてはいけないことなんだ」立ちあがって尋ねる。「仕事のあとに戻ってくるまで一人で大丈夫か？」

冷蔵庫には彼が買ってきてくれたチキンサラダとピクルスがあり、カウンターにはクロワッサンとポテトチップス、戸棚にはスープ缶まであるから、空腹の心配はいらない。

「体は日々、よくなってるわ。お気づきじゃないかもしれないけど、もう自分のことは自分でできるのよ」

「気づいてるさ」強い感情で目の色が濃くなった。「きみが百パーセントに戻る日が楽しみだ」

にんまりするのを抑えられなかった。「そう？　どうして？」

ケイドは答える代わりに身を乗りだして、また唇を奪った。今回は長々と、情熱的に。舌が舌を翻弄し、息が頬にかかる。しばらくそうしていたが、ついに携帯電話がまた鳴った。

ケイドは低い声でうなってキスを終わらせたものの、唇を離しただけで、そう遠くへは行かなかった。片手を髪にもぐらせて、頭を抱く。「忘れるな。おれたちは合意に達した。今日は家でおとなしくしてろ。明日は一緒に計画を立てる。いいな？」

「明日は計画について話し合う」はっきりさせたくて言った。「だけど今日は家にいる。どうせまだ出かけられる状態じゃないし。代わりに、三人を見つけたあたりをもう少し詳しく調べてみるわ」

「いい考えだ。じゃあまた今夜、バーを閉めたあとに」最後にもう一度、焦がすようなキスをしてから、ケイドはアパートメントを出ていった。

彼の父親について、もう少し知りたかった。弟と妹についても。明日、本人が話してくれるといいのだけれど。

こちらからももっと話す？　考えてみると、ケイドのことは信用している。それなら話しても害はないんじゃない？　それでも、これまでずっと慎重に生きてきたので、あらゆる面を検討してから結論を出すことにした。

どうかしているけれど、もう彼の帰りが待ち遠しかった——それ以上に、体がじゅうぶん回復して、あのキスに秘められた約束を果たされるときが待ち遠しかった。

父の助手にして一家の執事であり、有能なシェフでもあるバーナードにせっつかれながら、ケイドは豪華な山中の邸宅を、家族が揃《そろ》っているだろう裏のデッキに向かった。「道案内はいらないよ、バーナード」

「イエッサー」言いながらも、まだ影のようについてくる。

ちらりと振り返って言った。「くだらないから〝サー〟はやめるということで決まったと思ってたが」

「そのように要求されましたが」単調な声で言う。「わたしはお断りしました」

スターに負けないくらいバーナードも強情だと知っているので、この話はここまでにし、巨大な大広間を通り抜けて三層構造になったデッキに出た。ここからはすばらしい山並みだけでなく、父が作った人工湖も望める。敷地は五十二エーカーを誇り、大自然に囲まれているため、スキー向けの町ではありえないほどのプライバシーが保証されていた。

　この家も、周囲の景色も大好きだ――が、ここを訪ねてくるのはそれほど好きではない。

　ここは涼しいので、ノートパソコンでなにやら読みふけっている妹は肩にカラフルなショールをはおっている。弟のレイエスは椅子にどっかり腰かけて、片脚を肘かけにのせたまま、哀愁漂う顔をしていた――ケイドを見つけるまでは。

「やっと来たね」

　どういう意味だろうと、ちらりと父のほうを見た。パリッシュ・マッケンジーは五十三歳という年齢より若く見える。長男と同じくらい背が高く、立派な設備を擁する階下のジムと屋外を好む性格のおかげでいまもいたって健康な父は、昔から一目置かれる存在だ。

　上品なカップで温かい紅茶を飲みながらクロスワードパズルをする姿は、妥協を知らない私的制裁の執行者《ヴィジランテ》にはとうてい見えない。その父が、顔もあげずに言った。「説明してもらおう」

　同時にバーナードが言った。「なにかお飲みになりますか？」

「ビールを」

「こんなに早い時間に?」バーナードが不満そうに言う。

「バーでは飲まないからな。ああ、こんなに早い時間に、だ」そろそろ正午だし、朝食代わりというわけでもない。

「いいね」会話を聞きつけて、レイエスが言った。「おれにも頼むよ、バーナード」

妹は微動だにしないが、マディソンは調査に没頭するとすべてをシャットアウトするのだ。

バーナードがいなくなった瞬間、レイエスが歌うように言った。「ケイドにガールフレンドができた」

さっと弟をにらんで警告した。「黙れ」テーブルの椅子をつかんで腰かける。

レイエスはにやにやするだけだった。「でも、だからみんなここに集まったんだろ。兄貴を待たせるより、おれがぱっと言ってやったほうがいいと思ったんだ」

くそっ。父がまだスターのことを知らないままでいるよう願うのは高望みだったか。

ついにパリッシュが鉛筆を置き、謎めいた顔でケイドを見た。「やめておけ」

「父さんが決めることじゃないから、命令しないでくれ」可能なときはいつも父に従う。今回は例外だ。

「その女性が欲しいなら」父がずばり言った。「ものにして、終わらせろ」

レイエスは鼻で笑った。

マディソンはちらりとこちらを見て、両眉をあげた。

まったく、おれの家族はこの世でもっとも奇妙に違いない。無表情を保ったまま、父に尋ねた。「彼女には意見を言う権利もないのか？」

父の顔がみるみる赤く染まった。女性の擁護者であることを誇っているからには、ぐさりときたのだろう。「そういう意味では――」

「じゃあ、おれが関心を示せば彼女もすぐになびくと思ったのか？　そんなに高く買ってくれてるなんて、うれしいね」

「常識で考えれば当然の結論だ」次男に視線を移して、尋ねた。「その女性のどこがそんなに特別なんだ？」

「さっぱりわからないんだよね」

弟をデッキの手すりの向こうへ放りだそうかと考えた。斜面をごろごろ転がり落ちて、湖にはまることだろう。

「美人か？」父は問いを重ねた。「どんな女性か説明してみろ」

レイエスが不安そうにちらりと兄を見てから、肩をすくめた。「背が高くて、しっかりした体つき、顔は並。髪はきれいかな。ファッションセンスは皆無」

父は戸惑ったように眉をひそめ、どういうことかと問いたげな視線を長男に戻した。

もう少しで笑ってしまいそうだった。「外見がすべてじゃない」続けて弟に言う。「彼女にはなにかがあるということは認めるだろう?」

「たしかにセクシーだよ」レイエスは認めた。「だけど父さんが訊いてるのはそういうことじゃない」

「あの態度《アティテュード》だ」詳しく教えるつもりはなかったが、言葉が勝手に出た。「彼女のことをよく知れば、おれの言ってる意味がわかるだろう」

「うん、まあ……その〝態度〟はちょっぴり味わわせてもらったよ。おれはそれでじゅうぶんだったし、もういいかな」今度は父に言った。「彼女と真正面から向き合うには、ケイドくらいの男じゃないと無理だと思うよ。いわゆる〝挑みがいがある〟って感じ」

「挑みがいがあるというと?」

「つまり、〝マニキュアを塗った爪に整えた髪〟タイプじゃないってこと――むしろ〝わたしの邪魔をしたら、笑いながらはらわたを抜いてやるわ〟ってタイプかな」

父が唖然《あぜん》としてケイドに尋ねた。「そういうのが好きだったのか?」

マディソンさえ作業をいったん脇に置き、上の兄の返事に耳を澄ました。

家族の反応に、つい笑みが浮かんだ。おれが女性に関心を示すことが、そんなにめずらしいか? たしかに私生活と仕事を混同したことはない――今回までは、なかった。

別に、猛烈な感じの女性を探していたわけではない。自身の強さに匹敵するだれかを探していたわけでもない。むしろ、惹《ひ》かれるのは超フェミニンな女性だ。そして正直なことを言えば、ずっとなにも探していなかった。

そこへスターリング・パーソンが現れた。ある夜、彼女がバーに足を踏み入れたときから、スターのことを考えずにいられなくなった。

だがそれは個人的な問題で、ほかのだれにも関係ないし、家族がスターを分析するのを黙って聞いている気もない。「みんな忘れてるのかもしれないが、おれはもう三十二で、いちいち説明を求められる年齢じゃない。だから放っておいてくれ」

「でも、助けが必要でしょう」マディソンは言ったが、すぐに口をつぐんだ。バーナードがビールと小さなサンドイッチ、それぞれのためのケーキを丸いトレイにのせて戻ってきたのだ。

「バーナード！」マディソンは言いながらもう小さなケーキを二つ、すばやくかすめとっていた。「これ、わたしのお気に入りなのよ」

「知っていますとも。だから焼きました」ナプキンを渡して紅茶のおかわりをそそいでから、ケイドとレイエスにもトレイを差しだした。

尋問の中断をありがたく思いつつ、ケイドはサンドイッチを二つ取るなり、すぐに一つを口に放りこんだ。うまい。おそらく自家製のパンに、ぴりっとしたソース、薄切りのローストビーフに新鮮なトマト。「悪くないよ、バーナード」

「そんなに絶賛されると赤面してしまいます」

笑いながらレイエスもサンドイッチをつまんだ。「バーナードがプライスレスな存在ってことはみんな知ってるんだから、ほめられ待ちしなくていいよ」

「おっしゃるとおりですね」バーナードは半分空になったトレイをテーブルに置いてから、パリッシュのほうを向いた。「ほかに必要なものはありませんか？」

パリッシュは、もうさがっていいと手を振った。「休憩しろ。よかったら泳いでこい。プールのどれかを使ってやれ」

「屋内プールの温度がちょうど快適だよ」レイエスが言う。「だけど忠告だ。屋外プールの水はめちゃくちゃ冷たいから、あそこが縮んじまう……」

「こほん」バーナードは一にらみしてレイエスを黙らせてから、ふたたびパリッシュに言った。「ありがとうございます。ですが夕食の準備にとりかからなくてはなりませんので」鼻から息を吸いこんで、つけ足す。「肉をマリネしなくては。泳ぐのはもろもろが終わったあと、夕方に楽しませていただきます」

フレンチドアを閉じてバーナードが去っていくと、レイエスは吹きだした。「バーナードをおちょくるのはほんとに楽しいな」

父がやれやれと首を振る。「堅苦しいのはよせと、もう二十年も言っているんだが」

「バーナードは礼儀正しいのが好きなのよ」マディソンが言う。「楽しませてあげて」レイエスと同じ、明るい榛《はしばみ》色の目を狭めてケイドをじっと見つめた。「それで、さっきの続きだけど――」

「おまえに助けは求めてない」

マディソンはにっこりした。「求められなくても助けちゃう」

7

ケイドはいらいらを弟のレイエスに向けた。「すべてばらさずにはいられなかったようだな」

レイエスは動じることなく首を振った。「誤解だよ。おれはなにも言ってない」そしてマディソンを手で示した。「我らが妹にばれないって、本気で思ってた?」

いや、むしろばれないほうが驚きだ。妹はほとんどなにも見逃さない。道路監視カメラや防犯カメラにアクセスし、昔ながらの盗聴器の助けを借りて、いたるところを見張っているのだから。

仕事においては問題ないものの、おれがこの数日、家に帰っていなかったことも知られてしまったのだろう。

スターのところにいたことも。

視線を妹に移した。

マディソンはつんとあごをあげた。「もちろんパパに報告したわよ。兄さんがその身を危険にさらすときは、わたしたち全員も危険にさらすことになるんですからね」

この侮辱は無視できない。「おまえを危ない目に遭わせると思うのか？」

さすがにマディソンも顔をしかめた。「そうは思ってないけど」

「じゃあ、どう思った？　スターがおれを人質にとって、一家の秘密を白状させるとでも？」

父ににらまれた。「難しい選択を突きつけて妹を困らせるな。おれたちは家族で仕事をしている。それはわかっているだろう」忠告するようにつけ足した。「それに、当のおまえが話していれば、マディソンがおれに報告する必要はなかったんだぞ」

「そのうち話すつもりだった」

「なぜすぐに話さなかった？」

また冗談を飛ばそうとしてか、レイエスが口を開きかけた。

そうはさせまいと、ケイドは釘《くぎ》を刺した。「おれがおまえなら、やめておく」

レイエスは両手をあげて言った。「落ちつけって。こんなデッキの上で取っ組み合いなんて危なすぎる。だけどもしどうしてもって言うなら、下のジムは空いてるよ」

父がテーブルにこぶしをたたきつけた。「戦い方を教えたのは、兄弟げんかをさせるためじゃない」

父は何年にもわたって、子どもたちが攻撃と防御の両方を習得することに執着してきた。

愛するパートナーを誘拐した人物をいつか倒すという目的のもと、次から次へと専門家のトレーニングを受けながら、子どもたちにも訓練を受けさせた。

継母《ままはは》が自殺を図ったその日から、自分で自分の身を守れない人のために正義をなすことこそが人生の目的だと、ケイドは言い聞かされてきた。ケイドもレイエスもマディソンも、ただの精鋭ではいけない――最強でなくては。

レイエスは母を喪《うしな》った嘆きからひとたび立ちなおると、強くなるための訓練が大好きになり、私的制裁《ヴィジランテ》の執行者という役割に熱心に取り組むようになった。

マディソンも技術の天才という自身の役割を受け入れて、九歳のときから貢献しはじめた。

ケイドは違った。人生の目的を父親の一存で決められるなど、冗談ではなかった。とはいえ、学べることは学ばせてもらった。自分の知る唯一の母親を喪い、守りたい弟と妹がいるという悲しみをぶつけるには、訓練はちょうどよかった。

十五歳ですでに反抗期だったケイドは、あらゆるきっかけで父と角を突き合わせた――父の命令に逆らうがために軍に入るまで。

「スパーリングがしたいなら」父が言った。「どちらも怒っていないときにしろ」

レイエスがにやにやして言った。「兄貴が怒ってないときなんてあるのかな」

ケイドは天を仰いだ。たしかに以前は来る日も来る日も、あるていどの怒りレベルを保っていた。だがそれは十年も前の話だ。軍のおかげで感情をしっかりコントロールできるようになる前の話。レイエスも知っているくせに、この弟がいじって楽しむのはバーナードだけではないのだ。

「いまは怒ってない」ケイドは言った。「それでもおまえのケツなら喜んで蹴飛ばす」

「いやいや。いまはじっとしておいて、あとで兄貴に不意打ちを食らわすよ」そう言ってにんまりする。「そのほうが、おれの勝率があがるだろ？」

マディソンが目の前の問題に話を戻そうと、とっておきのやさしい笑みを浮かべて口を挟んだ。「こんなことを言っても意味はないかもしれないけど、わたしはスターリングをすごいと思うわ」ノートパソコンの向きを変え、ケイドに画面を見せる……と、そこにはマディソンが調べあげたスターの人生の物語が広がっていた。

ここで――家族の見ている前で――読みたくはなかったが、調査の領域となると妹がどこまで独占的になるかは知っている。マディソンはすべてを家の内側にとどめておきたいタイプだし、自身が構築した突破不能のセキュリティプロトコルで管理している。

「スターについて知りたければ、いま読むしかない。が、問題が一つ。「彼女のプライバシーを大幅に侵害してる気がする」

マディソンがよじれた笑みを浮かべた。「彼女のほうは、兄さんに関する情報が手に入ったら全部読むんじゃない？」

まあ……読むだろう。ひとえに、完全にはおれを信用していないからという理由で。

そういうわけで、父と弟と妹が見守るなか、ノートパソコンを引き寄せた。最初はざっくり目を通していった。十七のときにハイスクール帰りを誘拐される。そこから十八の誕生日までのどこかの時点で脱出したに違いない、新しい写真はその後のものだ――運転免許証、銃を隠し持つため《コンシールドキャリー》の許可証――スターが銃を持っていると知っても驚かないのはなぜだろう？――そして商用の運転免許証。異なる名前をいくつか使い、何度か年齢を偽り、あちこち移動しながらオハイオ州からコロラド州にやってきた。

「最後のページ」マディソンが言った。「誘拐される前に、児童保護サービスが何度か彼女の家に行ってる。たぶん、だからお母さんの葬儀にも帰らなかったんでしょう。母親が亡くなったときには自由の身になってたみたいなのに」

ファイルの一つには年齢の異なる何枚もの写真が収められていて、粒子の粗いものもあれば鮮明なものもある。いやはや、様変わりした。

一時期はもっとカラフルで目立つ印象で、おそらく社交的だったのだろう。いまは別人のように控えめだ。静かでまじめで、たった一つの目的に集中している……。

もうスターと呼ばれたくないと本人が言ったのも不思議ではなかった。彼女は人生を、外見を、人格そのものを作り変えたのだ。まったくの別人に生まれ変わった。

妹の調査能力には、いつもながら驚嘆させられる。「どうやってここまで？」

「ほとんどは顔認識ソフトで。いろんなデータベースにアクセスさえできれば簡単なのよ。生体認証機能が特徴をチェックして照合してくれるの。違うかなと思う写真も何枚かあったから、相互参照《クロスリファレンス》して、本当に彼女か確認したわ」

父が椅子の背にもたれ、腹の上で両手を組んだ。「知らなかったかもしれないが、彼女もおれたちと同じ、ヴィジランテだ」

「ただし、おれたちがもってるようなコネはない」レイエスが言った。

「わたしたちがもってるような手段もね」マディソンがつけ足した。

今度は彼女をもちあげるのか？　どう考えたらいいのかわからずにいると、父が要約してくれた。

「つまり、彼女がへまをすれば、おれたちの計画もつぶされかねないということだ」じっと長男を見て、言う。「そこはわかっているな？」

全員に見つめられて、冷静さが削られていく。父の目を見て返した。「言われるまでもない。彼女を守るためなら、おれはなんだってやる」

「やり方を知りたいものだな」父は言い、カップを手にした。「彼女をトラブルから遠ざけておこうとしたら、息つく暇もなくなりそうだ」

「荷ほどきをしろ」

するわ。するけれど……。「寒いのね」アデラは自分を抱くようにして、たわんだ床板にうつろな足音を響かせた。足元を隙間風がすり抜けていく。いたるところに蜘蛛《くも》の巣が張っていて、かびのような、こもったにおいが充満していた。

この山小屋――というより掘っ立て小屋――には最低限の設備しかない。がたつく簡易ベッド、コーヒーメーカーとミニ冷蔵庫を動かすための小型発電機、難なく電話がかけられるようにするための専用の電波塔。

緊張が全身の毛穴から入りこんでくる。すでに小屋は薄暗い。太陽が山の向こうに沈んだら、どうなるだろう？

ごくりとつばを飲んだ。「ここにいるのをだれかに見つかったらどうするの？」

「道に迷って避難していると言えばいい」マトックスは分厚い肩を回した。「それでだめなら、おまえを差しだす」汚い窓に歩み寄って外を見た。「とにかく、今夜はここを離れるな」

離れられるとでも？

答えないでいると、マトックスが振り返って、ぞっとするような目で射すくめた。「聞こえたのか？」

「ええ」また周囲を見まわし、暗い気持ちでこれからの数日を思った。フランシスがあまり待たせないでくれるといいのだけれど。

「暗いなかでは、道路までたどり着けやしない」マトックスが言う。「それに、蛇やクーガー、熊が出るかもしれない――」

「外には出ないわ」絶対に。蛇と聞いただけでじゅうぶん、ほかの脅しはいらない。言うべきではないとわかっているのに、気がつけば口が勝手に動いていた。「どうしてここにいなくちゃいけないのかわからない」

マトックスの目が氷のように冷たくなった。「わからないか？」つかつかと歩み寄ってきて、うなるように言う。「おまえがしくじったからだ、アデラ。だから一時的に〈ミスフィッツ〉を閉めることになった。だからフランシスに逃げられた。だからこうしてしゃべっているあいだにもおれたちは金を失っていて、こんな薄汚い山小屋で身動きできなくなっているんだ、このばか女が」

怒りの火花が散ったものの、どうにかこらえた。「わたしはわたしの役割を果たしたわ。だれかが明かりを消すとか、攻撃を仕掛けてくるとか、フランシスがあんなに早く逃げ道を見つけちゃうとか、どうしてわたしにわかってたっていうの？」

うんざりした声でマトックスが言った。「おまえはあの女を引き止めなかった」

「大声を出したじゃない！」ああ、責められるのは嫌い――言われていることが事実だとしても。フランシスを引き止める方法を思いつくべきだったけれど、彼女の恐れ知らずなところと勇気にうろたえてしまったし、おまけにあのときは真っ暗で、顔の前に手をかざしたって見えないくらいだったのだ。「彼女なら、あなたがまたつかまえるでしょ」

永遠に思えるほど長いあいだ、マトックスはなにを考えているのかわからない表情でこちらを見つめていた。やがて、アデラの顔にできたあざに魅入られたように手を伸ばしてきて、触れた。「ああ、つかまえるとも――だが、あの女にそこまでする価値があるかどうか、疑問に思いはじめてきた」

アデラは目を見開いた。「彼女がここでやめると思うの？　逃げておしまいにすると？」

「いや。だがあの女の頭に銃弾をぶちこんで終わりにするほうが楽でいいかもしれない」

本気で言っているのではないのが、アデラにはわかった。「じゃあ、つけを払わせるのはあきらめるの？」

「まさか。そこは計画どおりだ」肩をすくめてつけ足した。「きっとうまくいく――おまえが役割を果たせばな」

許してもらえてよかった。ほっとしつつ誓った。「果たすわ」

マトックスが手を伸ばしてきて顔をつかみ、まず片方に、続いて反対側に向けた。「手荒な扱いを受けた女に見えるな」

そこが大事なところだ。それこそ、マトックスがあんなふうにぶった理由。アデラは彼の目を見つめた。

マトックスが苦々しげに首を振り、小屋のなかを見まわした。「この屈辱の代償だけでも、あの女に命乞いをさせる。絶対にな」

いつものマトックスに戻ったのを見て、アデラは軽食を用意することにした。静寂が広がり、ときおり常緑樹が揺れる葉ずれの音と風の音だけが聞こえた。

じきにまたフランシスに連絡をとる――どうかそこですべてが終わりますように。


ケイドが陰気に黙りこんでいるので、スターリングは落ちつかなくなってきた。

二人で小さなテーブルにつき、一緒に用意した朝食をとっていた。彼がベーコンとたまごとトーストを担当し、こちらはほぼ片手でフライドポテトを引き受けた。

最後にこれだけの料理で一日を始めたのがいつだったのか、思い出せない。ふだんはプロテインバーとコーヒー一杯で終了だ。めったにないことだから、今朝の食事はよけいにおいしく感じた。

そして、また人並みに戻れてうれしかった。ソファを離れ、きちんと服を着られて。まあ、着ているのはだぶだぶのTシャツにヨガパンツという、いつもの部屋着でしかないけれど。髪はポニーテールにまとめたが、まだ指を固定している状態なので、これはなかなかの芸当だった。

一時間前に目覚めたとき、体にはケイドの腕が回されて、首筋には彼の温かな息がかかっていた。新たな関係性を期待して、胸が躍った。

ところがそれからほどなく、ケイドは押し黙って考えこんでしまった。こちらが着替えたことにも、憎らしいかな、なんの感想もなし。

明るさが戻ってくるのを待ちくたびれて、尋ねた。「なにかあったの？」

ケイドが皿から顔をあげた。「なにもない」

つまり、無理やり聞きださなくてはならないということ？　けっこう。どうせ今朝はほかに急ぎの用事もない。「あまり眠れなかった？」

「ぐっすり眠れた。きみは？」

質問を無視して、次なる質問をぶつけた。「ゆうべ、バーで問題でも起きた？」

「いや」眉をひそめてフォークを置く。「なぜだ？」

となると、可能性は一つだけ。「パパにいやなことでも言われた？　それとも、例のむかつく弟に？　秘密を打ち明けるのはやめにした、なんて言わないでよ。もう同意したんだから」

それを聞いて、ケイドの唇がよじれた。

ああ、この唇が大好き。かたちも、にやりとするときのよじれ方も……味も。それからあのがっしりしたあご。いまはセクシーな無精ひげに覆われている。

そう、それからあのあざやかな青い目――いまはわたしの心をのぞきこもうとしている。

「だめよ、だめ」かりかりに焼けたベーコンで彼を指した。「なにをしてるかはお見通し。

その前に説明しなさい」

「おれの記憶では、説明はゆうべ終わらせた――今日はきみの番だ」

「それは……」ためらったものの、もしこちらがもう少し話せば、あちらももう少し話してくれるのではと考えなおした。男性にここまで興味をもったのは初めてで、もっと知ることができるかもしれないという思いに、とうとう背中を押された。「そうね」

「いいのか？」

どうやら不意をついたみたいだ。いつだってそれはいいこと。両腕を広げて、言った。

「なにを知りたい？」

ケイドはその問いかけを大まじめに受け止めて、空になった皿を脇に押しやると、テーブルの上で腕を重ねた。「きみは他者を助けることにこれでもかというほど情熱を傾けてる。つまり、個人的な理由があるということだな？」

その口調……。なぜテストのように感じるのだろう？　彼はもう答えを知っていて、わたしが正直に答えるかどうかを試しているように。苛立《いらだ》ちで口調が険しくなった。「純粋に、わたしが超善人ってことかもしれないでしょ」

「かもしれないし、実際、きみは善人だ。アデラを助けようとしたこと、いまも彼女を心配してること、どちらも称賛に値する」

「そうね、だれかわたしのTシャツに勲章をつけてくれるべきよね。せめて金星シールくらいくれてもいいんじゃない?」

ケイドが肩をこわばらせ、皮肉を無視して続けた。「だが、それだけじゃないんだろう?」

はるかにそれ以上だ。

あの忌まわしい時期について話す機会など一度もなかった。母は……耳を傾けてくれるほど頭がしゃきっとしていたときはなかったし、娘から聞いたことを間違った人にうっかり漏らさないという保証もなかった。

けれどこうしてケイドが待っているいま――温かな表情で、包容力と思いやりを示しているいまなら、ついに胸の重荷をおろすときだと思えた。

皿に残った卵黄を見つめたまま、切りだした。「その……男を、殺したの」

息を呑《の》む音を待った。質問を。いっそ非難を。

なにもなかった。静かなまま、怒りも、ぎょっとした気配もない。

勇気を出して視線をあげると、ケイドの顔にはっきり浮かんでいたのは包み隠さぬ共感だけだった。感極まりそうになった。

しっかりしなさい。できるかぎりの冷静な声で皮肉っぽく言った。「その男にしてみれば当然の報いだったのよ」

「それなら消えてくれてよかった」ケイドはそう言うと、手のひらを上にしてテーブル越しに手を伸ばし、スターリングにとって初めてのものを差しだした。

理解を。

この関係は事務的であるべきだ……できれば恩恵つきの事務的な関係。感情がからむと厄介なことになりかねない。

それがわかっていても、怪我《けが》していない左手を伸ばして指に指をからめずにはいられなかった。これまでに出会ったどんな男性とも違って、ケイドにはその強さゆえに、華奢《きゃしゃ》になった気にさせられた。

相手がこの男性なら、そんな気分もいやではなかった。

ケイドが親指で指の関節をやさしくこすりながら、尋ねた。「そのときのことを話してくれるか？」

涙もろくなるよりも、話したほうがましだろう。「ええ、いいわよ。といっても、たいして話すことはないんだけど。わたしはハイスクール二年生のとき、学校を出てすぐのところをさらわれたの。男二人に声をかけられて、わたしはほいほいのっかってしまった」

「そいつらに近づいてしまったのか？」

「そう。わざわざ向こうにとって楽なようにしちゃったの」ふうっと息を吐きだした。自分を責めてもなんにもならない。恐ろしい体験をして、そこから学習し、二度と同じ過ちはくり返さない。「なにが起きたか理解する前にバンに乗せられて、気がついたらどこかへ連れ去られてた。その日はもうあっちへこっちへ連れまわされて、どんどん家から遠ざかっていった。そのあと、金を払ってわたしで遊ぼうとした男を殺して、逃げたの」

淡々と語った過去の忌まわしさに反応して、手を包んでいたケイドの手に力がこもった。

「どうやって殺した?」

「その話はあんまりしたくないような……」手を引っこめようとしたものの、ケイドに押さえられた。

「おれは継母の話をしただろう?」

たしかに聞いた。「だけどあなたが薬を呑ませたわけじゃないでしょ?」

いまではケイドの両手に手を包まれていた。爪は短く清潔で、指は長い。指先は少しざらついていて、とても温かい。

そしてとても男性的だから、つい考えてしまった——この手と長い指が関係するあれこれを……。

「スター、おれはきみを批評したりしないし、誓って言うが、きみの秘密は絶対にだれにも漏らさない」

妙なタイミングで目を覚ましたセクシーな考えに誘われるまま、包帯を巻いた指でそっと彼の指の関節をなぞり、太い手首からやわらかな毛の生えた腕まで撫《な》であげた。「なんだかすごく不思議。バーにいたときからずっとあなたのことは目に入ってたけど、いざ話しはじめてみたらもう、この人は信用できるって感じたのよね」

「それはきみが勘の鋭い人だからだ。おれと同じで」

目を見つめて尋ねた。「わたしを信用してるって言いたいの？」

「そうでなければ、ここにいない」

すごくうれしい言葉だ。この男性はしょっちゅうこれをやる――小さなほめ言葉を積み重ねて、赤面しそうな気分にさせる。

わたしにできるだろうか？　理解へのお礼として、あの夜に起きたことを簡潔に語ることができる？

不安を感じとったのだろう、ケイドが尋ねた。「だれかに話したことは？」

首を振った。「いい考えだと思えたことは一度もなかったから」

「いまは？　おれには？」

話せば楽になる？　かもしれない。「いいわ、わかった。わたしはほかの女の子数人と一緒に閉じこめられてた。なかにはもう……」ごくりとつばを飲む。「最悪だったわよ、ケイド。その子たちを見ただけでどんな目に遭わされたかわかって、状況がいっそうリアルに思えてきて。その子たちには逃げられなかったんだから、わたしが逃げられるはずはないって痛感させられて」深い罪悪感がまた押し寄せてきた。なぜなら、結局わたしは逃げられたから。

逃げて、彼女たちを置き去りにしたから。

ケイドはなにも言わないまま、しっかり両手で手を包んでくれていた。なぜか守られているように感じた。ああ、いちばん必要だったときに、こういう人がそばにいてくれたなら。

けれどそばにいたのは依存症の母だけで、社会はわたしが存在することさえ、ろくに認識していなかった。

「さっきも言ったけど、連中はわたしたちをあっちへこっちへ移動させたの。家畜みたいに……というより、箱に詰めた荷物みたいにね。人間じゃなくて。心臓が動いてる人間でも、恐怖や痛みを感じる女の子でもなく。連中はそんなこと気にもしなかった。どうでもよかったの」けれどこうした詳細は意味がない。怯《おび》えきっていたあのときの少女のように身震いが起きた。「とにかく」きびきびした口調に切り替えて続けた。「最終的にわたしたちが連れていかれたのは、大きな古い建物だった。ほとんどが寝室で、小さなリビングルームがあって、二階にトイレと狭いキッチンがあった。どの寝室も外側から鍵がかかるようになってた。どういう方法かは知らないけど、連中はわたしたちを宣伝して、それを見た人間が注文するわけ……ピザみたいに。ただし、クラストの厚さの代わりにボリューム感を指定する。ペパロニとかソーセージみたいに、髪の色とか肌の色を。みずみずしいのがいいか……」またつばを飲む。「少しこってりしたのがいいか」

ケイドがつかの間、目を閉じた。ああ、聞くのがつらいと思うなら、実際に体験してみればーーいいえ、それはだめ。あんな地獄はだれにも味わってほしくない。あれを始めた人間、関与したけだものは喜んで殺してやるけれど、そんな連中にすらわたしが味わった屈辱や虐待は体験してほしくない。

「そうこうするうち、わたしに注文が入ったんでしょうね。だまされやすいティーンで、紫色の髪に唇ピアス、よく泣く子。おいしそうでしょ？」

「やめろ」砕けた砂利のような声でケイドが言った。「自分の苦しみを茶化すな」

顔を背けて、ただうなずいた。あの体験に人生を呑みこまれないようにするには茶化すしかないのだと、この男性に教える必要はない。「わたしを選んだのは、気持ち悪い男だった。中年でビール腹であごがたるんでて、わたしがびくびくしてる一瞬一瞬を文字どおり味わってた。だけど部屋に来たときにはもう酔っ払ってて、ドアが閉じて外から鍵をかけられると、そいつ、内側からも鍵をかけたの。たぶん、わたしをもっと怖がらせたかったんだろうけど、それが最大の失敗だった」

ケイドの目が鋭くなった。「内側から鍵がかかっていたから、だれも入ってこられなかった？」

「少なくとも、入ってくるのに手間取るはずだとわたしは考えたーー外にいる連中が物音を聞きつけて、様子を見に来る気になったとしても。聞き慣れてるのよ、悲鳴や泣き声や……そういうのは。だから大音量で音楽を流していたわけ」

ケイドは口元をこわばらせ、うなるように言った。「全員、死ねばいい」

「まったく同感」もしもわたしが使命をまっとうしたなら、この願いは叶《かな》う。「話したとおり、男は酒瓶を持ってて、わたしは一杯つぎますと申しでたの。最初は時間稼ぎをしたい一心だったけど、そいつが同意して酒瓶を渡してきたから、わたしは近づいていって、その瓶で顔を殴ったの」胃液がこみあげてきて息苦しくなった。

ケイドは無言で待っていた。やさしく手のひらを撫でて……きみは一人じゃないと教えてくれた。

それに支えられて続けることができた。

「男は驚いたけど倒れはしなくて、わたしの無謀さが信じられないと言いたげな顔でこっちを見てた。それがわたしに火をつけたの――〝こいつは反撃されて驚いてる、わたしがおとなしくレイプされると思いこんでたんだ〟って事実が――で、わたしは割れた瓶を持ってたから……それを男ののどにぶっ刺して思いきりひねった」

ケイドが迷いもなく言った。「よくやった」

少し吐き気を覚えつつもどうにか笑みを浮かべ、あちこちに飛び散った大量の血と、男ののどから漏れたごぼごぼいう音については省略した。「それに続くのが窓からの大ジャンプよ。かなりの高さで、脚か首の骨を折るんじゃないかと怖かったけど、賭けてみる価値はあると思ったの」

「驚いた、二階にいたのか」

「そう。だけど地面が受け止めてくれた」今度はもう少し自然な笑みを浮かべられた。最悪な部分は過ぎたし、ケイドは批判するような言葉を浴びせてこなかったので、問題なしとみなしてくれたのだろうと思えた。少なくとも、理解してくれたのだろう――わたしはやらなくてはならないことをしたのだと。「息が止まりそうだったし、そのときのあざは見せたいくらいよ」

まだ信じられないと言いたげに、ケイドがゆっくり首を振った。「たいした度胸と機転だな」

その言葉に、鼻にしわを寄せた。「白状すると、いったん窓からぶらさがったらやっぱりやめたくなったんだけど、そのとき手が滑っちゃって、どうしようもなかったの。部屋が裏手に面してて、路地に近かったのがラッキーだったわ。自分がどこにいるのかさっぱりわからなかったけど、どこにいたくないかだけはわかってた」

「だから逃げた」

「路地を走って、建物を抜けて、裏庭を横切ってね。一日中、走ったわ。できるかぎりあいつらから遠くへ逃げたくて」肩をすくめた。「というか、それからほぼ一年、逃げつづけた」

「家へは帰らなかったのか？」

「母は自分以外の人間を助けることにあんまり興味がなかったし、たいていのときは、そもそも人を助けるなんて無理だったから」

「どうやって生き延びた？」

「更生施設とか、炊きだしとか。ちょっと盗みもしたわ。ある更生施設に、虐待を受けた女性たちと働いてる女性がいてね。初めて女性を助けたときから、その人には連絡をとってる。なにをしたらいいか、教えてくれたのは彼女よ」

「頼れる人がいて、よかった」

「頼る？　それはない。でも好きではあったし、情報通だったから」一つの記憶が次の記憶を呼ぶようで、なんだか当時に戻った気がした。「あるとき、洗濯物を盗んでるところを年配の男性に見つかってね」この記憶には気分が明るくなった。「どうなったと思う？」

「警察は呼ばれなかったんだな？」

「それどころか、彼、もっと服をくれたの。亡くなった奥さんの服まで。そのうえ食事まで与えてくれたのに、だまされたくないから外にいるってわたしが言い張っても、文句一つ言わなかった。むしろ、慎重なのは賢いことだとほめてくれたんだけど、もしぶらぶらしてるつもりなら金を稼いだらいいんじゃないかって言いだしてね」

とたんにケイドが身をこわばらせた。

急いで説明した。「うちの庭の手入れをしないかって提案してくれたの」

ケイドがほっとして尋ねた。「芝刈りなんかか？」

「庭木を剪定《せんてい》したり、芝生のふちを整えたり、枯れ枝を拾ったり。自然を感じる庭だったわ」

ケイドの顔に笑みが浮かんだ。「やさしい人だな」

「ある日、嵐が来て庭をめちゃめちゃにしていったら、彼も外に出てきて作業を手伝ってくれた。おしゃべりしながらとかじゃなくて、ただそこにいて、二人で片づけたの。しばらくしたら休憩しろって言われて、一緒にベンチに腰かけてコーラを飲んだわ」それまでの人生でもっとも平凡で、もっとも家庭的なひとときだった。「そうしてたら、ここを出たあとは毎日どこへ行ってるんだと訊《き》かれたの。当時は公園で眠ったり、終夜営業のダイナーでうたた寝したりしてた」

「安全じゃないな」

「まあ、ほかに選択肢がないときはそれでじゅうぶんだと思えるものよ。だけどその日、彼がガレージに案内してくれたの。寝袋があるし、ガレージには鍵もかけられるから、少なくとも心配せずに眠れるんじゃないかって。家のほうで眠ったらとは言われなかったけど、それはたぶん、言ってもわたしが断るってわかってたからでしょうね」思い出すうちに切なさが訪れて、目がうるんできた。「すべてにおいてぶっきらぼうな人で、ふざけたことは許さないってタイプだったんだけど、わたしにわからせてくれた――わたしを利用した連中は最低のくずだったけど、この世には善良でやさしい人もいるんだって」

怪我していないほうの手をケイドが掲げて、指の関節にキスをした。「彼もトラック運転手だった？」

「そのときには引退してたけどね。だからトラック運送会社っていうのは、わたしがなにをやりたいかを知った彼の発案だったの。何年もそこにいたわ。ガレージを掃除して、わたしのためにちゃんとした部屋を設《しつら》えてくれて、専用のトイレとミニシャワーまで備えつけてくれて。椅子とテレビと、簡易ベッドもあった」どんなにつまらなく聞こえるかはわかっているけれど、わたしにとって、あそこは本物の家だった。

「快適そうだな」

「快適だったわよ」ささやくように言った。「彼はおじいちゃんみたいな存在だった」

「近所の人もそう思っていた？」

「それはないわね。彼は黒人だったから」にっこりする。「でも、親しくご近所づき合いしてる人はいなかったし、存命の家族もいなかったの。亡くなった奥さんとのあいだに子どもはいなかったから」

「彼を愛してたんだな」

涙があふれて、うなずくことしかできなかった。

ケイドが手を伸ばし、そっと頬を拭ってくれた。「きみがその人に出会えて本当によかった」

落ちつきを取り戻すのに、少し時間がかかった。情けなくも感情をあらわにしてしまったら、ふだんならもっと気恥ずかしく思うのに、本人が言ったとおり、ケイドはほかの人とは違う。鼻をすすって咳払《せきばら》いをしてから、小声でつぶやいた。「わたしが二十二のとき、商用の運転免許を取る手助けをしてくれて、〈ブラウン輸送〉あての紹介状まで書いてくれた。そこで二十六まで働いたわ」

「なぜずっとそこにいなかった？」

「彼が――ガスが死んでしまったの、眠ってるあいだに。一風変わった共同生活を送ってるうちに、彼との距離が縮まったとは思ってたけど、家を遺《のこ》してくれたと知ったときは度肝を抜かれたわ。信じられないでしょ？」

「きみにとって彼が大事だったのと同じくらい、彼にとってもきみは大事だったんだろうな」

「してもらったことを考えたら、わたしなんていったいどれほどの存在だっただろうと思うけど、ガスはすごくいい人で、一緒にいると……わたしにも価値はあるんだと思えるようになった」また涙がこぼれて、今回はいらいらと自分で拭った。「遺言状にはメモが添えてあってね。ほかの人が読むかもしれないからあいまいにぼかしてあったけど、つまりは家を売って、そのお金と口座にある額を使って、やらなくちゃならないことをやれ、と書いてあった」

ケイドは負傷していないほうの手をまだ手で包んでいたものの、いまでは手放せないとばかりに握っていた。「そのまま彼の家で暮らしたくはなかったのか？　安定した職を探したくは？」

「わたしが？　まさか。そういう人生には向いてないもの。ガスは命綱を与えてくれて、わたしはそれをつかんだ。〝やらなくちゃならないこと〟っていうのは、そのとおりよ。わたしはこれをやらなくちゃ、い、い、い、いならない」いつもの深い罪悪感で、呼吸が浅くなって肺が締めつけられたが、最大の罪を打ち明けた。「逃げたとき、わたしはほかの女の子たちを置き去りにしたの」

「きみ一人では助けられなかった」

いや、その慰めは受け入れられない。そんなに簡単に自分を許すことはできない。わたしは恐怖に負けたのだ。いまできるのは、事実を認めることだけ。「警察を現場へ連れていくこともできたはず。一度、通報しようとしたけど、それを思いつくまでに一週間もかかってしまったから、ああいうことがあったあとでは連中はまた場所を移したに違いないと思って、わたしはあきらめたの」

ケイドは長いあいだ、じっと黙っていた。やがてまた指の関節にキスをして、なにか言いかけたものの、口をつぐんだ。そしてついに言った。「きみの話を聞いてみると……どうやらおれは少し押しが強すぎたようだな」

「それは否定しない」この男性はぐいぐいとわたしの人生に踏みこんできた。けれど、そうされて楽しかった。信じられないくらいに。「いまさら引き返せないわよ」

磁石で吸い寄せられたように、二人の視線がぶつかった。「これは想像だが、きみにはその……難しいことがあるんじゃないか？」

彼がそんなふうに言葉をぼかすのは気に入らなかった。「難しいことなんていっぱいあるわよ。なにか特定のことを指してるなら、はっきり言って」

「セックスのことだ」

「ああ」いまもトラウマをかかえているのではないかと心配しているの？　まあ、ある面ではそうだ――けれど、その面では違う。「わたしがどういう人間か、もう知ってるでしょ？」

「そう思いたい。できたらもっとよく知りたいが、いまでも知ってると言えると思う」

「じゃあ、わたしがその点を修復してないと、本気で思う？」

言葉の選び方に戸惑いと疑念をあらわにしつつ、ケイドがくり返した。「修復？」

「こういうことをするなら、いくつか乗り越えなくちゃならないものがあるって気づいたの。厄介な事態になるだけでもだめなのに、もしイカれてない男とのたまのセックスを想像したくらいで機能停止しちゃうなら、女性を飼い慣らした犬みたいに扱うけだものと、どうやって渡り合えるっていうの？」

ようやくケイドが手を放した。落ちついているように見えるが、目には炎が宿っていて、呼吸は速くなっていた。「それをどうやって……修復した？」

いまでさえこれほど激しい形相なのに、〈ミスフィッツ〉に押し入ってきたときはいったいどんな顔をしていたのだろう？「落ちついて。なにも悪いことはしてないから」

「〝悪い〟を定義しろ」

「セックスはしたわ」そう言って肩をすくめた。「何人かの男性と、別々のときに。もうそれほど怖くなくなるまで」

ケイドがぱっと身を引いて、まじまじと見つめた。「楽しめたか？」

「いやではなかったわね」最後の数回は。「そこが重要なところよ。いまはもう、好きでも嫌いでもないって感じ」

数秒が流れた。「相手がおれなら別だ」

まったく、なんて自信。「そうね。その点においてもあなたはほかから際立ってる。あなたとのキスは楽しかったから、その先もきっと楽しいんじゃない？」

ケイドがゆっくり椅子を引いて立ちあがった。

息を詰めて待ち受けたが、伸びてきた手はただポニーテールを撫でて肩に触れ、指先であごをすくっただけだった。「そのときが来たら、〝楽しい〟どころじゃない。最初から最後まで、忘れられなくさせてやる」

そんなことを言われたら、本当に待ちきれない。

8

ケイドは昔から忍耐強いほうだが、アデラから連絡がないまま、さらに二日が過ぎた。待つことでスターが苛立《いらだ》ってきているのがわかった。無理もない。困っている女性が存在する以上、毎日が――いや、毎秒が――生きるか死ぬかを左右しかねないのだから。

せめてこの時間をスターとの距離を縮めるために使おうと、また何度かキスをした。毎回少しずつ時間と情熱を増やしていって、彼女の人生に入りこもうとした。スターは自身が喜ぶものについて隠し立てしないので、そういう親密な接触を喜んでいるのはよくわかった。これまでセックスライフを充実させていなかったのは意外だったが、本人の経験を思えば、筋は通る。

正しい相手となら、情熱的なセックスがどんなものになりうるか、教える男になりたかった。これまでのところ、スターもその計画に乗り気だ。

怪我《けが》は順調に回復しているものの、歩くときはまだ脚を引きずっているし、脱臼したほうの手はまだこぶしに握れない。百パーセントに戻るまで、キスより先には進まないつもりだった。これはもはや引き延ばされた前戯のようなものになっていて、スターの抵抗を弱め、態度を軟化させていた。別に、変わってほしいとは思っていないが。

おれを魅了したのは、芯の通った強い女性だ。

だがついにそのときが来たら百パーセントで相対してほしいし、同じくらい準備万端であってほしいし、こちらが与える絶頂にはいやというほど期待してもらいたい。とはいえ、一瞬の隙もなくこの女性を求めている以上、そんな余裕があるかすらわからないが。

とりあえず、いまは毎晩、一緒に寝るだけでじゅうぶんだ。拷問ではあるが、だからといって手放す気はない。

いずれ彼女のすべてを手に入れることはわかっている。

だが、そのあとは？

ケイド・マッケンジーの人生は〝大切な人〟を想定していない。いつなんどき、父の指令でどこへ向かうことになるかわからないからだ。レイエスが、自身の経営するジムで情報を小耳に挟んで裏づけが必要になるかもしれない。マディソンが、なんらかの手がかりを見つけるかもしれない。

スターにはまだ話していないが、バーを経営しているおもな目的は、地域に溶けこむことだけでなく、怪しげな人物の会話を盗み聞きできる可能性にもあった。深酒のせいで用心がおろそかになっただれかさんから、必要だった情報を手に入れたのも一度や二度ではない。正しい質問をそれとなく投げかければ、先へつながる情報を入手できるときもあるのだ。

インターネット経由で数時間のお楽しみが得られたと自慢げに言う男がいた。激安で女を買ったと笑いながら語る男もいた。

そいつらに手を出さないでいるのは難しかったが、その先により大きなターゲットがあるのなら、ぐっとこらえられる。

レイエスが経営するジムも同じような装置として機能していた。あらゆるタイプの人間が筋肉をつけるためにやってきて、自身の体験こそ語らなくても、あてにできる噂話《うわさばなし》をしていくのだ。空きビルに見かけない顔が越してきたとか、別の男が街角でサービスを提供するようになったとか、そういう話がすべてレイエスの耳に入る。

これらはみんな、父パリッシュの計画した筋書きだ。父は街の両端にあるバーとジムを買いとると、これからすべきことを息子たちに指示した――二人とも従うものと頭から決めこんで。

最後の部分は気に入らないが、効果があったのは認めざるを得ない。コロラド州リッジトレイルだけでなく、全米にまたがる話だ。なにしろこのあたりの道路の多くは女性や子どもも、ときには男性をも、州から州へ移送するために使われる。一地域の手がかりが複数の根城につながることも少なくない。人身取引をおこなう人間がすべて大規模な組織に関わっているわけではないが、ゼロではない――し、全員が抹殺に値する。

「そろそろ仕事に戻らなくちゃ」スターが顔もあげずに宣言した。ダイニングテーブルの上の開いたノートパソコンを見ながら、言う。「何件か配達の依頼が来てるの」

理解はできるが気に入らなかった。手がかりを追うためにおれが出かけなくてはならなくなったとき、スターは理解してくれるだろうか？　一日か二日、あるいはもっと、会えなくなるかもしれない。こちらが与えられない答えを、スターは求めるだろうか？

もめたくなくて、自分もテーブルについた。「近距離の配達か？」

「一件は一晩かかるけど、残りの二件は近くよ」眉根を寄せて画面を見つめる。

「なにか問題でも？」

「アデラのことが頭から離れなくて」疲れた様子でこめかみをこすった。「本当ならもう連絡してきてるはずでしょ？　このまぬけな脚さえ怪我してなければ――」

「まだ計画する時間が必要だ」

「わかってる。でも、ちょっと時間がかかりすぎてるわ。わたしが遠くの配達に行ったあとでアデラが助けを求めてきたら、どうすればいいの？」

ここは慎重に行かなくてはと、さりげない口調を心がけた。「きみが遠くに行ってるときなら、おれに電話してくれ。きみの代わりに行動する」

横目でちらりと見られた。「その話はもう済んだでしょ？　あなたは男だから信用されない。アデラはきっと近寄らせもしないわよ」

「きみがおれを信用していると言えば、彼女も信用するかもしれない」

スターは椅子の背にもたれてため息をついた。「どうかしら。これだけは自分でやりたいって思うものがあるのよね」

これだけは、と言うが、ほとんどすべてだろう? つんけんした態度は、皮肉っぽさや精神的な強さと同じで、スターの性格の一部だ。ときどき腹も立たされるが、彼女にとっては生き延びるための道具でもあったのだろうし、その意味ではこういう面をもっていてくれてよかったと心から思う。

いまは自宅で安全に身を落ちつけていて、毎晩おれと一緒に眠り、心の壁さえ日々、少しずつ崩れてきた。

この女性は意志が強いが、おれだってそうだ。最終的には、こちらと同じものの見方をさせてみせる。

スターの携帯電話が鳴ったので、二人同時に振り返り、ソファの横のサイドテーブルで充電中のそれを見た。

「電話はめずらしいな」ケイドは言った。

「めずらしいどころかこれが二度めよ」スターはさっと椅子を立ち、脚を引きずりながら急いで部屋を横切ると、画面を見て眉をひそめた。「また非通知」

「スピーカーフォンにしろ」

「〝してください〟でしょ」スターは言ったが、こちらがお願いする前にスピーカーフォンの設定に切り替えてくれ、四回めの呼び出し音で応じた。「もしもし」

「フランシス？」

スターが携帯電話を握りしめた。「アデラなの？　もっと早く電話をくれると思ってた。あきらめかけてたところよ」

アデラが声を詰まらせながら言った。「そんな、お願いよ。わたしを見捨てないで」

スターはやさしく言った。「見捨てたりしないわ」

「もっと早く電話したかったけど、できなかったの」

ケイドは身動きもせずに耳を傾けた。

スターは呼吸さえしていないように見えた。「どうして？」

「わたし、たぶん彼に見つかったわ、フランシス」静かにすすり泣きながらアデラが言った。「電波の届かない山小屋にいたんだけど、町に行ったときに彼を見かけたの。どうしよう、早く逃げないと殺される」

スターはゆっくりソファに腰かけながら、言った。「いまどこにいるのか、正確な場所を教えて」

「教えたいわよ」アデラが小声で言う。「でも、警察には通報しないで。警官の一人が常連なの。きっとマトックスにわたしのことをばらすわ」

それを聞いて目を狭め、スターは約束した。「警察には言わないけど、あなたがどこにいるのかわからなければ助けられないでしょう」

「一人で来てくれる？　絶対？」

スターがケイドの目を見つめ、答えた。「ええ、絶対」

ケイドは目を閉じて、そうはならないと心のなかでつぶやいた。そうはさせない、いと。スターが一人で行動するのを阻止するには、一日中、見張っていなくてはならないというのなら、そうするまでだ。

「いいわ」アデラが鼻をすすった。「あなたを信じる」

「いつ迎えに行けばいい？」スターが尋ねた。「いますぐ？」

いますぐだと？　ケイドはすぐさま頭のなかで予定を組みなおしはじめた。バーをだれに任せるか、どれくらい急いでレイエスに応援を頼めるか。

弟ならかならず応援を引き受けてくれるし、その点で言えば、父もできるかぎりの防衛策を用意してくれるはずだ。だがそれには時間がかかるし、スターがいますぐ出ていくとしたら――

「それはだめ！」動揺の叫びが電話越しに響いた。アデラがすぐさま説明する。「今夜。暗くなってから。それなら……わたしたちが出ていくところも見られないわ」

「わかった」スターはふたたび立ちあがり、キッチンに行って紙とペンを取りだすと、戻ってきてケイドに渡した。「連絡がつく電話番号を教えて」

「だめよ、危険すぎる」

「なにかが必要よ、アデラ。せめて住所か方角だけでも」

「わかった」アデラが大きく息を吐きだして、尋ねた。「本当に、だれにも、なにも言わない？」

いつまでも心配している彼女にもどかしくなってきたのだろう、スターは天を仰いだが、なだめるように言った。「もう約束したでしょ」

「あの夜、わたしを助けようとしてくれたわね。〈ミスフィッツ〉で」

「ええ。だけどあのときは怖くて逃げられなかったんでしょ？　わかってる」

「逃げようとしてたら彼に殺されてたわ」アデラが言う。「あの場でね。あなたもどうせ逃げられないだろうと思ってたけど、本当に逃げたのね」

「今回は二人とも逃げられるわ。だから、早く教えて、どこへ行けば会えるのか」

一瞬のためらいのあと、アデラが言った。「コールヴィルっていう小さな町よ。州間高速道路Ｉ‐25からほんの十キロくらい。町に入って未舗装の道を進むと、石造りの教会があるわ。その先に、わたしが隠れてる山小屋があるの。そのあたりの道はマトックスが見張ってるかもしれないから、ヘッドライトは消してね」

ケイドはメモをとりながらも、ろくでもない計画だと感じた。

スターも同感なのだろう、こう提案した。「単純に、その教会で落ち合うっていうのはどう？　そのほうが簡単じゃない？」

「でも、もしあなたが来なかったら、わたしは人目につきすぎるわ」

「かならず行くし、大きな道路に近いほうが逃げられる確率も高くなるでしょ」抵抗する隙をアデラに与えず、たたみかけた。「だから教会で。時間は？」

「そうね……十時？」

「了解、かならず行くわ。ねえアデラ、心配しないで。がっかりさせたりしないから」

「何度お礼を言っても足りないけど、そろそろ切らなくちゃ」そわそわとささやく。「マトックスが町に手下を放ってわたしを捜させてるかもしれないから。もう山小屋に戻って隠れてるわ」

「十時までね」

「ありがとう、フランシス。あなたは命の恩人よ」

スターはふうっと息を吐いて携帯電話をテーブルに戻し、しばしその場に立ち尽くした。

彼女が協力してくれたほうが楽なので、背後に歩み寄り、胸板に引き寄せてこめかみにキスをした。「手伝おう」

その言葉が聞こえなかったように、スターは言った。「脚の調子が戻ってきててよかった。やることが山積みだもの」

「たとえば？」

なにをばかな質問をと言いたげな顔で、スターが返した。「レンタカーを借りるとか。車から足がつくなんて冗談じゃないもの。そしてもちろん、待ち合わせ場所周辺を調べたい。罠《わな》かもしれないからね。アデラはマトックスの指示でわたしに電話をかけてきたのかもしれないでしょ」

その論理的な推測に穴はなかった。「たしかに少々話がうますぎる」

「待ち合わせ場所を変えることには同意したし、山小屋じゃなく教会なら町のなかって言えると思う。けど……なんていうか、なにかがしっくりこない」

スターを振り返らせて、両手で顔を包んだ。「ハニー、きみは直感が鋭い。だからそれを信じろ」

「そうね」眉をひそめる。「その直感が言ってるの、なにかがおかしいって」ケイドを見あげて宣言した。「だとしても、行かなくちゃ」

「わかってる」ただし、一人で行かなくてもいい。「おれを信じるか？」

スターは挑戦的に首を傾けて、尋ねた。「どういう意味で？」

「おれには……リソースがある」

唇をよじって指摘した。「あなたが詳しく話したがらないリソースがね」

おっしゃるとおり。「待ち合わせ場所付近を調べさせてくれ。控えめにやるから心配するな。代わりの車も用意できる。業者を使う必要はない」

「へえ」感心した声で言った。「本当なの？　そんなに簡単に？」

「ああ、そんなに簡単にだ」

数秒考えてから、言った。「つまりね……」唇を湿らせ、慎重に言葉を選ぶ。「あなたのことは信じてる。だって、あなたがどういう人かもう知ってるから。だけどあなたが口にしたよくわからない人たちのことは――まったくの未知だから、そこはまだ信じられない。そういうわけで今回は、あなたは口出しせずにわたしを信じて任せるってことで、どう？」

こちらの協力を〝口出し〟呼ばわりされるのは心外だったが、スターの気持ちはわからなくもなかった。おれだって、得体の知れない人間は信用しない。それでも、スター一人にやらせるわけにはいかなかった。

壁に目をやり、時計を確認した。待ち合わせ時間から逆算すると、たった二時間でやるべきことを済ませるしかなさそうだ――スターが喜ぼうと喜ぶまいと。

二人の関係を一気に加速させなくてはならないが、スターはそれを卑怯《ひきょう》な手口とみなすだろうか？　許しがたいと感じるか、それともこのうえなく満たされたと感じるか？　わからないが、あいにく思いつく方法はこれしかない。ゆっくり彼女の心を勝ちとっている余裕は急になくなってしまったのだから。

「脚はもうじゅうぶん治ったのか？」

「レースにはまだ出られないけど、そうね、平気よ。もう痛くない」

とはいえ依然として脚を引きずっている――が、そこは気にしていられない。いまは。

「よかった」ささやくなり、かがんで唇を奪った。最初はやさしく、唇に唇をこすりつけるだけにしていると、やがて彼女のほうから身を乗りだしてきた――同意のサイン。

片手で頭を抱いて、もう片方の手で背中を撫《な》でおろし、体をぴったり密着させた。これだけで股間が固くなってしまったが、かなり前からこの女性を欲してきたのだから、自分に許可を与えるのはスイッチを入れるようなものだった。いまや〝オン〟の状態で、願うのは彼女も同じ状態になってくれることだけだった。

忌まわしい経験をした女性が相手だ、ゆっくり進めようと思っていた。残された二時間をまるまる費やそうと。計画は寸前に大急ぎで立てればいいが、これは急がない。

彼女のことは急《せ》かさない。

舌先で触れるとやわらかな唇が開き、キスはまたたく間に熱くなった。もっと深く奪おうと首を傾けると、スターも応じた。胸板の上で指を丸め、腰に腰を押しつけてきた。

開いた唇に、からみ合う舌、荒い息遣い。そこへ好奇心旺盛な指と積極的な下半身まで加わっては……くそっ、彼女のほうが加速させやがる。とはいえ、これがスタートだ。爆発を待つ、火のついた導火線。

この女性にはいつだって、雷を落とすよりセクシーな爆発をしていてほしい。

のけぞらせて首筋をあらわにさせ、ベルベットのような肌を唇でおりていき、温かなのど《の》と耳の下の感じやすい部分を翻弄する。スターがもっとちょうだいとばかりにやわらかなうめき声を漏らした。

「ああ、いまの、すごい」

もしやこれまでだれもこんなことは……？　いや、スターが経験してきた〝修復のためのセックス〟については考えない。心のハードルを越えるためだけの行為、悦《よろこ》びなど度外視の経験については。

いまは快楽に溺れさせて、一生、おれを忘れられなくさせてやる。

スターが着ているのは楽な服だったので、肌に触れるのはいとも簡単だった。伸縮性のヨガパンツのなかに滑りこませた手を広げ、感触を味わいつつヒップの片方を覆うと、指で割れ目を上から下になぞり――もっと奥へ滑りこませて秘めた場所に触れた。

スターは息を呑んでつま先立ちになったが、逃げようとはしなかった。

大きめサイズのやわらかなコットンTシャツにしか覆われていない、固く尖《とが》った胸のいただきが、胸板を刺激してくる。首筋を甘噛《あまが》みすると、また息を呑む音が聞こえ……震えるうめき声に変わった。

「ああ……」スターがささやく。「いまの、もう一回して」

「どれのことだ？」

「最初から全部？」

欲求でぎりぎりに追い詰められているいまでさえ、この女性にはにやりとさせられる。スターは豊富なのだ——感情の面でも、知性の面でも。

曲線の面でも。そうとも、この曲線。

女性らしくやわらかいのに、芯は強い。たったいまそうしたように、臆さず自分の考えを口にする。そして困っている女性を助けるためなら、援護もないまま一人で遠くへ向かおうとするほど勇敢。

これほどそそる組み合わせを、どうやったら拒める？

拒めるわけがない。

スターが見るからに積極的なので、ウエストを撫でた手をそのままTシャツの下に滑りこませ、欲しがっている胸のふくらみに到達させた。うめきたいのをこらえたが、心地よいぬくもりとあらわな肌の絹のようななめらかさに、固い決意もどこかへ吹き飛んだ。

「ケイド？」

唇を唇に戻して、また深いキスをした。スターの左手の指が髪にもぐりこんできて、右手は頬に添えられる。指に巻かれた包帯のざらつきを感じたので、向きを変えてそこにもやさしくキスをした。「どうした？」

「これがあなたの説得方法？」

厳しい現実が降りかかってきた。おれの動機はそんなに卑しいものだったのか？　そんなに冷たいもの？　そういうつもりでずっとこの女性を求めてきたわけじゃない。自分で設定した予定表をくりあげる口実をいつも探していたくらいだ。

しかしスターの口調に怒りや非難の響きはなく、純粋に知りたがっているように聞こえたので、顔をあげて目を見た。

すると、お見通しよと言いたげな、気取った笑みが返ってきた。

この女性はなにも見逃さない。そうでなくても嘘はつかなかっただろうが、これではっきりした――こちらの理由がどうあれ、スターはだまされたりしなかった。

こちらがなにか言う前にスターはにやりとして、また体を密着させてきた。「言っとくけど、文句じゃないから」怪我をしていないほうの手が尻に伸びてきた。「それに、そっちが約束を果たしてくれるなら、こっちもあなたを連れていく方向に考えがなびくかもよ」

そんな驚きの発言でなぜ欲望が火を噴いたのか、わからないが、ともかくまた唇で唇に襲いかかった。とたんに同じくらいの情熱が返ってきた。

抑制も、忌まわしい記憶の残骸もなく。

あらゆる面で、類を見ない女性だ。

「ずいぶん熱心ね」

ああ、きみにはそそられる。めろめろだ。「わかってくれてありがとう」

「あなたが人を利用するような人間じゃないってことを？　どういたしまして」

この女性に信頼してもらえることには、本人がわかっている以上の意味がある。そんな思いに動かされてまたキスをした。今回はやさしさをこめて。もちろん、欲望も。

欲望はごまかしようがない。

息をしようと唇を離したとき、スターがささやいた。「寝室に行く？」

つややかな髪を撫でて、手のひらで頬を包んだ。まったく、この女性は唯一無二だ。

「異論はない」

スターが満足の笑みを浮かべて手をつかみ、先に立って歩きだした。ダイニングキッチンを抜けてバスルームの前を通過し、寝室に入ると、まだ乱れているベッドが現れた。

最後にもう一度、確認するべきだと良心が叫ぶので、口を開いた。「本当に――」

ところが、そこでスターがTシャツを首から引き抜いてそのへんに放ったので、自分のなかに良心があることさえ忘れてしまった。背筋を伸ばしてあごをあげたスターの胸のふくらみは、いつもは服装選びでごまかされているが、じつに立派だ。そこからウエストにかけて細くくびれ、また広がってきれいなヒップにつながっている。ローライズのヨガパンツからのぞく、お腹のなだらかな曲線を目で味わった。この女性のすべてに魅了され、もっと欲しい気持ちにさせられた。

「なにをじろじろ見てるの？」

視線をあげずに肩をすくめた。「仕方ないだろう。きみが完璧なんだから」

「笑える。まだあざが残ってるでしょ。いまでは気持ちの悪い緑と黄色。すごくみっともない」

もしや不安なのか？　あのスターが？　なによりその一点で、多少の自制心を取り戻すことに成功した。求めてやまない女性が上半身をあらわにして目の前に立ち、およそ人類が知るすべての基本的な本能を刺激していても。「あざなら見たことがあるし、きみのあざも今日、きみが服を着る前にちらりと見た」

スターは鼻にしわを寄せて、髪をまとめていたゴムをほどいた。「じゃあ、わたしの言いたいことはわかるわよね」

レイエスは正しかった。スターの髪はすばらしい。こうしてほどいて、あらわな胸の周りで毛先を遊ばせられては、ますますかき立てられてしまう。「ただのあざだ、ベイビー。それくらいできみを求める気持ちは薄れたりしない」

「それっていいことよね。だってわたしもあなたが欲しいから」あごで胸板を示す。「シャツを脱いで」

仰せのままに。背中に手を伸ばして布地をつかむと、首から引き抜いた。

「そのタトゥーのことはまだ聞かせてもらってないわよ」スターが言いながら近づいてきて、指先で胸毛を軽くすいてから、入れ墨の一つの輪郭をなぞった。右肩から肘にかけて翻るアメリカ国旗だ。スターは好奇心に目の色を濃くしながら、軽いタッチのまま、今度は右の大胸筋に刻まれた鷲《わし》に触れた。

左肩の背中側にもう一つ、戦場から天国へのぼっていく兵士が彫られている。三つを見れば、意図はおのずと明らかだ。「あとにしないか？」

「〝いけないこと〟のあと？」

わざと軽薄なものにしようとしているらしい――が、そうはさせない。「いけないことなんて一つもない。おれたちのあいだには」いまは胸の誘惑を拒み、美しい髪に触れた。ほてった肌に比べて、髪はひんやりしていた。「いいな？」

「また約束ね。果たさなくちゃいけないことがどんどん増えてるわよ」

「全力を尽くすさ」言うなり胸のふくらみを手のひらで覆ってやさしくもみ、かがんでいただきを舌先で転がした。

「いいわ」スターが震える息を吸いこんだ。「その前に、ヨガパンツを脱ぎたいんだけど」

「まだだ」口に含んでそっと吸った――続けて今度は激しく吸うと、スターの両手が肌をあちこち這《は》いはじめた。「気をつけろ。指を痛めるぞ」

「自分のしてることだけ気にしてて」

笑ってしまいそうな命令だが、言いたいことはよくわかる。「了解」口は反対側の胸のふくらみに移動したものの、手はヨガパンツの緩いウエスト部分から内側に滑りこんで、熱くなっている部分を覆った。

「じらし屋なのね」スターが不満そうに言ってのけぞり、目を閉じる。「男はじらさないものよ」

「スター、言っただろう。おれたちはほかの人間とは違う」わずかに開いた唇にキスをする。「だから、おれたちを型にはめようとするな」

うっとりと目が開いた。「わかった。だけどね、わたしはこれを待ち望んでたの。たぶん、あなたを求めてるって認めるずっと前から。だから、いまはじらしてる場合じゃないのよ」

ああ、この率直な物言いが大好きだ。「イキたいのか？」

スターの目が丸くなり、かっと頬が染まった。「それは……そう、かもね。だからふざけるのはやめにして」

「いいだろう」膝をついて、ヨガパンツのウエスト部分に手をかけた。「だがそのうち、おれのふざけ方が好きになるさ」

「そのうちって――この先もそばにいるつもり？」

将来の計画を探っているのか？　おれはどんな答えを返せる？　守れるとわかるまで約束はしないたちなので、いまは答えないまま、ヨガパンツとパンティを足首までおろした。

「足を抜け」

スターはしばし、ただ深い呼吸をしていた。

そこで、ゆっくり裸体を眺めることにした。なんとゴージャスな体だ。しなやかな脚にはあざが残っているものの、そこに唇を吸い寄せられる。怪我の最後の名残を癒やそうとでもするかのように、そっと唇を這わせた。傷口はきれいにふさがったが、小さな痕は残るだろう。そこにも、やさしくキスをした。

ほかの部分は……信じがたいほど美しい。この長い脚には何度も見とれてきたものの、こんなふうにすべてをさらけだされてしまうと、欲求がむくむくとふくらんでくる。両手を腰にあてがって、身を乗りだし――

「待って」スターがそう言って片手で肩につかまると、しなやかな太ももの筋肉が収縮するのがわかった。負傷した脚はまだこわばっているのだろう、ぎくしゃくした動きで、もどかしげにヨガパンツとパンティを蹴って脇にやる。布から解放されるとまた姿勢を戻し、あごで下を示した。「続けて」

欲求に呑まれているのに、笑ってしまいそうになった。こんな人はほかに知らない。想像しうるすべての点で、ありえないほど特別な人だ。

おれのもの。

本人はまだそれを知らないかもしれないが、どんな手を使っても実現してみせる。いまから始めよう。「少しでもいやだと感じたら――」

「ええ、すぐ言うわ」また髪に指をもぐらせる。「あなたといるとつま先が丸まっちゃう。そんなの、現実に起きるなんて知らなかった」

また笑みが浮かんだ。「ほかになにを丸めさせられるか、試してみよう」

信じられない。スターリングは頭のなかで何度もそうくり返していた。あのケイド・マッケンジーが、百九十五センチ超の身の丈をわたしの前にひざまずかせて、お腹と太ももにキスしながら、触れることでわたしに火をつけている。

ちょうどいい位置に差しだされた頭を錨《いかり》とばかりにつかまえて指をもぐらせてみると、てっぺんと前のほうの髪は豊かでやわらかく、両サイドと後ろのほうは短めに刈られていて、指先を心地よくくすぐる感触はベルベットのようだった。

彼がいましていることを終えたら――もう邪魔はしない――すぐに、あの肉体を堪能しよう。

ケイドが腰骨をしゃぶりながら、秘めた部分に指を這わせる。ああ、膝に力をこめていないと倒れてしまいそう――そう思ったとき、指がなかに入ってきた。もうこんなに濡《ぬ》れているのかと言いたげな、うなり声が聞こえる。どうだと思っていたの？　あなたが誘惑しはじめたときから、わたしはとろけそうだったのよ。

彼が思いどおりにするためにこれを始めたのだとしても、かまわない。それだって、悪くない理由だ。しかも、わたしがいちばん求めていたものが手に入る。

つまり、この男性を裸にすること。こちらも裸になること。裸同士のぶつかり合い――快楽という大きな見返りつきの。

それに、セックスがよかろうとそうでもなかろうと、わたしが簡単に操れる人間ではないことをわかってもらえるはずだ。もしケイドを同行させるとしても、それはこちらの条件下での話であり、こちらの要望ありきだ。

向こうも歩み寄るのではという予感があったし、それまでは楽しめばいい。

ゆっくり指でいたぶられているうちに、彼のうめきを耳と肌で感じた。快感がつのり、渦を巻いて、熱く燃える……。ああ、欲しい。これが。いま。もっと。

欲しい。

「もっと」思わず口走った瞬間、二本めの指が加わった。たくましい肩が収縮するさまをこのまま愛《め》でていたかったが、感覚に押し流されて目を閉じた。首など支えにならないとばかりに、自然と頭が後ろに倒れる。

膝も役立たずになりかけていた。ほかの指で押し広げられ……いちばん感じやすい部分に口をあてがわれたのだ。

うめき声が漏れそうになるのを唇を噛んでこらえ、体をこわばらせた。舌が……そう、あのなめらかな舌が魔法を駆使し、絶妙な力加減で、まさにそこを、何度も何度も翻弄する。最初はゆっくり、楽しそうな声さえ漏らしていた彼が、やがて目的をもった動きに切り替わった。

もう声を抑えていられなかった。胸のいただきは痛いくらい欲しがっているが、いましているこ とはやめてほしくない。極上に甘美で苦しいまでのうずきが、下腹部で渦を巻く。しばらく負担をかけずにきた脚が、もっと続けてもらうために体をまっすぐ支えていようと、驚くほどのがんばりを見せた。

ケイドがヒップにあてがった手を広げて、さらに引き寄せ――秘めたつぼみをやさしく吸った。その感覚に、ついに叫んだ。ありったけの声で。

もうかまっていられない。

ありえないほど激しいオーガズムに全身を貫かれ、もはや熱く脈打つだけの存在になり果てた心地だ。息をはずませ、少し汗ばんで、気がつけばようやく口を離したケイドの上に折り重なっていた。ああ、背骨を抜かれたみたい。というより、全身の骨が溶けて消えたみたい。

ケイドが立ちあがるべく、こちらの体勢を変えさせようとした。

「離さないで」目を閉じたまま、警告した。「顔から倒れちゃう」

「離すものか」耳元でささやいた声は、いまだけのことを言っているのではないように聞こえた。そう信じたいと思ったとき、ケイドが現実とは思えない、映画さながらの紳士的な動きで腕のなかに抱きあげて、ふわりとベッドにおろしてくれた。

「わあ」つぶやいて少し伸びをし、シーツに鼻をこすりつけた。「やるわね。すごくロマンティック」

ケイドがにやりとしてジーンズのファスナーをおろした。「そう思うか？」

「ええ」これは見逃せないとばかりに目を見開いて、まばたきさえこらえた。「約束は果たされた。もう信じるわ」

「へえ？」ケイドが言いながらジーンズをおろして、みごとな裸体をさらけだした。「まだ終わってないと思っていたが」

ああ、なんてすてきな体。すてきどころではない。まるで、わたしの思う男らしさをすべてかき集めて上手にまとめたかのようだ。濃い色の胸毛、脚と腕の隆々とした筋肉、長い骨、一目でわかる強さ。

大きなアレ。

咳払《せきばら》いをして言った。「どうやらわたし、宝くじに当たったみたいね」

ケイドがにやりとしてジーンズから財布を取りだし、コンドームを抜きとった。それが固くそそり立ったものにかぶせられていくさまを、魅入られたように見つめた。

口のなかがからからだ。「わたしがじかに触りたがってたらどうするの？」ちらりとこちらを見たケイドに、下半身をあごで示してみせた。だって、この男性のあらゆる部分が魅力的なのだ。探索したかった——ゴムなんかに邪魔されずに。あの引き締まったお尻を撫でてみたいし、ほどよく毛に覆われたたくましい腿も、魅惑の部分につながる平らなお腹も、触ってみたい。

「そんなことをされたらあっという間に終わっちまう」ケイドが言い、のしかかってきて唇にキスをした。「次のときは好きなだけ触っていい。約束だ」

「フェアだと思えないけど」

ケイドが膝で脚を分かち、ぞくぞくしている太もものあいだに陣取った。「文句か？」

信条に照らして考えてみたが、もう胸のふくらみを撫でられていただきを親指で転がされ、脚のあいだに固いものを感じるとあっては……。「いいえ。こちらからは文句なし」

「よかった」言うなり唇で唇を封じて——貫いた。

ああ！　反射的に腰が浮いた。奥まで満たされて、なめらかに抜き挿しされて、濡れた音とともに快感がつのっていくけれど、それだけではない。

くらくらさせられる。ケイドの香りと、手のひらに感じる引き締まった肌と、のどの奥から漏れ聞こえる生々しい声——混じりっ気のない欲望の音に。

セックスなら知っている。

楽しめたときもあった。

けれどいままでの体験のどれ一つとして、これに似たところはなかった。

片脚を彼の腰に巻きつけて引き寄せ、もう片方の脚は腰の横に掲げた。

「無理するな」首筋でケイドがささやく。「痛い思いはさせたくない。脚が――」

「黙って」怪我していないほうの手で尻をつかみ、早く動いてと急かしながら、気がつけば自身も腰を動かしていた。前後させ、くねらせて……長く太いものをとことん味わう。

ケイドがざらついた声で笑い、そこから先は引き受けてくれた。

じつに激しい行為だったが、あらゆる方法で励ました。たくましい体にしがみついて、肩を噛み、舐《な》めて、ほてった肌に吸いついたまま、二度めの絶頂にわなないた。

ケイドも深くねじこんだまま、首筋に顔を押し当てて、長く猛々《たけだけ》しいうなり声とともに達した。

ああ。ほかの男がイクときの声にはこれっぽっちも心が動かなかったのに、それがケイドとなると、よしよしして抱きしめたくなった――どうかしている。人は虎をよしよししたりしないもの。それでもこの虎は離せなかった。いつまでも肩にやさしいキスの雨を降らせて、熱を放つ肌を撫でつづけていた。

ようやく動く気になったのはたっぷり十分後だったが、それでもまだ脚はだるく、言うことを聞かなかった。負傷したほうの脚など、とんでもなくずきずきしているけれど、その価値はあったと思えた。

「よくがんばりました」息を整えながら、からかうようにささやいた。「こんなに全身ふにゃふにゃにさせられて、どうやったらアデラやマトックスの相手ができるの？」

ケイドはしばし身動き一つしなかったが、数秒後、決意もあらわに体を起こし、両肩の外側に肘をついて上から見つめた。「おれに手伝わせろ」

こうして大きさと香りと鉄の意志に包囲されても、ちっとも気にならなかった。「あなたはふにゃふにゃになってない？」

「すぐに復活する」唇にしっかりキスをした。「これは――おれたちがいましたことは、約束だ」

ええ？　そんな。「だれが決めたの？」

「おれが決めた」まじめすぎるほどまじめな顔で、じっと目を見つめる。「スター、きみは強い。強いから、おれに肩代わりされるんじゃないかと心配することなく重荷を分かち合えるはずだ。そして知ってのとおり、おれは肩代わりしない」

鼻で笑ってしまった。「もうしてるじゃない」

「いいや、ベイビー。おれは計画を共有し合って、準備も危険も分け合いたい。おそらくきみはまだ知らないだろうが、そのほうが簡単になる」

「なにが簡単になるの？」

表情がやわらいだ。「なにもかもだ」意外なほどのやさしさで、そっと髪を後ろに撫でつけてくれた。「きみ一人じゃないほうが、なにもかもが簡単になる」

「じゃあ……」よくわからないので考えようとしたものの、不可能だった。こんなふうに全身で全身を覆われて、ひたむきな視線で頭のなかを見透かされていては。それなら正直に返すしかない。「これは一回こっきりじゃないってこと？」

ケイドの顔にいともやさしい笑みが浮かんだので、危うくとろけそうになった。「おれには一度ではとうてい足りない。きみも、一度でじゅうぶんだったとは言わないでくれ」

「もっと欲しいわ」もっとあなたが欲しい。もっとこれが欲しい。あなたの言った〝分かち合う〟というやつだって、ほしいかもしれない。

「よかった」ケイドが詰めていた息を吐きだした。「じゃあ、簡単じゃないがベッドから出てシャワーを――」

「一緒に？」

「別々に、だ。おれは何本か電話をかけなくちゃならない」

冗談めかしてすねたふりをしたものの、実際、この男性となら一緒にシャワーを浴びたかった。

「計画をすり合わせなくちゃならないいし、おれを連れていくのはいいことだときみを納得させなくちゃならない。それなのに一緒にシャワーなんか浴びたら……」首を振る。「良識がどこかへ飛んでいってしまう。一度きみを抱いたいまでは、抑えきれずに触れてしまう」そう言って胸のふくらみを手で覆った。「キスしてしまう」首筋に鼻をこすりつけ、耳元でささやいた。「味わってしまう——もう一度」

体がわななないた。「約束しすぎよ」

「そのせいで怖《お》じ気《け》づかないでくれ」

たたこうとしたものの、ケイドは笑いながら余裕でかわしてその手をつかまえ、頭の横に押さえつけた。

「怖じ気づいたりしてないわ」

「じゃあ、慎重にならないでくれと言い換えよう」そしてベッドを離れたが、視線は横たわっている裸体からそらさないまま、ゆっくりボクサーパンツとジーンズを拾った。「そうしたかったら少し休んでるといい。先にシャワーを浴びてくる」

バスルームへ向かう後ろ姿を見送っていると、ある感情が胸に広がった……これは、安らぎ？　でなければ同じくらい穏やかななにかが、深く染みていく。初めての感覚、不慣れな感覚だ。これもまた、ケイドのおかげ。

もちろん彼に見透かされたとおり、あの男性には怖じ気づいてしまう。もう長いあいだ、だれにも頼ってこなかったことが大きな理由だ。ケイドのことが好きすぎるせいかもしれない。本当に彼に頼りたいから、なぜかよけいに難しくなっているのかもしれない。よけいに警戒してしまうのかも。

けれどわたしは弱虫ではないから、ベッドを出てノートパソコンに歩み寄った。調査すべきことが山ほどあるし、調査に集中すれば、いまこの瞬間もわたしのバスルームでシャワーを浴びている裸のセクシーガイのことを忘れられるかもしれない。疑わしいけれど、やってみるまでだ。

9

爆発的なセックスのあと、スターはようやくアデラ救出作戦に関わってもいいと認めてくれた。認められなくてもサポートしていただろうが、このほうがぐんと楽になる。

体の相性がいいことはわかっていた。なにしろ二人のあいだの引力は天井破りだった。それでも、まさかあそこまで深く感情を揺すぶられ、究極のつながりまで感じるとは予想外だった。一日中、彼女とベッドで過ごすよりほかにしたいことはないくらいだ。麗しの曲線を探索して、あの隠し立てのない率直な反応を楽しんでいたい。

これほどやるべきことが山積みでは、あきらめるしかないが。

すでにマッケンジー家が所有する車のなかから代わりの一台を選んでいた。窓にスモークが貼られ、補強部材で強化された、銃の撃ち合いが予想されるときにケイドとレイエスが使うバンだ。黒のマット塗装のおかげで薄闇にまぎれられるし、バンにしてはめずらしいほどのスピードも出せる。

家族も関わらせることにスターをうんと言わせるまで、説得には一時間を要した。スターの主張――わたしはあなたの家族を知らないのに、どうやったら信用できるっていうの？――はもっともだった。

もっともなので、妥協案を出した。「じゃあ弟だけでいい」レイエスならこのうえない味方になってくれる。仮に十人の男がスターを待ち伏せしていても、ケイド一人で対処できるし、その点、自分の能力は疑っていない。だがもし、狙撃者がいたら？　マトックスは陰湿で、正々堂々というタイプではないから、スターをおびきだして即死させるという汚い手も平然と用いかねない。

まあ、女性を長々いたぶるほうがお好みだろうが、いずれにせよ危険は冒せなかった。

「レイエスには会ったことがあるだろう？」ケイドは言った。「表には出てこないで、なにかあったときのために見張っていてもらう」

「彼、いらっとするのよね」スターはばっさり切り捨てた。

笑ってしまったが、うまく言い当てているのは認めざるを得なかった。「まあな。あいつは人の神経を逆撫《さかな》ですることに至上の喜びを感じるタイプだ。だが頼りになるし有能だし、絶対に裏切らない男でもある」

スターはしぶしぶ、うなるように言った。「そう。人間のかがみってわけね」

「そこまでは言わない」弟の欠点は知っているし、受け入れている――レイエスも兄の欠点を知っていて、受け入れてくれている。

スターはもどかしげに言った。「そのほうがいいって思うなら彼も仲間に入れて」怖い目でにらむ。「でも、責任はあなたがもってよ」

この侮辱を耳にしたらレイエスがどんな反応を示すか、目に浮かんだ。笑みをこらえて言った。「信用してくれてうれしいよ」

「これって信用？　むしろ、あなたがしつこいから音をあげたって感じだけど」

それが数時間前のことで、出発の準備をする段になってもまだスターは不満顔だった。準備中のバンの後部で、彼女の頬に触れた。「きみの安全を確保するためなら、おれはなんだってやる」

スターは唇を引き結び、確認したばかりのグロックを腰のホルスターに収めて、こちらを見あげた。「言っとくけど、わたしもあなたには似たようなことを思ってるから」

その言葉にはキスで応じたものの、軽く短いものにとどめた。「左手で撃つ練習はしてるんだよな？」脱臼した指の包帯はもうはずしているが、いまも腫れているし、痛むのは間違いない。

「いまさら訊《き》くの？」スターはにやりとして、二人で作りあげた小さな武器庫を示した。「右手の怪我《けが》も含めて、スミス&ウェッソンの38口径リボルバーに手を伸ばし、足首のホルスターに収める。「右手の怪我も含めて、どんな不測の事態にも備えてるわ。だから、ええ、練習ならたっぷりしてる。右手のほうが正確だけど、左手でも問題ない。それがマトックスほど大きな的なら、とくにね」

ジーンズの裾をおろして銃を隠す彼女に、真顔で尋ねた。「ほかに武器は？」

「ナイフね」スターが言って向きを変え、ヒップを振ってみせたので、腰のところに一本収められているのがわかった。「だけどこれを使うのは、接近戦にもちこまれたときだけ」

そんな事態はおれが許さない。そう覚悟して息を吸いこんだ。

スターがここまで武装していると知って、二つの感情が芽生えた。まずは、この女性にはじゅうぶんな自衛能力があるという安心――どの武器もやすやすと扱っているところからそう確信できる。と同時に、やはりきみは後ろにさがっていておれにすべて任せろと言いたい気持ちにもさせられた。任せてもらえれば、アデラを確保して可能ならマトックスを殺すが、スターが絶対にその選択をしないことはもうわかっていた。

きみは関わるなとほのめかしでもすれば、突っぱねられるばかりか一人で決行する方向に逆戻りさせるに決まっている。

「手伝おう」そう言って、持ってきた防弾チョッキを着用しようとしているスターに手を貸した。これだけは不慣れらしい。持ちあげて首を通させ、体に合うようベルクロストラップを調節してやった。

彼女がシャツをはおるそばで――チョッキの上に重ねるので少し窮屈そうだ――こちらも防弾チョッキを装着し、さらに弾丸を装備できるタクティカルベルト、ナイロン製の手錠、テーザー銃、ナイフ、ストロボ機能つきの懐中電灯、閃光手榴弾《せんこうしゅりゅうだん》、グロック二丁も用意した。

スターが両眉をあげて、閃光手榴弾をあごで示した。「手榴弾？　本気？」

「致命傷は与えられないが、目くらましには有効だ――向こうに仲間がいたときのために。マトックスがどんな罠《わな》を仕掛けてるか、わからないからな」

「もしも罠を仕掛けてるとしたら、ね」スターが訂正し、尋ねた。「アデラの言うことを信じてないの？」

救急キットと、その他の緊急時用の道具をバンの後部に積みこみながら答えた。「信じてるとは言えないが、それはきみも信じてないと思うからだ。どうしてだろうな？」

この返しが気に入ったような顔で、スターが言った。「彼女にはなにか怪しいところがある。心に傷を負った女性にはこれまでにも会ったことがあるし、わたし自身、そんな女性の一人だった。だけど今回はなにか……おかしいと感じるの。アデラを助けるのをやめようと思うほどじゃないけど、そうね、絶対に用心しようとは思ってる」

「なぜそう思ったか、わかるか？」

「彼女はマトックスを知ってる。わたしも彼を知ってる」なんでもないことのように言った。「マトックスこそ、何年も前にわたしを誘拐させたくそ野郎よ。ラスボスで、酔っ払いの変態おやじと一つ部屋に入れとわたしに命じた悪党で、見張りを立たせた人間のくず」

土壇場での告白に衝撃を受けるあまり、愕然《がくぜん》として彼女を見つめた。スターは平静を装ってバンの後部扉を閉め、鍵をかけた。目を合わせないまま前を通り過ぎて運転席に向かおうとした彼女の腕を、ケイドはつかんだ。

最初は言葉も出てこなかった。スターはどうかしたのかと問いたげにこちらを見ているものの、そんな顔にはだまされない。たったいま爆弾を落としたことは自覚しているはずだし、こちらがどんな反応を示すか、うかがっているのも間違いない。

自身の反応しだいでその先が大きく変わることをひしひしと感じながら、極度の苛立《いらだ》ちをどうにかこらえた。「マトックスとのあいだに過去があるのか？」

「ええ。だけどあのでくのぼうは、わたしがわからなかったみたいね。言ったでしょ、昔のわたしはいまとぜんぜん見た目が違うって」

これほどの事実を隠されていたことに腹が立った。「いままで話さなかったのには理由があるのか？」

「いくつかね。その一、あなたがびっくりすると思ったから」

ケイドは一歩、彼女に近づいた。「びっくりはしていない」

「そう？」冷ややかな目で、張り詰めた全身を眺める。「じゃあ、それはなに？」

「激怒してる、かな」背を向けられる前に肩をつかんだ。「おい、スター。もっと早くに言うべきだったとわからないのか？」

「セックスしたから？　冗談やめてよ」人差し指を胸板に突きつける。「それも話さなかった理由の一つ。あなたが縄張り意識を全開にしてるから」

「なぜわかった？」たしかに縄張り意識は感じている。だが表には出していない。

いや、出していたのか？

まさか、絶対に隠していた。もしも〝縄張り意識を全開〟にして、保護本能の命じるままに行動していたら、いまごろスターはあのセクシーな体のあちこちに武器を装着して防弾強化したバンに乗りこみ、危険に突っこんでいく作戦を立ててなどいない。

「いまはそういう顔でわたしを見てるから」気づいていなかったなんて意外だと言いたげな表情で、スターが説明した。

あごを引いて尋ねた。「そういう顔というと？」

スターが口角をさげて即答した。「わたしをまるっと手に入れたと思ってるみたいな顔」

なるほど。「そんな思い違いはしていない」この女性はどこへ飛んでいくかわからない大砲の弾――なにをしでかすかわからない危険人物だ。まったく、少しはコントロールできたらいいのだが……いや、それは違うな。

スターのなにが称賛に値するかというと、まずはその度胸と不屈の精神だ。曲がることはあっても折れることはない。

そんな自信が底抜けにセクシーだ。

そして心のどこかでは、この女性はおれが選んだ人生さえ受け入れられるほどに強いのではという気がしていた。

たいていの人には無理だ。

〝いかなる犠牲を払っても、人身取引に手を染める連中を抹殺するのが使命だ〟とほかの女性に言ってみろ。たちどころに逃げられるに決まっている。

味方を得るチャンスが訪れたと考えるのはスターだけだ。

「思い違いはしてないかもしれないけど、もっと早くに言ってたら、きっとわたしを関わらせようとしなかったでしょ――そうはならないから、考えるのもやめて」

怒りをあらわにして言った。「おれの思考を勝手に深読みするな」

「深読みする必要もないわ。顔に書いてあるもの」

「なにが書いてあると思ってるにせよ、きみにとってこれは重要なことだとわかってる。そして、おれにとってきみは重要だ」

好戦的な表情が揺らいだ。「わたし？」

別の苛立ちがこみあげてきた。「なにを驚くことがある？」口を開きかけたスターに先んじて言った。「きみが大事だから並んで立ちたいと思ってるが、きみの前に割って入ったりはしない」

「ええと……そうなの」小さな笑みが浮かび、ひょいと唇がよじれた。「謝るべき？」

「だな。おれからレイエスに伝えておくべき情報を、きみは黙っていた」

やわらいだ態度がたちまち消えた。「論理が見えないんだけど」

ケイドはすでに携帯電話を取りだしていた。「マトックスとのあいだに過去があるなら、これがきみをつかまえるための策略だという可能性が格段にあがる」

スターがばかにしたように笑った。「言ったでしょ、向こうはわたしに気づかなかったって」

「断言はできない」

あきらめたように、スターは両手を宙に放った。「わたしは直感が鋭いって言ったの、あなたじゃなかった？」

レイエスには、要点だけを伝える簡潔な文面を送った。「考えなおすべきかと思いはじめてる」息を呑《の》む音が聞こえたので、侮辱が命中したのがわかった。

「それはそれは、おあいにくさま」言うなりスターがすり寄ってきて、互いの防弾チョッキが許すかぎり、ぎゅっと抱きしめてきた。

まったく予想外の反応に、思わず腕を回していた。考えもせずに頭のてっぺんに顔をのせ、肌と髪の温かな香りを吸いこみ、感覚に酔いしれた。

こんなにあっという間に、こんなに大事になってしまうなんて、どういうことだ？

スターの低い声には戸惑いと不安が少しずつ混じっていた。「〈ミスフィッツ〉でマトックスの顔を見たときは度肝を抜かれたわ。これだけの時間が流れたあとにまた会うなんてって。正直に言うと、不意打ちを食らって泡を食ったんだと思う」

そんな目に遭わせたくなかった。さぞかしつらかっただろう――そんなふうにいきなり過去がふたたび現れるのは。

スターがこちらを安心させるように、身を引いて目を見あげた。「だけど向こうはおやっと思ったそぶりも見せなかった。断言できるわ、あいつはわたしの正体に気づいてない」唇を噛《か》んでつけ足した。「あの男、何年も前にわたしの人生を踏みにじったことを知らないのよ」

「ベイビー、よく聞け」スターはいまこうして完全武装し、世界に立ち向かおうとしている――かつて虐待した男に立ち向かおうと。再会の場面は一人で耐えなくてはならなかったし、今回も一人で耐えていただろう――おれがどうにか説得していなければ。「すぐにでも撃てるように用意してろ。どう転がるかわからないが、それについては考えるな。とにかく自分の身を守れ」人を人とも思わない虫けらは死んでもかまわないが、この女性は死なせるわけにいかない。「もしなにか少しでもおかしいと思ったら、その場を離れろ。いいな?」

スターはうなずいた。「了解」

レイエスから返信が届いて、静寂に着信音が響いた。〝本当に、ほかにサプライズはないんだろうね？〟

断言はできないが、ともかく返した。〝いいから万全の準備を〟

親指を立てた絵文字が返ってきた。

携帯電話をバイブレーション設定に切り替えて、ポケットに収めた。「出発の時間だ」

スターがうなずいて運転席に乗りこんだので、車内灯をオフにしてから助手席の後ろに陣取った。ここからならフロントガラス越しの景色が見えるし、スターも難なく視界に収まる。その後は会話もなく、待ち合わせ場所に向かった。

コールヴィルはごく小さな町で、人口は、直近の死亡や誕生で増減があったかもしれないが、おおむね百人ほど、そのほとんどが高齢者だ。すばやく調査したところによれば、ゴーストタウンと呼んでいい──一九〇〇年代初頭に鉱山で爆発事故があり、五十人以上が死亡、活況を呈しかけていた鉱山業が廃止に追いやられたことが原因だ。

「ここに住んでる人がいるとしたら」スターがつぶやいた。「丘のほうにいるんでしょうね」ゆっくり線路を越えて、ひび割れた舗装路を走っていたが、それもやがて砂利道に変わり……ついには土の道になった。

バンのヘッドライトが、道路の両側で伸び放題の低木とごつごつした岩を照らす。無人らしき小屋数軒、錆《さ》びきったトレーラーハウス二台、ほとんどの窓が板で打ちつけられた小さな店の前を通り過ぎた。

「明かりを消すべき?」

「いや」アデラはそうしてと言っていたが、言われたとおりにするのはためらわれた。でこぼこ道の先に教会が見えてきた。「ゆっくり進め。レイエスはもう配置についてる。怪しいものを見つけたとしても、まだ連絡はない」

「厳密には、彼はどこにいるの?」

「丘のどこか。敵には見つからないが、あいつからは全体がよく見える場所だ」

「そこへ行くまでに見つからないの?」

「ありえない。あいつは有能だ」

深いわだちでバンが激しく揺れた。ピニョンマツとジュニパーの細い枝が屋根をこする。街灯はなく、今宵《こよい》の月は明るくないので、ヘッドライトが投げかける光の筋を少しでもそれると濃い影が広がっていた。

教会の汚れた窓と羽目板を見れば、信者を失って久しいことがよくわかる。この建物を最後に、道は山のほうへのぼっていくようだ。

「気に入らないな」思わずつぶやいた。

「しーっ」スターが返し、こちらを振り返りもせずに、教会の数メートル手前でバンを停《と》めた。ほどなく、正面階段に一人の女性が出てきた。

「向こうが来るのを待て」小声で言った。

「来ないわよ。バンに乗ってるのはマトックスかもしれないと思ってるはず」スターは深く息を吸いこんでドアを開け、おり立った。

ケイドは悪態をこらえて同じことをした――アデラには死角となる後部扉から音もなく滑りだし、必要ならスターを守るために身を低くして構えた。

スターが小声で呼びかけた。「アデラ？」

「だれ？」アデラは手すりを握りしめ、バンのほうをうかがった。「フランシス？」

ヘッドライトの光に照らされるよう、スターはさらに踏みだして、バンの前方に移動した。「早く。行きましょう」

アデラは一歩近づいて、尋ねた。「一人なの？」

「そうよ」スターは嘘をついた。「急いで」

次の瞬間、アデラに連れが現れた。

黒ずくめの男二人が教会から出てきても、スターリングはそれほど驚かなかった。二人とも銃を手にしており、銃口はこちらに向けられている。なお悪いことに、右手の茂みに動きがあり、左手の茂みにも動きを感じた。

包囲されている？　冗談じゃない。

すべては闇に包まれているけれど、わたしだけは光のなかに立っている——たやすい標的だ。その思いに足が動いた。

バンのなかに戻る前に攻撃されるとわかっていたので、開けたままにしておいた運転席側のドアの陰にさっと隠れ、ケイドを捜して後部を見た。

バンはもぬけの殻だった。どうやって物音も立てずに出ていけたの？　まるで幽霊！　そこへ音がして、さっと振り返った。ケイドを捜していた三秒のあいだに、二人組の一人が近づいてきていた。

ほほえんで、手にしたグロックを指差した。「動いたら一発頭にぶちこむわよ」

男は笑って、さらに近づいてきた。「ボスがおまえを生け捕りにしたがっていて、運がよかったな」

うるさい。脚を狙って撃ったが、銃弾は男の足元の地面に当たった。役立たずの左手め——まあ、殺したいわけではないけれど。少なくとも男はかわそうとして脇に飛びすさった。

効果はゼロではないとみて、左右にも銃弾を放った。だれも悲鳴をあげなかったが、すばやく動く物音は聞こえた。

逃げなさい、ちんぴらども。わたしは逃げださないわよ。逃げるものですか……目的を果たすまでは。「アデラ！」

「ごめんなさい」アデラが涙ながらに訴えた。

すばやく闇に視線を走らせた。ここは山に囲まれているので声が反響するらしく、夜はじつに静かだ。目を凝らしたとき、道のかなり前方に動きをとらえた。

だれかが——マトックスだろうか——アデラを引きずっていこうとしている?

敵は何人いるの? これまでに確認したのは四人——わたしを包囲しようとしているのが一人ずつだとして。だけどもっといるかもしれない。仮に二人組で行動していたら……対抗できる確率は低い。

マトックスは入念に計画を練ってきたようだけれど、それはまあ、昔からそうだった。

まさか、アデラもグルなの?

銃弾がひゅんと音を立てて頭上をかすめていったので、とっさに身を伏せた——直後に背後で大きなうめき声がして、振り返る。すると男が地面に倒れ、脚を押さえて激しく悪態をついていた。背後から忍び寄ろうとしたところを、どこにいるのかわからないケイドの弟に見つかったのだろう。

暗視ゴーグルで? おそらく。

そのとき、ケイドが別の男を顔面への鋭いパンチで無力化するところが目に入った。男は一瞬、硬直してからどさりと倒れた。もう一人がケイドに飛びかかったものの、ケイドが流れるようにターンして男ののど笛に肘鉄を食らわせると、男は吐くような声を漏らしながら、土の道に倒れている仲間に合流した。その顔面にケイドが一発蹴りを入れると、吐くような声も収まった。

おみごと。

付近を見まわしたが、だれもいないようだ。「いまので終わり？」

正気かと言いたげな顔でにらまれた。「四人倒したが、一人二人はそのままじっとしていないかもしれないし、少なくともあと二人は確認したから、早くバンに乗れ」そう言うと、倒れている男たちの武装を慣れた手つきで解除していく。一人がうめいたものの、ケイドは容赦なくまたパンチを食らわせて黙らせた。

「すごい」なんて使えるこぶし。

集めた武器を荷台にのせて、ケイドがくり返した。「早くバンに乗れ」

「乗ってどうするの？」命令に従う前に計画を知りたい。「道の先でもっと待ち伏せしてるかもしれない」撤退する方法をとっくに思いついているべきなのに、間違ったことにばかり頭を使ってしまった。

たとえば、アデラとマトックスが共謀している可能性。

それから、ケイドに言われたこと。

本当に、そこまで大事に思ってもらえるなんてことがありうるの？　あんなふうに守ってくれたところを見ると、ありうる、のかもしれない。

またアデラの悲鳴が聞こえたが、なにも見えなかった。

「やめておけ」ケイドがこちらに言いながら、男たちにナイロン手錠をかけていく。「きみはおれと一緒にここにいろ」

コントロールしたがるのはきっと生まれつきなのだろうし、いまは反論しているときでもない。なにしろ、彼が一緒に来てくれて助かったのだから。

もし一緒でなかったら、すでにまたマトックスにつかまっていただろうし、もう一度逃げだせた確率は高くなかったはずだ。

だから反論はしない――けれど文句は言わせてもらう。「わたしだってばかじゃないわよ」状況もよくわからないのにアデラを追っていったりしない。それでも、彼女をどうしたらいいのだろう?

小さな音にはっとした。やわらかい靴底が土と砂利の道を踏む音だ。

すばやく振り返ってどうにか銃弾をかわした直後、大男に髪をわしづかみにされ、バンのドアの向こう側に引きずりだされた。

「おまえにはもううんざりだ」男がうなるように言った。

迷わず思いきり股間を蹴りあげた。負傷した脚でバランスをとったので、いつもほどの力はこめられなかったが、それでもがつんと命中した。

男がうめき、髪をつかんでいた手の力が緩んだものの、じゅうぶんではなかった。そのうえ両腕を押さえつけられているので、足を狙えば自分の足まで撃ってしまう。

だから代わりに頭突きをかました。あごははずしたものの、鼻に当たって血が飛び散った。

「このくそアマ――」男が言いかけた瞬間、後方からこぶしが飛びだしてきて男を気絶させた。

男に両腕で羽交い締めにされていたせいで、気がつけばもろとも地面に押し倒されそうになっていた。

ケイドがつかまえて助け起こしてくれたので、バンに背中をあずけると、ケイドは怒りに顔を歪《ゆが》め、倒れた男を踏みつけた。一度ならず、二度。

「もう気絶してるわよ」その激しさに圧倒されつつ、ささやいた。「ケイド、そいつはもう気絶してる」腕をつかんだ。「いまのうちに行きましょ」

ケイドは強情そうにあごをこわばらせていたが、男を踏みつぶすのはやめてくれた。筋肉を盛りあがらせたまま、取って食いそうな顔でこちらを向いた。「怪我はないか?」

男の血しぶきが散っているだろう顔で、うなずいた。「ないわ」

「じっとしてろ」ケイドが言いながら歩きだす。「すぐに戻る」

それはいったいどういう意味?

ほどなく答えがわかった。背後で戦いが始まったのだ。男二人を一人で倒すのさえ、ケイドにはわけもないらしい。

ほかに何人いるのだろう？　まさかうじゃうじゃ？　警戒を絶やさず、何者かが加わってきたときのために周囲に目を配りつづけたが、だれも現れなかった。

いちばん近くの一人——ケイドが踏みつけた男が身じろぎしたので、ケイドにならって顔を蹴り、また気絶させた。

土の道はこの先も続き、カーブして舗装路に合流したあと、州間高速道路に入る——そう思いながらはるか前方を見やったとき、赤いテールランプが目に入った。

アデラを連れ去った人物が逃げていく。

どうする？　いまは追えない。

ケイドがふたたびそばに来たので、去っていくテールランプを二人並んで見送った。

残された不気味な静寂は、どこか恐ろしいほどだった。二人とも無言のままでいたとき、ケイドの携帯電話が鳴った。

「弟？」小声で尋ねた。

ケイドはそれを無視して言った。「バンに乗ってロックしろ」命じながらもう乗りこませようとする。

言われたとおり、乗りこんですぐにロックをかけたが、ケイドを手伝おうと後部の荷台へ移動した。ケイドはもう乗りこんでいて、後部扉をばたんと閉じてそちらもロックした。

「静かに」届いたテキストメッセージに目を通す。「弟が、逃げた車を追ってる」バイクのうなりが聞こえ、一瞬、路上に光が明滅したと思うや、走り去った。「いまのがそう？」

「ああ」ケイドがメッセージを返してから携帯電話をポケットに突っこんだ。「怪我は？」

何本か髪が抜けたけど……。「かすり傷一つない。あなたのおかげで」

「脚は？　指は――」

「大丈夫だってば、ケイド」アドレナリンが放出されたせいで震えているだけだ。「アデラは悲鳴をあげてた。あなたの弟、追いつけると思う？」

「じきに連絡をよこすだろう。運転してくれ。ここを離れるぞ」

フロントガラスの向こうには、どこまでも闇が広がっている。「安全かしら」

「ああ。ぐずぐずしないかぎりはな」ケイドがそっと防弾チョッキを脱いだ。

そのとき気づいた……ケイドは撃たれている！　脚の力が抜けて、どすんと運転席に腰を落とした。「たいへん」

「問題ない」ケイドは上の空で言い、鎖骨近くの傷に軽く触れた。「流れ弾に当たっただけだ」

「でも……血が出てる！」脚の力を取り戻して近づこうとした。

伸ばした手をケイドがつかまえて、胸に触れさせまいとした。「運転してくれ、ベイビー。できるな？」

そのひとことで新たな目的に頭が切り替わり、一つうなずくなり運転席に戻ると、バンのエンジンをかけた。「病院？」

ケイドは三秒ほど考えてから、うなるように息を吐いた。「いや。父の家へ行くしかない」

「でも……」ちらりと振り返る。「重傷かもよ」

「父は外科医だ。だった、と言うべきか。それでもベストな選択肢だ」致命傷を負った人のようには見えない動きで助手席に移動し、救急キットを手に、行き先を指示した。

動揺と恐怖に呑まれそうになる。「ここからじゃ、急いでも四十分はかかるわ」

「わかってる」脱脂綿で傷口を覆う。「大丈夫だ」口元をこわばらせて言った。「弾はそれほど奥まで入ってない」

銃を膝にのせたままバンを発進させ、前方の闇を見つめた。ケイドも銃を手にしている。彼のほうがはるかに警戒しているらしく、片手で間に合わせの絆創膏《ばんそうこう》を押さえてもう片方の手で銃を握り、絶えず周囲を見張っていた。

問題なく幹線道路まで行けそうだ。それでも……。

人生でいちばん長いドライブだった。

ちらちらと助手席を見てばかりいた。「大丈夫？」

ケイドがにやりとした。「心配してくれるのか？」

「そりゃあ……そうよ」ばかげた質問をしないでという思いをこめて返した。「だけど気づかなかった。いつやられたの？」

ケイドがまた、人を取って食いそうな顔になった。「あのくず野郎がきみをつかむ直前だ」

手を伸ばし、こわばった腿をぽんぽんとたたいた。「どうどう。言ったでしょ、わたしは怪我一つ負ってない」

「おれがあの場にいなかったら違う結果になっていた」

「かもね」口ではそう返したが、本当は彼の言うとおりだとわかっていた。わたし一人では、数でも戦闘能力でも負けていた。「まだ本調子じゃないの。いつもなら股間蹴りで気絶させてやれるのに。たぶんあいつのモノは真鍮《しんちゆう》かなにかでできてるのね」にんまりして言った。「だけど鼻の骨は折ってやったわ――あなたがあいつの顔を完全に作り変えちゃう前に。二度と同じ見た目には戻らないでしょうよ」

ケイドが休みなくミラーで周囲を確認しながら言った。「冗談にするようなことじゃないぞ」鋭い視線を向けられた。「もう一つ約束してほしい」

思わずうめきそうになった。一瞬、天を仰いでから尋ねた。「今度はなに？」

「マトックスが〈ミスフィッツ〉できみを認識したにせよしなかったにせよ、やつはきみをつかまえようとしてる。その点は認めるな？」

「ちょっとした軍勢を引き連れてきてたから、そうね、否定はできない」

「約束してくれ。おれたちがやつを牢《ろう》にぶちこむか、あわよくば殺すかしないかぎり、やつにもアデラにもきみ一人では対処しようとしないと」

一瞬、心臓が止まりかけて、直後に速く激しい鼓動を打ちはじめた。「期間延長を申請してるの？　だってこんなの、いつ終わるかわかったものじゃないわよ」

ケイドは迷いもなく答えた。「ああ、そのとおりだ。一カ月かかろうが半年かかろうが一年かかろうが、関係ない」大きな体から緊張感をにじみださせながら、反論は許さないと言いたげな固い口調でつけ足した。「おれたちはともに行動する」

冷めきっていた心の奥底に暖かな光が芽生え、どんどん広がっていって、とうとう口元がほころんだ。いまはとんでもない状況だし、本人はマッチョを気取っているけれど、ケイドのことが心配でたまらない――それでも笑みは抑えられなかった。「いいわ、約束する」それより急がなくては。「おしゃべりはおしまい。それから、出血多量で死なないでよ！」

10

撃たれるのはけっしていいことではない。スターには黙っていたが、今回のアクシデントを招いた原因は彼女に気をとられたことにある。あのくそ野郎がスターをつかまえたとき、縛ろうとしていた男が暴れて逃げた。そいつの放った弾は命中したわけではない――念のため、腕を折っておいた――が、地面に当たって跳ね……ケイドにかすり傷を負わせた。

顔より下でラッキーだったが、防弾チョッキのすぐ上なのはアンラッキーだった。スターが手荒な扱いを受けている最中だったので、それで勢いを弱めはしなかったが、もちろんいい気分ではなかった。

父とレイエスが心配するだろう。そして問題なさそうだとわかったあとは、弟はこの一件を爆笑ものとみなし、父は……激怒するはずだ。パリッシュ・マッケンジーの激怒ときたら並大抵ではない。きっとがみがみ説教をしてしつこくいやがらせをし、とにかく頭痛の種になるに決まっている。

スターに触れたあのばかは殺すべきだった。敵の意図はわかっているので、全員の息の根を止めたかった。もしスターが関与していなければ、おそらくそうしていただろうが、目撃者がいるなかでそういう大掃除をすれば、父の怒りは天井破りのものになる。説明すべきことならすでに山ほどあるのだ。

スターは下唇を噛《か》みながら、くり返しこちらに視線を向けていた。そんなふうに心配してくれるのは愛《いと》おしくさえ映る――そういうタイプではないと思っていたから。むしろ、父と同じようにとことんいびってくるのではと思っていた。

心配を薄れさせたくて、言った。「マトックスの姿は見なかったな」

「わたしもよ。アデラを引きずっていったのがあいつなら、話は別だけど」

道のでこぼこにぶつかるたびに、痛みのこだまが体を貫く。「ありうるな」携帯電話が鳴ってテキストメッセージの着信を知らせた。今回、ポケットから出すのは容易ではなかったが、それでもレイエスからだとわかっているので、歯を食いしばって身をよじり、どうにか尻ポケットから引っ張りだすのに成功した。ちらりと画面を見る。

「なに？」スターが言う。「弟から？」

「ああ。連中に追いついたそうだ。アデラを連れ去ったのは間違いなくマトックスだ」

スターがハンドルをぎゅっと握って尋ねた。「彼女は無事なの？」

「弟は無事だと言ってるし、じきに詳しく聞かせてくれるだろう」レイエスは、どこで落ち合えるかと尋ねてきた。こちらの負傷を考えると、こう返すしかなかった。〝基地で〟

即座に返信が来た。〝嘘だろ？〟

弟がすんなり受け入れるわけはない――家は、ケイドがもっとも行きたがらない場所だと知っているのだから。説明しなくてはならないが、簡潔に記した。〝問題ないが、流れ弾に当たった〟

〝すぐ向かう〟

やれやれ、家族全員集合か。ちらりとスターを見た。「もう一つ頼みごとをするのは、調子に乗りすぎか？」

「どうかしたの？」すばやく助手席を見て、すぐまた道路に視線を戻す。「まさか気を失ったりしないわよね？」

ケイドは鼻で笑った。「ああ、それはない。言っただろう、それほど深手は負ってない」

「でも、まだ血が止まらない」緊張のせいか、指摘する声が少し高い。「そして助けの手まではまだまだ遠い」

手を握ってやれたらいいのだが、こちらの手は血まみれだ。「おれのそばにいてくれ」

「てこでも動かないわよ」

即答されてもまったく安心できなかった。「本気で言ってる。なにがあってもだ」

スターの両眉がつりあがった。「それはいったいどういう意味？　いったいなにが起きると思ってるの？」

仕方ない。心の準備をさせるためだけでも、ここは一つ、正直にならなくては。「おれの家族に会った瞬間、逃げだしたくなるだろうと思ってる。だが、逃げないでくれ」

「恐ろしい化け物の群れってわけ？」

詳細は省いた。「いまはただ、ときに圧倒的とだけ言っておこう」

スターが少し口調をやわらげて、真摯に約束した。「野犬の群れにもわたしを追い払えないわよ。わかった？　わたしたちはもうパートナーみたいなものなの。で、パートナー同士はくっついてるの」

きみが認めたがるかどうかは関係なく、おれたちはそれ以上だ。が、いまは〝パートナー〟でよしとしよう。「約束したからな」次の出口を指差した。「そこを出てくれ」

道幅が急に狭くなり、山肌をのぼりはじめると、スターが尋ねた。「わたしをどこへ向かわせてるの？」

「言っただろう、父の家だ。おれの――おれたちの――本拠地。忠告しておくが、父はまず喜ばない」

スターは眉をひそめた。「わたしを見て？　あなたを見て？」

「両方だな。しかし、おおむねおれだ」

首筋をこわばらせてスターが言う。「だったらどうしてそこへ行くわけ？」

答えとして脱脂綿を傷口から離してみると、出血はほぼ止まっていた。「父ならこれをどうにかできるからだ――内密に」スターの横顔と不満そうに寄せられた眉を眺めて、つけ足した。「銃弾による負傷となると、病院は報告しなくてはならないし、そうなればおれたちが答えたくない質問をいくつもされることになる」スターが口を開いた――眉間のしわから察するに、文句を言おうとしたのだろう――が、先んじて言った。「そこを右」

「道なんてないわよ」

「そこが狙いだ」

スターは首を伸ばしてフロントガラスの向こうを見あげた。「あれは監視カメラ？」

「敷地内にある二十台のうちの二台だな」

スターが口をつぐんだ。恐れ入った？　怖くなった？　警戒心をいだいた？

さらに数キロ進むと、遠くに光が見えてきた。昼夜を問わず、この山あいの隠れ家はじつにたいした眺めだ。高い石柱が支える湾曲した屋根の下には広いデッキがあり、明かりが漏れる壁一面の窓からは山々を見晴らせる。

スターが目を丸くして、門の前でバンを停《と》めた。

「暗証番号を入力しないと入れない」そう言って数字と文字の羅列を伝え、スターがそれを入力すると、大きな鉄製の門が開いた。

スターが唖然《あぜん》とした。回れ右して帰りたいような顔をしている。

「心配ない」励ましたくて言った。「おれの家族に立ち向かえる人間がいるとしたら、それはきみだ」少なくとも、それが真実であるよう願っている。この女性と出会うまで、試そうとも思ったことはなかった。

スターが信じられないと言いたげにまばたきし、こちらを向くなり眉をひそめた。「いまにも気を失いそうな顔してるじゃない。失わないって言ったのに！」豪邸にひるみかけた気持ちがたちまち傷を心配する思いに取って代われたのだろう、勢いよくアクセルを踏みこんだ。

気を失ったりしない。こんなかすり傷で気を失うなどありえない。だが、それでスターが緊張を忘れられるなら、誤解させておくのも悪くない気がした。

実際、吐き気はしていた。おそらく失血のせいだろう。

それとまあ、いままさに家族の鉄則を破ろうとしているという事実のせい。だが言ったことに嘘はない。待ち受けるものに立ち向かえる女性は、となりでハンドルを握っている彼女だけだ。スターは例外。いついかなるときも。

この女性なら、きっとうまくやれる。

背の高いポプラの木々と目をみはるような大岩を通り過ぎて、到着したのは……とてつもない山荘だった。「これは家じゃないわ」

「家だ」

「違う」首を振り、かたわらに立つ家を指差した。「あっちの小さいの、あれが家」目の前にあるのは……こんなもの、現実世界ではもちろん、雑誌ででも見たことがない。

「あっちは妹専用のコテージだ。このまま正面玄関まで進んで、おれがこれ以上出血する前に、家に入るのを手伝ってくれ」

これには口をつぐむしかなかった。それでも、相反する思いの板挟みで苦しんでいた。もちろんケイドが最優先だけれど、これは。なにもかもが豪華で富を叫んでいる。わたし向きではない。

バンを停めてエンジンを切り、急いで助手席側に回ると、ケイドは自力でバンをおりていた。ありがたいことだ——片脚があまり役に立たないいま、この大男の全体重を支えられるとは思えない。脇の下に肩を入れて支え、玄関までたどり着くと、ブザーを鳴らした。

「わたしたちが車で来るのを見てたんじゃない？　見てなかったなら、なんのための監視カメラ——」

ぱっとドアが開いて現れた長身の男性は、すでに怒りの形相だった。「いったいぜんたい……！」

困った状況を平然と切り抜ける唯一の方法は、実際に平然とふるまうことだ。「ちょっとどいて」大声で言った。「彼は撃たれてるの」

男性は即座に反応し、ケイドの反対側の腕の下にみずからの肩を差し入れた。「おれが面倒を見る。きみは帰りたまえ」

二人ともにずっしり身をあずけたまま、ケイドが言った。「彼女が帰るならおれも帰る」

その宣言に、男性二人がにらみ合いになった――ので、やむなくスターリングは初対面の男性の耳をはたいて叫んだ。「彼は出血してるのよ！」

やり場のない怒りで男性の顔がどす黒くなり、言葉か行動で反撃したそうな表情を浮かべたが、結局は大声でどなった。「バーナード！」

広くて天井の高い玄関ホールに、声はよく響いた。

「彼女も一緒だからな」ケイドが忠告するように言った。

男性は同意こそしなかったが、もう帰れとも言わなかった。そこへ別の男性――きっと気の毒なバーナードだろう――が現れ、三人を見てぴたりと動きを止めた。

「いったいなにごとですか」

「玄関を閉めろ」最初の男性が命じたものの、バーナードが従う前に、ケイドの弟がききーっと音を立ててバイクを停め、はずむように入ってきた。

「赤信号を全部無視したのか？」ケイドが問う。

「時速百五十キロでね」ケイドの弟が返し、スターリングをどかせて、自身が兄の腕の下に肩を差し入れた。「でもこうして駆けつけたんだから、文句は言うなよ」

バーナードが玄関を閉じて、言った。「用意してまいります」そして足早に去っていった。

「歩ける？」弟がケイドに尋ねた。

「問題ない――が、おまえが運んでくれるところを見てみたい」

年上の男性がぴしゃりと言った。「二人とも、やめろ」

みんなスターリングのことは無視していた。帰りたいなら、いまがチャンスだ。けれどもちろん帰りたくなかった。そばを離れないとケイドに約束したし、彼が本当に無事であることを自分の目でたしかめたかった。

だからおとなしく、みんなについていった。

途中の部屋からきれいな若い女性が出てきて、目の前の光景に気がついたとたん、持っていたノートパソコンを磨き抜かれた台にのせて駆け寄ってきた。これで群れの先頭が彼女、しんがりがスターリングだ。

文字どおり大きくて広い大広間を横切って左に折れ、これまた広々としたキッチンを抜けて化粧室の角を曲がり、数段の階段をおりたところで、先頭の女性がドアを開けた先に現れたのは……病院？

驚きに目を丸くして室内を見まわした。冗談ではなく、手術室に見えた。いったいわたしはなにに足を踏み入れてしまったの？

器用なバーナードが金属製のキャビネットから白いシーツを取りだし、すばやく整えた診察台に、ケイドが男性二人の手を借りて横たわる。

すかさずケイドの弟が兄のシャツをきれいに切り裂いた。いたるところが血だらけで、見ているだけで膝の力が抜けそうになる。支えを求めて手を伸ばし、壁に手のひらを当てた。

バーナードがトレイに器具を並べていくが、どれも不穏にしか見えなくて胸が騒ぐ。

年上の男性――バーナードではないほう――が、せっせと手を洗いながらつぶやいた。

「おまえほど強情で手に負えない――」

「息子はいない、だろう。わかってる」ケイドの口調は、胸に銃弾がうまっている男のようには聞こえなかった。そのうえこちらを見つめてばかりいるので、あまり不安そうな顔はしないことにした。「レイエスは冗談しか言わないお調子者で、マディソンはいちばん従順」

レイエスとマディソン？　手に負えない息子？

男性が手を洗っているシンクのほうに、ゆっくり視線を向けた。じゃあ、あの火を吐くドラゴンがケイドの父親？　言われてみれば似ているけれど……。

マディソンが上の兄の言葉にむっとした。「わたしが従順？　そんなことないわ」

ケイドは鼻で笑い、下の兄も同じことをした。

マディソンが腕組みをする。「自分が撃たれるようなドジをしたからって、わたしに当たらないでよね」続いて、いまは外科用手袋をはめている父親に尋ねる。「深刻なの、パパ？」

その言葉に息を呑んだ。深刻なのか、ですって？　撃たれたのよ！　胸を。

「いや、深刻じゃない」ケイドがやはり負傷していないような口調で返した。「銃弾が地面にはじかれて、こっちに戻ってきたんだ」

「目をぶち抜いてたかもしれないね」レイエスが考えにふけるように言う。

マディソンが下の兄をたたこうと手を伸ばしたが、レイエスはすばやく逃げた。

この一家、どうかしている。そう思いながら全員を順ぐりに見つめ、やがてまたケイドの視線にからめとられた。

ケイドの父親が長男のほうにかがみこみ、あちこち押してから宣言した。「弾は鎖骨で止まっているが、幸い、どこも折れていないようだ」

それはいいニュース？　いまならどんなものでもありがたい。

恐ろしげな外科用ペンチのようなものを使って、ケイドの父親が突いたり刺したりしはじめると、ケイドは歯を食いしばった。

マディソンは無表情でたたずみ、レイエスはありがたいことに無言のまま、行ったり来たりしていた。

バーナードは金属製の洗面器を手にしていて、ケイドの父親がそこになにかを落とすと、かちんという音が響いた。「銃弾を摘出した。ほかに異常がないか、確認させてくれ」

「レントゲンを?」バーナードが尋ねる。

ケイドの父親が長男を見おろして尋ねた。「ほかに怪我《けが》はないか? 隠すなよ」

うんざりした声でケイドが答えた。「ない」

「では数針縫う」ケイドの父親がこちらを向いた。「不衛生だから、出ていってくれ」

なんですって!? じつにひどい侮辱に聞こえた。レイエスとマディソンは不衛生じゃないっていうの? バーナードも?

だが実際は全員を意味していたのだろう、レイエスがマディソンに歩み寄り、妹の肩を抱いてドアのほうにうながした。バーナードもさがった。

一人ぐずぐずしていると、ケイドがまだこちらを見つめたまま、呼びかけた。「バーナード」

「なんでしょう?」

「彼女を帰らせないでくれ」

ケイドの父親が天を仰ぎ、全員を無視して念入りな清浄にとりかかった。傍目《はため》には、その作業はここまでのものよりなお恐ろしげで痛そうに映った。

少し吐き気を覚えて、ケイドに言った。「ドアを出てすぐのところにいるわ」

「キッチンで待っていろ」ケイドの父親が顔もあげずに言う。「長男にはたっぷり説明をしてもらわなくてはならないから、きみもなにか飲み物を用意しておくといい」

「こちらへ」バーナードが穏やかに言った。「ご案内します」

行きたくなかった。本当に。この人たちには気持ちがくじけそうになる。銃を手にしたマトックスのほうが、ずっとましだ。

二人きりになった瞬間、父は礼儀のかけらもかなぐり捨てた。「おまえはいったいなにを考えていた？」

「なにを考えてたかって？　自分のことは自分で決めたいとか？　彼女と一緒にいたいとか？　おれの人生を動かしてるのは父さんじゃないとか？」

父ののどの奥から深いうなり声が聞こえたものの、両手は揺らぐことなく、有能に麻酔を施した。「殺されていたかもしれないんだぞ」

見つめていたいスターがいなくなったので、父を見あげた。「それはどの任務とも変わらない」

父の手が止まった。「おれたちはあらゆる筋書きを考慮する」

「可能なかぎり、だろう？　おれだって今夜、同じことをした。だからレイエスを説得して加わってもらった」一針めが入ってくるのを感じたものの、痛みはなかった。「爆発するときは、あいつを標的からはずしてやってくれ。本人の良識に逆らって、おれのためにやってくれたんだから」

こちらが予期していた〝爆発〟の代わりに、父はため息をついた。「あの娘は本当にそこまで大事なのか?」

ここまでになにが起きたのか、おそらく父はすでに察しているだろう。細かいことなど全体からすると枝葉にすぎない。「答えは聞かなくてもわかってるんだろう?」

父は無言で縫合を続けた。縫い終えると傷口付近になにか処置をし、薄いガーゼを当てた。「今夜は泊まって、明日一日ここにいろ。経過を観察する」

「スターも一緒じゃないなら、断る」

手を洗おうとシンクに移動しながら、父が言った。「その名で呼ぶな。マディソンの報告書にはもう目を通した。スターリング・パーソンにはその名を捨てるもっともな理由があるし、おまえが使えばあえて彼女を危険にさらすことになる」

ケイドは慎重に起きあがった。少しめまいがするものの、もっとひどい怪我を負ったこともあるので、自分の体がどこまで許容できてどこからは許容できないかをよく理解していた。左右の腕を順番に曲げ伸ばししてみて、自分の足で手術室を出ていけそうだと判断した。「彼女はおれが守る」

父がうんざりした声を漏らし、長男のほうに振り返った。やつれた顔に狭められた目。

怒っているに違いないが、それでもこう言った。「おれたちも、彼女をもっとよく知るべきだろうな」

なによりその譲歩の言葉を引きだせたことで、残っていた痛みが押し寄せてくるのをケイドは許した。予想どおり家族と闘わなくてはならないのかどうか、わかるまでは、痛みなど感じている余裕がなかった。

ほかの家族は父に従うだろうし、その父はいま、オリーブの枝を差しだしたのだ。この休戦協定は驚くべきことだし、感謝すべきことだ。

父があきらめ口調で言った。「おまえの部屋へ連れていくから、体を洗って着替えろ。そのあとに、ゲストも交えて楽しいおしゃべりだ」

こういうときのために、母屋には家族それぞれの居室が用意されている。必要なときしか使わないが、いつでも使えるよう整えてあった。

ケイドはバーの近くに自分の家を持っており、レイエスはジムの近くに住んでいて、マディソンは別棟のコテージで暮らすと言い張った。

それぞれの居室があって助かるのはこういうときだ。いまは思うように動けないのが腹立たしいし、必要ならスターの部屋に戻ることはできるが、またでこぼこ道で揺られると思うとうれしくはなかった。

うなずいて、慎重に足を床におろした。とたんにめまいが起きたものの、それほどひどくはない。「マトックスだった」父に打ち明けた。「やつは過去にスターをさらったことがある。彼女にこの復讐《ふくしゅう》の道を歩みはじめさせたのは、やつだ」

「なるほどな」パリッシュはふたたび長男に腕を回して支え、歩きだした。

父は情け深いタイプではないし、甘やかすタイプでもない。ケイドはどちらも求めたり必要としたりしたことはなく、レイエスも表向きは気にしていないようだ。だがマディソンは？　父に欠けているものを兄二人で補おうとしてきたが、うまくやれていたのかはわからない。レイエスのことなら理解できるが、妹となるとたいてい謎だ。

だがいまは、父があれこれ世話を焼いたり休むべきだと言い張ったりせずにいてくれるのがありがたかった。まだ休めない。スターを説き伏せて、もう数日おれのそばにいるべきだと納得させるまでは。

ここに。より安全な場所に。

ここでなら、よりよい計画を思いつける――そして今度こそ、マトックスを仕留める。

スターリングは呆然《ぼうぜん》とした状態で、家庭用の外科手術室を出た。化粧室の前を通った拍子に血のことを思い出したので、ついでに寄って手と顔を洗ったものの、シャツはどうしようもなかった。まだ防弾チョッキを着けていたが、つい先ほどまでケイドの負傷のことで頭がいっぱいで、それどころではなかった。

ドアをノックする音で我に返った。「ちょっと待って」髪を後ろに撫《な》でつけ、鏡に映った自分に顔をしかめてから、外に出た。

バーナードが穏やかにほほえんだ。「どうぞキッチンでお休みください。食事をご用意しますので、なにか飲みながらお待ちください」

休む必要はない。必要なのはケイドだ。

いいえ、違う。わたしはなにも必要としていない。男なんてもってのほか。それでも、もう一度話がしたいから、あと少しだけここにいよう。

キッチンテーブル用の椅子に腰かけて初めて気づいたが、ほぼ治りかけていた脚も指もずきずきと脈打っていた。男に髪を引っ張られた部分の頭皮さえ痛む。そして防弾チョッキにはもはや息が詰まりそうだ。ケイドをイカれた家族のもとに送り届けてもう大丈夫だとわかったいま、すべての不快感が自己主張しはじめた。

この人たちをどうとらえたらいいのか、まだ計りかねていた。ケイドの父親が裕福なのは間違いない。妹は背が高くてスリムで美しく、弟は依然として神経を逆撫でする。けれどその全員が互いを愛し、慈しんでいることはだれの目にも明らかだ。

堅苦しいバーナードでさえ、必死に無関心を装いながら食事を用意していても、どれほどみんなを大切に思っているか、完全には隠せていない。

この人たちは本物の家族だ。血がつながっていて、互いに忠実で、気楽におちょくり合えて——必要なときは自信をもって助け合う。

一方のわたしは、こうしてこの人たちのなかにいると、ケイドが家に連れ帰った野良犬の気分。

レイエスがじろじろとこちらを見るのをやめないのも、そんな気分をあおった。彼の関心ときたら、まるでゴキブリに向けるそれだ。

無視しようとしたし、実際に無視したものの、ケイドの容態がわかるまで待つあいだに、神経が高ぶってどうにも抑えが利かなくなってきた。レイエスをにらみつけて、鋭く言った。「なに？」

レイエスがあごをあげて答えた。「理解しようとしてるだけだよ」

その答えに面食らい、もう一度、今度は少し声をやわらげて尋ねた。「なにを？」

「きみのせいでおれの兄貴は撃たれた」

両手をこぶしに握ってさっと立ちあがり、テーブルに身を乗りだした。「いいかげんにしてよ」

レイエスはただの好奇心しか浮かんでいない目で、こちらの全身を眺めた。

苛立《いらだ》ちがつのった。「お気づきじゃないのかもしれないけど、ケイドは立派な大人で、自分のことは自分で決められる。彼がどうしても一緒に来るって言うのをわたしに阻止できたと、本気で思うの？　断っておくけど、止めようとはしたわ」

「で、失敗した」レイエスが言う。

「だけどわからない？」マディソンが口を挟んだ。「そこがいいのよ」

この人たち、言葉でわたしを解剖しようとしているの？　冗談じゃない。

くるりとマディソンのほうを向いた。少なくともこの女性は冷静で、わたしを挑発したがってはいなそうだ。「それはいったいどういう意味？」

答えたのはレイエスだった。「そういうところさ」言いながら、スターリングのこわばった全身を手で示す。「どうやらケイドは激烈なのがお好みだったらしい」

マディソンが黙りなさいと目で下の兄を制してくれたので、こちらの手間が省けた。マディソンが言う。「ケイドが彼女を好きなのは、自分と同じくらい強いからだと思うの」

レイエスの口の片端がひょいとあがった。ケイドそっくりのその笑みに、胸が苦しくなった。

レイエス自身がそれをぶち壊しにした。「兄貴が手術台の上で血を流してるときにも立ってられるんだから、彼女のほうが強いんじゃないか？」

「最低！」のどをふさごうとする邪魔物を押しのけて、吐きだすように言った。いますぐこの場を去らないと、本当にまずいことをしてしまいそうだ。たとえば、泣くとか。

向きを変えて歩きだした背後には静寂が広がっていたが、ついにレイエスが言った。

「帰っちゃだめだぞ。兄貴の言葉を聞いただろ」

先にケイドが無事かどうかをたしかめることなく、わたしが帰るとでも？　ありえないけれど、口ではこう返した。「帰るつもりはないわ。ただ、無神経男と同じ部屋にはいられないだけ！」

この壮大な霊廟《れいびょう》をぐるっと一回りしてくれれば、頭からのぼっている湯気も収まるかもしれない。

だけどその前に……玄関を出てバンに向かった。

マディソンが駆け足で追ってきて、となりを歩きだした。ケイドの妹などそこにいないふりをして、バンのドアを開けてシャツを脱ぎ、防弾チョッキの留め具をちぎるようにはずすと、この重たいものを車内に放りこんだ。

どんどん脱いでブラ一枚になっても、マディソンはひとことも発さずにいた。それどころかくつろいだ様子でバンの側面に寄りかかり、こちらが新しいTシャツに着替えるさまを眺めていた。それから謎めいた表情で、もともとはおっていた前開きのシャツを差しだしてくれた。

それをふたたびはおりながらバンのドアを音を立てて閉じ、礼も言わずに歩きだした。マディソンがついてくるのを感じながら、開いたままの玄関を入っていった。

静寂がいつまでも続くので叫びだしたくなってきたが、ぎゅっと口をつぐんで、どうにか沈黙を守った。どこへ行こう？　どうぞとも言われないのに見知らぬ家のなかをほっつき歩くなど考えられないし、これほど広大な家では迷子になりかねない。大広間まで戻ったとき、デッキに続くドアが見えたので、そちらへ進路を変えた。

当然のようにマディソンもついてきた。

外に出て、湿った夜の空気を胸いっぱいに吸いこみながら、手すりにもたれた。こんなふうに静かな夜に包まれ、月光のなかでうっすらと見える雄大な山々を前にしていると、とてつもなく小さな存在になった気がした。どうでもいい存在に。

そのとき、マディソンが肩に肩をぶつけてきた。「帰るよりこのほうがいいでしょう？　さっきはちょっと心配しちゃった。あなたにタックルするのはあんまり気が進まなかったから」

わたしにタックル？　思わず険しい顔になってしまったが、視線は前に向けたまま、なるべく反応をこらえた。

「ところで、レイエスが怒らせようとしてきてものっかっちゃだめよ。あれはわざとやってるんだから。こっちが反応しなければ、あっちも興味をなくすわ」

これにには返事をするしかないし、気がつけば言っていた。「彼の顔面にこぶしで反応するのはどう？」

マディソンが黙りこみ――ぷっと吹きだした。「それならぜひ見てみたい！　だけど先に言っておくと、わたしたちは三人とも戦闘能力が高いの。パパの方針で、いろんな訓練を受けてるのよ。わたしが知るかぎり、レイエスを倒せるのはケイドだけ。きっとレイエスにパンチしようとしても、なにかこう、すごく屈辱的なホールドで押さえこまれてますます腹が立つだけだろうし、そうなったらケイドが激怒してレイエスをぼこぼこにするだろうから、結局パパがかんかんになるわ。たぶんわたしもね。兄たちのことは大好きなの――〝群れの雄〟意識が強すぎるし、いろいろ指図してくるけど、それでも好き。だから

あの二人がやり合いはじめると、いつもため息が出るわ」

ごくゆっくりと、このきわめておしゃべりな末っ子のほうを向き、まじまじと見つめた。

「じゃあ、代わりに銃で撃つのはどう？」

「銃？　そうねえ……」マディソンはにっこりし、風に吹かれて顔にかかる髪を片手で押さえた。「わたしたち全員、そういうのを予測するのもすごく得意よ。だからほんとに不思議なの、ケイドが撃たれたなんて。どういう経緯でそうなったか、見てた？」

その問いには、ぱちんと口を閉じて顔を背けた。妹に説明するかどうかはケイドしだいだ。いまは彼女を無視することで、一人にしてほしいと暗に伝えるにとどめた。

マディソンが向きを変えて手すりに背中をあずけ、自分で自分を抱くように体に腕を回した。「ここは寒いわね」

「気持ちいいわよ」ばか、返事をするつもりはなかったのに。

「ねえ、ケイドなら大丈夫よ。いまごろパパにあれこれ指図しようとがんばってるところ

だと思う。だけどそんなの、絶対にうまくいかないのよ。本人たちはわかってないみたいだけど、あの二人、そっくりすぎてそりが合わないの。だけどパパもばかじゃない。状況をちゃんと理解してくれるはずだから、そうなれば心配ないわ」

また険しい顔になっている気がする。この末っ子にはいらいらさせられないと、本気で思っていたなんて。それでも、たったいまマディソンが言ったことは無視できず、ついに降参した。「つまりなにが言いたいの？」

「パパは折り合いをつけるタイミングを心得てるということ。喜んではいないけど、ケイドはあなたを家に連れてきてしまったし、我を通すつもりでいる」

「別に、連れてこられたわけじゃ」あなたまでわたしを野良犬だと思っているの？「ケイドは胸に銃弾がうまってたから、ここまで運転してくれる人が必要だっただけよ」

「いやだ、やめてよ。ケイドなら運転できたわ――銃弾を自分で摘出することだってできたはず。ねえ、わたしの上の兄は〝ザ・タフガイ〟なのよ」

ええ、まあ、それは知っている。

マディソンが内緒話でもするように身を寄せてきた。「個人的な意見を言わせてもらうと、ケイドはそれを、自分の計画を押し進めるための格好の口実だと思ったんだわ」

「自分の計画？」

マディソンがまた肩に肩をぶつけてきた。「あなたよ」

バーナードがドアをノックして、戸口から顔をのぞかせた。「お食事がご用意できました。よろしければキッチンにお戻りください」

自分はどうしたいのかを考えるより先に、マディソンが腕に腕をからめてきた。「ありがとう、バーナード。急にお腹が空《す》いてきちゃった」

ひそひそ声で尋ねた。「彼は執事なの？」

「バーナード？　あら、ほぼすべてよ」マディソンが言い、大きな声でつけ足した。「あなたは本当によくわたしたちの面倒を見てくれるわよね、バーナード」

「努力しています」

なるほど……いや、それではなにもわからない。

唯一のいい面は、キッチンに向かうとそこにケイドがいたことだった。髪は濡《ぬ》れて手櫛《てぐし》で後ろにかきあげられ、清潔な黒のTシャツとジーンズと靴下を身に着けているが、靴は履いていない。どこから見ても、負傷したとは思えなかった。

入っていくこちらの目をケイドが探るように見つめてから、無言の問いかけとともに妹のほうを向いた。

マディソンがからめていた腕をほどいて、言った。「景色を楽しんでただけよ」

「夜でほとんど見えないのに？」レイエスが指摘する。

即座に口を挟んでやった。「漆黒の壁のほうがずっとましよ、あなたよりはね」

レイエスが笑いをこらえつつ、ケイドに言った。「彼女、気に入ったよ」

うんざりして両手を宙に放り、このとりわけいらいらさせられる一人に時間を無駄にするのはやめにして、ケイドに集中しようと決めた。ケイドの前で足を止め、首の付け根に当てられた白い正方形のガーゼの端を見つめる。

おそらくそのせいで、尋ねたときの声がやさしいものになったのだろう。「大丈夫なの？」

ケイドが体に両腕を回して抱き寄せ、尋ねた。「おれを心配してたのか？　問題ないと言っただろう」

肩にそっと頬をのせた。こうして無事を確認し、元気な姿を自分の目で見てしまうと、安堵《あんど》に膝の力が抜けた。「いままで、だれの心配もする必要はなかったのに」

「嘘をつけ」ケイドが返す。「きみはみんなを心配してるじゃないか」

二人の時間を邪魔するように、レイエスが言った。「アデラのことはもう心配しなくていいよ。あのお嬢さんは被害者じゃない。むしろおれの見立てでは、ショーの演出を手助けしてるんじゃないかと思うね」

11

アデラのその後と弟のいだいた感想について、すべて聞かせてもらいたかったが、いくつか優先すべきことがあった。まずはもう一度スターを抱きしめて、椅子に座らせた。バーナードが〝間に合わせで〟極上にうまいパスタを作ってくれたので、ほかのことで気が散る前に、スターの腹を満たしてやりたかった。

となりに腰かけながら、尋ねた。「飲み物はなにがいい?」

スターはじっと極細パスタを見つめた。まさにこういうときのための、バーナード秘蔵のクリームソースをたっぷりまとった一品だ。

バーナードが口を開いた。「お薦めはソーヴィニョンブラン——」

「コーラはある?」スターが遮った。「缶入りの飲み物ならなんでもいいわ」

ケイドはにやりとして家族を見まわし、失礼なことを言ってみろと無言で脅した。「おれも同じものをもらおう」

「わたしも」マディソンが言う。

妹に幸あれ。ケイドは感謝の笑みを投げかけた。

父が言った。「おれは白ワインをグラスで頼む」そしてテーブルの上座に着いた。

レイエスがにやにやして一人一人を順ぐりに見た。「おもしろいな。ばらばらでいくっていうなら、おれはビールをもらうよ」

バーナードが愕然《がくぜん》とした顔でレイエスを見た。「わたしのパスタに？」

「そう。だけどおれにビールを選ばせたのはきみじゃないから、心配しなくていいよ」

ケイドは警告の顔で弟をにらんだが、スターはにこやかにほほえんでいた。

みんなの用意が調うと、バーナードは自分にもパスタを盛りつけて、パリッシュの右手に座った。めずらしいことだが、一家の力学を知らないスターはなんとも思っていないようだった。

バーナードはスターに興味津々らしく、それも当然だった。ケイドが女性を家に連れてきたことは一度もない。そういうことを禁ずるルールがいくつもあり、今回初めて、そのすべてを蹴散らしたのだ。

スターが一口パスタを頬張り、低くうなったので、男性全員が彼女のほうを向いた。

「ああ、バーナード」またうなる。「これ、すごくおいしい」

バーナードが見るからに赤くなった。「それはどうも」

スターが今度はフォークでレイエスを指しながら、言う。「白状しなさい。アデラのなに知ってるの？」

命令するようなその口ぶりに、レイエスはすぐには反応しなかったし、返したのは答えではなく別の問いだった。「彼女がマトックスとグルかもしれないって聞いても驚かないんだね？」

「ええ。でも詳しい話が聞きたいの」

「おれたちのほうで、すでに疑ってはいたんだ」ケイドは説明した。

「それでも当然のように突き進んだ、と」父は不満を隠そうともしない。

「違うの、それはわたしのせい」スターがさらにパスタをフォークで巻きとりながら言った。「アデラが接触してきたから、たしかめなくちゃいけないと思った。今夜だって、彼女が被害者なのか罠《わな》を仕掛ける手伝いをしてるのか、百パーセント明らかじゃなかった。で、結果的に罠だったわけ。あちこちから男が出てきたわ。途中で数がわからなくなったけど、六人か七人ね」

「全部で八人だよ」そう言った弟は、少しリラックスしはじめたようだ。まあ、これほど気取らないスターの前で、どうしたらいつまでも緊張していられるだろう？

「暗視ゴーグルを使ったの？」スターが尋ねる。「いいわね。わたしもほしい」

「便利だよ」レイエスが認めた。「きみはあんまり見えなかったんだな？」

「あの暗さじゃね。ヘッドライトの明かりの外は、ひたすらの闇」

「それでもだれかが接近してきたときは気づいたみたいだったけど」

スターは肩をすくめた。「なんていうか、気配？　動きを感じたというか、かすかな音が聞こえた気がしたというか」

「鋭いのね」マディソンが感心して言う。「パパ、彼女ってすごくない？」

「それには答えないで」あろうことかスターが父に命令し、マディソンのほうを向いて言った。「わたしは〝すごい〟とはほど遠いから、だまされないで。今夜は大へまをしたの。もしケイドがいなかったら――それとレイエス、あなたも――いまごろわたしはどうなってたか」

「マトックスの手に落ちていただろうな」父がずばり述べた。

「そのとおり」スターが大げさに身震いする。「断固拒否したい運命だから、二人にはお礼を言うわ。ピンチを救ってくれてありがとう。それからケイド、怪我《けが》させてしまって、本当にごめんなさい」

全員がまた静まり返った。まさかスターがこんな女性だとは、家族のだれも予想していなかったのだ。

こんなに予想以上で、すがすがしい女性だとは。

誇らしさを感じた。スターはおれが案じていたよりはるかにやすやすと家族に向き合ってくれた。下手にあれこれ策を弄したりするのではなく、いつもの率直な彼女でいることによって。

レイエスが眉をあげてこちらを見た。「彼女、このあいだは腹が減ってたんだな。今日はたらふく食べたから、ずっと感じがいい」

「食事はいつだって歓迎よ」スターが認め、バーナードにウインクした。「それがこんなにおいしいなら、とくにね」

バーナードの首がみるみる染まった。「これはどうも」

「で、あなた」冗談めかしてレイエスをにらみながら言う。「あなたは人を怒らせるのが大好きなんでしょ？　顔面パンチしてやろうかと思ったんだけど、妹さんにやめたほうがいいと言われたの」すました笑みを浮かべる。「だったら単純に撃っちゃおうかと思ったんだけど、それはたぶん、ケイドが喜ばない。わたしにはさっぱり理解できないけど、ケイドはあなたのことが好きらしいのよね」

レイエスが吹きだし、咎《とが》めるような顔で見た父には気づかないふりをして言った。「スパーリングしたくなったら、おれに言いなよ。おれのジムならいつでも歓迎だ」

「ぜひにと言いたいところなんだけど」空になった皿を押しやって、スターが言う。「脚と指が完治するまでは我慢するわ。さて、軽口はこのくらいにして。アデラがまたわたしに電話してくる前に、なにを目撃したのか聞かせて。これからどう対処していくべきか、知っておきたいの」

レイエスが片手にゆったりとビール瓶を持ち、くつろいだ姿勢で椅子の背にもたれた。「人気《ひとけ》のない駐車場で、アデラとマトックスが車からおりてきた。待っていたのは男が一人。おそらく、逃げだせた人間はそこで落ち合うことになってたんだろう」

「倒した連中には手錠をかけてきた」ケイドは言った。「だれかにほどいてもらわないかぎり、しばらくあそこに転がったままだろう」

父が皿から顔をあげてこちらを見た。「殺さなかったのか？」

真顔で返した。「許可なく場当たり的に殺すことには眉をひそめがちじゃないか。それにあの時点では、ここへスターを連れてくることになるとは思ってなかった」

「兄貴はルールを回避しようとしてたんだ」レイエスが言う。「全部は守らなかったかもしれないけど、全部破ったわけでもない」

スターが目を丸くして、父と息子を見比べた。「だれか選択肢を教えてくれてたらよかったのに。あいつらの何人かを地獄に送りこんだって、わたしはまったく気にしなかったわよ」

言いすぎたことに気づいて、父が顔をしかめた。「この会話はなかったことに」

スターは唇に錠をかけて、鍵を捨てるふりをした。

その仕草にレイエスがまたくっくと笑った。「残してきた連中については心配いらないよ。マトックスは電話をかけてたから、一人か二人、手下を向かわせたはずだ。もし別の人間が見つけてたとしても、問題ない。兄貴たちがあの場にいたことを漏らせば、自分たちがなにをするつもりだったかを白状することになるだけだからね」スターのほうを向いて続けた。「きみのかわいい〝塔の上のお姫さま〟はマトックスに当たり散らしてた」

「ほんとに？」スターが身を乗りだし、テーブルの上で腕を重ねた。「勘違いってことはない？」

「女性のかんしゃくは見ればわかる」レイエスが請け合った。「アデラは指先でやつの胸を突きながら、ずっと口を動かしてた。マトックスもなにか言い返したが、アデラのほうにびびった様子はなかった。むしろ、恋人同士の痴話げんかに見えたね」

スターが嫌悪感に口元を歪《ゆが》めた。「マトックスがどんなにおぞましい人間以下の存在かを知ってるから、想像もしたくない。吐き気がするけど、まあ、どんなことだって可能性はゼロじゃないものね。〈ミスフィッツ〉のときも、わたしと一緒に逃げられたはずなのに、アデラは絶対に店を離れないって決めてるみたいだった。そのあと、逃げる手助けをしてほしいって連絡してきたときだって、わたしにはかならず一人で来てって言ってた。本当に逃げたいなら軍勢を連れてきてほしいと思うはずでしょ？　助けが多ければ多いほど、逃げだせる確率はあがるんだから」

「そこまでわかっていたなら」父が言った。「なぜ行った？」

「マトックスに無理やりやらされてる可能性があったから」スターが肩をすくめた。「あいつは女性を支配するの。そして支配された女性のほとんどは、恐ろしい結果を避けるためならどんな命令にも従うようになる」

「たしかにな」レイエスが言い、こちらを向いた。「尾行して、連中が別の家に入るところまで見届けてきたよ。そうしてほしいなら、彼女をさらってくるけど」

「簡単に言うのね」スターがつぶやいた。

「一緒に計画を立てれば、おれたちはたいてい成功するんだ」レイエスが返した。

ケイドは彼女の腕を撫《な》でた。「全員が援護してるあいだに、一人がアデラをさらう」

「ベストなタイミングを見極めるのはわたしの担当よ」マディソンが言った。「アデラが監禁されてないなら、もっと簡単。その点はわたしが調べるわ」

「目を閉じていてもできる、というわけじゃない」ケイドは言った。「だが、おれたちならできる」

「念入りに計画を立てて、まっとうな見張りを用意すれば、だ」父が言う。「今夜のようなに……」手を翻してスターを示す。「早まった真似《まね》をするのではなく」

「なるほどね。でも、その方法はやめたほうがいいと思う」スターが考えを声に出して言った。「レイエスが新しい潜入場所を見つけてきてくれたから、わたしが全員を引きずりだせるかもしれない。アデラはいまも、うまいこと被害者だと思いこませてるって油断してるはずだから、だますのは難しくないんじゃない？」

ケイドはだめだと首を振った。「アデラをさらってきて尋問すればいい」

「尋問したって、本当のことを言うかわからないでしょ？」スターが食いさがる。「だけども し、わたしをおとりに使えば――」

全身の筋肉がこわばった。「だめだ」

その断固とした口調に、マッケンジー家の全員とバーナードが凍りついた。

ところがスターだけは聞こえなかったかのように、ひるまず続けた。「わたしがアデラにつかまったふりをするから、あなたたちで尾行してよ」

うなじの毛が逆だった。「だ、だめだ」

「どうしてよ。どんなに自分たちが有能か、さっきはあんなに自慢してたじゃない。いいから考えてみて、マトックスの組織全体を暴けるかもしれないのよ」

ケイドは椅子を押しさげて立ちあがり、スターを上からにらみつけた。「だめだと言ってる」

その感情の発露に、父が渋い顔をした。「いい計画に思えるが」

「どこがだ」鋭く言い放った。「彼女になにが起こりうるか、わかってるくせに」

スターがゆっくり立ちあがって、こちらと向き合った。「危険は理解してる。だけど見返りもわかってる」

「別の計画を考える」これで話は終わりだと言わんばかりの口調で告げた。

張り詰めた空気をやわらげようと、マディソンがほほえんだ。「今回は、みんなで考えましょう」

スターリングは部屋のなかを見まわして、たじろいだ。この豪邸のなかの、ケイド専用の空間であるここだけをとっても、いままで見たことのあるどんな場所よりすてきだ。わたしの安アパートメントよりはるかに豪華――あの部屋は実際に気に入っていて、いまこの瞬間までは、とてもしゃれているとさえ感じていたのに。食事を終えたら帰るべきだった。みんなに説得されるまま、泊まっていくことにするのではなく。

マディソンは、すでに決定事項であるようにふるまった。

レイエスは、きみだってばかじゃないんだからと言った。

パリッシュは、硬い笑みを浮かべて歓迎すると言い張った。

バーナードも、明日はあっと驚くような朝食を用意すると約束した。

けれど心を決めさせたのはケイドだった。彼は、決めるのはきみだと言い、きみが帰るならおれも一緒に行くと言ったのだ。

どんなにタフな男性でも、あの状態で山道をがたごと揺すぶられていいわけがない。わたしの強情のせいで、そんな目を強いるなんて無理だ。だからこうしてここにいて、ぽかんとしたまま居間とミニキッチンと寝室を見まわしている。

天井は高く、あちこちに大きな窓があり、まさにインテリアデザイナーの夢そのものだ。リッチな有名人の部屋として雑誌で紹介されていてもおかしくない。

「バスルームはその先だ」ケイドが言ってドアを開けると、これまた贅沢《ぜいたく》なしつらえの空間が現れた。

床とシャワールームの壁面はなめらかな石で、洗面台の下には優雅な弧を描きながらも男性的な印象を与えるキャビネットが取りつけられており、さらには照明つきの鏡と保温式のタオル棚まであった。

「すごい」

ケイドがそばに来て、ウエストに両腕を回してきた。「シャワーでも浴びたらどうだ？着替えは適当に用意するから、いま着てるものはバーナードに洗濯しておいてもらおう」

ぎょっとして彼を押しのけた。「そんなの頼めない」

「バーナードなら気にしないぞ」

「わたしが気にするの」また周囲を見まわす。「服は自分で洗面台で洗って、シャワールームにさげておく」

部屋のドアをノックする音に、二人とも振り返った。マディソンが首を突っこんで、ソファとミニキッチンを見まわしてから、寝室にいる二人を見つけてにっこりした。「よかった、もしかして……おとりこみ中だったかと」

「それでもドアを開けただろう？」ケイドがからかうように妹に言ってから、片腕をスターリングのウエストに回したまま居間のほうへうながした。「スターの服をどうするべきかと話していたところだ」

「だったらわたし、ばっちりのタイミングで来たわね」マディソンがシャツ数枚とゆったりしたコットンパンツ、ドライヤーにブラシ、そして化粧水のボトルを差しだした。「あなたが防弾チョッキを脱いだときに、着替えが必要かもしれないって思ったの」

はおっているシャツを見おろして、うめいた。「そうだ、あの抱きつき男に血まみれにされたんだった。せっかくTシャツは着替えたのに、またこのシャツをはおっちゃったなんて……」自分のうっかりが恨めしくて、八つ当たりだとわかっていつつも顔をしかめてケイドを見た。「こんな姿で、家族と一緒にテーブルを囲ませたのね。どうして言ってくれなかったの？」

「だれも気にしてなかった」

「でも……食事の席よ？」わたしだってばかじゃない。たしかにケイドの家族のほうが礼儀を理解しているかもしれないけれど、上品な人たちと食事をするときはシャツにどこかのばかの鼻血をつけたままにしないものだということくらい、わたしだって知っている。

恥ずかしさで実際に頬が熱くなってきた。

ケイドに頭を撫でられた。「シャツが血まみれだろうとなんだろうと、おれはきみに食事をしてほしかったし、リラックスしてみんなとの距離を縮めてほしかった」

「で、実際そうなった」マディソンが楽しそうに言う。「ミッションコンプリートよ」

まあ、こちらも努力はした。おおむね、どうにか調子も合わせた。それも、ケイドがわたしの完璧な計画に横槍《よこやり》を入れるまでの話だけれど――とはいえ、あの計画はまだあきらめていない。なぜって、きっとうまくいくから。

そして大事なのは、完全にマトックスを止めることだから。

「シャツは伸縮性だし」マディソンが言う。「入らないってことはないはずよ。あなたもわたしも背は高いけど、あなたと違ってわたしはがりがりだから、デニムじゃなくて腰紐《こしひも》タイプのコットンパンツにしたわ」

マディソン・マッケンジーに〝がりがり〟なところはない。ケイドの妹は長身にしなやかな体つきで、曲線はなだらか。がっしり体型のこちらの目には、はるかに魅力的に映る。

「寝るときはケイドにシャツを借りればいいわ」マディソンがにんまりして兄を見ながら言った。「兄さんなら、いやって言わないはずだから」

「ありがとう」ケイドが妹を片腕で抱きしめてから、着替えを受けとった。

「ほんとに助かるわ」彼女の好意に少し圧倒されながら言った。

「話はまた明日の朝に聞かせてね。バーナードはふだん、八時には朝食を用意してくれるんだけど、今夜はみんな夜更かしだから、九時にしてくれるよう頼んでおいた。それでよかった？」

答える代わりにケイドのほうを見た。ここは彼の家だから、彼に従おう。

ケイドがうなずいた。「問題ない。じゃあまた明日」そしてドアまで妹を送った。

兄妹がささやきかわしているのはわかったが、内容までは聞こえなかった。きっとわたしにはうれしくない話だろう。今回、ドアを閉じたケイドは鍵をかけると、部屋を横切って寝室に入り、パティオに通じるフレンチドアにも鍵をかけた。それから妹の持ってきた服を寝室に置いた。

「もう邪魔は入らない」ドレッサーの引き出しを開けて、真っ白なTシャツを取りだし、こちらに差しだした。「ボクサーパンツもいるか？　それともなしでいくか？」引き寄せて、大きな手の片方でヒップをまさぐった。「なしもいいと思うぞ」

銃弾の傷が気になって、そっと肩に手を当てた。「先にシャワーを浴びさせて。こんなに汚い人にはハグしたくないでしょ」

するとケイドはあのひねくれた笑みを浮かべて身を乗りだし、こちらを引き寄せることなくキスをした。「バスルームにあるものは、歯ブラシでもローションでも、シャンプーでもコンディショナーでも、なんでも好きに使ってくれ。自分の家だと思ってくつろいでほしい。おれはベッドの用意をしておく」

その言葉に動きが止まり、彼の向こうにでんと構えるキングサイズのベッドを眺めてから、わざと小声でささやいた。「わたしたち、一緒に寝るの？　あなたのパパの家で？」

ケイドが笑った。「だれにもばれない」

「嘘ばっかり」

「まあ、みんな想像はするだろうな。おれたちは大人だ、ベイビー」にやにやが薄れてやさしい笑みに変わった。「そしておれは、きみを抱いていたい」

わたしもそうしていてほしい。「でもあなた、撃たれてるのよ。寝てるあいだにわたしがぶつかっちゃったらどうするの？」

「ぶつかることもできないくらいぎゅっと抱きしめておく」そう言って、もう一度唇を重ねた。今度のキスはゆっくりと甘いものだったので、ブーツのなかで自然につま先が丸まった。

どうにか理性を取り戻して、小声で言った。「わかったわ」今日はひどく疲れるばかりか失望に終わった一日でもあったし、いまもケイドが心配だった。寄り添って、彼の無事を実感できるというのはじつに惹《ひ》かれる話だから、拒めるわけがなかった。「でもその前に、一つ。もし明日、レイエスがなにか言ってきたら、自分がなにをしても責任はもてないわ」

「きみがなにをするにせよ、おれも手伝うよ」ケイドがそう言って向きを変えさせ、ぴしゃりとヒップをはたいてバスルームにうながした。「ほしいものが見つからなかったら声をかけてくれ」そう言ってドアを閉じたので、こちらは反論する間もなかった。

もちろんわたしの懸念はばかげている。ケイドの言ったとおり、わたしたちは大人。

それでも、男性の実家に泊まるのはこれが初めてなのだ。きっとケイドはこれまでに何人もの女の子をこっそり連れこんできただろうけれど、わたしと彼では過ごしてきた成長期がまったく違う。わたしには〝対処するべき父親〟がいなかった――そもそも、父親の顔さえ知らない。祖父のような存在はいたけれど、それはまた話が別だ。あのころ、わたしはガレージに住んでいたし、あの貴重な空間に男性を招こうと思ったことは一度もなかった。

少し自分を甘やかそうとしたものの、男性向けのものしかないので、思うようにはいかなかった。とはいえ、マディソンが持ってきてくれた化粧水は女性的な香りがしたので、それを肌につけて、ときどき手首を掲げて香りを楽しんだ。たぶんラベンダー。それか、もっと南国風のなにか。なんにせよ、気に入った。

髪が多いほうなので、乾かし終えたときには一時間近く経《た》っていた。

鏡のなかの自分をちらりと見る。こんなに背が高くなければ、ケイドのTシャツでもっと体を隠せていたはずだ。実際は、ヒップの下までかろうじて届くていど。そう思ったとたん、先ほどの愛情のこもった〝お尻をぴしゃり〟と彼の言葉が頭に浮かんで……。

彼は怪我をしているのよ、と自分に言い聞かせた。今夜は、セックスはなし。もしかしたら、とうぶんのあいだは。それでもドアを開けてバスルームを出ると、胸のいただきはきゅんと尖《とが》った。

すでにベッドに横たわり、垂涎《すいぜん》ものの大きな体にぴったりしたボクサーパンツだけを着けて、ヘッドボードに肩をあずけた姿は、いかにもリラックスして見えた。眠っているようにさえ。

ただし、目は開いている。

「時間がかかっちゃって、ごめんなさい」バスルームから漏れる光を背に受けたまま、その場にたたずんだ。

ケイドが眠そうな目で全身を眺めた。「少しは生き返ったか？」

「もともと死んでなかったわ」完全には。体は疲れて、神経は張り詰めて、あちこちが痛かった……けれど死んではいなかった。いますぐにでもむさぼりたいと言わんばかりの目で見つめられ、ついTシャツの裾を引っ張った。

ふと、恐ろしい考えが浮かんだ――もしも……いや、仮定の話ではなく現実的な未来の話として、いずれ二人が別々の道を行くときが来たら、どんなにつらいだろう。ケイドのような男性はいない。こんな気持ちにさせてくれる男性もいない。

いま、こうしてここにたたずみ、むきだしの欲望をたたえた顔を見つめていると、わたしたちなら本物の関係を築けるかもしれないなどと夢みたいなことをふわふわと考えてしまう。けれど、一度周囲を見まわしただけで、自分たちは別の世界の人間だという事実をいやでも思い出させられた。

ケイドの父親と弟は状況ゆえにわたしを大目に見ているにすぎないし、マディソンは単に親切なだけ。もし撃たれていなければ、ケイドはわたしをここへ連れてこなかっただろう。これは一度かぎりのこと――なぜなら、ケイドの家族は彼を愛しているから。

「なにを考えてる？」ケイドがベッドを離れて歩み寄ってきた。「いま、頭のなかで物語を完成させただろう。どんな話か、聞かせてくれるか？」

ぼんやりしていないで、これが続いているあいだは楽しもうと決めた。あやふやな未来を嘆いたりして時間を無駄にするものですか。そうよ、マトックスに殺される可能性だってあるのだから、そうなったら未来なんてものにどんな意味があるの？

ケイドがそばに来たので、ガーゼの外にまで広がっているあざにそっと触れた。「考えてたの――怪我をしててもあなたはとびきりセクシーだなって」身を乗りだし、熱を放っている胸板の肌に軽くキスをした。胸毛が顔をくすぐり、くらくらするほどいいにおいがした。「わたしのせいで怪我したのが残念よ」顔をしかめ、すばやく言いなおした。「じゃなくて、純粋に、あなたが怪我したのが残念。わたしを助けようとしてそうなったんだから、よけいにへこむって意味」

ケイドが手を取って、ガーゼの上に手のひらを当てさせた。「集中してなかったおれが悪いんだ。きみはなにも悪くない。いいな？　おれは自分の意志で行動した」

「わたしがあそこへ行くって言い張ったから仕方なく、でしょ？　あなたを巻きこんだりしなければ――」

「そうしたら、いま、きみはここにいなかった」手のひらで背筋を撫でおろし、ウエストを越えて、Tシャツの下の丸みを覆った。にやりとして首筋に鼻をこすりつけ、ささやく。「この魅惑のヒップもおあずけだった」

笑ってしまった。なにより楽しいのはこういうところ――冗談めかしたほめ言葉とセクシーなじゃれ合いだ。「わたしの〝魅惑のヒップ〟はベッドで休ませてあげることにするわ。バスルームをどうぞ」

「五分で終わる。わかってるな、眠るなよ」

彼の背後でドアが閉じると同時に、ベッドに駆け寄ってふとんの下にもぐりこんだ。

手術のあとにシャワーを済ませていたケイドは、たった三分で出てきた。ひげは剃《そ》っていないけれど、こういう彼のほうが好きだ。髪もきちんと梳《と》かしつけるのではなく、ところどころ逆だっていて、無精ひげが男らしさを強調しているほうが。

彼がベッドの反対側まで来たとき、ナイトテーブルの上に置かれているコンドームに気づいた。目を丸くしてしまったものの、ケイドは平然とした様子で明かりを消し、となりに滑りこんできた。そのままなめらかな動き一つで抱き寄せて唇に唇を重ねることで、怪我を案じて漏らしたかもしれない抗議をみごとに黙らせた。

あの大きなごつごつした手がゆっくりといたるところを這《は》いまわり、背中、肩、太ももを撫でるものの、くり返し戻っていくのはヒップだ。もしも冷静になっていたら笑っていたかもしれない。この男性は本当にわたしのヒップが大好きらしい。わたし自身はなんとも思っていなかった部分なのに。

怪我を理由に拒むような真似は、絶対にさせないつもりのようだ。どうしてそんなにわたしを欲しがるの？　きっと魔法をかけられたのだ。こんなに求められたことなんて一度もない。

ようやく唇を離して、ささやいた。「ペースを落としましょ」

「きみが欲しい。イエスと言ってくれ。そうしたらペースを落とす」首筋から耳まで、焦がすようなキスでたどっていく。

舌で翻弄されて、体がわななないた。「イエスよ」ついに同意した。「ただし条件が一つ」

「ベッドのなかで条件はなしだ、ベイビー」

「それでもよ」ほてった体をやさしく押して仰向けにさせ、腹の上にまたがった。脚は抗議したものの、それで気が変わるほどではなかった。

ケイドが暗いなかでこちらを見あげ、ウエストをつかまえて自身は膝を曲げたので、背もたれができた。「Tシャツを脱げよ」

人に命令をするのはケイドにとって第二の天性のようだが、ベッドのなかでは悪くない。さっとTシャツを脱ぎ去って、言った。「これでどう?」

「いいだろう」ケイドが言い、両手を胸のふくらみに運んで先端を軽く引っ張ったので、なにも考えられなくなった。「これがどんなに好きか、もう言ったっけ?」

この男性は、わたしの体のすべてが好きなのではないだろうか。首をそらし、好きにしてとばかりに身を差しだした。

「なんてきれいなんだ」

いつまでも胸のいただきをもてあそばれているうちに、耐えられないほどうるおってきた。「ケイド……」

ケイドが上体を起こして、熱く湿った口で胸のいただきの片方を激しくしゃぶった。ああ、すごい。ざらついた舌にこすられる感覚が、ほかの部分を刺激する。とりわけ脚のあいだを。「もう無理」手加減してくれないなら、貫かれもしないうちに達してしまう。

ケイドがそっと歯をあてがい――引っ張った。吸いこむ息が震え、途切れがちなうめきになって吐きだされる。そんなつもりはなかったのに、腰が勝手に動きだした。

ケイドが満足そうな声を漏らし、逆の胸に移る。

「ああ」酸素を求めてあえいだ。

「無理じゃないだろ?」

さらに攻撃が、口で、唇で、舌で、歯で……。けれどケイドは撃たれているのだし、このままでは手に負えなくなってしまう。「無理よ」

ケイドが最後にもう一度、ゆっくり舌で味わってから、ベッドに仰向けで横たわった。さんざんいたぶられたせいで息遣いは乱れ、いまも体のいたるところに大きな手を感じた。

自制心を取り戻そうと——取り戻すだなんて、もともとあったみたいな言い草だけれど——たくましい大胸筋に両手のひらを当てたものの、失敗だった。彼の肌は焼けるように熱く、筋肉は固く収縮していた。本人が認めたくないだろうほどに切迫しているのだとわかって、ますますかき立てられた。

「ずいぶんお急ぎね」やさしくたしなめた。

「喜んでただろう」

「当然よ」まだ死んでいないんだから！　もう一度、息を吸いこむと、駆ける鼓動が少しは静まった。「でもね、ケイド、まじめな話、あなたは怪我してる。たいしたことないって言いたいのはわかるけど」言葉を出すのは容易ではなかった。胸のいただきが濡《ぬ》れてうずいているときには。「だからこれをうまくいかせたいなら——」

腰に回されていた手に力がこもった。「ここまでうまくいってる」

「——わたしに面倒を見させて」

ケイドは一瞬、考えてから返した。「面倒を見るって、どうやって？」

「あなたはじっとしてて、動くのはわたしが引き受けるの」

ケイドは鼻で笑った。そうよね、わかる。セックスの最中に動かないでいるのは、ものすごく難しい。「本気よ、ケイド」

腕を体の横におろして、ケイドは言った。「やってみろよ」

「リラックスしてくれなきゃ」

「リラックスしてるさ」

どこがよ？　太ももの下の体は鋼のようだ。「痛かったら言うって約束する？」

「お断りだ」

まったく！「じゃあ、慎重に慎重を重ねるしかないわね」前かがみになって、唇で唇を軽くじらし、ケイドがキスを深めようとすると逃げた。「お行儀」

ケイドが苦笑した。

無精ひげの生えたあごに舌を這わせ、耳に到達する。耳たぶを唇で挟んで、彼が自分と同じ反応を示すかどうか、たしかめた。

同じ反応が返ってきた。たくましい両腕を体に回してきて、震えるうめき声を漏らしたばかりか、少し首の角度を変えてさらに耳をさらけだしさえした。

こめかみの短い毛から後頭部に指先を這わせ、頭をじっとさせてから、口を開いてのどにあてがうと、歯を立てながら吸いついた。

ケイドの長い指が髪にもぐりこんできて、やさしくつかむ。傷口のあたりを押してしまわないように気をつけながら体を動かし、ボクサーパンツの下で張り詰めている固いものをわざと刺激した。

ケイドが少し乱暴に顔を引き寄せて、欲しいままにキスをした。かまわない……まあ、いまは頭がまともに働いていないから、本当はかまうかどうか、よくわからないけれど。それどころか、この男性を欲するあまり、考えるなんてできないくらいだ。

いまは。

きっとめちゃくちゃな一日のせいだろう。そして、彼が怪我をしたことへの恐怖のせい。じつにめずらしいことだけれど、歯止めがまったく利かなかった。こんな渇望は初めてだが、ケイドを渇望してやまなかった。

いつまでも唇を重ね、彼のいたるところに手を這わせては体をこすりつけ、ついに二人ともぎりぎりのところまで来てしまった。

唇を離して体を起こし、必死にボクサーパンツを脱がせはじめた。協力しようとケイドが腰を浮かせると……ついに現れた。長く、固く、脈打つものが。

もはや考えることも計画することもせず、ただ欲望に身をゆだねた。

そそり立ったものをつかんで先端にキスをした。最初はおずおずと、なめらかな長いものに唇をこすらせるだけだったが、熱いムスクのような香りに背中を押された。ケイドの乱れた息遣いにも。

もっと欲しくて舌を這わせた——根元から先端へ——とたんにケイドの体がこわばった。その光景にぞくぞくするあまり、低い声で一つうなると、とうとう口に含んでやさしくしゃぶりはじめた。

12

シーツを握りしめていなくては、自分のペースでことを進めてしまいそうだった。どうしようもなく腰が浮いて、胸からは深いうなり声が漏れる。スターの舌に……くそっ、先端の感じやすい部分をくり返し舐《な》められて、いまにも爆発しそうだ。

スターはテクニシャンというわけではないが、間違いなく熱心で、大事なのはそれだけに思えた。

熱く小さな口が滑りおりては這《は》いのぼり、手は根元を握りしめて、舌は味わう――だめだ、もたない。

「コンドームを」あえぐように言いながら、ナイトテーブルに手を伸ばした。「ベイビー、コンドームをはめてくれ」

スターが小さな飢えた声を漏らして、また奥まで含んだ。

「スター……ああっ」ぎゅっと目を閉じて、この女性に感じさせられるもの以外のすべてについて考えようとした。五分がんばってみて、この拷問は終わらせるしかないと悟った。

髪に手をもぐらせて、そっと引っ張った。「そこまでだ、ベイビー。さもないと終わっちまう」

スターはやめたくないと言わんばかりに、ゆっくり口を離した。深く息を吸い、とろんとした目で唇を舐める。「すごく楽しかった」

どうにか目の焦点が合ってきたので、彼女もこちらと同じくらい興奮しているのが見てわかった。「おれは楽しい以上だった」コンドームは自分ではめよう。視線を合わせたまま、歯でパッケージを破って装着した。自分の手が触れただけでも自制心を試された。

「仰向けのままでいて」スターがささやきながらよじのぼってきた。「あなたをいっぱい見てられるのが好きなの」

きみも目の焦点が合ってきたのか？「おれに異論はない」ウエストをつかまえてやると、スターは体勢を整えて、うるおった部分をこすりつけてきた――と思った直後、迷いのない動き一つで根元まで受け入れた。

ああ、こんなに濡《ぬ》れて。こんなに熱い。二人同時にうめいた。

そこからはもう、なにもかもが速くて激しかった。

スターは脚の力があるのをいいことに、自身が欲しいまま、求めるがままに激しく腰を振った。両手を大胸筋にあてがわれているので、こちらからは思うように触れられないが、胸のふくらみはすぐそこにあって、下から激しく突きあげるたびに、スターが腰をくねらせるたびに、反動ではずむ。ついにスターが胸板に指先をうずめて首をそらし、低くかすれた叫び声をあげて達した。

リズムを合わせて下から突いていると、やがてぐったりと倒れこんできた。満足のあまり、こちらの怪我《けが》のことも忘れて重なってくる。かまうものか。股間でこんなに感覚が脈打っているいまは、痛みなどほとんど感じない。

しっかりウエストをつかまえたまま一緒に寝返りを打ち、今度はスターを仰向けにさせると、激しく腰をたたきつけて自身も理性が吹き飛ぶような絶頂を迎えた。ああ、なんという快感。なんという疲労感。

早くどこうとも思わず、上に折り重なって力を抜いた。

そのまましばらく時間が流れた。ケイドは温かくとろけた体の上でくつろぎ、スターはしどけなく脚を伸ばしたまま。

乱れていた呼吸が落ちついて、早鐘を打っていた鼓動もゆっくりになったスターが、うなじの短い毛をのんびりともてあそびはじめた。

そうしてやさしく温かい口調で文句を言う。「わたしの計画をぶち壊しにしたわね」

ほほえんで顔をあげ、彼女を見た。そのときようやく、あざになった傷の周辺に痛みを感じた。だがしかし、その価値は大いにあった。「そうか?」

「あなたを疲れさせたくなかったのに」そう言って肩にキスをする。「大丈夫?　痛くない？」

「痛いどころか最高の気分だ」疲れてはいるが、妙に満足している。鎖骨にかかる圧力を取り除こうと仰向けになったものの、スターのことはかたわらに引き寄せた。

ところがスターはベッドから出ていった。

「おい」手をつかんで言った。「どこへ行く？」

「あなたのお世話をしたいの。じっとしてて」手をほどき、警告するように言う。「本気ですからね」そしてバスルームに消えた。

水音が聞こえてほどなく、スターがバスルームから出てきた。美しい裸体で、少しの恥じらいもなく。バスルームの明かりをつけたままなので、その手にボックスティッシュと湿った布があるのがわかった。

ベッドに歩み寄りながら、スターが言う。「コンドームをはずして、きれいきれいしてあげる」

なんだと？　ケイドは起きあがろうとしたが、ふにゃけた息子はすでにスターの手中に収まっていた。まったくスターときたら、ほかの女性とはまるで違う。これまでどんな女性とのときも、こちらが〝後片づけ〟の名誉を担ってきた。気恥ずかしさと愛《いと》おしさの奇妙に入り混じった思いで、言った。「そんな必要は――」

「静かに」スターが言い、使用済みのゴム製品をティッシュにくるんでから湿った布で拭うと、息子がぴくりとした。どうやら完全には試合終了していないらしい。まあ、こんなふうに神経を集中されては、いつまでもダウンしていられないが。

スターがにんまりして、ちらりとこちらを見た。「これ、すごくおもしろい」「これって、このふにゃふにゃのやつのことか?」

「そう」身を乗りだし、もう一度キスしてから言った。「すぐ戻るわ」そしてまた堂々と去っていった。

もちろん後ろ姿を拝ませてもらった。あんなにいい尻をしているのだから当然だ。いったいどんな幸運に恵まれたのかわからないが、あの女性には闘って手に入れるだけの価値があるということだけはわかっていた。闘う相手が家族だろうと、人身取引組織だろうと、スターその人だろうとも。

ケイドがスターと二人で朝食室に入っていった瞬間、全員が顔をあげた。驚いたものの、どうやらみんなを待たせていたらしい。ガス台の前で皿を温めていたバーナードが、すぐさま料理を盛りつけはじめた。

スターのほうは今朝もキッチンで食事をすると思っていたようだが、あれは通常のことではなく、異例の状況下でときどき起こるだけなのだと説明しておいた。

朝食室は広く、山に面した窓からは心地よい風が入り、眼下には人工湖を望む。父の家ではどこにいてもすばらしい景色が拝めるのだ。

レイエスがコーヒーを飲みながらちらりと視線をあげ、スターのあくびに気づいて、からかうように片方の眉をあげた。「ケイドが寝かせてくれなかったかな?」

「やめろ」弟をたしなめた。スターがどんな反応を示すか、よくわからなかった。今朝の彼女は少し脚を引きずっていて、たしかにあくびのしどおしだが、昨日はたいへんな一日だった……し、昨夜は満足のひとときだったので、あまり眠れなかった。

今朝はその余波を鎖骨に感じるが、文句はない。間違ってもスターを後悔させたくなかった。なにしろ夜中に一度、肩に甘噛《あまが》みをして目覚めさせたのはおれのほうだ。我慢できなかったのだが、目を覚ましたスターのほうも彼女なりの意図をもっていて、またたく間に積極的な参加者になってくれた。

「なんだよ」レイエスが純真を装って言う。「だって彼女……お疲れのご様子だ」

スターがレイエスの向かいの席に着き、セットされた銀のナイフを手にして、無言でしげしげと眺めた。そしてちらりとレイエスを見たので、ケイドは笑みをこらえた。彼女がなにを考えているのか、訊《き》かなくてもわかった。

寝不足でもスターは期待を裏切ることなく、ケイドの弟に言った。「いろんな技術を習得してるのはもう聞いたけど、ナイフをよけるのも得意?」

レイエスが笑みをこらえて椅子の背にもたれた。「ときと場合によるね。近接戦で使うつもり？　それとも投げる？」

「そうね……投げようかしら」

レイエスの笑みが広がった。「それは投げナイフじゃないよ」

そのときケイドは思い出した。スターは、隠しナイフは近接戦用だと言っていた。

「たしかに」スターが同意し、ナイフをもとの位置に戻した――直後には、背中に手を回してクリップオン式のホルスターに固定されている本物のナイフを抜いていた。それを掲げてレイエスに見せながら、やさしい声で問う。「こっちはどう？」

レイエスが吹きだした。「おれはよけるべき？」

「いまは必要ないわね」致命傷を与えうる武器をさやに戻す。「だけどもし、あなたを的にすることにしたら、あなたがまったく予期してないタイミングを狙うわ」

レイエスが満面の笑みを浮かべて、ナプキンを振った。「それなら停戦を呼びかけようかな。どう？」

「わたしをいらつかせるようなことをやめるなら……考えてもいいわよ」

バーナードがオレンジジュースの入ったグラスを差しだした。「朝食をたっぷり召しあがれば、みなさん気分がよくなりますよ」

スターが朝食の香りを吸いこんだ。肉、スクランブルエッグ、マフィンにポテト。「こんなにおいしそうなにおいなら、奇跡だって起こせそう」

マディソンが笑って自身の皿に料理を取った。「楽しいでしょう?」

これには父もたしなめるように顔をしかめた。「計画を立てなくてはいけないんだぞ」

「わかってるけど、ふだんはレイエスとケイドが言い合うだけで、みんな大まじめなんだもの」笑顔をスターに向けて言う。「あなたのおかげで活気が出たわ。わたしはそれをすごく楽しんでる」

バーナードが剥《む》きたてのカットフルーツをテーブルに置いた。「わたしもです」

全員がレイエスを見たが、弟は手にしたフォークでソーセージを突き刺しながら、もう片方の手でまたナプキンを振るだけだった。

厄介な弟妹ともやすやすと渡り合うスターには、正直驚かされていた。レイエスが気を許す相手はそう多くないのだ。たいていの人は弟のことを本当には知らない。この弟は自分が見せたい顔だけを見せるのが非常に得意なのだが、スターにはガードを緩めて心を開いたらしい。

レイエス特有のユーモアがすぐに許容しがたくなる点を考えると、それはいいことなのか、悪いことなのか。しかしこれまでのところ、スターは気にしていないようだ。

彼女の肩甲骨のあいだに手を当てて、そっと撫《な》でた。この女性に触れるのは楽しいし、弟への立ち向かい方は愉快だし、父に怖《お》じ気《け》づかないところは頼もしい。

もう一度キスしたくて、朝食などどうでもよくなりかけたが、スターは見るからに腹を空《す》かせている。

父がこちらを一にらみして、家族の前での触れ合いをよしとしていないことを伝えてきた。おあいにくさま。スターがそばにいると、手を引っこめておくなど不可能だ。にっこり笑みを浮かべ、どう思おうとご勝手にと伝え返した。

父がメロンを一切れ取りながら言った。「アデラは非通知の番号からかけてきたんだろうな」

「ええ、そうよ」スターが答えた。「詳しいことはなにも話したがらなかった。待ち合わせ場所を聞きだすだけでも、そうとうな説得を要したわ――それか、説得しなくちゃだめだとわたしに思わせたかったのか」

「彼女はコールヴィルには住んでないの」マディソンが言う。「その点はもう調べたわ。おそらくまったく違う地域にいて、コールヴィルを選んだのは、一つには罠《わな》を仕掛けやすいから。二つには、あそこはすごく小さな町でほとんど目撃者がいないから。そして三つには、州間高速道路I‐25まですぐで、あなたをつかまえたらさっさと逃げられるから」

「彼女がきみをつかまえたがる理由に心当たりは？」レイエスが尋ねた。

「知り合いですらないのよ」スターはそう言って肩をすくめ、新鮮なパイナップルを口に運んだ。「わたしをつかまえたがってるのはマトックスだと思う。アデラがあいつに無理やり手伝わされてるのか、進んで協力してるのかは、わからない」

そんなことはどうでもいいと思っているような態度がケイドは気になった。「となると、きみはますます危険にさらされてることになったな」

スターが両眉をあげて尋ねる。「どうして？」

「連中はきみがどこに住んでるかを知らないが、おれのバーによく来ることは知ってる。付近で聞きこみをすれば、すぐにきみのトラックのことを突き止めるだろう。きみはあの道をよく行き来するし、なかには車通りのない区間が延々と続くところもある」

「わたしをさらうのにうってつけの区間が？　そうね」スターは言葉を切ってジュースを飲んだ。「でも、それはあなただって同じでしょ？」

ケイドは認めた。「もしあの教会にいただれかがおれに気づいたとしたら、そうだな、おれをたどってバーにたどり着くだろう」

「そして兄さんもあっちこっち行き来する」マディソンが指摘した。

そのとおり。連中がスターではなくおれを追ってくれるといいのだが。おれなら一人でも対処できるが、もしスターが数で圧倒されたら……。

いや、彼女がまた誘拐される可能性については考慮に入れない。全員を殺してでも、そんな未来は阻止する。

父は無言のまま、ただ見守って耳を傾け、子どもたちに任せていた。これが父のやり方だ――その気になればいつでも迷わず口を挟むものの、話し合いは学習の機会ととらえているのだ。ふだんは家族の場であるここにスターが加わっても異を唱えなかったということは、少なくとも多少は彼女を信頼しているということだろう。

「きみの運送の仕事はネックだね」レイエスが言う。「あんまり遠くへ行かれたら、監視するのがたいへんだ」

監視という言葉にスターがどんな反応を示すかと様子をうかがったが、彼女はそれを聞き流した。

「大事なのは、あの仕事のおかげでわたしの行動に正当性が生まれるってことよ。長距離運転手用の食堂にトラックが停《と》まってても、だれも怪しまないでしょ？　それに、長距離トラックが使う南北高速道路を何度も行き来するのには理由があるの」

マディソンが割って入った。「あのあたりが人身取引にうってつけだからね」

スターがテーブルを見まわして、尋ねた。「それで、あなたたちは法にかなったビジネスとしてバーとジムを構えたってわけ？　なるほどね。きっといろんな情報が耳に入ってくるんでしょう」

レイエスが無言だったので、ケイドが代わりに答えた。「そういうことだ」

「女性をたくさん助けてきた？」

「ああ、かなりな」父がナプキンをつまみ、片手でわしづかみにした。そしてケイドに尋ねた。「この女性を百パーセント、信じているのか?」
父がなにをしようとしているかに気づいて、ケイドは衝撃を受けた。前例のないことだが、スターがどれほどおれを案じていたかは家族全員が目にしている。おそらくレイエスも、拉致しようとした男たち相手にスターがどれほど勇敢に戦ったかを父に聞かせたのだろう。この女性に、まっすぐな正義感と鋭い直感、偽りようのない芯の強さが備わっていることは、だれの目にも明らかだ。

どういうことかと問いたげなスターの視線を感じて、うなずいた。「ああ、信じてる」

バーナードがすばやく椅子に腰かけて、テーブルを囲む一人一人に期待の目を向けた。

「なにごと?」急に高まった緊張感に、スターが少し警戒して言う。「わたしに血の儀式でもさせようっていうんじゃないでしょうね?」

ケイドはテーブルの下で彼女の太ももをつかみ、言った。「父は自分が資金提供してる機動部隊《タスクフォース》について、きみに詳しく話そうとしてるんだと思う」

「タスクフォース? そんなのがあるの?」スターが興味もあらわに、テーブルの上で両腕を重ねた。「すごくかっこいい響き」

「かっこいいわよ」マディソンが言った。「わたしたちの活動すべての中心なの」

「しかしわれわれの関与は極秘とされている」父が説明した。「私生活との明らかなつながりは、避けるに越したことはない」

「お金はたんまりあったほうがいいでしょうね」

「ああ」父が認めた。「富には強みがある」

「慈善行為もその一つ？」

父はかすかにうなずいた。

だれも進んで説明しようとしないので、ケイドがその任を担うことにした。「タスクフォースが可能なのは父の資金のおかげだ。被害者はかならずカウンセリングを受けられるようになっていて、必要なら法定代理人も用意される」

続きはバーナードが引き受けた。この男がパリッシュ・マッケンジーを自慢できるとき はそう多くない。「人生をやりなおすための金銭的な援助も受けられますし、責めを負うべき人間に有罪判決をくだすための法的手段の用い方も教えてもらえます」

「おれたちは、すべて一まとめにするようにしてる」レイエスが言った。「日付、名前、住所、目撃証人――なにもかもをね」

「すごい」スターが感心した口調で言う。「途中で始末されなかった連中用にってことよね？」

バーナードがつんとすまして言った。「どうしても数人は出てまいりますので」

きまじめな口調に、スターがにやりとした。「そのことで泣きはしないわ。そんな連中、できることならわたしがこの世から一掃したいくらいだもの」

「でもきみはたった一人の女性だ」レイエスが指摘した。「おれたちの仲間に加わらないかぎり」

スターがレイエスを見て、目をしばたたいた。続いてパリッシュからバーナードへ、マディソンへ視線を移してから、ゆっくりケイドのほうを向いた。「いまのはジョーク?」

「いや」簡潔に言い、彼女の膝をぎゅっとつかんだ。「仲間になったほうがきみにとって安全だし、きみもより力を発揮できる」

ほかのみんなに声が聞こえないようにとでもいうのか、スターが顔を寄せてきて、ささやいた。「でも、わたしは一人で行動するのよ」

「おれと行動したじゃないか」

「あの一回だけね!」

ケイドはしばし思案し、こうして家族全員に注目されていてはスターを説得できそうにないと結論をくだした。「二人だけで話そう。食事は終わったか?」

「え? そうね、ええ」スターが言って立ちあがり、自分の使った皿をつかんでキッチンのほうに歩きだした。

「わたしがやります」バーナードが急いでテーブルを回った。

それでもスターが足を止めないので、バーナードもあとを追っていった。

マディソンが不安そうに言う。「彼女、ちょっと一人になりたいんじゃない?」

「スターはずっと一人だった」ケイドは返した。かならず説得してみせるが、すんなりいくとは思っていない。スターはまれに見るほど自立心の強い人間だし、もっともな理由から、安易に人を信用しない。たしかにおれのことは――いったん考えを伝えたら――ほどなく受け入れてくれたが、おれという一人の人間をであって、家族という集団ではない。

そしておれの家族は……テーブルを囲む面々を見まわした。この件を切りだしたのは父だが、その後はほぼ無言だ。ケイドは椅子を押しさげた。「説得してくる」

「頼むよ」レイエスが口元をこすりながら言った。「いまさら背を向けられたら、困ったことになるからね」

「彼女はそんなことをしない」自分も皿をつかんで、スターのあとを追った。

キッチンに入ってもスターがいなかったので戸惑っていると、バーナードが教えてくれた。「横手のドアからデッキに出ていかれました」ケイドから皿を受けとって、続ける。「皿をもぎとらなくてはなりませんでしたよ。じつに意志の強いお嬢さんですね。これはわ、い、わたしの仕事の一部だと説明しても、〝自分のことは自分でやる〟とおっしゃって譲らないんです」ふんと笑った。「ですが、すてきな方ですし、わたしは気に入りました――わたしの領分を理解していてくださるかぎり」

なるほど。「おれから話しておこう」また約束して、笑いそうになった。説得能力を要する作業が次から次へと増えていく。ふだんなら滅入《めい》ったりしないが、説得する相手はスターだ。かなり手強《てごわ》い。

家族が食事をしている部屋の窓から見える裏側にも、スターの姿はなかった。結局、見つけたのはぐるりと取り囲むデッキの隅で、木々に覆われた丘が広がる横手の庭に面した側だった。

背後に近づくなり、振り向きもせずに言われた。「やめて」

「行こう」

これにはスターも振り返ったが、疑わしそうに尋ねた。「どこへ？」

「湖までおりてみないか。よければいつか釣りもしよう。カヤックに乗ってもいい。プライベートな湖だから、すごく静かなんだ」

手すりに背中をあずけて、スターがほほえんだ。「すてきね」

「今日は散歩だけにしよう」散歩と会話だけに。そう思って手を差し伸べた。

スターはその手をすぐには取らなかった。「わたしたち、けんかするの？　二人だけになりたかったのは、わたしがわめくのを家族に聞かせたくなかったから？」

なんと鋭い。彼女の手をつかまえて、腕のなかに引き寄せた。「二人だけになりたかったのは、自由にしゃべってほしかったからだ」

スターがぴったり寄り添ってくる。「さっきもそうしてなかった？」

こらえきれずに笑った。「どこまでも石頭でいなくちゃ気が済まないのか？」頭のてっぺんにキスをして、ささやいた。「おれには歩み寄ってくれよ。な？」

「そうよね」意外な返事だった。「ごめん」

あまりの驚きに、体を離して尋ねた。「きみは本当に想定外のことばかり言うな」

スターは口を開いたものの、考えなおしたのか、また閉じた。「逆に想定内のことっていうのがどういうのかわからないから、その質問の答えもわからない。荷物の運送を依頼してくるお客さんとの短いやりとりとか、買い物のときや飲食店で注文するときをのぞけば、ほぼだれとも会話しないから」

「助けた女性とも？」

不安で目が陰った。「そういうときは会話っていうより、質問と答えって感じよ。行く場所はちゃんとあるのか、警察に関わってほしいか、救急医療室に行きたいか、そんなことだけ」

実際はもっと親身になっているのだろうが、言わんとするところはわかった。「行こう。こっちだ」自分の手より小さな手をしっかり握って、螺旋《らせん》階段を芝生までおりていった。そこからぐるっと回って、踏みならされた小道を湖まで歩いていく。

「湖までは時間がかかる？」スターが尋ねた。

それは考え方しだいだ。「おれたちの足なら十分か十五分で着けるが、途中には見るべき自然がたくさんある」

「文句を言いたかったんじゃないの。純粋に、どのくらいかなと思っただけ」首を後ろに倒し、澄んだ青空を見あげた。「ここはにおいも違うのね」

「新鮮なにおいがするよな。緑と土と、山の香り……」

スターがほほえみ、腰に腰をぶつけてきた。「ここが大好きなのね」

「この土地はな。好きにならない人間がいるか？　山に囲まれているのはすばらしい。とても穏やかで静かで、大自然に包まれて。秋のオークの木々は壮観だぞ」彼女に見せられるだろうか？　ぜひ見せたい。それで散歩に誘いだした理由を思い出した。「きみを仲間に入れるのは、父にとっては大きな譲歩だ」

「でしょうね」ふとなにかに気をとられて、スターが言う。「見て、あの大きな石」そしてその岩にのぼりはじめた。

シロイワヤギの俊敏さで、地面から百八十センチほどの高さにそびえるてっぺんまでのぼっていって、両腕を大きく広げた。こちらは万一、彼女が足を滑らせたときのために、岩の横に回った。

「我こそは山の王なり！」スターがおどけて叫んだ。

ああ、こんな彼女を見ていたい。遊び心いっぱいで、リラックスしていて、ほとんど警戒していない姿を。「それはバーナードのお許しを得るべきだろうな。その称号は彼のものだから」

スターが笑った。「嘘でしょ！　あの堅苦しいバーナードが？　からかってるの？」

「バーナードはここが大好きで、魂に呼びかけられるとよく言ってる」

「わかるわ」深く息を吸いこんだ。「ほんと、心を打つ場所だもの」また首をそらして目を閉じ、深呼吸をしたものの、不意にこちらを見おろした。「バーナードはどういう人？　ここに住んでるの？　執事みたいなものなんでしょ？」

「父の古い親友で、レイエスとマディソンが生まれる前からのつき合いだ。父の財産が増えたことで、バーナードがいろんな仕事をするようになったんだが、父はバーナードを助けてるんじゃなく、バーナードのおかげで人生が楽になってるんだと言っている。信頼できる人だからな。ここへ移り住んできたのはマリアンが亡くなったあとのこと――」

「マリアンって、お父さんの愛した人？　レイエスとマディソンのお母さん？」

そうだとうなずいた。「父はぼろぼろになって、昼も夜も嘆き悲しんでいた。バーナードはできるかぎりのことをしてくれたよ。だがもともと料理は大好きだし、整理整頓の名人だから、おおむねそれが彼の仕事だな」

「ふうん。じゃあ、家族の一部？」

「ああ、そうだ」離れて会話をするのに飽きてきて、両腕を差し伸べた。「飛べよ」

「絶対にいや」鼻で笑ってからあたりを見まわし、楽におりられる道を探す。

のぼるよりおりるほうが難しいとすぐにわかるだろう。「怖がりめ」

さっと目をにらまれた。「いますぐ撤回しないと、ここから飛びかかるわよ。わたしが軽量級じゃないことは知ってるでしょ」

その言葉にこちらも鼻で笑い、両腕を広げたまま待った。たしかにスターは華奢《きゃしゃ》ではないが、それでもおれに比べれば女性的な体つきで、骨格は小さいし、こちらがまっすぐなところはカーブしているし、固いところはやわらかい。おれの強さをあなどるのはやめにしてもらいたい。「信用しろ」

ぎゅっと眉根が寄った。「自分が怪我してるのを忘れたの?」

覚えているが、きみには忘れてほしい。「大丈夫だ」何度も言っていれば、いずれ信じてくれるだろうか。

スターが口調をやわらげて、心配そうに言った。「痛い思いはさせたくないのよ」

「そんな思いはさせられないと約束する」さらに待っていると、勘違いを証明してやろうと彼女が決めた瞬間がわかった。強い脚で踏みきって、宣言どおり、飛びかかってきた。

胸板で抱きとめる前から笑みが浮かんでしまったし、抱きとめてくるりとターンするあいだも笑みは止まらなかった。そうしてしっかり抱き合って、スターの足は宙に浮いたまま、勢いが止まるまで回りつづけた。もちろん衝撃は響いたが、痛みは最小限だったし、こんなにぴったり重なることができたのだから、その甲斐《かい》は大いにあったというものだ。

重なるといっても、体だけのことではない。ほかのさまざまな面でもだ。

唇に唇をこすりつけて、ささやいた。「言っただろう？」

スターが笑うのでキスをするのは容易ではなかったが、それでもあきらめないでいると、ついに彼女も寄り添ってきた。両腕を首にからめてきて口を開き、舌で舌を出迎えた。このまま勢いに流されるのはじつに簡単なことだったが、まさかスターも山中で裸になりたくはないだろう。それに、あの弟が双眼鏡を持ちださないともかぎらない。キスで首筋まで伝っていくと、スターがささやいた。「あなたって本当に、ザ・種馬ね」

「それを忘れるな」

するとスターが大笑いしたので、ようやく彼女を地面におろし、また一緒に湖まで歩きだした。十分間ほど静かに進むと、水辺にたどり着いた。

話し合うべきことは山ほどあるのに、スターの感動を前にすると、自然と口をつぐんでしまった。穏やかな湖面に映るジュニパーやふわふわの雲を眺めて、スターの目がうっとりと見開かれた。

まだ早い時間なので、岩だらけの湖底まで見透かせる。大きな湖の片側はごつごつした岩で固められており、その奥には常緑樹が鬱蒼《うっそう》と茂っている。たやすく水に近づけるのは父の指示どおりに切り開かれたこの区画だけで、玉石敷きの水際は釣りにもうってつけの場所だ。

岩のあいだから野生の草花が顔を出し、そちこちにハチドリを誘う。頭上ではアカオノスリが天高く舞っていた。

スターが無言で水際に歩み寄り、しゃがんでガラスのような表面に指を走らせると、静かに波が広がった。「泳いだことは？」

「水は年中冷たい」

スターが振り返った。「つまり、あるってこと？　それともない？」

「泳いだことはある。レイエスもな」

「でもマディソンには分別があった？」

その返しに、思わずにやりとした。「ものは言いようだな」

「男性と違って、女性はなにかを証明する必要を感じないの」

「へえ、そうか？」陽光でぬくもった平らな岩にのぼって腰かけ、片方の膝を立てて両腕をかけると、湖を眺めた。「おれの弟に対抗する必要を感じたのはきみじゃなかったか？」

こちらにやってきたスターが、差し伸べた手につかまって岩にのぼってきた。「話がぜんぜん違うわよ」そう言って腰をおろす。「あなたの弟はときどき鼻をへし折られなくちゃいけないだけ」

「それならおれが定期的にやってる」

スターが寄りかかってきて、言った。「あなたのお父さんには対抗できないわ」

「そうか？」どうやってこの話題をもちだそうかと考えていたが、さすがはスター、自分から切りだしてきた。この女性はいやなものから逃げようとしない――話題からも、危険からも、なにからも。「どうして？」

スターが肩をすくめた。「あなたの父親だもの。父親相手なんて、どうふるまったらいいかわからないけど、もしいたとしても言いなりにはなりたくない。お父さんは独裁者なんでしょ？」鼻にしわを寄せて続ける。「すごい仕切り屋って意味ね。それで、もしわたしがこの……協力関係を結ぶことにしたら、わたしも完全服従を期待されることになるのよね？　でも、そんなのはわたしらしくない」

レイエスの言ったとおり、いまさら選択肢はほとんど残っていない。おれのせいだ。おれがスターをここへ連れてきて、問題を押しつけ、難しい立場に父を追いこんだ。

だが後悔はしていない。

脚のあいだにスターを後ろ向きで引き寄せて体に腕を回し、頭のてっぺんにあごをのせた。顔に感じるそよ風と、腕にのせられたスターの両手の感触が、心地よかった。「おれが完全服従してると思うか、ベイビー？」

スターが突然、動きを止めた。「わたし、失礼なことを言った？」

その心配をするには少々遅いが、彼女には変わってほしくなかった。この女性のいろいろな面がすでに大好きなのだ。「おれだって、父とはしょっちゅう衝突する」

「そういうときは、どうするの？」

「父の言うことに筋が通ってるなら、耳を傾ける」腹立たしいことに、ほとんどのケースがそれに該当するのだが。「で、賛成できないなら、そう言う」

「お父さんはあなたの声に耳を傾ける?」

おれが譲らないときだけは。だが、スターを怖じ気づかせたくなかった。「こう考えたらどうだ——おれたちの仲間になったとして、起こりうる最悪はなにか?」

「わたしが冷静さを失って……」

「それで?」

「なんだろう。笑い物になるとか?」

その正直な告白につい吹きだしてしまうと、スターが振り返ったので、殴られる前にキスをした。

「だからなんだ?」雷雲のような顔をしている彼女に、もう一度キスをした。「きみは人間なんだからそれでかまわないさ、ハニー。おれだってそうだし、レイエスとマディソンもそうだ。父は……まあ、少しよそよそしいし仕事命のところもあるが、悪い人間じゃない。きみなら対処できる」もう一度、今度はじらすようにキスをした。「反対に、起こりうる最高のことはなんだと思う? きみの安全性が高まることだ——それがわかっていれば、おれはきみを心配しなくてよくなるし、きみはもっと多くの女性を助けられるようになる」

「より意味のあるかたちでね」

「そうは言ってない。きみが助けてきた女性はみんな、人生を変えてもらえたんだ」

スターがしばし湖を眺めてから、言った。「わたしにできると思う?」

不安なのか? スターリング・パーソンが? 抱きしめて答えた。「おれはきみを信じてるよ」

スターの顔は晴れなかったが、それでもしぶしぶこう言った。「わかったわ。ただし、お試しでね」

じゅうぶんではないが、いまはそれでよしとしよう。少なくとも、説き伏せるための時間を稼げた。

そのあとは?

まだわからないが、この女性はおれの人生にこのうえなくぴったりフィットするから、とうぶん手放す気になれない。今日はもちろん、来週も。

そしておそらく、この先ずっと。

13

父の家で待っていてくれるよう、スターを説得できればなによりだったのだが、そんなことはできないとケイドにはわかっていた。おれがいないなら出ていくと言うに決まっているし、おれは仕事に行かなくてはならない。

少なくとも、一人でアパートメントに帰るのではなく、一緒にバーへ来るよう説得することはできた。スターがあの店にいても、なにもめずらしくはない。ふだんも運送の合間にしょっちゅう立ち寄っては、数時間、滞在するからだ。おそらく怪しむ者はいない。

スターは当面、仕事を二件断ったが、いつまでそんなことが続けられるだろう？　もしアデラから連絡がなければ、どうする？

おれがアデラを捜しに行こう。なんとしても、終わらせるのだ。スターとフェアな関係でいるには、そうするしかない。

今夜は父の家に帰る――明日の朝、父に傷の経過を診てもらわなくてはならないからというのを口実にした――が、それ以降は？　スターは自分で自分のことを決めるタイプの人間だし、譲歩するのはあまり好きではない。それでも賢い人だから、マトックスが牢《ろう》にぶちこまれるか死ぬかするまでは格別に用心しなくてはいけないという事実を理解してくれるはずだ。

「明日こそ、わたしのトラックの様子を見に行かなくちゃ。こんなに長いあいだ放置したのは初めてよ」

「おれたちに任せてくれ。問題ない」ケイドは言い、〈ほろ酔いクズリ〉の駐車場に車を入れた。店の裏に停《と》めて、裏口から入ろう。そうしておけば、帰るときも二人が一緒だとはだれにも気づかれないだろう。

「その、もうこういう関係になったから訊《き》いてもいいかなと思うんだけど……」スターが言いかけて言葉を切った。"こういう関係"とはなんのことかとしらばっくれるとでも思っているのか？

そんなわけがない。SUVのギアをパーキングに入れて、言った。「なんでも訊いてくれ」

安堵《あんど》に一瞬、笑みが浮かんだ。「どこからこんな店名を思いついたの？」

そのことか。「おれのせいじゃない」エンジンを切った。「父がここを買ったときにはもうこの名前がついてたんだ。おれは軍を離れて一週間後には〈ほろ酔いクズリ〉のオーナーに収まっていた」おそらく父はチャンスがあるうちに、長男の首に縄をつけてしまいたかったのだろう。「店はもうこの名前で知られてたし、おれもどうでもよかったから、わざわざ変えることはしなかった」

「なんて残念な答え」スターがシートベルトをはずしながら言う。「おもしろいエピソードを期待してたのに」

いかにもがっかりした顔がおかしくて、笑いながら車をおりて助手席側に回ろうとした。スターはめったにドアを開けさせてくれないが、本能で体が動いた――そのとき。

ずば抜けた視野の広さがすばやい動きをとらえ、反射的に振り返ると同時に足を蹴りだしていた。

キックはいちばん背が高い男の膝に命中し、男はぶざまに膝をついたものの、すぐさま別の男二人が突進してきた。

頭めがけて振りおろされた短いパイプをどうにかよけて、そいつの腹にこぶしを一発、続けてあごにも、のけぞるほど強いパンチを食らわせる。

なにかが背中に当たって壊れ、危うく前につんのめりそうになったのをこらえて振り返り、またキックをお見舞いした。顔を狙ったものの肩にしか当たらなかった。それでも効果ありで、男は地面に尻をついたが、じっとしてはいなかった。

ざっと見たところ、男三人はみな若く、せいぜい二十代なかばだ。マトックスはまともな手下を切らしてしまったのか？　それともこの坊やたちを消耗品と思っているのか？

スターが車のドアをロックして車内に隠れているようにと祈りつつ、さっさと襲撃を終わらせることに集中した。

三人とも、ダメージこそ負ったものの、膝を壊された一人以外はまだやる気を失っていないらしい。

そこでむんずと二人めののどをつかんで持ちあげ、激しく地面にたたきつけた。衝撃に息もできなくなった男は、腹這《はらば》いにされて肩甲骨のあいだに膝を押しつけられても、おとなしくしていた。男の顔に尖《とが》った砂利が食いこむ。

当然の報いだ。

いまがチャンスだと三人めは考えたのだろうが、二人めを押さえつけるのには片方の膝しか使っておらず、両腕と片足は余っていた。

「おまえなんかおしまいだ」三人めが言い、飛びかかってきた。

難なくそいつも腹這いにさせた――こいつらは学習しないのか？　仕留めるために、股間に一発食らわせた。

男は人間らしからぬ悲鳴をあげて、痛みに縮こまった。

「だれか、さっさとおれの質問に答えたほうが身のためだぞ」そう言って立ちあがり、膝で押さえつけていた二人めを引っ張り起こすと、バーの壁にそいつの顔をたたきつけた。

男は声もなく仰向けに倒れた。

膝を壊された男をひたと見据えて、静かにほほえんだ。「おまえだ」股間をつぶした三人めはしばらく機能しないとわかっているので、放置して一人めのほうに歩きだした。慌てて這って逃げようとした一人めが数十センチと進まないうちに、髪をつかんで引っ張り起こした。「おれが質問をするから、おまえは答えるんだ。いいな？」

痛みに顔を歪《ゆが》めて、男があえぐように言った。「は、はい」

「名前は」

「名前？　おれの？」男が混乱したように問い返す。

髪をつかんだ手に力をこめて男の膝を軽く蹴ると、うめき声が返ってきた。「同じ質問は二度しない」

「は、はい。ポーリー・ウェルズです」

「ほかの二人は」

「ダチとその弟です」

股間をつぶされた一人がうなるように言った。「黙れ、ポーリー」

「もう一発ほしいか？」ケイドはそちらに尋ねた。

男は脅しに顔をしかめて、息子を守ろうとますます縮こまった。

「あいつ……あいつは、ウォード・マントン。あんたが気絶させたのはウォードの弟のケリー」

ポーリーのポケットに手を突っこむと、財布は出てきたが携帯電話はなかった。身分証を確認したところ、嘘はついていないようだったので、武器を持っていないことをたしかめてから髪を放してやると、ポーリーはすすり泣きながら地面にくずおれた。

ウォードのほうを向いた。「おまえは背後から人をぶん殴るのが趣味なのか?」地面に転がっているパイプに大股で歩み寄って拾い、重さを量るように手に持った。

おもしろいことに、ウォードの顔には反発と恐怖の両方が浮かんだ。「ただの仕事だ。個人的な恨みとかじゃない」

「仕事か。だれに依頼された?」

きょときょとと視線が泳ぐ。「いや、じゃなくて……そ、そう、おれたちはあんたの財布をかっぱらおうとしただけだ。それだけ」

ケイドは手のなかでゆっくりパイプを回してから、ウォードのこめかみにぴたりと当てた。「嘘はそこまでだ。もう一つ、ついてみろ、しばらくのあいだしゃべれなくなるぞ」言葉を切って、ポーリーに言う。「じっと座っていないなら、反対側の膝もつぶすからな」

ポーリーは即座に逃げ道を探すのをやめて、途方に暮れたように両手で頭を覆った。

ケイドはウォードに向きなおり、あまりやさしくない調子でこめかみをパイプでとんとんとたたいた。「わかったな?」

そのとき〝うえっ〟という声が聞こえたので、振り返ると、スターが車のドアを開けており立ち、こちらを見ていた。くそっ、車内に隠れていてくれたほうがよかったのだが。

しかしまあ、スターは当然のように正反対のことをした。「ねえ、そいつのなけなしの脳みそを撒《ま》き散らすつもりなら、先に言っておいてくれる？　あっちを向いてるから」

「それより」ケイドは穏やかに言った。「車のなかに戻って――」

「いやよ」スターはのんびり歩いてきた。「おもしろいものを見逃すなんて絶対にいや。そうだ、あなたが脳みそをぶちまけてるあいだ、こっちの男を見張ってるわ」

ウォードが用心深い目で、まだ気絶している弟からスターへ、さらにケイドへと視線を移した。

スターは地面で伸びているケリーのそばに膝をつくと、てきぱきとポケットをあさって、財布とナイフ、メリケンサック、ナイロン手錠を取りだした。「パーティを楽しむつもりだったみたいね」ちょっとした獲物を前に、冷たい怒りの顔でスターが言った。「やっぱり、あなたが頭蓋骨を陥没させるところを見たいかも」

そのときケリーがうめき声を漏らしたので、スターはまばたきもせずに肘を男のこめかみに沈めてまた気絶させた。ウォードに向けて言う。「早く口を割らないと、あんたもいつも脳みそが空っぽになるわよ」

正直なところ、スターの干渉はありがたくなかった――彼女を知る悪党の数は少ないほうがいいからだ。が、観客のいるいまは、それを口に出して言えない。

上からウォードをにらみつけて、抑えた声でささやいた。「メリケンサックは彼女とおれと、どっちに使うつもりだった？」

当然ながら怯《おび》えた顔で、ウォードがつかえながら答えた。「あ……あんたにだよ。あんたはでかいから。女のほうを傷つける気はなかった。マトックスが無傷で連れてこいって言ってたから」

「その答えで命拾いしたな」冷たい声で言い、ウォードをうつ伏せにさせた。「手錠をよこせ」

命令されて、スターは片方の眉をあげたが、肩をすくめて戦利品をすべて持ってきた。ケイドがウォードの両手を縛るそばで、スターがメリケンサックを手にはめる。「これ、気に入ったわ」凶悪な目でウォードを見た。「威力を試してみましょうか」

大急ぎで、スターがウォードのあごを砕くのを押しとどめた。どうにかスターを羽交い締めにして、言う。「いまはだめだ。まだ訊きたいことがある」

「でもこいつ、これをあなたに使う気だったのよ」スターが嚙《か》みつくように言いながら、真鍮《しんちゅう》で強化されたこぶしをあごに突きつけてきた。

「そんなことにはならなかった。こいつらは子どもだ。きみにもわかるだろう」

「わたしにわかるのは、こいつらが卑怯者《ひきょうもの》の集まりってことよ」そう言うと、ケイドの制止もなんのその、つま先に金属の入ったあのブーツで、ウォードのすねを蹴飛ばした。

ウォードが悲鳴をあげて彼女から離れようとした。

もどかしさとおかしさの両方を感じつつ、ケイドはふたたびスターを引き戻した。「なあ」小声で言う。「手の内を見せすぎだ。きみがなにを大事にしてるか、こいつらに教えてやる必要はない」

鼻孔をふくらませて顔を真っ赤にしながら、スターが言った。「だって大事なんだもの」

もう抑えきれなかった。ケイドは笑った。さすがスターだ。目に殺意をたたえたまま、うなるような声でそんな宣言をするとは。「聞けてよかった」

スターは目をしばたたき、ケイドを押しのけた。「あなたのユーモアセンス、どうかしてるわ」

「かもな」倒れているまぬけどもに聞かれないよう、スターの耳に口を近づけて言った。「さあ、しっかりしろ、フランシス」

意味を解するのに一瞬、時間がかかったようだが、スターはすぐにしっかりうなずいた。

同じくらい低い声で返す。「あなたに任せても大丈夫だって知りたいの」

その言葉に、思わずぎらりと目を光らせた。

平然としてスターが言う。「あなた一人で大丈夫そうだって思ったから、すぐには助けに来なかったでしょ。ありがとうって言ってもいいのよ」

「ありがとう」

スターはうなずいて、話を先に進めた。「携帯はあった？」

「ウォードのほうをチェックする。おそらくやつが、このまぬけトリオのリーダーだ」案の定、ウォードのポケットをざっと探ると、履歴をたどることのできない使い捨ての携帯電話と、〈ほろ酔いクズリ〉の店名が走り書きされたメモ、ほぼ空の財布が出てきた。

携帯電話に登録されている番号は三つだけで、どの番号も名前は空欄だった。つま先でウォードのブーツをつついた。「この番号にかけたら、だれが出る？」

「あの二人」ウォードが言い、ごくわずかにあごを動かして弟とポーリーを示した。顔を砂利に押しつけられているので、ほとんど動かせないのだ。

「三つめは？」

ウォードの顔がこわばった。

「まだ答える気にならないか？」のんびりした口調で言った。「それなら、おまえを彼女の好きにさせようか。少し顔を血まみれにさせてもいいが、断っておくと、彼女はものすごく強くて、パンチの威力もそうとうな――」

「マトックスだよ」ウォードが吐いた。「マトックスにつながる」泣き声で続けた。「くそっ、やつに殺される」

「いまおまえが心配するべきはマトックスじゃない」アデラのことを訊きたかったが、そろそろバーの開店時間で、常連客もやってくる。その前にここを片づけなくてはならないし、周囲に転がっている役立たずどもはたいした情報を握っているようには見えない。

「こいつら、どうするの?」スターが尋ね、ケイドの返事を待たずにつけ足した。「そうそう、応援を呼んでおいたわ。もう来るはず」

新たな怒りがこみあげてきて、ひとことだけ放った。「だれを?」もし警察を呼んだのなら大問題だ。

スターは首を傾けて耳を澄まし、道路のほうを見やった。「きっと彼ね。うん、やっぱりそう」

レイエスがトラックを停めており立ち、静かに歩み寄ってくると、ぶざまな三人を眺めた。「マトックスの手下?」

「ああ」ケイドは言った。スターが警察に通報していなかったことに安堵しつつも、こう言わずにはいられなかった。「おれ一人で対処できたのに」

「まあ、そこは女性のことだから」レイエスが、スターを怒らせるだけのために同情口調で言う。「兄貴が心配だったんだろ」

もちろんこの仕掛けは成功し、スターは殺しそうな目でレイエスに言った。「ナイフなら持ってるわよ」

レイエスは尻ポケットに両手を突っこんで口をすぼめ、視線をケイドに移した。「狙いは彼女?」

「こいつらはそう言ってる」

スターがこぶしをレイエスのほうに突きだし、メリケンサックを見せた。「これをケイドに使うつもりだったの」

レイエスの唇が引きつった。「で、腹が立った？　まあ心配ないよ、お嬢さん。おれが面倒を見るからさ」

スターが疑いの目で見つめた。「〝面倒を見る〟って、ぼっこぼこにするって意味でしょうね？」

「そこまでしなくちゃならないなら」レイエスが請け合い、ポケットからナイロン手錠を取りだした。

スターはふんと鼻から息を吐いた。「あなた、ちょっと準備過剰じゃない？」

レイエスは肩をすくめて返した。「電話越しのきみがちょっとヒステリックだったから――」

「そんなことない！」

「――暴徒でもいるんじゃないかと思ったんだよね」憤慨するスターを見て、にやりとする。「さてと、きみはバーで待ってたら？　こっちはおれに任せてさ」

「うるさい」真っ赤な顔でレイエスからナイロン手錠を奪いとると、憤然とケリーに歩み寄り、器用に後ろ手に縛った。そのせいでケリーは意識を取り戻したが、スターはすでに足首にとりかかっていた。ジーンズの裾を押しあげて靴下の履き口をおろし、ナイロン手錠でよりきつく縛れるようにする。これならケリーも逃げようがないだろう。

「ウォード？」ケリーがもがき、首を回して兄を見ようとする。「どうなってんの？」

「おれたちはおしまいだ」ウォードがうめくように言った。「おしまいだよ」

「大げさだねえ」レイエスは手早く、かつ少し乱暴にウォードを縛りあげると、急ぎ三人全員に猿ぐつわを噛ませた。それからウォードを肩にかついで、乗ってきたトラックまで運び、やさしいとはほど遠い手つきで荷台におろした。

全員を縛りつけて、荷台に蓋をするトノカバーで隠すには、少し時間がかかった。荷台が狭いのでかなり窮屈だったが、三人とも縛られて猿ぐつわを噛まされているからにはもがきようがないので、気づく人もいないだろう。

スターが少し心配顔で言った。「どこへ連れていくの？」

「人目につかない場所。きちんと尋問できる場所」

スターが唇を噛む。「殺すの？」

レイエスがゆっくり笑みを浮かべた。「今度はあいつらの心配？　ついさっきまでは、ぼっこぼこにしてほしがってたのに」

「もういい」スターは向きを変えて歩きだそうとした。

レイエスがその腕をつかんだ——そしてスターが思いもしなかったことに、引き寄せて抱きしめた。「安心しなよ。尋問が終わっておれにできることがわかったら、別の人に引き渡すから」

「だれに？」

二人のやりとりを見ていたケイドは、腕組みをしてトラックに背中をあずけ、説明した。

「おれたちにはコネがあって、そこに頼めばこいつらが二度と通りをうろついたりしないようにしてくれるし、マトックスの計画に関与したことで法的に罰せられるようにもしてもらえる」

スターがレイエスに抱きしめられたままにしているのが興味深かった。見せかけているより、弟のことが嫌いではないのだろうか？　二人が仲よくやれるなら、いろいろなことがはるかに楽になる。

スターにとって。

「だけどこいつらが死ぬことはない」レイエスが請け合った。

スターが肩の緊張を解いて、ちらりとこちらを見た。「あなたの言ったとおり、こいつらはまだ子どもよ。もしだれかが死ぬとしたら、マトックスであってほしい」

レイエスがもう一度スターを抱きしめて、そっと言った。「きみが見せかけほど血に飢えてなくてよかったよ」かんしゃくを起こす隙をスターに与えず、腕をほどいて運転席側に回った。

ケイドはスターの背中に手を添えて、一緒に歩きだした。とらえた男たちに聞かれないよう、低い声で弟に言う。「二人が持っていた使い捨ての携帯を取りあげた。おまえがここを出てじゅうぶん時間が経《た》ったら、登録されてる三つの番号にかけてみる」

「いまかけたら」スターが考えながら言った。「計画が失敗したってばれるかもしれないから、ね？　罠《わな》を仕掛けて襲ってくるかも――」

「運転中のおれをね」レイエスが締めくくった。「むしろやってみてほしいけど」トラックの荷台を振り返る。「でもまあ、積み荷があるしな」

ケイドは弟にうなずいて、ウォードから聞きだした情報を伝えた。「電話番号については本当のことを言ってると思う。一つはマトックスにつながるんだろう。だがいずれにせよ、結果は知らせる」

レイエスがスターの手をあごで示した。「そのアクセサリーはとっておくつもり？」

スターが分厚い真鍮をはめた手をこぶしに握った。「ええ」

レイエスは笑いながら首を振り、トラックに乗りこんで走り去った。

「行こう」ケイドは言い、スターとともにバーの入り口に向かった。細かいことに気をとられる前に、彼女を安全な屋内へ連れていきたかった。「十五分もあれば、レイエスは道路のカーブが激しい部分を抜けるだろう。そうしたらおれたちは電話をかける」

「おれたち？」ケイドがドアに鍵をかけなおすそばで、スターがくり返した。バースツールに歩み寄って腰かけ、長い脚を伸ばして、片方の肘をカウンターにつく。

そうして座っている姿は恐ろしくセクシーだった。そう見える原因の一部は、彼女が先ほどの襲撃を難なく切り抜けたことにあるのだろう。スターはたいていの人と違う。逆境に負けないどころか、むしろそういうときこそ強くなる。

ただし、あのメリケンサックを見たときは少し冷静さを失った。心配してほしくなかったが、気にかけてくれるのをうれしく思う気持ちもあった。

少し脱線して、尋ねてみた。「レイエスに電話をかけたとき、なんて言ったんだ？」

スターは天を仰ぎ、やわらかに笑った。「あの人ってばかね──それに、とんでもない嘘つき。わたしはヒステリックなんかじゃなかった。そんなわたし、想像できる？」

いや、できない。

「事実を伝えただけよ──まあ、少し早口だったかもしれないけど。バーで車をおりたら三人組があなたを待ち伏せしてたって言ったの」

「それだけか？」

「だいたいそれだけ。でも、四人め五人めがひそんでないともかぎらなかったし、マトックスが近くで銃を構えてる可能性もあった。だから彼には、潮目が変わる前にとっとと来いって言ったの」片方の肩を回す。「でも、あなた一人で大丈夫だってすぐにわかったわ──正直言うと、驚いた。向こうは弱虫坊やかもしれないけど三人いて、パイプだの棒切れだのを持ってたのに、気がついたらあなたはすべてを制圧してた」

つまり、背中に振りおろされたのは棒切れだったのか。わからなかったが、いまとなってはどうでもいい。「信頼してくれてありがとう」バーの奥に回って準備を始めた。じきにスタッフが現れて、二人だけの時間も終わるだろう。

「当然の評価よ」ケイドを視界に収めたままにしようと、スターがスツールの上で向きを変えた。「それで、〝おれたち〟がかける電話番号だけど……」

「きみも関わりたいだろう？」

「関わる？　かけるとしたらわたしだってこと、気づいてる？　だって、もしアデラが出たら？　あなたなら切られかねないけど、わたしならしゃべってくれそうでしょ？　で、もししゃべってくれたら、うっかりなにか漏らすかもしれない。うまくいけば、被害者のふりをやめさせることだってできるかも。やってみる価値はあるわ」

そうだな……。「きみの言うとおりかもしれない」バーの準備を終えてから時間を確認し、氷の入ったグラス二つにコーラをそそぐと、二人のあいだのカウンターに携帯電話を置いた。「スピーカーフォンで話せ」

「了解」スターは両手をこすり合わさんばかりの勢いで画面をタップし、一つめの番号を表示して、通話ボタンを押した。

「もしスタッフのだれかが早めに来たら、オフィスに移動すればいい」

「わかった」スターリングは言い、身を乗りだしたケイドの前で、電話の呼び出し音に耳を澄ました……が、何度鳴ってもだれも出ない。

「ワンアウト」気がつけば手のひらが少し汗ばんでいた。「ウォードが言ってたとおり、彼の弟かポーリーの番号ね」

ケイドが指先であごをすくって、言った。「ベイビー、きみの直感は鋭い。何度もそう言ってきただろう？　もしだれかが応じたら、直感のまま進め。きみならできる」

その信頼に、自分を信じる気持ちがふくらんだ。そうよ、わたしならできる。もしアデラが出たら、あちらの言動しだいでこちらの役を演じればいい。

息を吸いこんで、次の番号にかけた。呼び出し音のたびに、緊張がつのる。

これまた応答なし。こんなに緊張するなんて、どうかしている。いまは危険も遠ざかったうえに、頼もしいマッケンジー一家という味方までついているのだ。どう転んでも大丈夫。

けれどももちろん、わかっていた。神経がすりきれている理由は、特定のマッケンジー。生命の最高到達点にして、ありえないほど強く、驚くほど速く、揺るぎなく……。ケイドは、わたしたちのことを〝こういう関係〟と意味深に表現しても否定しなかった。となると、危険はわたしだけの話ではないということ。なぜって、もう〝わたしたち〟だから。

そのせいで、事態はずっと悪くなる。

ケイドが傷ついた姿に自分がどこまでうろたえるか、すでに身をもって証明した。

「ツーアウト」ケイドが言ってこちらに手を伸ばし、親指で頬を撫《な》でた。「三度めの正直だな」

うなずいて、最後の番号を鳴らした。

一回めの呼び出し音の直後に、深い声がうなるように言った。「女はつかまえたんだろうな」

やっぱり、マトックスだ。不思議なことに緊張が消えて、笑みが浮かぶとともに腹が据わった。これなら対処できる――ケイドが言ったとおり、復讐心《ふくしゅうしん》を引き連れて直感が目覚めた。

「どうも、マトックス」

沈黙に続いて、噛みつくような声が響いた。「このくそアマが」

実際に笑いが漏れた。「なに？　いまごろわたしは車のトランクにでも押しこまれてると思ってた？」言ったとたん、はっと気づいてケイドのほうを向き、口だけを動かして伝えた。〝車？〟あのまぬけトリオはどうやってバーまで来たの？　一騒動あったので、いままで考えもしなかった。

ケイドは首を振ってささやいた。「あとだ」

こちらの思考がそれたことなど知りもせず、マトックスが言った。「じきにこの手をおまえにかけられると思っていたさ。じつに楽しい時間になるだろうな――おれにとって」

「じゃあ、わたしをさらわせるために送りこんだあの坊やたちとはどこかで落ち合う約束だったの？」少し背筋を伸ばし、からかうような口調をすっかり消して、言った。「場所を教えるならいますぐ行ってやるわよ、この薄汚い豚野郎」

「それはどうかな」マトックスが笑みを含んだ声で言う。「こっちはじきにおまえをつかまえる」

「あらそう？　いったいどうやって？　そろそろ手下が品切れでしょ？　ここまでにわたしは何人倒してきたかしらね？」

マトックスが鼻で笑った。「おまえが倒したと言えるか？　やったのは図体《ずうたい》のでかいボディガードだろう。まあ、そいつも永遠にはそばにいないだろうがな」

ケイドがマトックスにつかまると思っただけで血が凍った。けれどわたしが怯えてもケイドは喜ばないし、マトックスには利用されるだけだから、それは隠して猫撫で声で言った。「お願いよ、どうかわたしを見くびって。そうしてくれたら、あんたを倒すのがものすごーく楽しくなるから」

そばでケイドがやれやれと首を振った。マトックスを刺激しても、わたしほどおもしろがっていないようだけれど、まあ、もう遅い。

「それで、アデラはどこにいるの？」切り替えて尋ねた。「となりにいて、わたしたちの会話に耳を澄ましてる？」

「これは会話だったのか？」マトックスが返した。「おれはてっきり、おまえがどれほど苦しむことになるかを教えてやっているんだと思っていたがな。この手でのどを掻《か》き切られて、出血多量で死ぬ前に。詳しく聞きたいか？」

ケイドの両手がこぶしに握られるのに気づいて、さらりと言った。「別に」

当然ながら、それでマトックスがやめることはなかった。「手下ならまだいくらでもいる——そいつらが一人一人、順番におまえで楽しむんだ。最後はだれにするか、くじを引かなくちゃならないかもしれんな——そのころには、おまえはボロ雑巾さながらだろうから」

吐き気を催したものの、笑ってみせた。「どん詰まりの男にしてはでかい口を利くじゃない」一瞬迷ったが、いまだと思えたので、つけ足した。「とりわけ過去に一度、わたしで儲《もう》けようとしたのに、得たものは死体だけだった男にしては」

時限爆弾のカウントダウンが進み、緊張感が高まって——爆発した。「あの小娘！」マトックスが吠《ほ》える。「逃げたのはおまえだったのか！」

「ピンポーン！」偽りの冷静さをかなぐり捨てて立ちあがり、嘲笑を浮かべて携帯電話を見おろした。「わたしはすぐにあんただとわかったわ。あのでかくて汚い猿野郎だってね。

だけどあんたは気づきもしなかった。でしょ？」

マトックスは低い声で罵り、噛みつくように言った。「あれはずっと昔、まだビジネスを始めて間もなかったころの話だ。これだけ時間が経てば、肉はどれも同じに見えてくる」

ああ、いますぐ殺してやりたい。

ケイドがそっと手を取り、握ってくれた。強くて頼もしくて、セクシーなケイド。この男性に頼りにされているのだから、絶対に失望させない。

返事をしないでいると、マトックスが尋ねた。「おまえのおかげで、おれがどれだけの迷惑をこうむったか、わかっているのか？」

なるほど、わたしがかっとならなかったのが気に食わないのね。よかった。ほほえんで返した。「死ねば迷惑をこうむることもなくなるわよ」

「賢《さか》しらに――」

「賢いわよ、あんたがいちばん予期してないときに襲いかかれるくらいにはね。あんたが逃げこめるほど深い穴はどこにもないし、背後を見張って守ってくれるような手下もいない。片目を開けて眠りなさい。だって両方閉じた瞬間、わたしがあんたを終わらせるから」

通話が切れた。携帯電話をどこかに投げつけたかったものの、ちらりとケイドを見て尋ねた。「わたし、やりすぎた？」

炎の芯のような目にあごをこわばらせたケイドが、カウンター越しに手を伸ばしてきてぐいと引き寄せた。「やつには指一本、触れさせない」

ああ。この人の怒りがたぎっていたことには気づいてもいなかった。通話のあいだは冷静そのものに見えていた。いまも冷静にふるまおうとしているのだろうが、目には激しい怒りが燃えている。「ええと……ありが、とう？」

ケイドはおもしろがりもしないで、唇に唇を重ねた。そしてむさぼりはじめた。すごい。所有欲のせいでエンジンがフル回転していたらしい。

落ちつかせようと、そっと頬を撫でた。

ケイドはキスを終わらせはしたが、体を離そうとはしないまま、ひたいにひたいを当てた。「すまない」

「気にしないで。わたしもちょっと興奮したし」

ケイドがじっと目を見つめて――笑った。「きみみたいな女性は宇宙全体を探してもいないだろうな」

たったひとことでこちらの心を軽くしてくれる。あいにく裏口をノックする音が響き、ほどなくスタッフたちが出勤してきて、常連客も集まってきた。

いろいろ作戦を練らなくてはならない。マトックスはわたしをつかまえに来る――というより、わたしをつかまえさせようとして、もっと手下を送りこんでくるだろう。おそらく、先にケイドをとらえようとするのではないか。マトックスはケイドの存在を知っているようだし、教会で顔を見られた可能性もある。

唇を噛んで、それについて考えた。そろそろ罠にはまってみるころかもしれない。そしてもし、わたしをおとりにする必要があるなら、ケイドにはそこを受け入れてもらわなくては。

説得するのは容易ではないだろうけれど、パリッシュとレイエスとマディソンは同意してくれるような気がした。決を採るとかなんとかして、わたしの考えが採用されて、ついに復讐《ふくしゅう》を果たすチャンスを手に入れるのだ。マトックスがまたわたしの人生という道を横切ったからには、あいつを終わらせるか、終わらせようとして死ぬかだ。

で、それが片づいたら、わたしとケイドはどうなるのだろう？　わからない。いまは日々、この関係を楽しむだけ。

ちらりと見ると、ケイドはカウンターについた美しい女性二人の対応をしていた。女性はどちらもケイドにうっとりした顔で、彼の気を引こうとしていたが、まあ、ケイドはあんなにすてきな男性だから大勢にこういう影響を及ぼすのだ。

笑みを浮かべているものの、それは接客用の礼儀正しい笑顔で、わたしに向けるものとは違う――二人だけの秘密と、互いへの欲望と、それ以外のいろいろに満ちた笑みとは。

それからの数時間、ケイドは接客の合間に何度か電話を使った。毎回、静かに話しながらこちらの目を見つめていた。

見かけない人が店に入ってくると警戒心が目覚めたが、怪しげな動きをする人物はいなかった。みんな酒を飲んで、おしゃべりをして、帰っていった。

静かな夜になりそうだ。いつもみたいにうたた寝でもしようか。

そんなことを思ったとき、アデラから電話がかかってきた。

14

「フランシス?」

スターリングは目をしばたたいた。いまだけは、なんと返したらいいのかわからなかった。「ええと……アデラなの?」

「ああ、よかった。あなたが死んじゃったんじゃないかと思って、怖くてたまらなかったの」震える声でささやく。「彼があなたをつかまえようとしてることは知ってたわ。ごめんなさい。どうやって警告したらいいか、わからなくて」

ケイドに目配せをして、なにが起きているかを知らせようとしたものの、彼は客の応対に追われていた。手が空くまで少し時間がかかるだろうと察し、電話の声がよく聞こえるように、バーのメインルームを出て通路に移った。

「聞いてる?」アデラが必死な声で尋ねた。

「ええ。ただ……」なにを言おう? 「あなたから電話をもらってびっくりしたの」

「ごめんなさい、フランシス。でも聞いて。彼は男を雇ってる。たくさんよ。どこに行けばあなたが見つかるか、わかってるって言ってるの」

この女性はやはり信用できない。レイエスの意見にも賛成だ……が、それでもかすかな疑問は残っていた。かつて自身もとらわれの身になったことがあるから、ふつうなら検討すらしないようなことを言ったりやったりしてしまうときもあるという現実を、ほかの人より理解していた。

そういうことをしたから、わたしは逃げられた。わたしは死なずに済んだ。

アデラは逃げようとしているの？　それともわたしを罠《わな》にはめようとしている？　アデラがそこまで冷酷だとは思いたくなかったが、そうでないと、つじつまの合わない点が多すぎた。「どうしてそんなに知ってるの？」

「あまり時間がないわ。彼がじきに戻ってくる。だけどドア越しに聞いたの。彼……すごく怒ってた。ねえ、フランシス、彼があなたにしようとしてること……」アデラは泣きだした。

さすがに真に迫って聞こえた。

「なにもかもわたしのせいなのよ」アデラがすすり泣きながら言う。「あなたを巻きこんだわたしのせい」

唇をよじって考えた。アデラの動機は問いたださないほうがいいだろうから、代わりにこう尋ねた。「彼はどうやってわたしをつかまえるつもりなの？」

「あなたの居場所はわかってるって言ってた。それか、じきにわかるって。どっちかはっきりしないけど、たぶん、あなたを尾行するんだと思う。ああ、フランシス、どうか気をつけて。わたしのことはいいから、このまま逃げて――」急にアデラが悲鳴をあげた。

携帯電話が床に落ちたような音が響き、男の声が続いた。「ばか女が」ぶつかる音。たたく音。

最悪だ。

心臓がのどをふさぐのを感じつつ、マトックスのうなるような声を電話越しに聞いた。

「いつになったら学習するんだ？」

恐怖に凍りついていると、アデラが取り乱してわけのわからないことを口走り、嘆願し、叫んで……。なにかが壊れる音に顔をしかめた直後――耳をつんざくような静寂が広がった。

胸のなかで心臓が激しく脈打つ。

電話越しに衣擦《きぬず》れの音が聞こえた。「おまえか、フランシス？」

返事はしなかった。怒りが腹の底で渦を巻き、恐怖と動揺を静めてくれた。

「アデラは血を流しているぞ」マトックスがあざけるように言った。「いま死んだら、おまえのせいだな」

そして電話は切れた。

見るともなしに床を見つめ、たったいま聞いたものとすでに知っていることを足し合わせようとした。

「おい」ケイドが通路に出てきて、そっと両手で顔を包んだ。「なにがあった？」

「わからない」首を振って答えた。「なにかがあった――いいえ、なにもなかったのかも」あざやかなブルーの目を見つめた。「マトックスがアデラをひどくぶったのか、二人は結託してわたしに……なんだろう。焦って行動させようとしたのか、単に罪悪感をいだかせようとしたのか」

「罪悪感に襲われると冷静な判断ができなくなるからな」ケイドが言い、腕のなかに引き寄せた。「なにがあったにせよ、きみにはどうにもできなかった」

「だけどもし、アデラがグルじゃなかったら？　本当に逃げようとしてるんだったら？」

「レイエスはそう思わなかった」

むっとして、彼の胸板を押した。「レイエスが間違ってるかもしれないでしょ！」

「かもしれないが、おそらくは正しい」

このときばかりはケイドの堂々と落ちついた声に苛立《いらだ》たせられた。こちらはいまにも抑えが利かなくなりそうなのに、平然としているなんて。「それでも、確実なことが知りたいわ」

「役に立ちそうな情報がある」ケイドがそう言ってひたいにキスしてから、手を取ってオフィスのほうに歩きだした。なかに入ると、ドアを閉じてそこに背中をあずけ、腕組みをした。「レイエスが引き渡す前に、まぬけトリオは三つほど場所を吐いた」

「場所って、マトックスの居場所？」ついに、いい知らせ！「どうしてわたしたち、ここでぐずぐずしてるの？　早く調べましょうよ」

「レイエスがいまやってる」

「レイエスは一人よ。一度に三箇所には行けないわ」

「ああ、だがおれの妹なら行ける。遠隔で、だけどな。マディソンなら、どの建物に人の出入りがあるか、どの建物に動きがあるかがわかる」

どうやって、とは訊《き》かなかった。これまでにわかったところによると、マディソンにはテクノロジー方面の才能が怖いくらいに備わっていて、わたしの理解などはるかに超えているのだ。「それで？」

「一軒の古い民家がほかの二軒より可能性が高そうだ。マトックスも、用心深くなければここまで長生きしていないだろうから、おそらくあっという間に場所替えしてしまうだろう。もし運がレイエスに味方をすれば、マトックスを尾行して根城を突き止められるかもしれない」

危険どころの騒ぎではない話だ。「もし連中に見つかってつかまったらどうするの？」

「今度はレイエスの心配か？」

「あなたは心配じゃない？」

気持ちを汲《く》んでくれたのだろう、ケイドが認めた。「少しはな。弟からはじきに連絡が入る」

じきにって、いつ？　落ちつかない思いで室内をうろうろしながら、見るともなしにあちこちを眺めた。もちろん整理整頓が行き届いている。頑丈で簡素なデスク、座り心地のよさそうな椅子——そして、前にケイドがうたた寝に使ったらと言ってくれたソファ。

「三人組が今日、どうやってここに来たのか調べないと。駐車場に車はなかったわよね。どこか近くに停《と》めたのかしら」

「レイエスが三人に吐かせたところによると、おれたちが車を見て警戒しないよう、近くでおろされたそうだ。きみを連れていくにはおれのSUVを使うつもりだったらしい」

口のなかが乾いた。「わたしだけ？　あなたもでしょ？」

ケイドは目をそらした。「連中はおれに用はない、ハニー。おれは邪魔なだけだ」

そんな。つかつかと歩み寄ってつま先立ちになり、言った。「命を狙われてるのに、なんとも思ってないみたいな態度はよして」

長いあいだ、ケイドは視線をそらさなかった。「状況はわかってるだろう。これ以上、おれからなにか言う必要はない」

やめて！　恐怖に押されてケイドから離れた。考えるために距離が必要だった。たったいまほのめかされた可能性の忌まわしさを薄れさせてくれるなにかが。

けれど離れすぎる前にケイドにつかまえられて腕のなかに引き寄せられ、逃げようとしても抱きすくめられた。「自分は命を脅かされても平気なのに、これを受け止められないのはどうしてだ？」

ほとんどヒステリックな笑いが漏れた。「これって、あなたが死ぬこと？　無理よ、絶対に受け止められない」

ケイドの声がやわらいだ。「おれが死の危険にさらされてるように見えるか？」

いいえ。あの三人組にも、まるで子どもが相手であるかのように対処した。けれど敵の全員があんなふうだとも思えない。「あなただって無敵じゃないのよ」

ケイドがほほえんだのを、こめかみで感じた。「わかってる。だがおれはあらゆる状況を想定した高度な訓練を受けてるから、勝率はかならずおれのほうに傾く」

いつか向こうに傾くときまでは。ああ、吐き気がする。

「少し立ち止まって考えてみよう」ケイドに連れられてソファに歩み寄り、並んで腰かけた。「ロブが店を引き受けてくれてるあいだに、アデラが言ったことをすべて聞かせてくれ。一緒に整理するんだ」

ほかにどうしたらいいかわからなかったので、電話がかかってきたときから始めて、ぞっとするような細かな展開を語り、マットックスの捨て台詞《ぜりふ》で締めくくった。

頭のなかで冷静に再現することで、新たな視点が浮かんできた。「向こうはわたしを動揺させたかったのかもしれない」

「もしアデラがやつとグルだとしたらな」

うなずいてケイドの目を見た。「やっぱりわたし、そこのところをたしかめなくちゃ」

「おれたち全員で、だ。罪のない人の命を危険にさらすような真似《まね》はしない。それがなにより重要だ」

そう、その点はすぐにわかった。ケイドとその家族は善良な人たちで、わたし一人ではどんなに願っても叶《かな》わなかったほどに組織立っている。

ますます落ちついてきて、ケイドに尋ねた。「それで、なにか作戦はあるの？」

「ああ。連中をおびきだす作戦だ。あちらのほうが優位だと思いこませておきながら、実際はこちらが糸を引いている」

「いいわね」まるで思考が同じ道筋をたどっていたみたいだ。「つまり、わたしが言ったような感じでしょ？　わたしを餌にするけど、あなたたちがついてるから安全っていう」

ケイドが一瞬、表情を失い、次の瞬間には顔をしかめた。「近いが、餌になるのはおれだ」

「ええ？　だめよ」隅々まで考えたのなら、それではうまくいかないとわかるはずだ。

「あいつら、わたしのことはつかまえたいだけだけど、あなたのことは殺したいんだから」

「きみをおびきだすために、おれを生け捕りにするさ」

「そんなの、わからないじゃない！」

また冷静さを失いかけたものの、短くキスされた。「そろそろ店に戻らなくちゃならないが、約束する。あとで一緒に細かく計画を練りなおして、完全に同意してからでなければなにも行動は起こさない。それでいいな？」

よくはないけれど……それでも譲歩の余地はある。なぜなら、わたしはそんなばかげたことには絶対に同意しないから。実際、この人たちの小さな輪にもう加わっているし、もしかしたらわたしの案のほうがみんなの賛同を得るかもしれない。

渦を巻くお腹に手を当てて、しぶしぶうなずいたものの、心の底では大きな問題に気づいていた。

わたしはもうケイド・マッケンジーを愛している――そして、心をすっかり奪われることほど冷静な思考を邪魔するものもない。参った。

床に倒されたアデラは、あごがずきずきして唇が裂けているのを感じながら、壁際に這《は》っていって寄りかかった。サッカーが静かに入ってきて、マトックスを大きく迂回《うかい》してから、氷をくるんだ布を差しだしてきた。

マトックスから目がそらせないので、サッカーに礼を言うどころではなかった。サッカーもそわそわとマトックスを見て、また大回りして部屋を出ていき、そっとドアを閉じた。

おそらく壊れてしまっただろう携帯電話が、二人のあいだの床に転がっていた。

マトックスはまったくもって手に負えない。その点、フランシスに嘘はつかなかった。

重々しく歩く彼の足の下で床が震えた。

マトックスは室内を二度、行き来して、怒りまかせに家具をなぎ倒してから、アデラの前で足を止めた。「大丈夫か？」

「ええ」その足が次になにをするかわからないので、急いで立ちあがったものの、壁際からは離れなかった。

「あんなことになるはずじゃなかった」

「あなたのせいじゃないわ。悪いのは彼女よ」ほほえもうとしたが、頬が腫れているので難しい。おまけにこうしてにらまれていては……。「彼女があなたを怒らせたんでしょう。わかってるわ」

マトックスが手首をつかんでさげさせ、顔を見た。なにが見えたにせよ、そのせいで嫌悪感に口元をこわばらせた。「つけは払わせる。すべてのつけをな」

約束のような口ぶりに、こう答えるしかなかった。「わ……わかってるわ」

「場所を変えるぞ。早ければ早いほどいい。五分で支度しろ」

のしのしと部屋を出ていく背中を見送った。マトックスはたいへんなかんしゃくもちだけれど、ありがたいことに怒りは長続きしない。そうでなければ、わたしはいまごろ死んでいるだろう。

マトックスがじゅうぶん離れたとわかってから、携帯電話を拾った。画面にはひびが入っているものの、まだ使えそうだ。まあ、かける相手なんていないのだけれど。

「ごめんよ、シュガー。予定が変わった」レイエスは、父パリッシュがさまざまな目的のために購入した十台の車のうちの一台のなかから、フロントガラス越しに古い民家を見つめた。忍耐力はおれのウィークポイントかもしれない。じっとしているのは大嫌いだ。もしも好きにしていいのなら、あの民家に突っこんでいってマトックスを見つけだし、殴り殺してやるのだが。

あいにく、だれもそうしてほしいと思っていないし、なかでも父は望んでいない。男一人を倒すのではなく全体を壊滅させるのが狙いなのだ。とはいえ、張りこみは死ぬほど退屈だった。

「レイエス」彼女が不満そうに言った。「もうディナーの用意を始めてたのに」

正面側の窓に動きをとらえたので、目を凝らしながら上の空で返した。「悪いね、アネット。行けるものならいますぐ行きたいんだけど」

「用事が済んだら来てよ……なにしてるのか知らないけど」

「家族がらみの野暮用さ」双眼鏡を掲げて、もっとよく窓を見る。やっぱり、人影が動いている。「食事は移動中にするしかなさそうだ」

「じゃあ、先に食事しなくていいのね」アネットの声が低くかすれたものになった。「一晩中でも待ってるわ」

「そそられるね」残念だが、気をとられている場合ではない。「遅くなるかもしれないよ」

「着いたら起こして」歌うような声でつけ足した。「裸で待ってるわ」

一瞬、光景が頭に浮かんだ。アネットの金色の巻き毛に色っぽいほほえみ、大きなおっぱいにかたちのいい脚……。「決まりだ」やれやれ、セックスとなるとおれは単純だな。

「真夜中までに片づけば、そっちに行く。だけどもしおれが現れなかったとしても、その刺激的なお誘いに興味がないって意味じゃないからね。わかった?」

「後悔しないひとときにしてあげるわよ」

玄関が開いたので、急いで言った。「きみにはぞくぞくさせられるな。そろそろ切るけど、おれのためにエンジンを温めておいてよ」そう言うと、なにも返す隙を与えずに電話を切った。

四人が出てきた。一人めがサッカー、おべっか使いの虫けらで、銃を手にしたまま巧妙さのかけらもなく付近に目を配っている。

その後ろにいるのがマトックスで……アデラを引きずっているが、あの様子では手首にあざができるだろう。

おやおや。双眼鏡のおかげで、傷だらけのアデラの顔がよく見えた。だれかに殴られたらしい——それも、あまりお手やわらかにではなく。うなだれたアデラの短い茶色の髪はくしゃくしゃで、引きずられるまま肩を丸め、特徴のない黒のセダンに歩いていく。車まで来ると、マトックスに後部座席へ押しこまれた。

その一連の流れに眉をひそめ、どこで風向きが変わったのだろうと考えた。状況判断をやりなおすべきか？

あごをさすり、教わったとおりにすべての情報を整理しなおした。

いや、まだ結論は出さない。もう少し調べがつくまでは。

そう決めると、安全な距離をとって車を尾行しはじめ、そうしながらも自身が尾行されていないかを絶えず確認しつづけた。なぜなら、おれかケイドならそうするから。〝尾行しているつもりが、じつは尾行されている〟というやつだ。

少し経《た》ってケイドに電話をかけた。兄が出るなり、言った。「連中、森のなかのあの山小屋に入ったぞ。コールヴィルの近くのあそこだ」

「度胸があるな」ケイドが言った。「こっちが感づいてることはわかってるだろうに」

「ああ、だけどいい隠れ家だからね。人の動きを見張りやすい位置にあるし、必要に迫られたら、山のなかとか古い炭坑のどれかに身をひそめることもできる。それに、さすがのおれでもあそこは張りこめない。すぐに怪しまれてつかまっちまう」

「いまのところは安全か？」

「ああ、ただ車で通り過ぎた。何度かぐるっと回って、つかまらないようにするよ。そのあと一時間くらい見張って、連中がまた移動しないことを確認する」

「とにかく気をつけろ」ケイドが言った。スターリングにかかってきた電話のことはもう聞いていた。「マトックスはまともな男じゃないし、やつとアデラの関係もいまだによくわからない」

「ああ、そのことだけど……。アデラはだれかに殴られたらしいよ。このあいだとは様子がまったく違ってた。マトックスはアデラを引きずって出てきたし、彼女のほうは怯《おび》えてるみたいだった」

「くそっ」

「同感だ。わかりにくいよ。だけど最初の印象は撤回しようかな、せめてもう少し見てみるまでは——まあ、連中が隠れん坊してるいまは簡単じゃないけどね。マディソンが利用できそうな〝テクノロジーの目〟もないんじゃないかな。というか、Ｗｉ‐Ｆｉだってないかもしれない」

ケイドの返事はなかったが、この静寂は兄が考えているしるしだ。ケイドはそういう男だった。作戦を練るときだろうと悪党を倒すときだろうと、すべてにおいて静かで秩序立っている。兄のそういうところを昔から尊敬しているが、おれはまた違うタイプだ。ケイドなら一日中、張りこみを続けても絶対に集中が途切れないだろう。ときどき不気味なくらいだ。軍隊が兄になにをしたのか知らないが、考えてみればケイドはいつだって少し遠い存在だった。底の知れない、一匹狼《いっぴきおおかみ》。

悲しいのは、兄が女性にも同じ態度をとることだ――が、それもスターリングが兄の人生に突っこんできたことで変わった。考えただけで笑みが浮かぶ。

あの女性はとんでもないサプライズだ。

もちろん、兄が女性を避けて生きてきたという意味ではない。だが真剣な関係だって？　いやはや、たまげた。ケイドを知っている人ならだれにでも、兄がスターリングを〝おれのもの〟と考えているのはわかる。愉快なのは、スターリングのほうも負けないくらい兄を〝わたしのもの〟と思っているらしいことだ。

「スターが心配してる」ケイドの言葉で我に返った。「彼女も状況をよく理解できないから、というのがおもな理由だ。おれは彼女の直感を信じてるから、事態はおれたちが最初に想定したより入り組んでるということなんだろう」

「たしかに彼女は鋭いね」レイエスは言い、方向転換してもう一周するために出口を抜けた。「いいことを思いついた。マディソンが監視カメラ的なものを用意してくれたら、おれが今夜遅くに忍びこんで取りつけてくるよ。町へのおもな出入り口に、でどうかな。たしか未舗装の一本道だったろ？　そんなに難しくないと思うんだ。それができたら、たとえマトックスが根城を出たとしても、こっちには注意喚起されるってわけだ。もしマディソンが超ハイテクのなにかを持ってれば、やつが一人で出てきたのか、アデラも一緒なのかさえわかるかもしれない」

「いい考えだ。急いだほうがいいな。おれからマディソンに頼もうか？」

「で、またおれに伝言ゲームするって？　いや、とっくに退屈しすぎて涙が出そうなくらいだから、おれから連絡するよ」

この不平にはノーコメントのまま、ケイドが言った。「じゃあ、こっちにも状況を伝えてくれ。断っておくが、一時間ごとに、くらいの意味だぞ。スターはだれかを心配することに慣れてないんだが、いまはおまえを心配してる」

両眉が飛びあがった。「まじで？」ゆっくり笑みが浮かんだ。「へえ、やさしいじゃん」

「連絡しろよ」ケイドがまた命じた。「マディソンがなんと言ってたかも知らせろ」

「了解」家の前を車で通り過ぎると、ちょうどサッカーが出ていくところだったが、じゅうぶん近くだったので、たしかに一人だとわかった。じゃあ、マトックスとアデラは町のどこかでおろしたのか？　それとも山のなか？　移動手段もない場所に？　あるいは、サッカーは単に用事で出かけるだけ？

妹に電話をかけて状況を説明し、懸念とともにつけ足した。「このあたりは明かりがあんまりない――」

「わかってるわ」マディソンの声は、ばたばたしているように聞こえた。

「たぶん三台は必要だ」

「なるほど」妹が熱っぽく答えた。「オッケー、カバーした」

「おれが一瞬で取りつけられるやつじゃないとだめだ」

「数分くれれば、三台とも起動させられるわ」

「くれればって――おい」マディソンを物理的に関与させるわけにはいかない。「設置するのはおまえじゃないぞ」

「わたししかいないでしょう。兄さんは見張ってて。兄さんがここへ来るには四十五分かかるけど、わたしは五分で出発する。近くなったら連絡するから、どこかで落ち合いましょう。一緒に忍びこんじゃだめっていう理由はないものね」

テクノロジーの話となると妹はいつも突っ走ってしまうのだが、レイエスとしては、妹をマトックスに近づかせるなどまったくもって気が進まなかった。「落ち合ったら、やり方をおれに教えろ」

「じゃあね～」マディソンは歌うように言い、電話は切れた。

「おれの話を……」仕方なく、やり場のない思いを呑《の》みこんだ。三台のカメラをどこに設置するのがいいか、先に決めておけば、自分もマディソンもすぐにその場を離れられる。知る必要のあること、妹にとってもっとも危険ではない方法を考えながら、まずは線路脇の柱を選んだ――この道を行き来する全員をとらえられるだろう。二つめは電柱がよさそうだが、人目につかない高さに設置するには車の上に立つ必要がある。となると、マディソンには任せられない。

古びた教会のひさしの下は三つめを設置するのに最適だ。あそこなら、山からの狭い道をおりてくる全員を収められる。だが、マディソンにそれをやらせるか？　あの妹を止められるか？

無理だな。

それでも、妹の安全はなんとしても守る。慎重に慎重を重ねよう。となると余分に時間がかかるだろうが、そこはなんとかするし、アネットにも我慢してもらうしかない。

頭のなかですべて解決してしまうと、車を南に走らせて次の出口を抜け、一キロ先の右手にガソリンスタンドを見つけたので妹に電話した。

「向かってるわ」マディソンが言う。「どこで落ち合う？」

場所を伝えてから、もう一度、説得を試みた。「カメラはおれが取りつけるからな」

「レイエス」うんざりした口調で名前を呼ばれた。「きちんと接続されてるか、ちゃんとアクセスできるか、いろいろ確認するために自分の目で見なくちゃならないの。三台とも動体検知式だけど、それでも動物とか鳥とか、風に揺れた木の枝なんかで作動しちゃうかもしれないの。サーバーに記録されて、外部からは侵入できないデータを遠隔で整理できれば、ごちゃごちゃのフィードに悩まされなくて済むの」

レイエスは目玉をぐるりと回して言った。「いまのは全部、理解不能だ。おれが話してるのは実際にカメラを取りつける作業――」

「ちゃんとしたやり方じゃないとだめなんだってば。いいから兄さんは周りを見張ってて」

「おまえ、ケイドに負けないくらい強情だな。気づいてるか？」

「それはどうも」笑いを含んだ声でマディソンが言った。「愛してるわ、兄さん。じゃあ、あとでね」そしてまた一方的に電話を切った。

妹ってやつは、と心のなかでぼやいた。自分が性差別主義者なのはわかっている――それがかわいい妹のこととなれば、とくに。

マディソンならできるとわかっているか？　ああ、もちろん。おれの助けがあろうとなかろうと、あいつならできると断言できるか？　当たり前だ。

しかし、だからといって妹を危険にさらしたいわけではない。もしも阻止できるなら。

それでもマディソンは止められないだろう。やさしい子だが、マッチョイズムを許さない女でもある。そういうわけで、運転席にもたれてハンドルを指でとんとんとたたきながら、待った。

マディソンは、思っていたより早く着いた。ありがたい。すでに現場を長く離れすぎている。妹はいつもの妹らしさを全開にしてすぐさま指揮をとりはじめたが、運転は兄に任せてくれた。二人で現場に向かうあいだ、マディソンは監視カメラとその可能性についてしゃべりどおしだった。

こちらはほとんど聞き流していた。マディソンを魅了する技術的な細かいことには関心がないし、むしろいまはこの妹をどうやって安全に現場へ出入りさせるかを考えたかった。きっとケイドにどやされるだろう。上の兄のほうがはるかに過保護だ。

幸い、小さな幹線道路から数本離れた通りに停車することができた。人目を引かずに徒歩でコールヴィルに入りこめるほど近い距離だ。マディソンが三台とも設置すると言って聞かないので、二台を取りつけるために妹を肩にかつがなくてはならなかったが、マディソンは驚くほど手際よく、音も立てずに設置を終えた。少し調節しただけで完了だ。

地面におろしてやると、マディソンがささやいた。「あとはわたしのデバイスに接続すれば、データを家に転送できて――じゃじゃーん、わたしはここに目を持てるわけ」

「めちゃ賢いな」上の空でつぶやきながらも、薄暗い周囲には常に目を光らせた。じつに静かで、ねずみ一匹いない。

うなじの毛がぴりぴりする。

もしもマディソンが一緒でなければ、少しあたりをうろついて、どこにマトックスがひそんでいるのか、アデラは無事なのかを探るのだが。

しかし妹が一緒では冒険できない。「行こう」マディソンの背中に手を添えた。妹のほうが歩調がゆっくりだし、足元は石や瓦礫《がれき》が多い。

車まで戻ると、二人ともすばやく周囲を見まわして、だれにも尾行されていないのを確認した。マディソンが携帯電話の懐中電灯機能をオンにして、後部座席に人が隠れていないことだけたしかめてから、明かりを消した。

ヘッドライトをつけないまま、ゆっくり車を走らせて、州間高速道路に合流した。そこでようやくライトをつけると同時に、ふうっと息を吐きだした。「おまえの車まで乗せていくよ」そこから家までは車でついていく。念のために。

アネットのことはどうするか。どうするにせよ、妹の安全が優先だ。

途中で何度かケイドに報告したところ、案の定、兄上さまはマディソンを現場に関わらせたことでおかんむりだった。電話で兄の声に耳を傾けたものの、同意見だったので、とくに返す言葉はなかった。「言いだしたのはおれじゃないよ」

それでも兄の怒りは収まらなかったが、その口ぶりは失望した父親のようだった――そんなの、二人もいらないのに。「もしまたこういうことになったら兄貴に電話するから、そのときは兄貴が説得してよ」

ケイドは鋭く息を吐きだしたが、ひとことだけ言った。「今夜は気をつけろ」

天を仰いで返した。「うん。そっちも」

そこから長くてつらい二時間を経て、やっとアネットの家の玄関にたどり着いた。外の明かりをつけておいてくれたのを見て、笑みが浮かぶ。鍵は持っているので、自分で開けて、音もなく入っていった。

おれと違って、アネットは人を信用しすぎる。

なにがあっても、おれは家族以外の人間に鍵を渡さない。

一歩入って、玄関ホールの明かりをつけた。家のなかは静まり返り、危険な気配はどこにもない――いつもチェックするポイントだ――ので、靴を脱ぎ、廊下を歩きだした。

寝室のドアは開いており、玄関ホールからのかすかな光で、ベッドに横たわっているすらりとした体が見えた。うつ伏せになっていて……約束どおり、裸だ。

もう股間が固くなるのを感じながら、シーツの端をつまんで、ベッドの足元のほうにゆっくり引っ張った。アネットが横向きになってみずみずしい体を丸めたのは、暖をとろうとしてだろう。

大丈夫、すぐにおれが暖めてやる。

曲線美の体を見つめたまま、財布を取りだしてナイトテーブルにのせた。そのとなりにそっと銃を置く。続いてナイフも。アネットは武器に触らないことを心得ているが、それでもかならず遠ざけるよう心がけていた。シャツを脱いで椅子に放り、ジーンズのフロントボタンをはずしてファスナーをおろした。

アネットが目を開けて、眠気混じりの甘い声で名前を呼んだ。「レイエス？」

「ほかの男を待ってた？」だとしたら、長居は無用。

アネットが仰向けになってささやいた。「来て」

「仰せのままに」服を脱ぎ終えて、彼女のとなりに滑りこんだ。

このごろ会いに行く女性三人のうちで、アネットがいちばん愛情深い。実業界の大物であるキャシーは、突然のセックスの誘いや遅刻は厳禁だ。アネットと違って、いつでも来てとは絶対に言わない。

リリは、自分がその気になると電話をかけてくる。こちらの予定が空いていれば、ラッキー。そうでなければ、次の男に移るだけ。

アネットも同じことをするのだろうが、あなたが最高だといつも言ってくれる。そしてセックスのあとは、一緒にのんびりするのが好きだ。べたべたとしつこいのではなく――それは三人ともで、さもなければ会いに行かない――ただ、ちょっとくっついているのが楽しいのだ。

今夜はおれもそいつを楽しもう。

アネットが胸板を撫《な》でおろし、その手をまっすぐ股間に向かわせた。「あら、もうわたしが欲しかったの？」

「玄関を入ったときから欲しかったよ」

アネットがやわらかな声で笑いながら胸板に、腹筋にキスをして……ゆっくり下へおりていった。

アネットは極上の口を持っている。つまり、おれの夜は昼よりはるかに価値あるものになりそうだということだ。

15

今朝はレイエスのジムを見せてもらう約束なので、スターリングはわくわくしていた。彼のジムもまた〝マッケンジー・オペレーション〟の一側面だし、できるかぎりのことを知りたかった。

これでケイドの父親とのあいだのぎくしゃくも薄れるといいのだけれど。なにしろ、あの男性との関係性は改善が必要だ。

関係。ケイドとの関係。ケイドの弟妹との、ケイドの父親との、頼もしきバーナードとの関係。それらすべてを胸に抱きしめて、続くかぎり慈しんでいたい。

これまでも出かけるときは常に用心していたが、いまやその警戒レベルはケイドによって新たな高みにのぼっていた。昨日、襲われたのもまずかった。隅々まで注意を払ってくれるのはうれしいけれど、間違いなく彼の傷に負担がかかっているはずだ。今朝、経過をチェックしたときにケイドの父親はいい顔をしなかったが、かといって、彼は子どもを溺愛するタイプでもない。むしろ気難しい司令官だ。

昨夜はバーからの帰りにアパートメントに寄って荷物を少し拾い、それからケイドの父親の家に向かったので、倍の時間がかかった。尾行されていないことを確認するため、ケイドが二度、来た道を戻ったからだ。ベッドにもぐったときには疲れ果てていた。とはいえ、ケイドが服を脱いで寄り添ってきたときには、そんな疲れも吹き飛んだ。熱くて固い肉体が強い関心を示してきたときには。即座に応じて、めくるめく快楽を味わった。

けれど今日は、睡眠不足のつけが回ってきたようだ。

このあとに待ち受けているのが楽しいことでよかった。

ジムの正面側の大きな窓から内部が見える。レイエスがマットの上に立ち、男性二人を指導していた。身に着けているのはショートパンツとレスリングシューズだけで、その見た目がいいことは認めざるを得なかった。

「レイエスはなにを教えてるの?」

ケイドが肩をすくめた。「基本的な防御じゃないかな」

窓越しに見ていると、男性二人が構えの姿勢をとった。レイエスは指導を続け、ついには男性二人ともがレイエスにかかっていった。

レイエスが片方の肩をさげて二人のうちの重たいほうを投げ飛ばしたさまに、スターリングは感心して両眉をあげた。レイエスは間を置かず、もう一人に足払いをかけた。ケイドの弟が立ったまま指導を続けるかたわら、倒された男性二人は肩で息をしていた。楽しくて笑ってしまった。

「おもしろいか?」ケイドが肩を抱いて、ドアのほうにうながした。「もう少し見ていてもいいし、器具を使ってもいい」

やるより見ているほうが楽しくて、首を振った。「運動用の服装じゃないから」

「ドレスコードはないぞ、ベイビー」ケイドはそう言うと、いまではしょっちゅうやるように、やわらかなコットンTシャツの上から背中を撫《な》でおろして色褪《いろあ》せたジーンズのお尻の部分まで到達し、ヒップのふくらみを軽く味わった。「足元以外は問題ない。そのブーツさえ脱げばマットにあがれる」

こんなふうに触れられることにもいつか慣れるだろうけれど、時間がかかりそうだ。この男性にどれほど深く影響を及ぼされるかを隠しつつ、尋ねた。「あなたもああいうのは詳しいの?」

「ああ」

たくましい体に寄りかかって、言った。「だったらあなたに教わりたい」

ゆっくり浮かんだ笑みにはぞくぞくさせられた。「喜んで」

彼の脳みそもこちらと同じくらいセックス中心に回っているのだとわかって、うれしかった。

ジムの正面ドアにかかった札には、〝飛びこみ歓迎。ただしご希望の器具が空いているとはかぎりません〟と記されていた。

一歩なかに入った瞬間、理由がわかった——大にぎわいだった。

思っていたよりも広くて、いたるところに活気があり、十代後半から六十代前半くらいまでの男女が汗を流している。

奥のほうには補強された天井から重そうなサンドバッグがさがっていて、さらに奥にはパンチの練習用のスピードバッグもある。それらを使っているのはおもに若い男性のようだ。片側の壁際にはエアロバイクが並び、女性や年配者が多く利用している。反対側の壁際に置かれているのはウェイトやバーベル、数台のベンチだ。ベンチプレスをやっている男性の一人はやたらと腕が太くて、脚の細さに比べると異様さが際立っていた。

ケイドが耳打ちした。「バランスが悪いだろう。レイエスが説得しようとしたんだが、彼はあのエクササイズしか頭になくて、ほかのことはしないんだ」

その説明に少しあきれて息を吐きだし、女性はどうかと周囲を眺めた。おしゃれに見せることが重要らしき数人は、かわいいウェアに身を包んでおしゃべりをしている。それ以外は純粋にワークアウトのために来ているのだろう、髪はヘアゴムやクリップでまとめて、Tシャツやスポーツブラは汗まみれだ。

ぶかぶかのスウェットパンツに大きすぎるTシャツ姿の、一人の女性が目にとまった。

肩までの金髪を幅広のヘアバンドで押さえて、耳にはイヤフォンをはめ、首を鳴らしながら重たいサンドバッグに歩いていく。指先のない手袋とすね当てを装着していた。傍目《はため》には気合いの入りすぎた格好に映るけれど、本人はまったく気にしていないらしい――そこに感心した。

「ちょっとレイエスと話してくる」ケイドが言った。「一緒に来るか？」

「いまは見て回りたい」兄弟がなにを話すにせよ、ケイドがあとで教えてくれるはずだ。そんな必要もないのに、レイエスに苛立《いらだ》たせられるかもしれない危険を冒すことはない。

ケイドがしばし見つめて、言った。「おれの目が届く範囲にいろよ」頬に触れる。「ここにいる人間はおそらく問題ないだろうが、レイエスも全員を知ってるわけじゃないし、おれもいまは賭けをしたくない」

「だれかがわたしを引きずって正面入り口から出ていったら、気づくんじゃない？」

ケイドが指を広げて髪にもぐらせ、頭を抱いた。「裏口が二つある。一つは休憩室、もう一つは廊下の先のトイレ近くに」

なるほどね。もしトイレに行って、何者かが待ち伏せしていたら……。「あなたがそうするなら、わたしも目の届く範囲にいるわ」約束して分かれた。

先ほどの女性がなぜか気になった。ケイドに言われたとおり、わたしは直感が鋭い。そして、わたしのなかのなにかが叫んでいる――あの女性は問題をかかえていて、話しやすいだれかを求めているのでは、と。

こういう印象は、助けた女性によく感じてきた。相手の気持ちを読みとるのは得意だ。いつ、なにを言うべきか、踏みこむべきかじっと待つべきかを判断するのは。

考えてみれば、アデラにはそういうつながりを感じなかった。少なくとも、常には。サンドバッグが一つ空いていたので、試しにそっと押してみた。例の女性は、となりでサンドバッグに地獄を見せはじめた――こちらを完全に無視して。目の前のサンドバッグをいじめることだけを考えているようだ。いくら女性がすね当てをしていても、つい顔をしかめてしまった。

向こうがイヤフォンをしているので、気さくに〝ハーイ〟と声をかけることもできず、立ち去るしかなかった。それでも視線はくり返し、ワークアウトをする彼女にちらちらと戻っていった。じつに熱心で、じつに集中しているから、感心しないわけにはいかなかった。

そして、心配しないわけにはは。

十五分後、理解するには複雑すぎる、奇妙な見た目の器具をなにげなく触っていると、ケイドとレイエスがやってきた。

いらいらさせられる男性を避けていられるのもここまでか。

まあ、そのいらいらの種がここまで肌を露出しているいまは、無視するのも容易ではないけれど。

そんな思考を読んだのか、レイエスが歌うように言った。「やあ、スターリング」

天を仰いで彼のほうを向いた。「どうしたの、トラブルメーカー？」

レイエスがにっこりした。「休憩室に行こう。冷たいものが飲みたいんだ」

「その前に……」ケイドの弟を巻きこみたくはないけれど、もし彼があの女性を知っているなら、この心配を取り除いてもらえるかもしれない。「ねえ、露骨に見ちゃだめよ。だけどあそこの奥にいる女性、サンドバッグを蹴り殺そうとしてる彼女、わかる？」

男性二人が興味もあらわに、言われたほうを向いた。

「二人とも、なに考えてるの」腰に両手をついて兄弟をにらんだ。「露骨に見ちゃだめって言ったのに、同時に見るなんて」

「見なきゃだれのことかわからないだろう？」ケイドが言う。「それに、同時に見るなとは言われてない」

また天を仰いだ。

レイエスは女性を眺めたまま、尋ねた。「彼女がどうしたの？」

ケイドが眉をひそめ、あらためて女性を眺めた。「なにかがおかしい」

そのとおりとうなずいた。「恐怖に突き動かされてるのよ」

しばし観察してから、レイエスは静かに悪態をついた。「ほんとだ」

やはりわたしの妄想ではなかった。「彼女のこと、知ってる？」レイエスは肩をすくめた。「ここに来るようになって一カ月くらい経《た》つけど、だれとも話をしないんだ」

「つまり、知らないってこと？」

レイエスが唇を引き結んだ。「知らない」

「ふうん」なにかしら反撃されるかと思ったが、レイエスはただ不機嫌な顔になっただけだった。わたしに腹を立てたの？　違う、彼自身にだ。少し探りを入れようと、言ってみた。「彼女には言い寄ってないのね」

さすがに怖い顔でにらまれた。「ここはおれのジムだよ。おれのことをどう思おうと勝手だけど、楽しみはよそで得るようにしてる」

そのまじめさに、わざと怒らせるようなことを言ったのを少し申し訳なく思った——ほんの少しだけ。「良心の呵責《かしやく》ね。すばらしい」ケイドのにやにや顔とレイエスのしかめっ面を感じながらも、女性のほうに向きなおった。「彼女がここに来るのは健康のためじゃないし、筋肉をつけるためでもダイエットのためでもない。人を傷つける方法を学びに来てるのよ」

ケイドがちらりと弟を見た。「言っただろう？　彼女は鋭い」

「否定したことはないよ」レイエスが両手を腰について、尋ねた。「攻撃の動きを学びたいなら、どうして指導を求めないんだ？」

「たぶん、あなたがそんな見た目だからじゃない？」そう言って、あごでレイエスの体を示したが、そうしながらも、汗ばんだむきだしの上半身を鑑賞せずにはいられなかった。関心があるからではなく、純粋にすばらしい肉体だから。

とてもすてきなピンヒールにそそぐのと同じような視線を向けてしまう。かたちに見とれはするけれど、実際に履きたいというわけではない。

レイエスがかかとに体重をのせて、尋ねた。「それはいったいどういう意味？」

「あなたは怖いのよ」ケイドと同じで、レイエスも全身筋肉だ。過剰ではないが、だれが見てもはっきりわかるくらいに。目はマディソンと同じ榛《はしばみ》色で、ケイドのあざやかなブルーではないけれど、それでも兄弟は似ている。

身長もケイドと同じくらい高いが、黒髪は兄よりやや長くて、態度も兄ほど抑えめではない。

「きみは怖がったことないだろ」レイエスが指摘する。

笑顔で返した。「わたしは並の女性じゃないもの」

「たしかに」ケイドが笑ってかたわらに引き寄せた。「きみは並以上だ」

レイエスがうめいた。「そんなふうにいちゃいちゃされると吐き気がしてくるな」

「そうなの？」意地悪な気持ちが目覚めた。「じゃあ、あなたに嫌がらせをしながらすてきな見返りを手に入れる方法が見つかったってわけね。うれしいわ」言いながらケイドに寄り添って、指で胸板をのぼっていった。

「おいおい、ここはまっとうなジムで通ってるんだぞ」レイエスが怒ったふりをして苦言を呈した。「前戯ならよそでやってくれ」

ケイドが弟に手を伸ばしたが、レイエスはひょいとかわして、スターリングに尋ねた。

「つまり、この体格のせいで彼女はおれを遠ざけてるって言いたいわけ？」

そう尋ねたのは、本当に知りたいからか、それとも兄といちゃつくのをやめさせたいからか、わからなかったけれど、お楽しみは二人きりになったときのためにとっておくことにした。

「あなたは大きいでしょ」簡潔に答えた。

兄弟がにんまりしたので、なにを考えているのかがわかった。

赤面しそうになるのをこらえて、レイエスが口を開く前に続けた。「でも、単に背が高くて筋肉質っていうだけじゃない。あなたって、その……性的魅力がある？」少し考えてから、首を振った。「あんまりいい表現じゃないけど、言いたいことはわかるわよね」

兄弟にじっと見つめられて、また天を仰いでしまった。「男性に対して苦手意識のある女性は、あなたみたいな自信家タイプには近づきたがらないの」

ますます機嫌を損ねて、レイエスが言った。「言っとくけど、このままのおれが好きって女性ならたくさんいるよ」

「でしょうね」くすりと笑った。「要するに、そういう女性があなたを見たくなるのと同じように、彼女は携帯の動画なんかを見たいのよ。というか、たぶんそうしてるんだと思う。ほら、携帯の画面をのぞいては構えを直してるでしょ?」

ケイドがうなずいた。「動きを真似《まね》ようとしてるが……正しくできてない。直接の指導なしでは難しいからな」

女性に視線を戻していたレイエスの脇腹を、スターリングは肘で小突いた。「ほら、あなたが申しでなくちゃ」

「いてっ」レイエスは顔をしかめて脇腹をさすった。「かもしれないけど、いまじゃないな。ほら、出ていく」

大っぴらにならないよう気をつけながら見ていると、女性は木製ベンチのそばに置いていたダッフルバッグに歩み寄っていった。ミネラルウォーターのボトルを取りだして長々と飲んでからボトルをバッグに戻し、今度は小さな青いタオルを引っ張りだして顔と腕の汗を拭う。それからイヤフォンをはずして携帯電話からコードを抜き、防具を取り去って、すべてをバッグに収めると、前ポケットから鍵を取りだしてドアのほうに歩きだした。

兄弟のしかめっ面から察すると、二人もわたしと同じでこれ以上待ちたくないのだろうが、レイエスの言ったことは正しい——いま呼び止めるのはよけいなお世話だ。とりわけ、この時点でもう彼女は……びくびくしているとまでは言わなくても、人と関わりたがっていないように見えるのだから。「また来ると思う?」

「この一カ月、毎日来てる」レイエスが言った。「だから、きみがそんなにじろじろ見て彼女を怖《お》じ気《け》づかせなかったら——」今回は肘鉄をよけて、笑いながら言った。「——また来ると思うよ。おれのほうは、指導を申してるうまい方法を考えておく」

「ありがとう」ケイドを見あげて、尋ねた。「兄弟のおしゃべりは終わった?」

ケイドがうなずいて、手を取った。「ジムのなかを案内しようか? それとも、もう帰りたいか?」

「案内して」レイエスに向けてつけ足す。「ところで感心したわ。ここはすごくいいジムね」

素直なほめ言葉にレイエスは自身の胸をつかんでよろめくふりをしたが、こちらが向きを変えると隙ありとばかりに髪をくしゃくしゃにしてから、先に立って歩きだした。早くわたしに見せて回りたいの? どうやらそうらしい。ケイドの弟のことが少しずつ好きになってきた——少なくとも、彼の言動を大目に見ることを覚えてきた。

先頭を歩くレイエスの後ろ姿は、文句なしにみごとだった。もちろんケイドにはかなわないけれど、周囲を見まわすと、何人もの女性がこちらを見ている。彼女たちの目にわたしは映っていない——視線はすべてケイドとレイエスに釘《くぎ》づけだ。

そんななか、わたしはここにいる。二人の男性のあいだに。

考えてみると、悪くない居場所だ。

翌朝、体にぴったりしたショートパンツにタンクトップ、履き古したスニーカーというでたちのスターは様変わりして見えた――食べてしまいたいくらいに。ケイドが見ている前で、長い髪を頭のてっぺんでまとめる。この女性から目がそらせない。なにをしていても、どんな服装でも、どうしようもなく心を奪われるのだ。

それがこんな装いをされてしまっては――体にフィットした服の下でボディラインがくっきり描きだされ、あの長く引き締まった脚がさらけだされて……。おれは聖人ではない。ほど遠い。いまはスターを部屋に連れ戻して、二人とも裸になりたい。

手に入れれば入れるほど、ますます欲しくなる。

まるで依存症だ――おれが陥った初めての依存症。なぜなら悪徳は避けてきたから。だが、スターだけがもつ特別なセックスアピールに溺れるというこの悪徳だけは、避けようという気にもならなかった。

今日はここ、父のプライベートジムでスパーリングをし、彼女の能力を見定め、すでに習得できていることは微調整して、新しい技術をいくつか教える予定だ。

なにより重要なのは、スターが自衛できるようになること。もしおれになにかあったときは――ありえないが、この仕事をしている以上、可能性はゼロではない――スター一人でも大丈夫だと知っておく必要がある。

「めかしこむのはそこまでにしろ」怒らせると知りながら言った。「だれかが攻撃してきたら、髪を整えてる時間はないぞ」

スターは鼻で笑ってマットの中央に進んだ。「いまの言葉、後悔しても知らないわよ」

ケイドは笑みをこらえて自身もマットにあがり、飛んできたこぶしをやすやすとかわしてスターを仰向けに倒した。

機嫌を損ねるどころか、スターはこちらを見あげてほほえみ、おどけて言った。「おみごと」

彼女の態度には少しずつ慣れてきた。この女性は、ケイドだろうとだれだろうと、自分以外の人間がコントロールを奪おうとすると怒るが、新しいことを学ぶのにはいつも意欲的で、指示されるのもいやがらない。

仰向けに倒されるのも。

助け起こそうと手を差し伸べた。「今度はきみがやってみろ」動きを実践してみせて、どのタイミングで引き、手と足と体をどう連動させるかを示すと、三度めの挑戦で成功した。

「よくできた」ほめながら立ちあがる。「おれのほうがずっと大柄なのに」

スターの唇がよじれた。「できるように手加減してくれてるから」

「できるかどうか、確認しなくちゃならないからな。指導してるあいだはそれがいちばんなんだ。心配するな、じきに手加減なしでやる。一度に一歩ずつ進もう。いいな？」

「あなたがそう言うなら」構えをとる。「こっちはいつでもいいわよ」

それから一時間、みっちり鍛えると、スターの動きもはるかになめらかになってきた。この女性は何度マットに倒されても、ふてくされたり怒ったりしない。お尻を払って、適切な質問をし、もう一度挑戦する。

そのガッツにますます彼女が欲しくなるのだから、おかしな話だ。

スターがうめいて仰向けに転がった。「やっとわかってきた気がする。我慢強く教えてくれてありがとう」

驚きだ。いったい何人の女性が――それを言うなら何人の男性が――くり返し投げ飛ばされたことに礼を言うだろう？　スターが特別なのは彼女の使命が特別だからで、それはまったく思いがけないことにおれの使命ときれいに一致した。欲情させられる女性とそんなところで意気投合できるなど、まさか思いもしなかった。

スターが高度な訓練を望んでいるのは、それがどんなに困難でもきちんと攻撃と防御ができるようになって、困っている人を助けるためだ。その勇気にも粘り強さにも感心させられた。

としてたわよ」

「もしもし」スターがおどけた口調で言った。「やっほー、ケイド。起きてる？　ぽかん

思いを払おうと首を振り、スターのとなりにしゃがんで、目の前の問題に戻った。「今日は一つの動きを教えた。これから毎日練習して、いろんな動きを体にたたきこんでいこう。自動的であるのが理想だ。だれかが行動を起こしたとき、できれば頭で考える前に体が勝手に動くようになるのが」

「あなたはそうってわけね？　このあいだ、バーで襲われたときも。どんな動きもすごく簡単そうに見えたから驚いたわ」

汗まみれのタンクトップが胸のふくらみに張りつき、汗で光る平らなお腹がショートパンツのウエスト部分からのぞいているさまに視線を奪われ、気がつけば股間が反応していた。

「あれはいい例とは言えないな。あの三人組はまったく歯ごたえがなかった。訓練を積んだ相手なら、少しは手こずらされるだろう」

スターの口角があがった。まだ息をはずませたまま、こめかみから髪を払って尋ねる。

「手こずるけど、倒せなくはない？」

自身の能力のこととなると、謙虚ではいられない。「おれは強いからな」

スターが声を落とし、甘くささやいた。「あっちのほうもね」

だめを押された。手を伸ばしてつかまえようとしたが、スターは覚えたばかりの動きを活《い》かして突進してきた。

笑いながら応戦し、すかさずつかまえて仰向けに倒すなり、上に重なって腰に腰をこすりつけた。肘で体重を支えながら、両手で胸のふくらみを覆う。

スターがうっとりした目になって尋ねた。「これも重要な動き？」

「もちろんだ」答えて唇をむさぼりはじめると、特訓のことなど頭から消えた。スターはいつも極上の味がするし、いまは体を動かしたせいで香りが際立っている。それを吸いこむと、急に押し寄せてきた欲望がいっそうかき立てられた。

のどにキスしはじめたとき、スターがささやいた。「じゃあ、教えてくれるのがあなたの弟じゃなく、あなたでよかった」

レイエス？　とたんに激しい嫉妬がこみあげて、上体を起こしてスターをにらんだが、にまにま顔が返ってきただけだった。そういう冗談は禁止だと言っておかなくてはと、口を開くと――

隙を逃さずスターがこちらを横倒しにして、腰に馬乗りになってきた。

勝ち誇ったように笑いながら言う。「冗談よ、ばかね」

「笑えないぞ」

スターはますます笑うだけだった。「愛と戦《いくさ》においてはすべてが公平なの」

その表現について考えながら、ウエストをつかまえてじっとさせ、尋ねた。「おれたちはどっちだ？」

スターの顔から表情が消えた。「それは……」

いまは尋ねるべきではなかったかもしれない。おれたちの関係について、スターはまだ積極的に触れようとしないのだ。ゆっくり進まなくてはいけないとわかっていた。心のゆとりを与えなくてはいけないと。

だがそれは、日を追うごとに難しくなっている。

いまはただゆっくりほほえんで、またスターを仰向けで押し倒した。「きみはちょろいな」

「ずるい人」そう言ってぴしゃりと肩をぶった直後に青ざめて、そっとシャツの襟ぐりを引っ張った。「あなたが怪我《けが》してること、すぐ忘れちゃう。たぶん、怪我してるようなそぶりを見せないからね」

「おれも忘れてしまう。もう痛くないからな」これほどこの女性の近くにいると、肉体的な欲求がほかのすべてを鈍らせる。

またキスしはじめたものの、抵抗された。「だめよ。わたし、汗まみれだもの。先にシャワーを浴びましょ」

どうやら父の家にいることにも慣れてきてくれたらしい。おれには自分の家があると、いずれ打ち明けなくては。まだ打ち明けていないのは、それならここを出なくてはと言われたくないからだった。

もしスターが一緒でなければ、とっくに一人で家に帰っているが、マトックスの最後の脅迫は度を超していたし、アデラについての真相はいまだわかっていない。スターには言っていないものの、その点は近いうちに突き止めるつもりだ。それが、ここにとどまるさらなる理由。おとり捜査中は父の要塞がもっとも安全な場所というだけでなく、もっとも早く情報を手に入れられる場所でもあるのだ。

まだ二人で床に転がっていたとき、ドアが開いてレイエスとマディソンが入ってきた。

二人がからみ合っているのを見て、レイエスが言う。「その防御体勢は有効だと思えないな」

弟には新しい教訓を授けるべきかもしれないと思いつつ、しぶしぶスターから離れた。

スターは立ちあがったが、まだなにも言わない。

「まだガス欠じゃない？」レイエスが彼女に尋ねた。

スターは片方の肩を回した。「たぶんね。どうして？」

「試してみたいんだ」

「やめとく」

「怖い？」レイエスが尋ねた。

スターがゆっくり顔をあげた。「どうしてもって言うならやってもいいけど、カップを着けることを強くおすすめするわ。だってわたし、全力で急所を狙うから」

レイエスが顔をしかめて腰を引き、両手で股間を覆った。「それは正しいスパーリングのやり方じゃないぞ」

「わたしのやり方はそうなの——相手があなたのときはね」邪悪な笑みを浮かべる。「わたしの膝は凶悪よ」片手をこぶしに握った。「こぶしだって負けてない」

「くそっ」レイエスが咎《とが》めるような顔でこちらを見た。「兄貴、彼女になにを教えたんだ?」

にやにやして弟を眺め、降参のしるしに両手を掲げた。「あの敵意を教えたのはおまえだと思うぞ」

「まったく、男の人ったら」マディソンがぼやき、靴を脱いで近づいてきた。「さあ。わたしと一、二ラウンドやりましょう。男子は見てればいいわ」

スターの笑みが消えた。「それはやめたほうが——」

「わたしも訓練を受けてるの」マディソンが言った。「だけど、できたらレディの部分は無傷でいたいから、これをレッスンと考えるのはどう? あとでケイドとレイエスから意見をもらうの。あの二人はそういうことが上手なのよ」

スターが両眉をあげ、確認を求めるようにこちらを見たので、大丈夫だとケイドはうなずいた。「マディソンは素人じゃないし腕も立つから、やってみるといい」そしてレイエスを押すと、弟は危うく転びそうになった。「おれの弟だって、たまには貴重な情報を与えられるんだぞ」

スターが小声でこぼした。「ギャラリーがいるのはいやなんだけど」それでも立ちあがり、ほつれた髪をすばやくまとめた。レイエスを一にらみして言う。「よけいなコメントはなし。必要な事実だけ。いいわね？」

「かしこまりました」レイエスが返し、続けてマディソンに言った。「手加減してやれよ」

スターが大きく息を吸いこんで構え――かかってきたマディソンの攻撃をかろうじてかわした。

ケイドはレイエスのとなりに立ち、次々と攻撃をかわすスターを見つめた。弟に言う。「こうして体格が近い相手と戦うと、おれが思っていたよりうまいな」

「スピードがあるね」レイエスは認めたが、横目でこちらを見て、つけ足した。「だけど自分より小柄なやつに襲われることがどれくらいあるかな？」

たしかに。二人とも背は高いが、マディソンのほうがやや低く、体重もおそらく十キロほど軽い。スターはしっかりした体つきで、マディソンは繊細だ。

妹はその点を、俊敏さと磨きあげられた技術で補っていた。手合わせを楽しむうちに、どちらの女性も兄弟に見られているのを忘れたようだった。

とりわけスターはどんどんエネルギッシュになっていって、何度かは笑いさえした。こぶしや蹴りをマディソンに当て損ねたときも、命中させたときも。

レイエスが近づいて、妹に呼びかけた。「脚が違う。左……そこで右だ」

「ブロックしろ」ケイドのほうはスターに呼びかけた。「そうだ。すぐに動け」

「手が伸びてきたら、つかめ……よし、いいぞ」

スターはマディソンの手首をつかもうとしていたが、マディソンはその動きも反撃の仕方も心得ていた。レイエスの助言どおりに、自身の手でスターの手を固定してくるりと向きを変えると、スターは腕を背後にねじられ、やむなく膝をついた。

ケイドはしばし割って入り、いまの反撃をどうやってかわすか、実践してみせた。そのあと三回ほど、同じ流れを二人にやらせてみると、スターは要領を呑《の》みこんだ。

そこで今度は役割を交代させ、攻撃者を制圧するのに必要な動きをスターが体得できるまで指導した。

「彼女、覚えが早いね」レイエスが言った。

女性たちから目をそらさずに、うなずいた。「生まれながらのサバイバーだ。昔からそうだった」

「ほかに選択肢がなかった?」レイエスがいつもの辛辣なユーモア抜きに尋ねた。

「ああ」上の空で言った。「守りに入ってるぞ、スター、もっと攻めろ。支配するまで逃げようとするな」

今度はレイエスが実践してみせたが、指導者モードの弟のことはスターも不快ではないようだった。

この二人が仲よくやってくれれば、人生は楽になるのだが。レイエスを無視しても、スターにとっていいことはないし、むしろますます挑発が増えるだけだ。これまでのところスターは精一杯の努力をしていて、それゆえレイエスの敬意を手に入れたように見えた。

さらにキックが放たれ、パンチが防がれる。

「別の練習はどうだ?」ケイドは尋ねた。「二人がその気なら、だが」

「いいわね」スターが即座に言い、こりをほぐそうと首を回してから、両手を振ってリラックスさせた。「やるわ」

「わたしも」マディソンが言った。

「レイエスが参加してくれたら、よりよい練習になるんだが」弟をマットに手招きした。

呼ばれたレイエスが笑みを浮かべ、もみ手をしながら近づいてきた。「どっちがおれの獲物かな?」

それを聞いてマディソンが下の兄に足払いをかけると、攻撃を予期していなかったレイエスは倒されたが、すぐさま笑って飛び起きた。妹を指差して言う。「この卑怯者《ひきょうもの》。仕返しが怖いぞ」

レイエスが妹に子どもっぽい脅しをかけるそばで、スターが色濃い目にいたずらな表情を宿し――マディソンの動きを真似したので、レイエスはまた倒された。今度は床に転がったまま、くつくつ笑いながらうめく。「おい、ケイド！　この二人、結託しておれを倒そうとしてるぞ。早くこの練習を仕切ってくれ」

「あなたって最高の獲物ね」スターがいかにも楽しそうに、満面の笑みで言った。

レイエスが助けを求めるようにそちらへ手を伸ばしたが、スターは首を振ってさがった。

「だまされるもんですか」笑って言う。

スターが弟妹ともすんなり馴染《なじ》んでくれたのがうれしくて、彼女を引き寄せて短くキスしてから、三人にやってほしい練習について説明した。「この実演のために、レイエスはおとなしく協力する。そうだろう、弟よ？」

「おれ？　気づいてないかもしれないけど、いま仰向けで倒れてるのはおれだよ？」言いながら立ちあがり、〝かかってこいよ〟と言いたげな顔で女性二人を見た。二人はくすりと笑ったが、その手にはのらなかった。

「レイエスはまず、きみのスペースに侵入する」

「了解」どういう練習かをすぐに察して、レイエスがスターに近づいた――が、スターのほうが後ろに飛びすさった。「おい、つかませてくれないなら実演できないじゃないか」

スターが疑いに満ちた顔でケイドに尋ねた。「どうしてあなたが実演しないの？」

「おれが相手だと、きみがリラックスしすぎる」愛と戦においてはすべてが公平だと冗談を言ったあとのスターの表情を思い出した。そして、考えもせずに自分がこう返したことを――〝おれたちはどっちだ？〟

あのときのスターはいまにも走って逃げだしそうだったし、そこが気になった。なぜならこの女性はだれからも、なにからも逃げたりしないから。

愛――ああ、おれはもうそこにたどり着いているが、どうやらスターはそうではないらしい。

いまはまだ。

いずれ心を傾けさせてみせる。共通の志をいしずえに、二人ならどれほどすばらしい未来が切り開けるかを示して。

そんな目標を心のなかで立ててから、続けるようにとレイエスを手でうながした。

今回、スターは身をこわばらせたが、レイエスが悪漢よろしく体に腕を回して脇にぐいと引き寄せても、されるがままになっていた。

「始めよう」ケイドは言い、拘束から逃れる方法をスターに教えた。レイエスが楽にはやらせてくれないので、何度かくり返さなくてはならなかったが、ついにスターも要領を得た。弟の手首をしっかりつかんで腕の下をくぐり、そうしながら手首を背中でねじりあげる。すぐさま片足をレイエスの尻に当てて前方に蹴りだし、逃げるチャンスを得た……もしも本当に危険に陥っていたら。

マディソンが拍手を送った。

レイエスも手をたたいたが、ケイドは論点をずらさないよう、こう言った。「いまの動きをするときは、できるだけ速く走って逃げる用意をしておくこと。ただし覚えておいてほしいのは、この手が使えるのはすぐに助けを求められる人通りの多い場所にいるときだけという点だ」

「それか、敵がずたぼろ状態のときか」マディソンがつけ足す。「逃げるだけじゃ最善の選択肢とは言えないんだから、現実って厳しいわよね」

「今度は武器を手にしておこうか」レイエスが言った。「それをどうやって奪うか、彼女に見せてやってよ」

スターが興味を示して、息をはずませたまま片手をあげた。「五分ちょうだい。そのあとやってみましょ」

そういうわけで、全員がなんらかのかたちで関わりつつ、練習はさらに一時間続いた。スターは二度、レイエスから模造ナイフを奪うのに成功した。銃の場合も考え方は同じで、いずれそちらも練習することになるだろう。

だが今日のところは、スターが完全に倒れてしまう前に、このくらいにしようとケイドは声をかけた。自分とレイエスはまだ元気だが、兄弟は極限までの肉体的訓練を受けている。かたや女性陣は疲れ果てた様子だ。

スターが膝に両手をついて息を吸いこんだ。「爽快だったわ」

「本当ね」マディソンが言い、やはり息を吸いこむ。「兄たちとやるよりあなたとのほうが練習になったわ」

「スターとおまえなら、ほぼ対等だからな」ケイドは言った。「いいことだが、逆にデメリットもある」

レイエスが前に出て、二人に水を差しだした。「上出来だったよ、スターリング。生まれつきの才能があるんだな。でも、次のときは防具を着けて全開でやってみよう。二人とも、今日は抑えてたからね。ケイドとおれもときどきそんな感じで簡単なスパーリングをするけど、学びたいなら全力でやるのがいちばんだ」

「すてき」スターが言い、水を受けとってごくごくと飲んだ。「防具って、どんな？」

「まずはヘッドガードとフェイスシールドだな」ケイドは言った。「顔にパンチを受ける練習をするときに、鼻の骨が折れたり、あごにひびが入ったりするのを防いでくれる。歯を守るためにはマウスピース。パッドも役に立つ」マッケンジー家はどんなときも自己防衛を重要視する。

「いいわね」スターがようやく姿勢を正し、まだ息をはずませながらもほほえんだ。「備えがしっかりしてるほど楽しめそう」

マディソンもにっこりした。「まったく同感よ」スターにタオルを放った。「何日かやったら、次は射撃の練習もしましょう」

射撃といえば……。ケイドはスターの手を取った。「シャワーはすぐに浴びられるが、その前にもう一つ、見せたいものがある」

建物の反対側へ歩きだした二人のあとを、弟と妹もついてきた。おれたちがここに集まっていることを、父は知っているのだろうか。きっと知っているはずだ――父を素通りできる情報などほとんどないのだから。それでも、スターに武器庫を案内する仲間には加わらないだろう。あとで、おそらくはランチのときに、考えを述べるはずだ――そしてもちろん、善悪の判定も。

関係ない。スターはレイエスとマディソンの仲間になるし、おれが望んでいたのはそれだ。

マトックスの件はじきに大一番を迎える。ここまで、マディソンが絶えず動きを追っていた。いつまでも隠れてはいられないし、そろそろ全員、準備を整えるころだ。

16

よもや思っていなかった――いつか自分がとんでもない豪邸で、最高にタフな三人と殺しの技術を練習することになるなんて。人生では信じられないことが起きるものだと言うけれど……わたしの人生ではこれがナンバーワンだろう。

練習中のレイエスとは楽しく過ごせたし、ケイドはすばらしい指導者だった。ケイドのすることすべてに、ますます魅了された。

そして、マディソンが驚くほど巧みなことには励まされた。なぜならそれは、いつかわたしも同じくらい巧みになれるという意味だから。そう思うと心が躍り、血は歌って、目はむさぼるようにケイドを見つめ、いつまた二人きりになれるだろうと考えてしまった。

いったいなぜ、汗まみれになって腕も脚もふらふらになることで、セックスがしたくてたまらなくなるのだろう？　わけがわからない……と言いたいところだけれど、練習しているあいだに、いま現在〝わたしのもの〟であるあの大柄なセクシーガイと何度も接近するのだ。血の通った女性なら、あんなふうに温かくて盛りあがった筋肉や、熱を放つ肌の得も言われぬ香りや、男の魅力にあふれた堂々たる態度や、生まれながらの自信に、反応しないわけがない。ケイドは非の打ちどころのない、おいしそうな男性だから、食べてしまいたくなるのもむしろ当然と言える。

後ろには彼の弟と妹がいるし、わたしはシャワーを浴びなくてはならないけれど、ケイドがもう一つ見せたいものがあるというのなら、ここはおとなしく従おう。こちらは貴重な動きをいくつも教わって、すっかり甘えてしまったのだから。

ケイドに連れていかれたのは、いくつかの木箱と収納ボックスが積まれているだけの空間で、ほぼがらんとしているように見えた。壁には石膏《せっこう》ボードが使われておらず、間柱がむきだしだ。

見せたいものというのは箱のどれかに入っているのだろうかと考えていたとき、ケイドが床の隠しレバーを押すと、壁の一部がさっと開いて、断熱材の向こうにもう一つの部屋が現れた。

目を丸くしてゆっくり入っていき、室内を見まわした。なんてこと。隠し部屋は広くはなく、二・五メートル四方といったところで、実用的な設計だ。リノリウムの床、コンクリート壁……そしてずらりと並んだ武器。「あなたたち、武器庫を持ってるの?」

「おれたちなりの備えだ」ケイドが返した。

「まるで戦争ね」皮肉として言ったのではなく、畏怖の念に打たれていた。奥の壁に沿って歩き、ありとあらゆるモデルのライフル、リボルバー、ピストルを眺める。手榴弾《しゆりゆうだん》、発煙筒、閃光《せんこう》爆弾。ロングナイフ、飛びだしナイフ。テーザー銃、棍棒《こんぼう》。さらにはヘルメット、ボディアーマー、迷彩服、ユーティリティベルトまである。「驚いた」別の壁には、いくつもの棚に弾薬がぎっしり詰まっており、かなり先まで不足することはなさそうだった。

マディソンとレイエスはこの案内をケイドに任せるつもりなのだろう、脇にさがって静かにじっと見守っていた。

そうしてくれてよかった。まあ、ケイドと二人だけならもっとよかったかもしれないが、それはありえないとわかっていた。この三人は難癖をつけ合ったりするけれど、仲のいい兄妹だ。おそらく、互いを守っているからだろう。

「すっかり魅了されちゃった」三人を安心させたくて言った。「それに感心した。全部使ってみたいわ」室内を回って、ケイドの前で足を止めた。「どうしてわたしにここを見せたの？」

肩にケイドの両手がのせられた。「おれたちはなに一つ偶然頼みにしない。だからもし、マトックスが早急に動きを見せないなら、おれたちのほうからアデラを捜しに行く。きみが自分で自分を守れるとわかっておきたい――おれがそばにいて守ってやれなくても大丈夫だと」

ああ、なんてやさしいの。意外なことに、侮辱されたとは思わなかった。すでにわかっていたこととはいえ、戦闘においてはケイドのほうがはるかにすぐれていると、今日の練習で痛感したのだ。彼は軍人だったのだから無理もない。けれどももちろん、ケイドはそこで満足しなかった。いかなる危険にも立ち向かえるよう、ここまで万全の備えをしている人など、ほかに知らない。

ケイドもその弟妹も訓練を積んだプロで、わたしは違う。学ばなくてはいけないことがたくさんある。いつかこの三人に匹敵するようになりたい。そのときまでは、ケイドが目を光らせていてくれると思うとうれしかった――必要なときは、だけれど。わたしが傷つくことはケイドが許さないと知っていれば、マトックスをおびきだす餌になるのも、少しは気が楽だ。

たしかにケイドはいまも自分がその栄誉を担うつもりでいるが、どうにかして説得してみせる。わたしの案のほうが理にかなっているのだから。

ほほえんで言った。「ありがとう」いろんなことに感謝している。近づいて、ぎゅっと抱きしめた。「さあ、もうシャワーを浴びていい？　自分の汗のなかで溶けそうよ」

レイエスの笑い声には、はっきりと安堵《あんど》の響きがあった。

わたしがショックを受けるとでも思っていた？

とんでもない。むしろ、困っている人を助けるために一家がここまで備えをしているのをすごいと思った。ずっとこんなふうにしたかったし、やってみようともしたけれど、一家のほうがずっと上手にやれている。

「じゃあ、おれは出かけようかな」レイエスが言った。「ジムのほうに遅刻だ」

「わたしもざっとシャワーを浴びて、監視業務に戻らなくちゃ」マディソンも言い、つけ足した。「バーナードが代わりを引き受けてくれるのは、飽きるまでのことだから」

二人きりになると、ケイドが隠し部屋の戸締まりをして、一緒に彼の部屋へ向かった。

ケイドの手を取ってバスルームに引き入れるなり、たくましい体に張りついたTシャツの裾をつかんでたくしあげ、垂涎《すいぜん》ものの腹筋と広い胸板、岩のように固い肩をあらわにしていった。傷を見て、手が止まった。本人は気にしていないようだが、縫った周りの皮膚はさらに色が変わったように見えた。「無理してないといいんだけど」

ケイドはそれには答えずに自身でTシャツを取り去り、今度はこちらのタンクトップとスポーツブラを脱がせはじめた。

腰から上をあらわにし合ったいま、人差し指で彼のタトゥーの一つをなぞる。舌でなぞりたいと思った瞬間、体の奥で欲望が渦を巻いた。「ずっとアデラが心配だったの。彼女の救出をもう待たなくていいんだと思うとうれしい」

「彼女が救出を必要としてるならな」

たしかに、まだ確証はない。「レイエスは、アデラが怪我《けが》をしてたって言ってた。わたしにとっては、それだけでじゅうぶんよ」

「わかってる」ケイドが手のひらで頬を包んだ。「きみが一人で行動しようとしないかぎり、おれたちはいつでも全力を尽くす」

じゃあ、父親ではなくわたしに判断を任せてくれるということ？　そう思うと少し不安が芽生えた。だって一家は熟練の組織。かたやわたしは感情で動きがち。

けれど論理的に考えれば、より大きな網を投じるというやり方は理解できた。そのほうが、最終的にはより多くの女性を救える……けれど、わたしはアデラを犠牲にできる？　成功するかわからない可能性のために？「あなたはどう感じてるの？」

ケイドは迷いもなく答えた。「つじつまが合わない状態は好きじゃない。なにかが背後で動いてるが、それがなんなのか、まだわからない」

だからより危険になる。ああ、自分の心配だけしていればいいのなら……。

「どうした？」ケイドが尋ね、親指でそっと口の端をこすった。

打ち明けたらどんな反応が返ってくるかを思いつつ、ほほえんだ。「あなたを見るたびに、自分の幸運にびっくりするの」

これには、脱線しかけたケイドの意識もすぐもとの軌道に戻ってきた。「おれだって同じだ」言うなり残りの服に手を伸ばしてきて取り去ったばかりか、床に膝をついてスニーカーを脱がせまでした。「スター、きみのすべてが――」むきだしの脚を両手で撫《な》であげ、そのまま後ろに滑らせてヒップを覆うと、引き寄せてお腹にキスをした。「――いや、これだけじゃない。きみの笑顔も、芯の強さも、大胆なところも、ときどき自信をなくすところも――」

「ちょっと」震える声で抗議した。「わたしは自信をなくしたりしないわよ」嘘つき。自分がときどきそうなることはわかっているし、どうやらこの人にもばれていたようだ。それでもいまは反論しないでいてくれた。芯の強さと大胆さについては、指摘されるのも悪くない。

「そんなふうに言い返すところも」ケイドがつけ足して、腰骨をそっと噛《か》んだ。「ああ、このにおい、この感触――なにもかもが大好《ラブ》きだ。きみのすべてが。内も外も」

唇が開いた。愛《ラブ》。先ほど、愛と戦についてからかわれたときは、最初は頭が真っ白になって……すぐにただの冗談として受け入れた。でも、これは？　いま、わたしを見つめている彼の目は？

うろたえるあまり、どうしたらいいのか、なにを言えばいいのか、わからなかった。自分の気持ちにはもう気づいてしまったけれど、彼はどう思っているの？　見当もつかない。

「混乱させないで」

ケイドがほほえんで立ちあがった。なんて背が高いんだろう。なんて強いんだろう。あらゆる面で、なんてすばらしい人だろう。

ケイドが服を脱ぎ終えて、言った。「どうして混乱するのかわからないな。きみはセクシーで賢くて、頭の回転が速くて、強くて思いやりがあって――」

気恥ずかしさに顔が熱くなってきた。「もうじゅうぶんよ」

「まだぜんぜん足りない」そう言って肩をつかみ、後ろを向かせて髪をほどく。ゴムを緩めて取り去る手つきはとてもやさしい。「いろんな面で、きみはすばらしい人だ。そばにいれば欲しくなるに決まってる」

欲しくなる、というのは理解できる。わたしだってノンストップであなたが欲しい。けれど、ケイドはまた愛を口にした。眉をひそめて振り返り、向き合った。「立っておしゃべりしてないで、温かいシャワーを浴びるっていうのはどう？　一緒に」

ケイドがやさしく唇にキスをした。「きみの考え方も大好《ラブ》きだ」

目を丸くしてしまった。いま、わざとその単語を使った？

ケイドが余裕の笑みを浮かべて蛇口をひねり、タオルを二枚取りだした。こちらは少しぼうっとした状態でしぶきの下に入り、顔と髪を濡《ぬ》らした。彼の言葉にいちいちぽかんとするのをやめなくては。それから、あの言葉に深い意味があるのかどうかを突き止めなくては。けれど、怖くて訊《き》けなかった。

ケイドが後ろに回って、手にしていたシャンプーのボトルを取った。「おれにやらせてくれ」

いい考え。まぬけな気分で突っ立っているくらいなら、あなたに任せたほうがいい。

ケイドはみごとに引き受けてくれた。とてもいけないやり方で。

シャンプー液で頭皮をマッサージする手つきはなぜかひどくエロティックに思えた――たくましい肉体を背中に感じているのだから、なおさらだ。ケイドといると、小柄で華奢《きやしや》になった気がしてくる――〝女〟になった気が。めずらしいことだし、女性ホルモンは喜んでいた。

髪をすすぎ終えたケイドが今度は石鹸《せつけん》を手に取り、胸板に背中をあずけさせて、体を洗いはじめた。

いたるところを。

滑りやすい指に胸のいただきを転がされていると、息もできなくなってくる。胸が苦しく、ひどく敏感になってきて、体がわなないた。「ケイド……」

「しーっ」首筋にキスされた。「きみに触れるのが大好き《ラブ》だ」

またしてもその単語を使われてうめいてしまったが、まともな抗議はできなかった。気をそらさせようと、お尻を股間に押しつけてみたものの、相手はなにしろケイドなので、肩にそっと歯を沈められただけだった。

甘美な感覚が全身に広がり、あちこちに電気が走る。ああ、もうイッちゃいそう。まだ胸をもてあそばれただけなのに。「ベッドに行きましょ」すがるように言った。まさしく懇願だ。こんなに必死な声を出させられるなんて、信じられないし興奮させられた。

「まだだ」甘噛みした部分に舌を這《は》わせ、あの大きくて少しざらついた手のひらを下に滑らせていく。お腹を越えて、太ももを撫でて、脚のあいだに……。

びくんとして背中を胸板に押しつけ、のけぞって頼もしい肩に首をあずけた。

「そうだ、ベイビー。おれに抗《あらが》うな」

あなたに抗う？ 冗談じゃない。あなたのほうがずっと大きくて強くて、いまはわたしをこんなに支配しているのに。

「自分がどれほど濡れてるか、感じるか？」

自身の体の反応を強く意識して、また小さくうめいた。指が一本、入ってきてそっとうごめき、出ていったと思うや今度は二本で入ってきた。

その指を、秘めた部分が自然と締めあげる。ああ、気持ちいい――けれど貫かれているだけでは足りない。後ろに手を伸ばし、たくましい腿をつかんで体を支えると、もう片方の手を彼の手に重ねて二本の指をもっと奥まで沈めさせてから、腰をくねらせはじめた。

あと少し、もう少し、ああ――

ケイドが指を引き抜いて、体勢を変えさせた。「壁に寄りかかれ。そうだ。で、脚を広げろ」

シャワーのしぶきでまつげが尖《とが》り、欲望のもや越しに彼を見た――そして、命じられたとおりにした。

ケイドが膝をついて、また触れはじめた。胸のふくらみからお腹へおりていき、探索して、ふたたび指二本で貫く。肌に鼻をこすりつけながら、つぼみを探り当てて、舐《な》めた。

「ああっ」膝に力を入れて固く目を閉じ、首をそらした……。

あの長い指で奥まで貫かれたまま、吸いつかれ、しゃぶられて、リズミカルに舌でいたぶられる——容赦ないその攻撃はいつまでも続き、ついに訪れた信じがたいほどの絶頂で全身はばらばらに砕け散った。腕と脚の力は抜け、のどからはかすれた叫びが漏れて、目には涙さえ浮かんだ。

最後の一つはシャワーが隠してくれるだろうけれど……すごかった。短く刈られた髪に指をもぐらせて快感の余韻にひたっていると、体がずるずると壁を滑りおりていった。

ケイドがウエストをつかまえてくれ、自身はすばやく立ちあがった。そして唇に唇を重ねて舌をねじこみ、固くそそり立ったものをお腹に押しつけてきた。

それをつかもうと手を伸ばしたものの取り押さえられ、口元に掲げてやさしくキスされた。「いまはだめだ、ベイビー。そんなことをされたら、ばかな真似《まね》をしちまいそうだ」

必死に息を吸いながら、どうにか目を開けた。うっすらとしか開けられなかったが、あのブルーの目が燃えあがっているのはわかった。好奇心が湧いて、ささやき声で尋ねた。

「ばかな真似って……どんな？」

「避妊を忘れるような」

「ああ」かまわないと口走ってしまう前に、ケイドが向きを変えた。実際のところ、この男性を——この男性だけを感じると想像したら、体の奥に新たな興奮が目覚めた。

ケイドは大急ぎで体と髪を洗ってすすぎ、湯を止めてタオル二枚をつかむと、一枚を胸に押しつけてきた。

「拭いてやりたいが、きみが欲しくてたまらない。拭くか体に巻くかして、早く寝室に移動しろ。コンドームがある場所に」

密《ひそ》かに幸せの小さな笑みを浮かべた。こんなに切羽詰まっているケイドを見たのは初めてだ。

こんなに求められたのも初めて。

胸がいっぱいになり、感情で息苦しくなった。ケイドを眺めながらゆっくり体を拭き、首を前に振った勢いで髪をまとめてから、タオルでくるんだ。

まだ前かがみになっていたとき、肩にかつぎあげられたので、笑ってしまった。

「そんなに欲情してもらえてうれしいわ」素直に打ち明けた。「だってわたしもあなたにめちゃくちゃ欲情してる」

「そう聞けてよかった」マットレスの端から脚が垂れるように、ベッドの足側におろされた。ケイドはそのまま大股でナイトテーブルに歩み寄り、コンドームをつかみとってあっという間に装着した。「向きを変えろ」

すでに仰向けになっていたので、目をしばたたいた。「なにするの？」

するとケイドはこちらが理解するのを待たずに腹這いにさせて、膝で脚を開かせた。

どうするのだろうと両腕で上体を支えて振り返ったものの、すぐにまた腹這いにさせられた——腰をつかまれて、一気に後ろからねじこまれたのだ。

ケイドは奥までうずめるなり、もう突きはじめた。深く沈めるたびに、腰を引き寄せて出迎えさせる。たくましい腿が太ももの裏に当たり、引き締まった腹筋はやわらかなヒップをぴしゃぴしゃとたたく。また絶頂が近づいてきたので、必死にシーツをつかんだ。

「スター」低くうなった声は、苦しげとさえ呼べた。「もう我慢できない」手を下に滑りこませてふたたびつぼみを探り当て、串刺しにしたまま腰で激しいリズムを刻みながら、やさしからぬ手つきでいたぶる。二人とも、あっという間に達していた。

この体勢だとものすごく深くて、彼の突きは力強くて、わたしはこれが大好き《ラブ》。なにもかもが。

なぜなら、この男性を愛しているから。

今回は、そう思っても怖くならなかった。疲れすぎていて、怖くなるどころではなかった。ありがたいことに、思考は苦悩を感じなかった。ずっとかかえていた恐怖さえ消えてしまったようで、いまはただ、満ち足りていた。

まだ重なり合って、なかにうずめたまま、ケイドがつぶやいた。「毎回だ」

「うん？」

「毎回……よくなる」

完全に同意して、ため息をついた。「本当ね」

肩に彼の笑みを感じたと思うや、同じ箇所にそっと唇が触れて、ケイドが離れるのがわかった。

こちらはとても動けそうになく、地震が起きてもここにこうして転がっているような気がしたものの、ケイドが面倒を見てくれた。タオルで脚のあいだを拭ってから、抱きあげてベッドに横たえたうえ、ふとんで覆ってくれた。ひたいにキスをして、ささやく。「すぐに戻る」

その言葉を最後に意識は途絶えて……ケイドに起こされるまで深い眠りを味わった。

一時間後、ジムに到着したレイエスは、何度も集中力を途切れさせられた。

彼女のせいだ。例の、キュートで小柄な謎の女性。

頭の悪そうな三人組がなんらかの不正なビジネス――マッケンジー家の仕事に関係があるかもしれない件――について話しているのに耳を澄ましながらも、彼女から目がそらせなかった。

年齢はレイエスと同じ、三十くらいに見えるが、もう少し若いかもしれない。ハニーブロンドの髪は肩までで切り揃《そろ》えられ、キックやパンチをくりだすたびに踊ったり揺れたりしている。

下手なキックやパンチをくりだすたびに。

もどかしくて上唇を噛んだ。パワーはあるし努力もしているようだが、構えが違う。最大のインパクトを与えつつバランスを崩さないためには、逆の脚で始めなくてはだめだ。それから毎回、両手をさげて……。

どうしてまだ彼女にこだわっているんだ？

三人組の一人がこう言うのが聞こえた。「いや、本当にちょろいって。引き金を引く準備だけしてればいいんだ」

レイエスはぴくりとして、さらに耳をそばだてた。

「引こうにも、持ってたのは一カ月前に売っちまったよ」別の一人がぼやく。

「なに、G、あちらさんは取り引きを守るための火力をくれるって」

「取り引きって、どんな？」

「そんなの関係あるか？」

静かにため息をついた。G？　ギャングのGか？　なんと的はずれなあだ名。そいつは細い腕を安っぽいタトゥーだらけにした、がりがりのヤク中だぞ。

「どうかな。いまんとこ、金にはそんなに困ってないんだ。ばかな真似はしたくない」

「こっちは四人いる」最初の一人が続けた。「農場に集合だが、そこまで車で運んでもらえる」

聞き耳を立てながらも、例の女性を観察した。

上半身の曲線の不足を、一級品のヒップで補っている。

そのとき突然、目が合ってぎろりとにらまれた。

おっと、ばれた。

ヒップを見ていたのがばれた。これはまずい。

不快そうににらみつけていても、彼女のブルーの目はすてきだった。やわらかな色で、まつげは濃い。

彼女がぷいと向きを変えたので、視線はふたたびあの一級品の部分に吸い寄せられた。が、彼女はワークアウトに戻らなかった。その場に立って腰に両手を当て、肩を怒らせている。

ワークアウトの邪魔をするつもりはなかった……が、ばか三人組の会話も聞き逃したくなかった。

会話の端に〝アスペンクリーク〟という地名が聞こえたものの、それ以外はあいまいで、三人はもう出口に向かっていた。猫背の姿勢に、だらしない足取りで。

一人がちらりとこちらを見たので、目を合わせて声をかけた。「なにかお困りかな?」

「モートを見なかったか?」

モートというのがだれなのか、わからなかったので嘘をついた。「ふだんはもう少し遅い時間に来るかな」

「おれが捜してたって伝えてくれないか」

「きみの名前は……?」間違いなく、この三人がジムに来たのはワークアウトのためではないが、しかしまあ、ここを経営しているのはそのためだ。こういうばかどもから情報を得るため。

「フープだ」

フラフープのフープ? めずらしい名前だな。「わかったよ、フープ。電話番号を聞いておこうか?」

「モートが知ってる」

フロントデスクを担当しているウィルのほうを振り返った。「モートが来たら、フープに電話するよう伝えてくれ」そう言うと、戸惑った顔のウィルを置いて――なにしろウィルもモートというのがだれのことなのか知らない――その場を去った。

ちんけな連中は満足して出ていった。

三人が見えなくなるまで待ってから、ウィルのところに戻った。「モートという人物が現れたら知らせてくれ」

あれこれ訊かないことをすでに学んでいるウィルは、ただうなずいた。ウィルはいい従業員で、絶対に遅刻をしないし、こちらが給料をたっぷりはずんでいるから、しっかり口をつぐんで目を開けていてくれる。

この件を任せてしまうと、意識はまた謎の女性に戻っていった。

そろそろ帰ってしまいそうだったので、人のあいだを縫って近づいていった。途中、数人の質問に早口で答えながらも、視線は彼女からそらさなかった。

視線には気づいているはずだが、向こうはもうこちらを見なかった——すぐそばに立つまで。

彼女は唇をこわばらせて——ちなみに、とてもふっくらした唇だ——イヤフォンをはずし、コードを首にかけた。

女性を前にして口ごもったことなどないのだが、この女性はじつに話しかけにくいので、うろたえてしまった。

彼女があきらめのため息をついて顔をあげ、礼儀正しく尋ねた。「なにかしら？」

「おれはレイエス・マッケンジー、このジムのオーナーで——」

「あなたがだれかは知ってるわ」

知っている？　へえ。それでもきみは自己紹介しないんだな。首をさすり、こういうことに不慣れな男子学生のごとくそわそわと足を踏み変えて、待った。

ついに彼女も天を仰いで、名乗った。「ケネディ・ブルックスよ。年間契約したけど、もしなにか問題があったなら——」

「問題なんてない」だが驚いた。たいていの人は年間契約を結ばない。このあたりの人々は、来週、お金や時間に余裕があるかわからないときも多いのだ。ゆえにジムを訪れる人は流動的で、それこそ父の狙いどおりだった。大勢が出入りするおかげで、ストリートの情報を仕入れやすくなっている。

今後、長期の会員契約が結ばれたときは知らせてくれるよう、ウィルに頼んでおいたほうがよさそうだ。

「ケネディか」なんとなく、この女性にぴったりの名前に思えた。身長は百六十五センチくらいで、おれより三十センチほど低い。「なにか手伝えるかな?」

ケネディは首を振った。「いいえ、けっこうよ」

立ち去るべきなのに、できなかった。スターリングの確信を思い出して、言った。「もし防御を覚えたいなら——」

「健康のためにやってるだけよ」

真っ赤な嘘だ。答えるのが早すぎたし、目を合わせようとしない。「それはどうかな」

その言葉に、またパンチしようとしていたケネディの動きが止まった。ゆっくりこちらを振り返ると、腕組みをして腰を片方に突きだし、単なる好奇心の目で一瞥《いちべつ》した。意味深な関心の目ではなく、ただ……どうしてまだつきまとうのかと問いたげな目。ため息が出た。

ケネディが薄い笑みを浮かべて尋ねた。「どうかなって、どういう意味？」

「しばらくきみを見てたんだ」先につながることを願って、説明した。

「見られてるのには気づいてたわ」その答えに、会話を続けたがっている気配はみじんもなかった。

あいにくこちらはまだまだ続ける気だった。「見てたのは、健康のためのワークアウトと、攻撃のかわし方を覚えるのとの、違いがわかるからだよ」

「へえ」セクシーすぎる唇が弧を描いた。「まあ、いまので一つ確認できたわ」

どういうわけか、気がつけば一歩近づいていた。「というと？」

あごをあげて答えた。「あなたはただのインストラクターじゃない」

その洞察力にぎょっとしかけたものの、すぐさま立ちなおった。「言っただろう、おれはこのジムのオーナーだ」

「だから？」片方の肩を回す。「あなたはただのジムのオーナーでもない」

口を開けたが、また閉じた。彼女の唇にはじつに気をそらされる。とりわけあんなふうに、見くだしたような笑みを浮かべたときは。

「観察力が鋭いのは自分だけだと思ってた？　残念ね、ミスター・マッケンジー、わたしも目が利くの」

「レイエスだ」ミスター・マッケンジーはおれの父親。

「さっきは若い不良たちの会話に聞き耳を立ててたわね。わたしも気になったわ。なにかいい情報はつかめた？」

なんとまあ。この女性は危険だ。「ここに来る全員に注意を払うようにしてる」

「なるほどね。だけどただ注意を払うのと、情報をつかむために会話に耳を澄ますのとは別よ」そう指摘すると、先ほどのこちらの言葉をそのまま返してきた。「わたしには〝違いがわかる〟の。そういうわけだから、ミスター・マッケンジー、あなたは自分のことだけ考えて、わたしはわたしのことだけ考える、それでお互い、いいんじゃないかしら」

しかし……。どう返したらいいのかよくわからなかったので、敬礼をして言った。「続けて」そして歩み去った。別に逃げたわけではなく、戦略的撤退だ。

今回は、背中に突き刺さる視線を感じた。

あとでスターリングに八つ当たりしよう。だがいまは……ケネディにますます興味を引かれていた。彼女のことが頭から離れない――すぐさま荷物をまとめて帰るのではなく、ジムにとどまってちらちらこちらを見ている姿は、まるで挑戦のように思えた。

あるいは誘いか？　いや、まさか。

いずれにせよ、憶測に基づいて行動したりしない。いまのところは。ジムの利用者を悩ませる存在にはなりたくなかった。だがもし、彼女が自身の態度を考えなおしたら、次は向こうから近づいてくるかもしれない。

悪くない妄想だ。もしもそんな展開になったら、あのかたちのいいヒップにこの手を添えて……。ぶるっと首を振り、携帯電話を取りだすと、先ほど耳にした会話についてケイドにテキストメッセージを送った。男四人のほうはたいして重要ではないだろうが、アスペンクリークの農場のほうは探る価値があるかもしれない。耳にしたささいな情報も共有するに越したことはなかった。

メッセージを送信し終えたとき、ウィルに呼ばれた。「レイエス、電話だ」

フロントデスクに向かいながら、いいかげん、とげとげしいのになぜかそそる女性のことを頭から締めださなくてはと考えた。おれは兄貴みたいな苦労好きじゃない。

ところが、そう心に誓った端から視線はまた彼女のほうにさまよっていった。アデラとマトックスの関係を突き止めよう。そうしていれば、ほかのことで気が散らない。

電話をかけてきた学生グループのリーダーと、校外社会見学の支援について話すあいだ、ケネディにはあえて背を向けていた。正面ドアが開く音がしたのでさっと振り返ると、彼女がジム用バッグを手に出ていくところだった。

電話を続けながらも、正面側の大きな窓越しに彼女の動きを追った。ケネディは停《と》まっている車に注意深く視線を走らせ、通りの左右を見まわした。このあたりでは不思議ではない行動だが、理由はむしろ彼女自身にあるような気がした。染みついた警戒心。たいていの人は安全を当たり前のものと思っているが、どうやらケネディはその一人ではないらしい。

そのとき彼女の視線が、正面側の窓からは見えないなにかでぴたりと止まった。ケネディは眉をひそめ、バッグを赤い小型車に放りこむと、ドアをふたたびロックしてゆっくり歩きだした。慎重に歩道を進んで、こちらの視界の外に消えた。

どういうことだ？

そのままにできなくて、失礼寸前のやり方で早々に電話を切りあげた。「申し訳ない、ちょっと用事ができて。でも喜んで支援しますよ。詳しい話はウィルに。それでは」受話器をウィルに押しつけて駆け足でドアを出てみると、ちょうどケネディが建物と建物のあいだに入っていくところだった。

あの路地ではさまざまないかがわしいことが起きる。昼日中でも関係ないし、こちらがショートパンツ一枚なのもどうでもいい。

大股の急ぎ足であとを追った――すると、ケネディはごみ箱のそばに膝をついていた。ぼろぼろの段ボール箱の陰に……ひどく汚い猫がいた。

「引っかかれるなよ」近づきながら、そっと声をかけた。

「しーっ」ケネディが振り返りもせずに言う。声をかけたのがだれか、わかっているみたいに。「怯《おび》えてるわ」

さもありなん。かつては白だったのだろうその猫は、いまではもとの色がわからないくらい汚れていて、目は独特だ。片方は淡いグレーで、もう片方はマスタードイエロー、少しばかり……ぎょろついている。顔は泥だらけで、しっぽの先は欠けていた。

じっとうずくまってこちらを見つめている。

「つかまえられると思う？」

ケネディを見て、ばかみたいに問い返した。「つかまえる？」

「この坊や、お腹を空《す》かせてる」彼女がそう言って、あやすような声を出した。

そんな声が出せるのか。

おれにはつんけんしてよそよそしいのに、みすぼらしい猫には——そのとき、細くて高い、小さな音が聞こえた。なんてこった。あきらめて、うめき声を漏らした。

「しーっ」ケネディがまた言う。

その偉そうな態度に、思わずにやりとしてしまった。「こいつ、坊やじゃないぞ」

こちらを見向きもせずに、彼女が尋ねる。「そうなの？」

「いまの、聞こえなかったか？」

「いまのって？」

「子猫さ」また細い鳴き声が聞こえた――すぐ近くから。

ケネディが目を丸くして唇をОの字に開き、ささやくように言った。「子猫」

ああ、その表情の意味するところならよく知っている。どのみち猫は助けるつもりだったが、子猫たちの出現で助け方を変えるはめになった。

立ちあがろうとしたケネディに言った。「だめだ、まだ探すな。近くにいるだろうが、母猫を安心させる前にちびすけたちにちょっかいを出したら、ママが怯えかねない」

少なくともその点だけは信用してくれたのだろう、ケネディはうなずいた。「そうね」すばやく状況を考えた。「もしおっぱいをあげてるなら、食い物が必要だな」

「どうやったら猫ちゃんをこっそり連れて帰れるか、考えてたんだけど、子猫までいるなんて」ケネディがこちらを向いた。「いま住んでるところはペット禁止なの。わたしたち、どうすればいい？」

わたしたち？　数分前には引っこんでいろと言ったくせに、いまは共同作業か？　いいだろう、承知した。「ママをつかまえられたら、当面はちびどももまとめておれのオフィスであずかるよ」猫の世話という責任を負うことで、二人のあいだにほどよいつながりが生まれるだろう。そこから溝がうまっていけば、彼女がかかえているものや、どいつのケツを蹴飛ばせばいいのかを、打ち明けてもらえるかもしれない。

「いいの？」ケネディがうれしそうにほほえんだ。その純粋な笑顔を見て、舌なめずりしそうになった。

伏せ、と自分に命じた。「箱を探してくるから、ママを見張っててくれ。夕方用に食べ物を持ってきてる――それを餌に、おれたちでその子をおびきだせるかもしれない」あえて〝おれたち〟という言葉を使った。

ケネディは反論しなかった。

が、少々うまくいきすぎている気がしたので、確認したくなった。立ちあがりながら尋ねた。「猫のもらい手探しを手伝いに、また来てくれるよな？」

「ほぼ毎日ジムに来てるって、知ってるでしょう？　もちろんまた来るわ」まさにそのとき、猫がそっと出てきて、ケネディが伸ばしていた手に頭をぶつけてきた。「ああ」

やさしく穏やかな彼女はまるで別人だった。厳密に言うと、少しばかり魅力的すぎた。

このところ、スターリングとケイドのあいだのド派手な化学反応を目の当たりにしていたせいで、影響を受けたのかもしれない。まあ、あれほど濃厚なものは望んでいないが、ケネディを見る目が変化させられたのは事実だ。

ばかな言動をしてしまう前に、必要なものを取りにジムに帰った。底にやわらかいタオルを敷いたちょうどいい大きさの段ボール箱と、チキンサラダクロワッサンの半分を手に、猫たちのもとへ戻った。

そのときにはもう、ケネディは母猫をほぼ膝の上まで誘いだしていた。「ここから先は、餌代もなにもかも、わたしが払うから」

そんなの認められるか。「とりあえず今日はどこまでできるかやってみよう。な？」そしてサンドイッチを差しだした。

ケネディが信じられないと言いたげな顔で見た。「クロワッサン？　あなたが？」

おれをなんだと思っていた？　スナック菓子とビールで生きているとでも？「うまいんだぞ――作ったのはおれじゃないけど」

ケネディの眉がぐっとさがった。「ああ、ガールフレンド？」続けざまに怖い顔で尋ねた。「奥さん？」

その鋭い口調に笑いを漏らすと、猫がびっくりした。

毛がぼさぼさの猫をケネディがとりなすそばで、にやにやしながら言った。「ガールフレンドじゃないし、断じて奥さんでもないよ」

強調した言い方に、ケネディはこわばっていた口元を緩めたが、なにも言わなかった。ほどなく、破れたごみ袋のなかから子猫たちが見つかったので、一匹ずつ慎重に箱に移していった。幸い三匹しかいなかったが、念のために周囲をくまなくチェックした。いまもケネディの膝の上にいた母猫が、はっとして行動を起こそうとした……が、それも食べ物に気づくまでだった。

母猫は甘えるような威嚇するような声を漏らしながらがっついたものの、目はまだこちらを見張っていた。サンドイッチを平らげるさまを見れば、かわいそうなこの子がどれだけ腹を空かせていたかがよくわかった。

食べ終えた母猫は子猫たちのいる箱のなかに入っていき、くるりと一周して横向きになると、前足を舐めながら子猫たちに乳をやりはじめた。

ああ、さすがにこれにはおれの心も少しばかりとろける。

となりに立つケネディがささやいた。「母猫ちゃん、お腹がぺこぺこだったのね」

彼女を見おろしたものの、すぐに目をそらした。これほどのやさしさと情け深さをたたえた女性を目にしたのは生まれて初めてだった。

「もう心配ない」請け合って、持ちあげても猫が飛びださないよう、そっと箱に蓋をした。ジムのオフィスまで運ぶあいだ、蓋を手で押さえていてくれないかと言いかけたとき、携帯電話が鳴ったので、メッセージを確認した。ついに出動のときが来た。

17

昼寝から目覚めるスターを見ているのは、まぎれもない喜びだった。この喜びをこれからの人生、毎日楽しみたい。

スターは頭にタオルを巻いたままで——いまでは少し傾いている——肩にはキスマークがついている。そこを指先でそっとこすった。

基本的に、自分のものは守りたいと考えるたちだし、スターはいまやまぎれもなくおれのものだ——本人がその事実を認めようと認めまいと。どのみち、スターもいつかは認める。おれが認めさせる。「おはよう、ねぼすけ」

スターがうーんと伸びをして……また眠りにいざなわれた。

これほど疲れさせたのはおれが求めすぎたからだと思うと、また欲望がふくらんだ——欲望と、愛が。できることならいますぐ引き寄せて、かわいがり、スパーリングをして、特訓を施し、愛し合って、また一から全部くり返したい。会話も食事もシャワーも危険もセックスも……。この女性と分かち合えば、すべてがよりよいものになる。

はたと気づいた。一生、これが必要だ。スターとの人生が必要だ。

感情がこみあげて爆発しそうになり、もう一度、抱きたくなった。そっと肩を手のひらで包んで、なめらかな肌の感触とぬくもりを味わった。

スターのまつげがわずかにあがった。「ケイド？」

笑顔で返した。「きみがあんまりおいしいから、ランチにきみを食べたいくらいだ。だがみんなが待ってるから……」

ぱっと目が開いて、純粋な驚きの顔が見あげた。「ランチ？」

その漫画みたいなびっくり顔、なんてかわいいんだ。「バーナードが張りきってね、きみの称賛を待ってる」

「バーナード」スターがくり返し、片方の肘で体を支えて起きあがりながら、うめくように言った。「もうランチの時間なの？」

「しばらく眠ってたからな」

頭に巻いたタオルに触れて言う。「でも、昼寝なんてしたことないのに」

身を乗りだしてささやいた。「最高のセックスで疲れたんだろう。忘れたかもしれないが、爆発的なアレを二度、与えたからな」

スターの目から眠気が去って、笑みが浮かんだ。「忘れるもんですか。あなたとのセックスは極上の思い出になる。間違いないわ」

その表現がひどく気に入らなくて、言い換えた。「現実だ」

「なにが？」

「おれたちが。これは現実で、思い出じゃない」

スターの表情がやわらいで、唇は弧を描いた。「あなたってほんと、混乱させるようなことを言うのね。でも、みんなが待ってるなら、あなたを理解しようとするより人前に出てもおかしくない格好にならなくちゃ」

そしてベッドから出ようとしたのを、キスでふたたびマットレスに押し倒した。胸板をやわらかな胸のふくらみというクッションに押し当て、片脚で両脚を押さえて、動けなくさせる。目で目を探り、なんとしても認めさせることにした。「おれの言うとおりだと言ってくれ、ベイビー。おれたちのこの関係を気に入ってると」

「からかってるの？」スターの指があごを撫《な》で、耳からうなじまで伝う。「もちろん気に入ってるわ。わたしはばかじゃない」

この答えにも本当には満足できなかったが、かといって、〝あなたのことを心から想《おも》っているわ〟以外に満足できる答えなどないのが実情だ。しっかりキスをして、言った。

「さっき父が縫合箇所をチェックして、おれが一本、糸を抜いてしまったことに文句を言いつつ、やりなおしてくれた。もしきみの前で父がなにか言ったとしても、無視しろ」

スターが青ざめてささやいた。「お父さん、わたしたちがなにしてたか知ってるの？」

危うくむせそうになった。この女性をからかうのは本当に楽しいので、同じようにささやきで返した。「ああ」スターの顔がみるみる熱くなって頬が染まったのを見届けてから、にんまりして続けた。「父は、おれたちがスパーリングしてたのを知ってる」

安堵《あんど》でほっと力が抜けた。「意地悪ね。わたしがなんのことを言ったか、わかってるくせに」

「我慢できなかったんだ。きみといると、しょっちゅうこうなっちまう」最後にもう一度、唇にしっかりキスしてからベッドを出ると、スターを引っ張り起こした。「バーナードが用意してくれたのは、ホットローストビーフサンドイッチに飴色《あめいろ》玉ねぎのかりかりパンのせ——このとおりに言えとバーナードにきつく命じられた。それと、熱いうちに食べたほうがいいから遅れるなとね。ランチは十五分後だ」

「いやだ」頭のタオルをすばやく取りながら、美しい裸身でベッドから飛びだした。「五分前に言ってよ！」

ベッドに腰かけたケイドは、ドライヤーのうなりを聞きながら深い満足感にほほえんだ。スターと出会う前のおれは、こんなによくほほえんでいただろうか？　いや、そんなことはなかったと思う。たいていの場合、必死だった。必死で父の命令に逆らい、必死で軍の成功を目指し、いまは人身取引の餌食にされた女性や子どものために悪を正そうと必死だ。

一つのことに集中していれば道をそれることはない——少なくともスターと出会うまでは、なかった。いまは彼女のことを考えたり、眺めたり、触れたりするのが楽しい。これまで常に最善を尽くしてきたが、責任一色だったなかに喜びのための場所ができた。スターのための場所が。

ドライヤーのうなりがやんで、気がつけばこう言っていた。「おれにもちゃんと自分の家があるんだ」

ドアがぱっと開いてスターが現れた。まだ裸だが、髪はあのすてきなかたちにおろされている。スターはしばしこちらを見つめてから、服を取りに歩きだした。「このあなたの部屋のほかに？」

本気でここを〝おれの部屋〟と思ったことはないが、自分のものと呼べる小さな家は持っている。「軍のレンジャー部隊に所属してたとき、医療除隊することになって、隊を離れたあとに買った」

パンティを途中まであげた状態で、スターがさっと目を見た。直後にすばやく穿《は》き終えてから、ベッドに腰かけているケイドのほうに歩み寄ってきて、となりに腰をおろした。胸のふくらみはあらわなまま、目には警戒をたたえて。

ケイドはなにも言わずに待った。どんな質問でも受けるつもりだった。

「レンジャーだったの？」

「一度レンジャーになったら永遠にレンジャーだから、おれはいまもレンジャーだ——医療除隊したレンジャー」

不安そうに震える指で髪を耳にかけてから、スターが尋ねた。「医療除隊って、具体的には？」

この女性に打ち明けられてうれしかった。ようやくすべて話せる。指に指をからめて、手を腿の上に引き寄せた。スターといると、いくら触れても足りない気がした。「いくつもの展開作戦や飛行機から飛びおりる経験を経て、脚に複数の問題をかかえるようになった」

「飛行機から飛びおりる？」驚きを追いかけるように心配が顔をのぞかせた。「怪我《けが》したの？」

「ふつうの男としては、身体的に最高の状態にある」

心配が愉快そうな好奇心に変わった。「そうね、たしかに」

「しかしレンジャーとしては」胸のふくらみから意識をそらしておくのは容易ではなかった。「じゅうぶんじゃない」

その言葉にスターがむっとした顔になった。「だれがそんなこと言ったの？」

笑いがこみあげた。「おれがここにいるのを残念だと思ってるみたいなことは言わないでくれ」

「ええ？　まさか」立ちあがってブラに手を伸ばした。「それより家の話を聞かせて――わたしたちがそっちにいない理由もね」

そう言われると思っていた。「特別なところはない、小さな家だ。寝室は二つで、一つは物置代わりにしてる。だが地下は広いから、ワークアウト用の道具はそこに置いてある。といっても、ここの地下にある父のトレーニングルームみたいな立派なものじゃなく、壁も床もコンクリ打ちっぱなしで、配管もむきだしだ」

スターがストレートジーンズに足を通し、ちょっと引っ張って完璧なヒップを隠してから、ゆったりしたシャツをはおった。「それで、わたしたちがここにいる理由は？」

「いまはここがいちばん安全だからだ」

眉根を寄せて考えながら、スターがまたとなりに座って、靴下とあの無敵のブーツを履きはじめた。「わたしが一緒じゃなくても同じ結論を出してた？」

「きみはおれと一緒にいる」やわらかな髪を指でかきあげた。「そしてきみはおれにとって重要だ、スター。とても重要」

激しい感情に突き動かされたように、スターがさっと目を見た。すらりとしたのどがつばを飲み、舌が唇を舐《な》める。最後に小生意気な表情を浮かべてから、言った。「同感よ」

だまされたりしなかった。スターの態度が意味しているのは無関心ではなく、不安だ。愛していると告白したら、どうするだろう？　みんなを待たせているいまは、たしかめるときではなさそうだ。

腰をかがめてブーツの紐《ひも》を結びながら、スターが軽い口調で言った。「わたしをそう呼ぶのは、いまではあなただけよ」

「〝スター〟？　きみに似合ってる」

「〝スター〟は何年も前に消えたと思ってた」

そっと告げた。「おれが見つけた」

否定しそうな気配が漂ったものの、スターはそれを声にはしなかった。代わりに腰を起こして立ちあがり、手を差しだした。「行きましょ。お腹ぺこぺこ」

彼女にとっては難しい話題なのだと察して、手を引かれるまま部屋を出た。「ちゃんと知り合う前は、きみのことは別の名前で呼んでいた」

「そうなの？　スターリングって？」

「いや」一緒に階段をのぼる。

「じゃあなんて？」

「〝トラブル〟」階段のてっぺんでつかまえて、壁に押さえつけた。「最大級のトラブルだ――おれのリビドーにとって」

スターがくすくす笑って言う。「あなたのリビドーなら無事よ」

「きみのそばにいると大興奮状態になるんだ」

唇を重ねようとしたものの、スターはそれをよけてたしなめた。「ランチが待ってる」

「じゃあ、これからの一、二時間をしのげるようなキスをしてくれ」

挑戦を受けて色濃い目が光り、じっと唇を見つめた。小さくても有能な手が、するりと首にからみついてくる。「いいわよ」

ああ。スターが身を乗りだして――おれを焦がした。

みんなが待っているときにこんなことを始めるべきではなかったが、終わらせる気はなかった。スターが下唇をそっと噛《か》んで、上唇に舌を這《は》わせ、唇で唇を封じて、舌に舌をからませる。

こちらは腰で腰を釘《くぎ》づけにして、感じやすい部分をこすりつけた――そのとき、背後でドアが開く音が聞こえた。

スターが唇を離して縮こまり、こちらは呼吸だけに神経を集中させた。

背後に驚きの静寂が広がって、ほどなくバーナードが述べた。「ランチは冷めてしまいますが、そちらは冷めないといいですね」そしてばたんとドアを閉じた。

スターが肩を震わせて、しがみついてきた。

「勃起しちまった」

くすくす笑いが大笑いに変わった。

これほど気兼ねない笑い声を聞くのは、じつにいいものだった。もっと頻繁に聞きたい。

「そんなにおかしいか?」

スターは息を整えようとしたが、一目こちらを見たとたん、また笑いだした。

おあいこにしようと、手のひらで胸のふくらみを覆い、耳元でささやいた。「このてっぺんも自己主張してるぞ」

これにはスターもうめき、ぎゅっと抱きしめてきた。「こんなにお腹が空《す》いてなかったら、ランチなんてどうでもいいって言ってるところだけど、今朝はたっぷり体を動かしたから食事したほうがよさそう」

「なに、おれたちには一生分の時間がある」ケイドは言い、スターがうろたえる前に手を引いてドアをくぐった。

この女性の心の壁を突き破るのは挑戦だが、妙に満足できる経験でもあった。おまけに楽しい。

とりわけ、彼女もおれと同じくらい、この関係の肉体的な側面を気に入っているから。

しかし、それ以外は? まだわからないが、恋に落ちたのが自分だけだとは、絶対に思いたくなかった。

「バーナード、最高だったわ」スターリングは椅子の背にもたれ、お腹に片手を当ててため息をついた。ケイドの家は見てみたいけれど、バーナードの料理は恋しくなるに違いない。

なぜケイドがまだ自身の家を見せてくれていないのか、考えるのはしばしやめにした。危険が高まる前に機会はあったはずなのに、なぜ？　プライベートな部分は隠しておきたかったから？

疑おうとしてみても、筋が通らないように思えた。だって、あんなふうにLで始まる単語をぽんぽん使ってくるのだから。それに、階段でケイドはなんて言った？　〝おれたちには一生分の時間がある〟？

それってつまり、わたしたちがその一生をともに過ごすと思っているということ？　高望みしすぎると、人生最大の失望につながりかねない――失望ならさんざんしてきたこのわたしにとって、最大の失望に。そう自分に言い聞かせても気持ちは抑えられなかった。心はすでに希望あふれる〝もしも〟の道を歩きだしていた。

そんな未来がありうるだろうか？

わたしになにか言いたいことがあるのなら、どうしてケイドはまだ言わないのだろう？　言葉の手がかりをばらまかれても、どう解釈したらいいのかわからなくて、気が変になりそうだった。

「あら」マディソンが言い、身を乗りだして自身のノートパソコンをのぞいた。「動きがあったわ」

ケイドの妹は、食事をしながら気楽な会話に口を挟みつつ、画面を見ていた。食事の席でマディソンの前にノートパソコンが置かれていても、だれもなにも言わなかった。

「どんな動きだ?」ケイドが席を立ってマディソンの背後に回り、椅子の背を片手でつかんで、自分の目でたしかめた。

ケイドの表情にはっとさせられ、たちまち不安でいっぱいになった。

どうしていまさら? マトックスをつかまえたいのだから、アデラについては真実を知らなくてはならない。みんな、そのためにがんばってきたし、わたしはそれを求めてきた。けれど、ついさっきまで自身の未来を夢想していたところに、こうして現実が音を立てて降ってきたのだ。

「出動だ」ケイドはもう携帯電話を取りだして、メッセージを入力していた。

「レイエスに連絡か?」ケイドの父が尋ねる。

「少し前にメッセージをよこして、男数人が今夜の仕事について話してたと知らせてくれた。関係があるかわからないが、可能性はある」

「〝これだ〟って直感が言ってるわ」マディソンが顔をあげた。「レイエスに伝えて——ジムを出る準備をしろって」

一家に遅れまいと、多少なりとも度胸を取り戻して尋ねた。「代わりをしてくれる人はいるの?」

「どんな不測の事態にも前もって準備がしてある」ケイドの父が答えた。

もちろんそうだろう。急に緊張でのどがつかえたのを咳払《せきばら》いでごまかし、尋ねた。「マトックスは映ってる？　アデラは一緒？」

マディソンが首を振り、マウスを動かして何枚かスクリーンショットを撮った。「映ってるのは二トントラックで、賭けてもいいけどなかには女性がいるでしょうね。あ、車が一台来たわ」

「レイエスは五分で用意できるそうだ。指示をくれと言ってる」ケイドが携帯電話をポケットに戻しながら、妹のそばに行って画面を見つめた。「後部座席からおりてくるのはマトックスだな。アデラがなかにいるかどうかはわからない」

じっと椅子に座ったまま、周囲でみんながあれこれ調整するのを聞いていた。でくのぼうになった気分だったが、ここは得意な領域ではないし、みんなの足を引っ張りたくなかった。

「マトックスがトラックの後部扉を開けた――ああ、カメラのどれかがなかを映してくれたらいいのに！」

ケイドが妹の肩に手をのせた。「三台のカメラはじゅうぶん役に立ってる。連中のあとを追えるか？」

「たぶんね。最低でも、行き先は特定できるわ。州間高速道路のI‐25に向かってとレイエスに伝えて。行き先が特定できたらしっぽをつかめるよう、近づいててほしいの」

ほぼ同時に、スターリングの携帯電話が鳴った。驚いて、みっともなく飛びあがってしまった。

全員の目がいっせいにこちらを向く。

のどのつかえが大きくなったものの、どうにか笑みを浮かべて、さりげない口調で電話に応じた。「もしもし」

「フランシス？」

その動転した声に、思わず椅子の上で身を乗りだしてしまった。アデラはマトックスと一緒じゃないの？

急いでスピーカーフォンに切り替えてから、言った。「アデラ。久しぶりね――」

「助けて。お願い。彼がまた女の人をつかまえてきたの、フランシス。みんな、わたしと同じ目に遭わされるわ。だけどもし、あなたが彼を止める方法を見つけてくれれば……。あなた以外に、助けを求められる人はいないの！」

マッケンジー家の面々がどう反応するかはわかっていたが、アデラの反応をうかがいたくて、尋ねた。「警察は？」

ケイドの父が首を振り、マディソンは警戒して眉をひそめた。

ケイドはただ落ちつけと手をあげて、ここは彼女のやりたいようにさせてやってくれと示した。

わたしのやりたいようにって、どんなふうだった？　どういうわけか、ケイドへの愛が育っていくうちに、忘れてしまった。

「警察はだめよ。言ったでしょう、マトックスの客には警察もいるって」

アデラは引っかからなかった。本当にマトックスは警察にコネがあるのだろうか？　突き止める価値はある。「どうしてそんなこと知ってるの？」警官が共謀しているというのは聞かない話ではないが、めずらしくはあるし、もしこの点に問題があるならケイドとその家族が警告してくれたはずだ。

「時間がないの！　すぐにでも彼が山小屋に戻ってくるわ」

「山小屋って？」念のため、調子を合わせて尋ねた。「どこにあるの？」

「山のなかの小さな小屋よ。コールヴィルの近く」

全員の両眉があがった。アデラが漏らした？　つまり、本当に必死なのか、いまはマトックスを裏切っているのか。

「でも、そんなのどうでもいいの」アデラが早口に言った。「マトックスは新しい女の人を八人連れてきたわ。I－25の北のほうの話をしてるのが聞こえたの。アスペンクリーク近くの、いまは使われてない農場で会うとかなんとか」

ケイドの態度が一変した。すぐさまレイエスにふたたびメッセージを打ちはじめる姿は、じつに見ものだった。

声に理解と同情をこめて、そっと尋ねた。「警察がだめなら、わたしなんかになにができるっていうの？」

しばし重たい息遣いだけが聞こえた。「それは……それは、あなたにはあの大きな男の人がついてるから。その人を仕留めるために放った手下がみんなあっさり倒されて、マトックスは激怒してたわ。まだ見つからない手下もいるって言ってた」

へえ。アデラはずいぶんたくさん盗み聞きしたみたいね。「彼は一人よ、アデラ。だけどマトックスは一人じゃないでしょ」

「ええ。護衛なしではどこへも行かない」

黙って続きを待った。

「ごめんなさい。わたし、あなたならなんとかしてくれるんじゃないかと勝手に……」アデラが言葉を切り、息を吸いこんだ。「勘違いだったみたいね。じゃあ、警察に通報してみてもらえる？　だけどお願いだから、あなたに漏らしたのがわたしだってことはだれにも言わないで。彼にばれたら殺されるわ」

「あなたがいる山小屋まで行きましょうか――？」

「だめよ。彼は見張りを置いていくもの。危険すぎるわ。それに、いまはわたしなんてどうでもいい。それより連れてこられた女の人たちが……」震える息を吸いこんだ。「彼女たちにチャンスをあげて。そろそろ切らなくちゃ。彼に見つかる前にこの電話を隠さないと」そこで電話は途切れた。

わたしのなかの勇気も、度胸も。

顔をあげてケイドを見た。ああ、どうしたらいいの？

「おれに任せろ」ケイドが揺るぎない声で言った。「レンジャーは極限状況で冷静な思考をする訓練も受けてる。だからここは一つ、おれに任せてくれ」

今回は一人で解決しなくていいのだとほっとしつつ、不安を呑《の》みこんで立ちあがった。

「いいわ。わかった」どうにか落ちついた声で答えた。わたしは弱虫ではないし、いまさら弱虫みたいな態度もとらない。「じゃあ、なにから始める？」

ケイドの父の鋭い目はなにも見逃さなかった。長男のほうを向いて言う。「体はもう大丈夫なのか？」

「ようやくことが動きだしてくれてうれしいくらいさ」ケイドが言った。「レイエスがジムで会話を耳にした男たちも、アスペンクリークの名前を出していたらしい」

マディソンが眉をひそめた。「ほかには？」

「男が四人、マトックスは全員に武器を持たせてる」

「やつの組織はおまえが壊滅させたからな」ケイドの父が考えながら言い、椅子から立ってゆっくり歩きだした。「最初は〈ミスフィッツ〉を閉鎖させて、次は手下を使い物にならなくさせた。おまえを排除するまで安心できないだろう。これはやつにとって一《いち》か八《ばち》かの大勝負、足場を取り戻すための捨て身の作戦だろうな」

捨て身？　なにを言っているの？「敵は四人よ」あらためて指摘した。「全員が武装してるのよ」

ケイドは首を振った。「四人とも能なしだとレイエスは言ってた。心配することはなにもない」

信じられなくて体がこわばった。「わからないじゃない」

その口調に不安をかき立てられたのか、ケイドの父が長男を見つめた。「待ったほうがいいのか？　もう少し調べたほうが？」

「相手の数は関係ない。女性は八人いるかもしれないんだ。罪なき被害者が、八人」

「アデラが嘘をついていなければね」マディソンが指摘した。

決意の表情でケイドは返した。「運任せにはできない」

ケイドの父は目を狭めたが、うなずいた。

けれど、それだけでは足りない。わたしには。「もし相手が武装してるなら……」

「おれがすべて取りあげる」

なにを夢みたいなことを――あなた、そんなに不遜な人だったの？

ケイドが手を差し伸べてきた。「行こう。急いでここを出て、途中でレイエスと落ち合うぞ」

わたしもいますぐ不遜にならなくてはいけないのだと気づいて、こくりとうなずいた。

「バーナード、二人の準備を手伝ってくるから、そのあいだ、こっちを任せられる？」マディソンが声をかけた。

「もちろんです」バーナードが言いながら、マディソンの空けた席に着く。「動きがあればすぐにお知らせします」

「ありがとう」マディソンは言い、ケイドより先に走りだした。

〝準備〟というのは、ボディアーマーを着けて銃をあちこちのホルスターに収め、スナイパーライフル一丁と無数の弾薬を装備することだった。わたしが〈ミスフィッツ〉にぶらさげていった隠し刃のネックレスよりはるかにいい。ああ、あれが何十年も前のことに思える。

あのときのわたしはこの世に一人ぼっちだった。

そんな感傷的な思いを振り払い、ブーツにナイフを収めて尻ポケットにメリケンサックを忍ばせた。マディソンの手を借りたので、準備はじつにスムーズに進み、数分後にはケイドのSUVの助手席に座っていた。ケイドその人は車外で父親と静かに言葉を交わしていて、マディソンはもう司令本部であるキッチンに戻っていた。

車の窓越しに見ていると、パリッシュが父親らしくケイドの肩に手をのせた。その光景に胸を打たれた。ケイドの父親は長男と同じくらい背が高く、まだ壮健で、その日に心配が浮かんでいるところを見たのは一度きりだ。年齢を重ねたら、ケイドもきっとあんなふうになるのだろう。人より際立っていて、堂々とした、冷静沈着なボス。ケイドはその態度も父親から譲り受けたのかもしれない。冷静な指揮官といったこの二人は、明るく陽気なマディソンとも人を苛立《いらだ》たせる天才のレイエスとも大きく異なる。

ケイドを見ていれば見ているほど、心臓の鼓動が強くなってきた。

これで終わってしまうかもしれない。わたしが死んで——なお悪いことにケイドが怪我をして——新たに見つけた幸せにはなんの意味もなくなるかもしれない。

だれかを大切になんて思うんじゃなかった。大切な人が一人もいなくて、自分自身さえどうでもよかったころは、人生はずっと単純だった。おかしいくらいに愛してしまったいまは、そのせいで死ぬほど心配している。

すべてが変わってしまった。

ケイドが運転席に乗りこんできて、ＳＵＶを発進させた。

振り返るとケイドの父はまだそこにいて、走り去る車を後ろ手を組んで見送っていた。

そっと手をあげて振ると、彼も振り返してきた。独裁者かもしれないけれど、明らかに子どもたちを愛する父親だ。

どんなにつらいだろう——息子たちを現場に送りだすのは？

前に向きなおって、ちらりとケイドを見た。両手をハンドルにのせて、リラックスした姿勢をとっている。待ち受けているものを考えると、なにもかもが非現実的に思えた。

「なにも問題はないか、ハニー？」

「ないわ」嘘ばっかり。どちらを向いても問題だらけだ。

「どうしてじっと見る？」

「あなたがすてきすぎるから」見ていられるあいだに、できるだけ見ていたいの。

ケイドが笑顔で携帯電話を差しだした。「マディソンが進捗を知らせてくるからチェックしてくれ。やつらに先を越されすぎたときのために」

携帯電話を受けとった手のひらは汗ばんでいた。どうして？　こういうことは以前にもやったことがあるのに……。まあ、それは大嘘だ。ここまで複雑なことをするのは初めて。だけどやりたかったんでしょう？

揺れ動く胸の内に気づいたのだろう、ケイドが膝に手をのせた。「もうすぐレイエスを拾う」

ケイドの弟もこういう尋常ではないことに慣れていて、頼れる味方になってくれるとわかっているので、ほんの少し気が楽になった。

ケイドがまたもや反応を予測して、ドアポケットからミネラルウォーターのボトルを取り、こちらに差しだした。「水分」

水分、と心のなかで真似《まね》をして、すばやく飲んだ。ケイドの〝いつもどおり〟な態度が癇《かん》に障ってきた。「あなたはどうなの？　飲まなくていいの？」

「もう一本あるから心配ない」

どこまでも冷静で、どこまでも事務的。

しっかりしなさい、と自分を叱咤《しった》した。わたしは彼の自信に苛立つのではなく、心強いと感謝するべきだ。ケイドは賢いのだから、状況が手に負えなければそれとわかるはずだ。

頭のなかの思考と同じく、景色もぼやけて流れていく。マディソンからは一度メッセージが届き、トラックには男二人が乗っていること、マトックスを乗せた車には運転手役の男が一人いることを知らせてきた。

文面をケイドに読みあげてから、了解という彼の言葉を返信したが、頭のなかはこんがらがっていた。雇われた男四人、マトックスのそばに三人、そしてマトックス本人……。全部で八人だ。

かたや、こちらは三人。

しかも、アデラが関与しているのか、すべてにおいてグルなのか、あるいは怪我をした状態で人里離れた山小屋に身をひそめているのか、まだはっきりとわかっていない。

それからほどなく、ハイウェイをそれて狭い道に入り、レイエスを拾った。レイエスは木立の後ろにトラックを停《と》めており、ケイドと同じのんきな態度でぶらりと出てきた。

こっちは爪を噛みたい心境なのに、この兄弟は平然としているなんて。

ケイドが車をおりてSUVの後方に回り、弟を出迎えた。

体ごと振り返って見ていると、レイエスがまずは拳銃二丁を収めた腰用ホルスターから装着していった。ケイドと違って、防弾チョッキをTシャツのすぐ上に重ねる。

そわそわのあまりじっとしていられなくなって、自身も車をおりた。

レイエスが顔をあげてにっこりした。「やあ、お嬢さん。調子はどう?」

「順調よ」

勘のいいレイエスはあらためてこちらを向いたが、見るからに緊張していることについては、賢明にもコメントしなかった。

代わりに半自動の狙撃銃を手にした。「雨になりそうだね」

ケイドは肩をすくめた。「この時期の午後は、毎日だろう」

「風のほうが計算しにくいからいやだな」

どういう意味かと眉をひそめると、ケイドが説明してくれた。「レイエスは遠くからおれたちを援護する」

それは聞いていなかった。「そばにいるんじゃないの?」

「だれもきみの背後に忍び寄らないよう、遠くから守るんだ」

それは……ありがたいけれど。「腕前はたしかなんでしょうね?」

レイエスがむっとして、軽く髪を引っ張ってきた。「風が吹こうと雨が降ろうと関係ない」車のトランクをばたんと閉じた。「行こう。おれが運転するよ」

ケイドが助手席に座れるよう、スターリングは後ろに移動した。厚い雲が流れてきて太陽を隠し、つかの間あたりを薄暗くした。兄弟の言うとおり。雨は避けられないし、こちらの気分に合っている。

全員が無傷で今日を乗りきれたら、生き方について考えなおしてみよう。ケイドは重要だ。ケイドの家族も重要だ。

それはつまり、わたしも重要ということだ。

18

枝が伸び放題の木立を回って耕作放棄された畑を越え、スターリングたちは横手から農場に入っていった。散らばったままの干からびた茎からすると、かつてはとうもろこしが栽培されていたらしい。

何年も放置されていた農場主の家は荒れ果てており、窓はすべて割れて屋根は半分なくなっている。裏の右手奥には風雨にさらされた納屋がまだかろうじて立っていた。

その後ろに停《と》められた二トントラックと黒のセダンがなければ、場所を間違えたのではと思っていたに違いない。けれど証拠はそこにある。正面側から来ていたら、どちらの車にも気づけなかっただろう。

兄弟は無言のまま、柵の近くのねじくれた大木や大きな石、小川にかかる古い構脚橋を見ていた。

「あそこだな」レイエスが言い、橋を指差した。「あそこからならよく見える」

ケイドがうなずいた。「おれがぐるっと回って、そちら側から納屋に入ろう。そうすれば状況がつかめるし、おまえもおれを援護できる」

「何人か、すぐ倒そうか？」

「いや、そうなるとこちらの存在を知らせるだけだし、どのみち必要ないかもしれない。まずは様子を見よう」

二人が計画を立てるのを聞いていたら、自然と眉根が寄った。向こうは八人いて、ケイドを殺そうと待ち構えているのに。

わたしをつかまえようと。

準備ができているようにはまったく感じられなかった——が、怖いくらい落ちついている二人にそんなことが言えるだろうか？

レイエスが双眼鏡をおろして言った。「納屋のなかには五人しか確認できないな。女性をあそこに隠しておくつもりだと思う？」

「あそこが頑丈と言えるか？　ちょっとのことで崩れ落ちるだろう」

「罠《わな》だったらどうするの？」兄弟が振り返ったので、手のひらに爪が食いこむほど強く手を握りしめて、続けた。「敵の一人も狙撃銃を持ってたら？　近づいていくわたしたちを狙って撃ってくるかもしれない」

「それはないよ」レイエスが言った。「あの能なしたちにそこまでの計画が立てられるとは思えないからね。ジムにいたひよっこたちには、トラブルに足を突っこむ以上の才能なんてない」

「マトックスはひよっこじゃないわ」頑固に言い張った。「あいつは血に飢えた、心ってものがない人でなしで、わたしたち全員を喜んで殺すでしょうよ」

レイエスがゆっくり双眼鏡をおろした。数秒の沈黙のあとに口を開いたが、今度もこちらの恐怖心には気づかないふりをすることにしたらしい。「男二人がトラックの後ろに回った。おれたちには気づいてないみたいだな」

「マトックスは？」身を乗りだして目を凝らしたものの、双眼鏡がないので見分けはつかなかった。「いた？」

「二人とも、やつほどの巨漢じゃなかったよ。それに、マトックス本人がつまらない仕事をするとは思えない」

「やつの手下はおれたちが倒した」ケイドがまた向こうを観察しながら言った。「やつはかならずここにいる。感じるんだ」

ささやき声で同意した。「わたしも」どういうわけか、マトックスはここにいるとわかった……だけでなく、このすべてがおかしいこともわかった。

ケイドがなにかを感じとったように、ちらりとこちらを見た。無言でわたしを分解し、分析して、結論に達する。

どうしてこんなに冷たい目が、こんなにわたしを焦がすの？

歯向かうように尋ねた。「なに？」

「いまはためらうときじゃない。もし気になることがあるなら――」

「なにかおかしいって感じるの」思いきって言った。「なにもかもがおかしい。直感が言ってるの、わたしたちははめられてるって」一歩引いて、二人の嘲笑に、反論に身構えた。

兄弟が視線を交わした。

レイエスの言葉は意外だった。「直感で命拾いしたのは一度じゃないな」

ケイドもうなずいた。「つまり、これはおれが思ってたほど簡単な話じゃないかもしれないということだ」

二人が耳を貸してくれたとわかって、少し緊張がほぐれた。

が、それもケイドが手をつかんでこう言うまでのことだった。「ベイビー、きみを怒らせたくはないが、頼みがある」

レイエスが小さくハミングをしながら指でハンドルをとんとたたいて、納屋の監視に戻った。

いやな予感を覚えつつ、あごをあげた。

「きみは間違ってないと思う。おそらくこれは罠かなにかだ――が、おれの手に負えないほどのものじゃない」

全身が緊張で張り詰めた。「前にもこういうのをやったことがあるの？」

「何度も」

ケイドに引きさがる気はなさそうだし、突き詰めて言えば、こちらも引き止める気にはなれなかった。「いいわ、やりましょう。実行するより、じっと待ってるほうがしんどいもの」

ケイドはじっと動かないまま、手をつかんだ手に力をこめた。「おそらくこれは罠だから、だれかが車に残るべきだ。万一、急いで逃げなくちゃならなくなったときも、すぐ発進できるように」

この話の行き先は容易に察しがついた。「残るのはわたしってこと？」

「きみにならまかせられる。そうでなければ頼まない」ケイドの低い声は、安心させるようにやさしく肌を撫《な》でた。「いざとなれば、きみはどんな状況にも対処できるだろう。その点は疑ってない。だが包み隠さず言うと――」

「こういうことには、あなたとレイエスのほうがはるかに慣れてるってわけね」それが包み隠さぬ真実だ。

「おれたちのほうが、でかいし強い」ケイドが言いなおして、つかんだ指の関節を親指でこする。「そしてたしかに、こういうことのための訓練を積んでる」

さがっていろと言われているのだと思うと、傷ついた。

それに気づいたのだろう、ケイドが続けた。「きみでなければレイエスが――」

レイエスは鼻で笑ったが、納屋の監視を続けた。「まだ五人。女性はいない」

感謝するべきなのはわかっていた。差しだされたこの口実をありがたく受け入れるべきだと。それでも口から出た言葉はこうだった。「いやいやだけど、引き受けるわ」

ケイドの肩から力が抜けたのを見て、この決断が彼にとって重要だったのだと悟った。

この男性と出会うまで、未来というものにたいした意味はなかった。それがいまでは、自分たちの今後がどうなるのかを見てみたいと思っている。明日は、来月は、来年は、どうなっているのかを知りたい。「忘れないでよ、ケイド。あなたのこと、めちゃくちゃ心配するんだからね。めちゃくちゃによ」怖くて声が震える。「もう、あなたのせいで弱虫になっちゃった！」

「配置につくよ」レイエスが言い、ケイドの足元近くからライフルを拾ってSUVを出ると、身を低くしたまま畑を横切っていった。小川に入っていって構脚橋をのぼらなくてはならないが、レイエスなら確実にできるはずだ。

恐ろしいタイミングで気づいた――わたし、いまではレイエスが好きだ。なんてことだろう。あっという間にマッケンジー家の全員がとても大切な存在になっていた。

ケイドが車をおりて反対側に回ったので、こちらも外に出た。たちまち小雨で服と髪が湿ったのもかまわないでいると、ケイドが一瞬のためらいもなくSUVの側面に押さえつけてきて、ざらついた手で頰を包んだ。「こんなときになんだが、知っておいてほしいことがある」

「なに——？」

「きみを愛してる」

心臓がのどまで飛びあがってそこにへばりつき、グレープフルーツの大きさで気道をふさいだ。ずるい！　よりによってこんなときに気持ちを表明するなんて。わたしの感情がしっちゃかめっちゃかで手に負えないときに。

驚きに沈黙していると、ケイドがやさしい笑みを浮かべた。「愛してるよ、スター」

少し時間がかかったものの、どうにかこちらもほほえんだ。「ケイド——」

「かならずきみのもとに帰ってくる」わずかに開いた唇に短くキスをしたが、すぐさま続けた。「運転席に移動して、ドアをロックして、注意を怠るな」

言葉で伝えるだけでは不足とばかりに、わざわざ運転席に押しこんでから、ドアにロックをかけて静かに閉じた。

こちらがどう思っているかを伝えるチャンスが与えられなかったいま、伝えたくてたまらなくなった。もしや、わたしがどう返すかわからなかったの？　不安だった？

笑ってしまう。わたしなんてただの人、特別な才能はないし家族もいない、おすすめポイントだってなにもない。かたやケイドは……。

わたしにとって、すべてだ。

そのケイドがわたしを愛している。彼の告白を胸に抱きしめた瞬間、きっと大丈夫だと信じることができた。

彼はわたしの不安に気づいていたのだろうか？　当然だ。ケイドはなにも見逃さない。あえて運転手が必要だと言って、わたしを救ってくれたのだ。事前の計画段階ではそんな話は出なかったのだから、きっとあの場で思いついたのだろう。

なぜかケイドは本当の意味でわたしをわかってしまう。わたし自身が理解できないときでさえ、理解してくれるのだ。ケイドがくれた口実がなければ、わたしは一緒に行っていただろうし、やるべきことをやっていただろう。

わたしはそれをわかっている。ケイドもわかってくれている。重要なのはそこだ。ケイドはわたしを思いやってくれた……なぜならわたしを愛しているから。

その思いに集中力を研ぎ澄まされて、ひたと前方を見つめた。ケイドはもう視界から消えつつあり、レイエスはとっくに景色にまぎれている。ケイドが置いていった双眼鏡をつかんだ。必要に迫られたら手を貸さなくては。

そうならないかぎり、わたしはここにいる——待っている。

橋桁の後ろに控えているレイエスを見つけたケイドは、丈高い雑草ととうもろこしの茎のあいだを身を低くして進み、納屋の向こう側までたどり着いて、そこからは匍匐《ほふく》前進した。じゅうぶんな距離まで近づくと、男たちの声が聞こえてきた。マトックスではないが、やつはかならず近くにいると感じた。

「連中、来るかな？」だれかが尋ねた。「そろそろ来てもおかしくないんじゃないか？」

「ちょっとそのへん、見てこいよ。だれか一人連れていけ」

動きを止め、風雨にさらされた板に背中をぴったりくっつけて待った。男たちは低い声でささやき交わし、おもに雨について文句を垂れている。そのとき、一人が言った。「おまえ、裏を見てこい。おれはこっちをチェックする」

完璧だ。同時に二人を倒すこともできるが、一人ずつのほうが手っ取り早いし、一人を片づけているあいだにもう一人を気にしなくて済む。

一人めが角を回ってきた。背中を丸め、片手をポケットに突っこんで、脇に垂らしたもう片方の手にはリボルバーを握っている。こちらに気づいたものの、一秒遅かった。

迷わず背後から締めあげると、小柄な男は声も動きも失ったので、さらに力をこめたところ、男の細い脚から力が抜けて、体はぐったりした。それを地面におろしてから、すばやくダクトテープで口をふさぎ、両手両足をナイロン製の手錠で縛った。

男の銃を奪って腰に差し、三十秒と経《た》たないうちに納屋の裏に回ると、二人めの男がこちらを見つけてぎょっとした。髪を一つにまとめて前歯が二本欠けた姿は、じつに滑稽だった。

口を開けて叫ぼうとした男の顔面にパンチを食らわせると、男はふらついてしゃがみこんだものの、まだ意識は失っていなかった。

問題ない。馬乗りになって、のどを押さえた。「声を出したら殺す」

まぬけ面は恐怖にすばやくまばたきをして押し黙った。そこで手を放したが、それはもう一発パンチをお見舞いするためだった。今回は男も眠りについたので、こいつも一人めと同じように縛った。

レイエスが確認したのは五人。つまり、残るは三人。

小枝の折れる音に振り返ると、新たな男二人が立っていた。目を見開いているところから察するに、死ぬほど怯《おび》えている。二人とも銃を手にしているが、銃口はこちらに向けていない。

なお無謀なことに、手を伸ばせば届く距離にいる。

相手の愚かさにゆっくり笑みを浮かべ、脚を伸ばしたまますばやくターンして二人の足をなぎ払うと、ばかどもはぶつかり合って倒れた。

こんな役立たずを通りから拾ってきて使うとは、マトックスは本当に切羽詰まっているのか、それとも、こいつらがくたばってもどうでもいいのか。

もちろんこちらとて、手当たりしだいに殺すようなことはしないが、だとしても、こんなレベルなら複数だろうと難なく息の根を止められる。この二人の手足も縛り終えたとき、銃声が聞こえた。レイエスだ。

納屋の反対側で、だれかが苦痛に叫んだ。最後の一人か？　もしかするとマトックスかもしれない。

ふたたび立ちあがって納屋をのぞいたものの、だれもいなかったので怒りが広がった。マトックスめ、どこにいる？

捕虜たちが教えてくれるかもしれない。

振り返ると、ごろつきの一人と目が合った。

顔から血を流して目をきょときょとさせているそいつに、静かに歩み寄る。

男が必死に後じさろうとしながら叫んだ。「あんた、いったい何者だ？」

手を縛られているので攻撃をブロックできないその男の脇腹を蹴って、問うた。「マトックスはどこだ？」

「くっそ！」男は叫び、縮こまろうとした。「ちくしょう、なにすんだよ！」

罵倒にひるみもせず、グロックの銃口を向けた。「二秒やる。一――」

「農場主の家にいるよ！」

「黙れ、モート」別の男がうなるように言った。「マトックスにのどを切られるぞ」

「こいつには撃たれちまうよ！　どっちみち、おれはおしまいだ」

農場主の家……。「なぜだ？」

「計画のことはだれにも言うなって命じられてるからだよ」

鈍いやつだな。モートのことは放っておいて、もう一人の股間を踏んだ——悲鳴をあげるくらい強く。「なぜやつは農場主の家にいる?」あの家はかろうじて立っているくらいだから、納屋のほうがましなのに。

焦りが脈打ちはじめた。スターの姿を確認したい。スターに触れたい。早く——

モートがつっかえながら言った。「わ、罠みたいなもんだ。詳しいことは知らない。た、頼むよ、いまのうちに逃がしてくれ」

真っ赤な怒りが燃えあがった。スターが危ない。もはやすべてがぼやけて見える。すばやくモートともう一人に猿ぐつわを嚙《か》ませるなり、全速力で家のほうに駆けだした。

銃声にはっとしたスターリングは、車のなかでじっとしていられなくなった。心臓が早鐘を打ち、双眼鏡を取りだしてのぞいてみたものの、どうやらすべては納屋の向こう側で起きているらしい。

撃ったのはレイエス? それともマトックスの手下?

心を決めかねて唇を嚙んだ——そのとき突然、アデラがSUVのフェンダーに飛びついてきた。銃を手にしてさっとそちらを向いたとたん、驚きに唖然《あぜん》とした。

アデラの唇は腫れて乾いた血がこびりついており、片目の周りにはあざができて、あごにも紫色のあざが広がっていた。「いったいなにが——」
「フランシス」自分の脚では体を支えていられないのか、車のボンネットに抱きつくような格好で、アデラがにじり寄ってきた。「お願い。助けて」

彼女をここまで痛めつけた人物への怒りに比例するように同情がこみあげてきて、冷静に尋ねた。「なにがあったの?」銃をホルスターに収めてから、アデラに駆け寄って体に腕を回す。「マトックスにやられたの?」

「ええ」ぐったりともたれかかってきたアデラが、必死にしがみついてきた。服は破れ、汚れたTシャツは裾から胸の下まで裂けている。ジーンズはすりきれて泥だらけ、髪はもつれていた。

ぐったりしたアデラをかかえたままSUVの側面に回り、ドアを開けて乗りこませようとした。「楽にして。深呼吸して」ドアハンドルに手を伸ばしたとき……。

不意にアデラが笑って体を離した。その手には、こちらの銃が握られていた。

すべてがやすやすとつながった。「やっぱり、思ったとおりだったのね。あなたも罠の一部だった」

「嘘つくんじゃないわよ!」アデラがかっとなって言った。「ちっとも気づいてなかったくせに」

口角をあげて返した。「あなたのことは最初から疑ってたわ」

悔しげに唇を引き結んで目を狭めた様子は、いまにも人を殺しそうだった。どう反応すべきか、なにをすべきか、いつやるべきか、すばやく考えた。賭けになるが、戦わずして負けるわけにはいかない。

すると意外にも、アデラがほほえんだ。「全部考えたのはわたしだって気づいてた？　ああ――それは気づいてなかったんだ」

全部？　いや、さすがに信じられない。「マトックスは女性に命令されて動くような男じゃないわ」

「もちろんよ。彼は〝ザ・男〟だもの。わたしの男」満足げに言う。「どうやってあんたをつかまえたらいいか、提案したら彼、気に入ってね。前はうまくいったのよ」

前はうまくいった？　なんてこと。

「ここであんたを殺したくはないわ。マトックスががっかりするもの。だから、ほら、向きを変えて、歩きなさい」

いま感じられるのは激しい怒りと固い決意だけだった。ケイドは近くにいるけれど、彼の気をそらさずに一人で対処できる。ケイドはケイドで、もうじゅうぶん手一杯だ。

「歩けって言ってるの！」

命じられて、あざけるような笑みを浮かべた。「歩かなかったら？」

アデラが足を引きずって近づいてきた。「マトックスがあんたのボーイフレンドを撃つわ。顔のど真ん中をね」傷だらけにされた顔をうれしそうに歪《ゆが》める。「マトックスはもうあんたの男をつかまえちゃったのよ」

　おれを信じろとケイドは言った。だから信じる。無表情を保つのは難しかったが、最善を尽くした。「あなたが嘘つきだってことはあなた自身が証明してくれたのに、どうやったらその言葉を信じられるっていうの？　むしろ、いまごろマトックスのほうが死んでるんじゃない？」

「違う！」アデラがさらに近づいてきて、憎々しげに息をしながら言った。「マトックスはあの男をつかまえたわ。歩かないって言うなら、その脚を撃って、わたしが引きずっていくわよ」

　じゅうぶん近くまで来てくれたら、銃を奪い返せる。けれどアデラはそれが叶《かな》わないくらい手前で足を止めた。

　挑発したくて鼻で笑った。「まっすぐ立ってるのもやっとじゃない」

「いいわ。両脚を撃って、どこに行けばあんたを見つけられるか、マトックスに教える」

　ありえないけれど、ケイドが敵の手に落ちているとしたら、そばにいて助けたい。その一心で調子を合わせることにした。「わかった。じゃあ、納屋に行けばいいのね」

「納屋じゃない」アデラが後ろをついてくる。「家のほうよ」

　家？「冗談でしょ。家なんてどこにもない」

「部屋が二つ、生き残ってるの」おそらくは痛みのせいだろう、荒い息をしながら、アデラが鋭く言った。「早く。また雨になるわ」

その言葉どおり、遠くで稲光が走り、空は陰気に暗くなってきた。きたる嵐の気配のせいで、その廃屋はこれから訪れる災いの予兆に見えた。

アデラには話しつづけてもらったほうがよさそうだ。「殴られるのも、壮大な計画の一部だったの？　その顔、地獄から戻ってきたみたいよ」

「あんたのせいよ！　彼は本当は穏やかな人なのに、あんたが激怒させたんじゃない。あんたのせいでわたしたちは隠れなきゃいけなくなったし、彼はビジネスを失ったのよ」アデラが途切れがちに笑う。「やっとあんたにつけを払わせることができるんだわ」

「あなたはもう払ったみたいね」

「マトックスはとてもやさしくなれるのよ。あんたを始末したら、またやさしくなってくれるわ」

そんなねじれた論理を聞かされて、胃が痛くなってきた。「彼の暴力をそんなに簡単に許すの？」

肩をすくめるような口調でアデラが言った。「仕方ないわ、あんたをおびきだすために必要だったんだもの。もちろんうれしくはなかったわよ、でも、うれしくないけど必要なことってたくさんあるでしょう――マトックスはあんたに執着してるから、とくにね」くすくす笑うような声を漏らす。「またあんたに会えたら、彼、大喜びするわ」

「〝大喜び〟っていうのは正しい表現だと思えないけど」

「あら、そんなことないわよ。彼、わたしを殴るのは好きじゃないけど、あんたなら。あんたの悲鳴を聞いたら本当に喜ぶと思うわ」

それを聞いて決意を固めた。少しでも気を緩めたら、恐怖で心が弱くなる。マトックスのことは考えない。もし失敗したらあの男になにをされるかも考えない。わたしは二度と餌食にならない。

絶対に。

あざができるほど強くアデラが背中を小突いてきて、すぐにさっと逃げた。このイカれ女。そう思いながらも同情を禁じえなかった。アデラは明らかにまともではない。どんな目に遭わされてきたのか知らないが、そのせいで判断を歪められ、マトックスを崇《あが》めるようになったのだろう。

ちらりと振り返ったものの、アデラはすでに手の届かない距離までさがっていた。まともではないかもしれないが、近づきすぎないだけの頭はあるらしい。

「家のなかの明かりが見える？」アデラが自慢げに言った。「マトックスたちがなかにいるのよ。どうなってるかしらね？　あんたの男はもう死んでるかもしれないし……ちょうど死にかけてるところかもしれない。だから急ぎなさい、さよならを言いたいならね」

もちろん急いだ――アデラにとってはついてくるのが難しいくらいに。どういう理由で殴ったにせよ、マトックスは明らかにやりすぎたし、そのせいでアデラは怪我《けが》をして弱っている。

壊れた正面階段をのぼりながら、状況を引っくり返せるチャンスを常にうかがった。これまでのところ、そんなチャンスは訪れていない。

ポーチの板がなくなっている部分があるので慎重に歩を進め、ついに敷居をまたいだ。屋根が完全に抜け落ちているあたりの床には、雨が水たまりを作っていた。

前方の部屋にマトックスがいた。銃を手に、分厚い肩をかびだらけの壁にあずけて、残虐な満足感に顔を歪めている。「これはこれは。本当にやったのか、アデラ」

「やるって言ったでしょう」アデラに背中を押されて、危うく顔から倒れそうになった。感覚がひどく鋭くなっていたので、不気味なほど静まり返っていることに気づいた。

つまり、マトックスはケイドをつかまえていない。

ほっとして、呼吸がまた楽になった。ケイドもレイエスも、まだどこかにひそんでいる。となれば、チャンスはあるということだ。わたしたちにチャンスはある。

「おや、目に希望が宿ったな」マトックスが妙に甘い声で言った。「いいものだ。じつにいいものだ」

「わたし、トラックに女性が乗せられてるってこの女に言ったの」アデラがあざ笑うように言った。「だけど彼女、あなたがほかにも手下を連れてきてることはまだ知らないわ」

「四人な」マトックスが言った。「とっくに農場を回って、図体《ずうたい》のでかいおまえの友達を捜している」

挑発にはのらず、平然とマトックスを見つめた。「あら、また犠牲者を送りだしたの？」

「今回はじゅうぶんな武器を持たせた」

「それが助けになるとでも？」ふんと笑った。「いままであなたが送りこんできた坊やたちはみんな屁《へ》でもなかったけど」

マトックスに動じた様子はなかった。「たしかにこれまでは社会のごみを使うしかなかった。頼れる存在というわけではなかったが、数には力があるからな。今回は、じきにあの男の死体を引きずってくるに違いない」

そんなふうに脅されても、ゆっくり気取った笑みを浮かべた。「驚いた。本当に気づいてないのね――そいつらを死へ送りだしたことに」

くつろいだ姿勢を捨てて、マトックスが背筋を伸ばした。「ばかを言うな」

「そいつら、納屋にいたでしょ？　いまごろ使い物にならなくなってるわ。この静寂が聞こえない？　真剣に考えたら、それがなにを意味するかわかるはずよ。ついでに言うなら、次はあなたの番だってこともね」言葉が口から出たとほぼ同時に、目のくらむような激痛が頭に走り、床に膝をついた。ああ……。必死に吐き気をこらえつつ、目の前で踊る星を見つめた。

マトックスが舌打ちをして言った。「彼女を怒らせるようなことは言うな。おれにぞっこんだから、おれのこととなると予測不能だぞ」やさしいとも呼べそうな笑みをアデラに投げかける。「うっかり殺してしまったらどうするんだ?」

アデラは肩で息をしながら、うなるように返した。「このばか女があんなことを言うからよ」

うなりながらぎこちなく立ちあがったものの、その前にこっそりブーツからナイフを抜くのを忘れなかった。隠したままにしておくのは容易ではなかったが、よろけたふりをして壁にもたれかかり、二人から見えないようにウエストの背中部分に滑りこませた。二人の気をそらしたくて、アデラに言った。「ただじゃ済まさないわよ」

アデラがかっとなって、こちらにかかってこようとした。

衝撃に身構えた。こめかみがずきずきしているいまなら、アデラの首をへし折るのも辞さない気分だった。

しかし残念ながら、マトックスに邪魔された。やさしいとは言えない手つきでアデラをつかまえて、あざの残る頬を分厚い手で包んで言う。「あの女をあっさり死なせるつもりはないんだ。なあ、おれの喜びを奪いたくはないだろう?」

気色の悪い歪んだ愛情を見せつけられてなお冷静な顔を保つのは難しかったが、必死に努力した。

そんな努力をあざ笑うように、アデラが心からの崇拝をたたえてマトックスに寄り添った。「いい子にするわ」

するとマトックスがアデラの腫れた頬と血のにじんだ唇を太い指で撫で、かすかに顔をしかめてから、ひたいにそっとキスをした。「わかっている」

「ねえ」我慢の限界とばかりにスターリングは言った。「いますぐやめてくれないと、吐きそうなんだけど」

マトックスはこちらをにらんだものの、アデラに言った。「焦ってあの女を撃ってしまう前に、その銃をよこせ」

迷いつつもアデラは銃を差しだし、乱暴に奪いとられて身をすくめた。マトックスは銃をポケットに突っこんだので、これで二丁持っていることになった。

その計算に心のなかで顔をしかめ、あらためて傷だらけのアデラの顔を見た。マトックスは絶対に死ななくてはならない――けれど、アデラは救われるべき？　あまりそうは思えない。

確認のために尋ねた。「じゃあ、新しく女性をつかまえてはいないの？」

「あら、つかまえたわよ」気を取りなおしたのか、アデラが自慢げに言った。「あんたが彼から奪った収益を、その娘たちが補ってくれるわ」

だめだ。アデラを救うなどありえない。彼女のせいでほかの女性たちが脅威にさらされているとわかった以上、もはや気にかけることもできなかった。

アデラに話しかけるのではなく、マトックスに尋ねた。「ここにいないなら、どこにいるの？」

「教えると思うか？」マトックスが言い、壁に寄りかかったままの姿勢を眺めたが、なにもおかしいとは思わなかったようだ。「まさか、教えるわけがない。だがこれだけは教えてやろう――女たちはじきに移送される」そう言って、こちらの苦悩の表情を興味深げに見つめた。「気になるか？　まあ、部分的にはおまえのせいだからな。おれには金が必要で、そいつら一人一人がかなりの額を稼いでくれる。あのころおまえに設定していたような時間貸しはやめだ。今度の女たちはペットになる……。そうだ、おまえもなりたいんじゃないか？　おれの専属ペットになるのはどうだ？」

「本気で吐きそうなんだけど」

マトックスがにやりとした。「おれが存分に楽しんだあとは、そんな生意気な口も利けなくなるだろう」

アデラが顔をしかめた。「この女は殺すんじゃなかったの？」

マトックスが分厚い唇を舐《な》めてつぶやいた。「殺すとも――しっかり楽しんだあとにな」

恐怖で胃は渦を巻きつづけたが、嫌悪の目でマトックスの全身を眺めた。「あいにく、その脅しを実行するまで生きてられないわよ」

怒りでマトックスが前に出た。数メートル手前で足を止め、命じる。「いますぐ大声でやつを呼べ」

「やつ？」わからないふりをして尋ねた。

「またとぼけたふりをするなら」アデラがわめいた。「脚を撃っちゃいなさいよ！」

その容赦ない提案に、マトックスが両眉をあげた。

時間を稼ごうとして尋ねた。「わたしになんて言ってほしいの？」

「やつの名前を叫べ」マトックスが満足そうにほほえんだ。「それで事足りるはずだ」

ゆっくり深く息を吸いこんで、大声で言った。「ケイド！」

返事はなかった――が、期待もしていなかった。ケイドはばかではない。間違いなく、この状況と参加者をすでに把握しているはずだ。計画を立てて、わたしを助けに来る。わたしはただ、その過程で彼が怪我をしないよう祈るだけ。

「悲鳴をあげさせなきゃだめなんじゃない？」アデラが言い、こちらに近づこうとした。

今度もマトックスがそれを引き戻したが、今回は苛立《いらだ》ちをあらわにしていた。「もう一度呼べ。うまくやったほうが身のためだぞ」

ケイドがどの方向から入ってくるかを見定めようと、壊れかけた家のなかをすばやく見まわした。マトックスは背中を壁で守っているので、背後からは入ってこられない。であればおそらく、壁のほとんどがなくなっている側面から、あるいはわたしが入ってきた正面からだろう。

いずれにせよ近づいてくるのがこちらから見えてしまうし、となるとマトックスにとってたやすい標的になってしまう。

そのとき、立て続けに三発の銃声が響いた。音は不毛の畑にこだまして、出どころがわからない。

直感でケイドだとわかった。彼が得意技を披露しているのだ——敵をぶちのめすための大暴れを。

アデラが蒼白《そうはく》になった。マトックスも動揺した様子で、重厚なグロックをさっと出すなり筒先をこちらの胸に向けた。「早く呼べ！　おれがおまえをつかまえたことを、やつにはっきりわからせろ」

それで助かると思っているなら、とんだ勘違いだ。

「呼べ、呼べ」歌うようにはやすアデラの目は興奮でうっとりしている。「呼ーべ！」

刻一刻と、精神状態が危うくなっているらしい。

肺をいっぱいにして、叫んだ。「ケイド！」マトックスを満足させようとしてつけ足した。「わたしはここよ！」

アデラが目をぎらぎらさせて息を詰めた。

静寂が広がり、マトックスの冷たい目が二つの侵入口を行ったり来たりする――そのとき突然、天井の穴からケイドが降ってきて、三人の前にひらりと着地した。

この不意打ちに三人とも一瞬、身動きができなかったが、ケイドは違った。怒りの炎に包まれた姿はいつもよりさらに大きく、無敵に見えた。すばやくターンしてマトックスの銃を蹴り落とし、同時に腕の骨を折った。痛みにもがくマトックスののどをつかんで床から持ちあげ、崩れかけた壁にたたきつける。続いて大きなこぶしを股間にお見舞いし、激痛の叫びは顔面ラリアットで黙らせた。のどにパンチで、一丁あがり。

マトックスはそのでかい図体をだらりとさせて、ケイドの手からぶらさがっていた。あまりにもあっという間のできごとだったので、流れるような攻撃をただじっと見ていることしかできなかった。

アデラの甲高い、鼓膜を破るような怒りの叫びに、はっと我に返った。見ればアデラが床に落ちた銃に手を伸ばそうとしている。

ケイドを撃つつもり？

させない！　全身全霊をこめてタックルし、アデラもろとも床に倒れた。こちらのほうが体は大きいし、力も強いはず……だけど速さが足りなかった。

引き金が引かれ、銃声が響いた。

息詰まる恐怖をこらえて、そっと顔をあげた。けれど、ケイドは手を緩めてなどいなかった。大きなこぶしをくり返しマトックスの顔にたたきつけていた。

「やめて！」理性を失ったアデラは強かった。必死に押さえつけようとしてもまた銃を持ちなおし、憎しみに呑《の》まれて動物のようなうなり声をあげた。

銃を奪おうとしても、できない。だめ、いや、やめて。

ケイドを撃たせてなるものか。

獰猛《どうもう》な保護本能が目を覚まし……あの特訓がよみがえった。考える前に体が動いた。速く、激しく、容赦なく。

ケイドから教わったとおりに。

すでに負傷しているアデラの鼻に肘をたたきつけて骨を砕き、血を噴出させた。それでアデラの意識がぼやけた隙にウエストの背中部分からナイフを抜きとると、迷わず深く突き立てた。一度、二度、三度。

すぐに引き抜いて、恐怖に襲われながらさがった。

アデラの口がだらしなく開き、目は驚きに見開かれたもののなにも映っておらず、手からは銃が滑り落ちた。お腹の傷からどくどくと血が流れだした。

震えながら見つめていると、アデラはしゃべろうとしたものの、床の上でがくりと力を失い……動かなくなった。

まだ安全ではない。たったいま自分がしたことへの恐怖を抑えつけて銃を拾い、立ちあがると、ケイドがマトックスから手を離すところだった。

マトックスの巨体が着地した瞬間、床が震えた。

その脇腹には大きな穴がくろぐろと空いていた。アデラの放った銃弾にやられたのだ。

どういうわけか、ふさわしい結末に感じられた。

また吐き気がこみあげてきたものの、この光景と死のにおいを心に刻みこんでしまう前にケイドが助けてくれた。強く抱きしめて、髪に顔をうずめてくれた。

ああ、なんていい気持ち。温かくて安全で……生きている。

「怪我はないか？」ケイドが体を離して全身に視線を走らせ、腕や手首、腰に手を滑らせて確認する。

震える手で、鋼鉄のような肩に触れた。「大丈夫よ」

「そうは見えない」

それはたぶん、アドレナリンが薄れて頭がくらくらしてきたせいだろう。力なく、手でアデラを示した。「彼女に銃で後頭部を殴られたの」

即座に向きを変えさせられた。「かわいそうに、ベイビー、見せてみろ」

「大丈夫だってば」こちらはこんなざまなのに、ケイドのほうはこぶし以外かすり傷もないというのが、なんだか納得いかなかった。

ケイドがそっと髪に指をもぐらせて、後頭部に触れた。「くそっ。大きなたんこぶができてるな」また向きなおらせて、じっと目を見つめた。

「大丈夫よ、ケイド。本当に」ショックがおりてきて、体が震えだす。「あなたは?」

答える代わりに、ケイドは唇に唇を重ねた。性的ではない、安心させるためのキス。やさしくて急がない、心安らぐキス。

背後からレイエスの声がした。「新しい蘇生術《そせいじゅつ》かな? だって、こんなにやることが山積みなのに、兄貴たちがいちゃこらするわけないからね」

ケイドは唇こそ離したが、体は離さないまま、弟に言った。「マディソンは通報してくれたか?」

「じきに救急車と警察が来るよ」抱き合っている兄たちの向こうに目をやって、床に倒れた二人を見る。「死んだの?」

それには答えられなかった。

レイエスがそばを通り過ぎてマトックスも通過し、アデラのところまで行くと、床に膝をついてのどに指を当てた。「かすかに脈があるな。生き延びるかもしれないね」

ケイドが騎士さながらにスターリングを抱きあげ、戦いの場に背を向けて歩きだした。外に出て、廃屋からじゅうぶん離れたものの、まだおろさない。

「アデラはどうなると思う——?」

「いずれにせよ」ケイドが言った。「きみの責任じゃない」

頭では理解できたとしても、受け入れられるとはかぎらない。「彼女にあなたを撃たせるわけにはいかなかった」

ケイドが腕に力をこめて、あごをこわばらせた。あざやかなブルーの目でとりこにしたまま、感情を抑えようとする。「念のために言っておく」かすれた低い声で言った。「二度ときみから目を離さない」

その響きがうれしくて、たくましい肩に顔をあずけてささやいた。「よかった」

19

一行が家に帰り着くなり、父パリッシュはスターを診察して、脳震盪《のうしんとう》の兆候がないかを調べた。わずかに頭痛がするものの、それ以外は問題ないらしい。ふさいでいるが、だるさはないという。口数は少ないが、訊《き》かれたことには答える。視界もぼやけておらず、何枚かクッキーを食べるだけの食欲もあった。

スターがぶつくさ言うのもよそに、ケイドは彼女がシャワーを浴びて着替えるあいだ、そばを離れなかった。言いたいことはたくさんあるが、まだ待てる。こうして無事、一緒にいるのだし、重要なのはそこだ。

スターが暖かい服装に着替えたので、二人でデッキに出た。ひんやりした山の空気に、生き返る心地がする。腰かけた膝の上に引き寄せても、スターは文句を言わなかった。むしろあんまり静かなので心配になるくらいだった。

スターが山を眺めたまま、言った。「マトックスがいなくなったのは、いいことよね」

「すごくいいことだ」

「本人にそのつもりはなかったんでしょうけど、彼を殺したのがアデラでよかったわ」

アデラは救急車で運ばれていったが、彼女が生き延びるとはだれも本気で信じていなかった。マトックスと興じてきた悪趣味なゲームでいくつもの怪我《けが》を負ったせいで、その体はすでにぼろぼろだった。

いったい何度、殴られたのか知らないが。アデラは女性への虐待に加担していたし、スターのことも傷つけようとした。全力を尽くして、こちらを罠《わな》にはめようとした。あのまま命を落としたとしても、それを苦にして眠れなくなることはない。

「レイエスから連絡はあった?」

弟は、ケイドを殺すために雇われた男たちの一人からケイド自身が聞きだした情報をもとに、さらわれた女性たちを捜しに行った。

「それで?」スターが首を回してこちらを向いた。「ああ、あったよ」「女性たちは見つかった?　情報は嘘じゃなかった?」

男たちのマトックスへの忠誠心など、ぶちのめされはじめた瞬間に泡と消えた。「レイエスは女性たちを見つけて、あとはタスクフォースに任せた」だれもが知るところではないが、そのタスクフォースを設立したのは父で、彼らは最終的には父に対して報告義務がある――おかげでその後が追えるし、女性全員に救いの手が差し伸べられたことを確認できるというわけだ。

それこそ、父にとってもっとも重要な点。おれとレイエスとマディソンにとっても。

そしていまでは、スターにとっても。

スターは探るように目を見つめていたが、納得したのだろう、またほっと体をあずけてきた。「マトックスがどこからさらってきたのか、突き止めないとね」

「いま調べてる」実際、それが次のステップで、妹がすでに手がかりを追っていた。手下どもは全体像についてほとんどなにも知らなかったが、マトックスの運転手と、トラックに乗っていた二人はそれなりの情報源になった――口を割るよう説得されてからは。

幸い、父には法曹関係者にも政治の方面にもさまざまなコネがある。ものの数時間で、警察が関係者全員を逮捕したと連絡が入った。命を落とすのはマトックス――とおそらくはアデラ――だけでなく、ほかにも数名いるだろうが、運がよければ彼らとマッケンジー家を結ぶ証拠は出てこないはずだ。一家の手に負えないわけではないが、無用な面倒もいらない。

もしもだれかがその方面を嗅ぎまわるようなことがあれば、父が対処する。

スターの手のひらが胸板に押し当てられた。「わたしも関わりたいんだけど。かまわない？」

おれのことなら、きみはすべてに関わっていい。「もちろんだ、ベイビー」それでもつけ足した。「きみがそうしたいと思うだけ、関わっていいし、関わらなくてもいい」

「よかった。ああいう組織は一つ残らずぶっつぶさなくちゃいけないから」

「同感だ」彼女が頭のなかであれこれ考えているのがわかった。たしかにスターはこれまで一人で大仕事をしてきたが、今日ほどの暴力沙汰は初めてだっただろう。おれにとっては、いつものこと。スターにとっては……そうではない。

「今日のことだけど……」

言い淀《よど》んだスターを急《せ》かすことはしなかった。ただ体に腕を回したまま、腕をさすって、腰と背中を撫《な》でていた。

「何年も前にさらわれたとき、わたしはただの被害者だった」

その〝被害者〟は、知恵と勇気を使って逃げることに成功した。悲しいかな、同じ境遇に陥った全員に同じチャンスはめぐってこない。「いや、ベイビー、きみはサバイバーだ」

スターが顔をこちらに向けて、のどにそっとキスをした。「たしかにわたしは逃げることができたけど、それでもやっぱり……被害者よ。だけど、ほかの女性を助けることで、自分も助けてきたの。そうすることで、無力じゃないって思えたから。変化をもたらしてるって感じられたから」

「わかるよ」

「今日は行動を起こすまでのあいだにどんどん緊張していって、まともに考えられなくなった。最悪だったわ」

今度もなにも言わずに耳を傾けた。スターが不安をつのらせていたのは感じとっていたし、作戦からはずして楽にしてやろうとした。その点は失敗だった。スターが音を立てて息を吸いこみ、目をこすってまた震えた。「でも、わたしにはできるってわかったわ。今日のわたしはよくやった」

「すごくよくやったさ。何度も言ってるだろう、きみは直感が鋭いし、立派な戦士だと。だがそれだけじゃない。生まれながらの庇護者《ひごしゃ》だ」

またのどにキスをした。「庇護者? そんなことないわよ」

新たな怒りの波が全身を駆けめぐった。マトックスがスターを手にかけるまであと一歩だったこと、アデラがスターの死を見届けたがっていたことを知っているから、怒りの崖っぷちに立たされっぱなしだ。スターの安全をたしかなものにしたかった。願っているとおりにスターを大事にしたかった——スターにふさわしいとおりに。

スターと人生をともにしたい。すべてを分かち合いたい。約束を交わしたい。

結婚したい。

彼女のあごをすくってじっと目を見つめ、この想《おも》いがすべて伝わることを祈った。「そんなことあるさ。今日、きみはおれを救ってくれただろう?」

スターの顔によじれた笑みが浮かんだ。「助けようとはしたけど、そもそも必要だったかどうか」

「もしアデラの狙いが正確だったら?」

顔をしかめて言う。「まあ、たしかに一発放ったわね」

「一発だけで済んだ。きみがすばやく行動して、二発めを撃てないようにしてくれたから。きみがあの場にいて、おれはきみを信じてたから、マトックスだけに集中できた」だが自制心を失ってしまった。二度と同じことはしない。「過去にやつがきみにしたこと、またしてもきみをとらえようとしたことを思うと、素手で殺してやりたくなった。もしアデラがやつを撃っていなければ、おれが殴り殺していただろう」

スターがごくりとつばを飲んだ。「そうなってたでしょうね。わたし……感心しちゃった。あなたの動き、めちゃくちゃすばやい解体用の鉄球みたいだった」

時間を与えたいのに、容易ではなかった。こんなふうに、想いをたたえた目で見つめられては。

おれはすべてがほしい。きみはどうだ?

そのとき、父パリッシュがドアを開けて顔をのぞかせた。「二人とも、ちょっと来て見てみろ」

二人揃《そろ》って顔をあげたが、父は笑顔だったので、心配する必要はなさそうだとわかった。

「すぐに行く」

「見逃したら後悔するぞ」

「そこまで言われたら気になるわ」スターがあの魅惑のヒップを膝の上で滑らせて、床におりた。話題を変えたくてたまらないような表情で、こちらの手を引っ張る。「行きましょ。気晴らしが必要なの」

おれには必要ないがと思いつつ、引っ張られるままに立ちあがったものの、そこでスターを引き止めて、父が先に室内へ入るまで待った。スターは脳震盪こそ起こしていないかもしれないが、頭痛がするのは見ればわかる。やつれた顔と目の下のくまを見れば明らかだ。

「なかへ入る前に、知っておいてほしいことがある。おれは心からきみを誇らしく思ってるよ」

震えだした下唇を、スターがきゅっと噛《か》んだ。

本当にしたいのはもっとロマンティックな宣言だが、間違いなく、これもスターが知っておくべき事実だ。

「そんなこと言ってくれた人は初めてよ」

そうだろう。スターの人生は容易ではなかった。どんな人もぶつかるべきではないほど多くの困難を乗り越えてきて、それでも心身ともに美しいまま、強さと自立心、思いやりとセクシーさを失わなかった。「きみがしてきたことも、その生き方も、すばらしいのひとことだ」

スターが身を乗りだしてきてひたいを胸板にあずけ、わななかいた。「恐怖心を見せたら敵がますます強くなるのが怖かった。最初にマトックスにつかまったときは、そうなったから。あいつらはみんな恐怖心が大好物で、すごくおもしろい冗談みたいに思ってた」両手でシャツを握りしめ、打ち明ける。「だけどわたし、怖かった。すごく怖かった」

「ああ、おれもだよ」

その告白に、スターがさっと顔をあげた。「あなたも？」

「驚くことじゃないだろう」スターの目に涙があふれるのを見て、胸が引き裂かれそうになる。「頼むから泣くな」

「泣いてない」鼻をすすって否定した。

指先でそっと涙を拭ってやってから、手のひらで頬を包んだ。「生まれてこの方、あれほど怖いと思ったことはなかった。もしきみを失ったら……」想像するのもいやだ。スターを両腕に包んで、しっかり抱きしめた。「きみを失うなんてできない」

スターがシャツで涙を拭い、つばを飲んでうなずいた。「わたしもあなたを失いたくない」

それについてなにか言おうとしたとき、大広間のほうから笑い声が聞こえて、スターがそちらに意識をとられた。震える笑みを浮かべて言う。「パーティでもしてるのかしら」

そして好奇心に負けたのか、ドアのほうに歩きだした。彼女のそばを離れるつもりは毛頭ないので、ケイドも遅れずついていく。

大広間に入ってみると、ふだんは折り目正しいあのバーナードが床に座り、長い脚であぐらをかいて、汚れた猫を抱いていた。

スターがぴたりと足を止め、ケイドはまじまじと見つめた。

「よしよし、いい子だねえ」バーナードが聞いたこともないような声でやさしく言いながら、猫の背中を撫でる。「かわいい、かわいい。なんてかわいい小さなママさんだ」

「小さな？」ケイドはくり返し、バーナードの黒いズボンを白い毛だらけにしつつある、ひょろ長い猫を見た。

「ママさん？」スターがほぼ同時に言った。

「子猫がいるの」バーナードの向かいに座ったマディソンが、段ボール箱のなかをのぞきこんだ。「三匹」

スターが一目散に箱へ向かい、床に膝をついた数秒後、その顔に美しい笑みが咲いた。

感情をあふれさせつつ、小さな毛玉を抱きあげて頬ずりした。

ああ、この女性を愛している。心臓が張り裂けそうなほどに。スターは本当に強い人で、恐怖のさなかでもくじけなかった。それが今度は、これほど甘くやさしい面を見せられては……。

スターがこちらに笑顔を向けた。「ケイド、見て、かわいくない？」

目を見つめたまま、ささやいた。「すごくかわいいな」

父は腕組みをして暖炉のそばに立ち、少し面食らったような顔で全体像を眺めていた。そのとなりにいるレイエスは、なぜか攻撃的なオーラを発している。

不思議に思って、父と弟に近づいた。「いったいどこで――」

「あれはおれの猫だから」レイエスが筋肉を盛りあがらせ、あごを突きだして宣言した。

弟の反応に、両手を掲げて笑みをこらえた。「わかった。了解。そうか、猫を飼うことにしたのか。まったくもって筋が通る。これ以上のタイミングはない」

わかりやすい冗談にレイエスも怒りをやわらげ、天を仰いで言った。「もともとそんなつもりはなかったんだ。その子、ジムのそばの路地にいてさ。お腹を空《す》かせてるのに、その小さな毛玉三つの世話をしようとしてたんだ。ほかにどうしたらよかった？」

「おまえが拾うしかなかったな」励ますように言って、弟の肩をつかんだ。「おれでも同じことをしてたさ」

「それは理解できる」父が言った。「人だろうと動物だろうと、困っている存在から目をそらすようならおれの息子とは呼べないからな。驚いたのはバーナードだ」旧友の変貌ぶりが信じられないと言いたげに、ほほえみを浮かべる。「見ろ。あんな姿を見たことがあるか？」

いつもどおり非の打ちどころのない装いも、唖然《あぜん》としている周囲もおかまいなしで、いまやバーナードは仰向けに寝転がって笑いながら、猫が胸の上をしゃなりしゃなりと歩いてあごに頭をぶつけるままにさせていた。

ケイドはやれやれと首を振った。いや、絶対に見たことはない。「動物好きだとは知らなかった」

「おれだってそうさ」父が言う。「友情に篤《あつ》い男なのは知っていたし、おまえたちを我が子同然に愛していることも、料理に情熱をそそいでいることも、女性に事欠かないことも――」

「女性に事欠かない？」レイエスが口を挟んだ。

ケイドも初耳だった。たしかにバーナードはいろいろなものを大事にしている――身だしなみも、仕事も、おれたちのことも。だが、セックス？「あれだけ忙しくしてるのに、そんな時間がどこにあるんだ？」

「意思あるところに道は開ける、さ」父が返した。「だが何年もここで働いてきたのに、動物好きだとはひとことも聞いていなかった」

レイエスは不満顔のまま、バーナードがまた起きあがって猫に頬ずりするさまと、スターが子猫を抱きしめるさまを見ていた。違いといえば、母猫のほうはバーナードの腕から長々と垂れさがって、左右色違い《オッドアイ》の目を幸せそうに半分閉じ、寸足らずのしっぽをバーナードの腕に巻きつけているところか。

「プレゼントするつもりでここに連れてきたんじゃないんだけどな。おれはただ……」レイエスは言い、片手で頭をさすった。「ジムに置き去りにはできないだろう？　というか、とりあえず最初はそうするつもりだったんだけど、急に呼び出しがかかったから、快適な居場所を用意してやる時間がなくなったんだ。今日、任務が片づいたあとも頭のなかはあの子のことでいっぱいで、気になってさ」

「わかるよ」ケイドは言い、弟の苦境を思って浮かびそうになる笑みをこらえた。

「戻ってくる途中でジムに寄ってみたら、あの子、子猫たちと一緒に箱のなかにいたんだけど、そりゃ窮屈そうで。ちゃんとした寝床が必要なんだ。ちゃんとした餌も、それから――」

「猫用トイレも」スターが言いながら歩み寄ってきた。子猫は箱に戻したようだが、やさしい笑みは浮かべたままだ。「母猫はあなたの手元に残すの？」

レイエスはバーナードを眺めた。「どうだろ。返してもらえるかな」ちらりとスターを見て、言う。「そうなると困るよ。どこへ行ったのかって、ケネディが知りたがるから」

「ケネディ？」父が尋ねた。

「どこか気になるって、スターリングがジムで指摘した女性」レイエスが返し、ケイドに向けて続けた。「独学で防御を身に着けようとしてた、例のハリネズミさ」

「彼女と話したの？」スターが尋ねた。

「指導しようかって言ってみたけど、断られた。というか、ものすごく失礼なことを言われた」レイエスがむしゃくしゃしてきた様子でスターをにらむ。「彼女、おれがただのジムのオーナーじゃないって気づいてたんだ。詮索してほしくないなら、そっちも引っこんでろ、みたいなことを言われたよ」

「へえ」スターが笑みをこらえた。「じゃあ、彼女はキュートなだけじゃなく、たぶん危険にさらされてて、しかも目が利くってわけね。もう好きになっちゃった」

レイエスがうんざりした顔になった。

マディソンが近づいてきた。「その人の裏を調べましょうか？　ラストネームは？」

レイエスは簡潔に答えた。「必要ない」

「どうしてよ」スターが言う。「わたしのことは迷いもせず調べたくせに」

「あのときは、兄貴がきみに気があったけど、今回はぜんぜんそういうことじゃないから」レイエスの否定はやや強すぎた。

「へーえ」マディソンの口調は、下の兄の言葉を信じていないと物語っていた。スターをつついて言う。「その人のラストネームが知りたいわ――念のために」

「とにかく」レイエスがいらいらして言った。「猫を見つけたのは彼女。おれは彼女が路地に入っていくのを見てあとを追っただけ」

スターが両眉をあげた。「あとを追った？」

するとレイエスは片手でバーナードを示し、くるりと父のほうを向いた。「おれ、どうしたらいい？　彼女はジムに来れば猫に会えるって思いこんでるんだよ」

父は常に答えを持っている。「きちんと面倒を見られるよう、家に連れて帰ったと言えばいい。その女性はおまえと親しくなりたがっていないようだから、家に行きたいとは言ってこないだろう。だがもし、また猫に会いたいと言われたら、獣医に連れていくときに誘え」

いい考えだと思って、ケイドも助言を重ねた。「母猫も子猫も獣医に診てもらわなくちゃいけないからな。いますぐ予約を入れたほうがいい」

子猫がにゃあにゃあ鳴きだすと、母猫がぱっと顔をあげてバーナードから離れ、段ボール箱に急いだ。

白い毛だらけで満面の笑みを浮かべたバーナードが、みんなのほうに歩いてくる。「いろいろ必要なものはありますが、いまのところはわたしがなにかしらの餌とまともな寝床を用意しましょう。明日、買い物に行ってきます」

マディソンがバーナードを抱きしめた。「あんなにめろめろになれるなんて、知らなかったわ」

これにはバーナードもつんと鼻をあげた。「めろめろになどなっていません」

父が手を伸ばして、シャツについた毛を取ってやった。「しかし驚いたぞ」

バーナードは肩をすくめた。「猫は好きなんです」

「いつから？」ケイドは尋ねた。

「わたしは農場で育ちました。両親はとうもろこしと大豆を育てていて、周りにはいつも猫がいたんです」すらりとした手で銀髪を撫でつけ、いつもの尊大な口調できっぱりと言った。「懐かしいです」

全員がじっと見つめた。

レイエスが咳払《せきばら》いをして、一歩前に出た。「あのさ、猫はおれが世話を――」

鋭く目を光らせて、バーナードも前に出た。「あの子はここで暮らします」明白な挑戦だった――バーナード初の挑戦。

不意をつかれたレイエスは、降参だと言いたげに両手を掲げてさがった。「わかったよ。わかった。助けてくれてありがとう」

「うわあ」スターがささやくように言った。

スターのほうを見て、彼女の視線の先を追うと、母猫が一匹の子猫をくわえてバーナードの足元に座っていた。

とたんにバーナードはすぐまためろめろになった。「赤ちゃんを連れてきてくれたのかい？」滑稽な高い声で尋ねる。「なんていい子だ」しゃがんで子猫を受けとった。「感動したよ」

全員がまた視線を交わした。スターが笑みを抑えきれなくなると、ケイドにも伝染した。作戦のあとに垂れこめていた憂鬱が去り、明るさが戻ってきた。

ほっとすると同時に強い衝動がいくつかこみあげてきて、スターをかたわらに引き寄せた。

マディソンはレイエスに寄りかかり、同情をこめてぽんぽんとたたいている。なにしろこの弟は、記録破りのスピードでペットを手に入れ、失ったのだ。

マディソンが話題を変える。「女性たちが誘拐された場所をもとに、いくつか手がかりを見つけたわ」

それに飛びつくがごとく、レイエスが尋ねた。「全員、同じエリア？」

「かなり近いわね。地図を作ってみた。ちょっと考えがあるの」

「今日はもう遅い」そろそろ休んで回復するときだと言いたげに、父が鋭い目をスターに向けたものの、幸いスターはそれに気づかなかった。

一家の仕事をこなすことでこうむるダメージをよく理解しているからこそ、父は心身どちらの健康も重要視している。

仲間に加わって間もないスターはとりわけ影響を受けているだろうから、ケイドは父にうなずいて感謝を示した。

「次の作戦は明日――」父がまだしゃがんでいるバーナードを見おろし、やれやれと首を振った。「朝食のときに考えようと言いたかったが、どうなることやら」

「朝食はかならず用意します」子猫を三匹とも腕にかかえたバーナードは、ばかみたいに幸せそうだった。「ただし、凝ったものは期待しないでください」

ケイドはこのときを逃さなかった。「スターとおれは下へ行くよ。じゃあまた、明日の朝に」

まだみんなに挨拶をしているスターを引っ張るようにして、大広間から階段に向かった。

「どうして急ぐの？」

「いまどんなふうにきみにキスしたいかを考えると、二人きりになったほうが、きみが喜ぶだろうと思ったからだ」

色濃い目にぬくもりが宿って、愉快そうに口角があがった。「待ちきれない？」

「そんなところだな」

するとスターが先に駆けだしたので、声をあげて笑ってしまった。ケイドの部屋にたどり着いてドアを閉じると、スターが寝室に向かいながら服を脱ぎはじめた。

「ストップ」

「やっぱり待てそう？」Tシャツをこちらの胸板に投げつけて、歩きながらジーンズのボタンをはずす。「悪いけど、わたしは待ちたくないの」

こちらのほうが脚が長いので、膝より下にジーンズがおろされる前に追いついた。

ああ、なんて光景だ。腰をかがめて完璧なヒップを突きだした姿には、どんな信念も揺るがされる。だがスターは怪我をしているし、本人が頭の痛みを認めようと認めまいと、おれは絶対に忘れない。

体を起こさせて騎士さながらに抱きあげると、ドレッサーのとなりの肘かけ椅子に向かった。腰かけて、また膝の上に座らせてから、唇を奪いはじめた。

やさしくするつもりだったのに、スターはもう細い指であごをつかまえて引き寄せ、むさぼりはじめていた。温かな舌が走り、小さな歯が噛んで……ああ、もうだめだ。

「あなたが欲しい」スターがうめくように言って手探りし、シャツをつかんでたくしあげ、首から引き抜く。焦がすような視線を胸板にそそぐと、身を乗りだしてタトゥーに舌を這《は》わせた。

おれも鋼鉄製ではない。「頭痛が――」

「平気」息遣いを激しくしながら、身を引いてまた目を見つめる。「いま心配してほしいのはわたしのハートよ」

「ああ、ベイビー」今度のキスは短く甘いものにした。「永遠にきみのハートを守ると誓うよ」

感情で欲望がやわらぎ、唇が震えた。「わたしのハートはあなたを感じたがってるの。わたしのそばに、わたしのなかに。それをちょうだい。お願いだから」

その言葉でみごと陥落させられた。キスを深めて立ちあがり、ベッドに歩み寄った。

こんなにやすやすと抱きあげられるなんて、すてき。ケイドの強さと愛情のあかしだ。なおすてきなのは、そっとマットレスにおろされて、ジーンズとパンティを取り去られたこと。

あのくらくらするようなブルーの目で全身を舐《な》めまわされる。「もし頭が痛くなったら、かならず言え――」

「わかってる」遮って、ベッドのとなりをぽんぽんとたたいた。「かならず言うわ」

ケイドが服を脱ぎはじめると、その肉体のすばらしさに息を奪われた。興奮しているいまは、引き締まった腹筋の下で太いものがそそり立っている。毎回、魅了される胸毛は胸板を広く覆っていて、だんだん細くなりながら下半身までおりていく。この男性のすべてが――軍人ふうの髪型から上品な顔立ちまで、御影石《みかげいし》のような肉体からつま先まで……すべてが大好きだ。心の底から愛している。

うっとり見とれていると、ケイドも刺激されたのか、手荒にコンドームをつかみとって封を開け、すばやく装着した。

上に重なってきた体を待ってましたとばかりに両手で探索しはじめ、引き締まった肌のぬくもりと筋肉の収縮、駆り立てられると同時に心癒やされもする、得も言われぬ香りを堪能する。しっかり抱きしめて首筋に顔をうずめ、胸いっぱいに吸いこんだ。

ケイドはなにも言わなかった――言葉では。けれど代わりに両手と唇、舌と体を使って、彼にとってわたしがどれほど大切かを語ってくれた。

いろいろなことがあったいま、ケイドを信じることができた。これは現実。たしかなもの。信頼していい約束。求めているなんて自分でも気づいていなかったけれど、手にしてみるとこんなにありがたい、安心感。

ケイドの唇がおりてきた。最初はじらすように、軽くこすりつけるだけで、そのあとを舌が追う――そんなことをされていたら息が苦しくなってきて、背中をそらして彼を求めてしまった。

ケイドが首の角度を変えて、舌を深くうずめてくる。熱く、濡《ぬ》れて、独占欲もあらわに。

狂おしい気持ちで肩をつかむと、それがますますケイドの血をたぎらせたらしい。

「きみはおれのものだ」かすれた声で言い、二人のあいだに手を挿し入れて秘めた部分を覆うと、温かくうるおったひだに指を滑らせて……奥まで貫いた。一気に高まった感覚に、思わず悲鳴をあげた。

ケイドが驚いたようにささやく。「くそっ、もうイキそうじゃないか」

認める代わりに引き寄せて、また舌でむつみ合う、とろけるようなキスをしながら、秘めた部分で指を締めあげた。もっと欲しくて腰をくねらせる。

ケイドが体を離したものの、それは位置を調節するだけのためで、すぐに太いものをねじこんできた。腕で体重を支え、両手で顔をつかまえて口で口をむさぼりながら、激しく奪う。

最高。

二人の快楽の声が部屋を満たした。切望がつのり、快感が高まる。

甲高い、震える声とともに達した瞬間、ケイドがのけぞって歯を食いしばり、必死にこらえた。そしてこちらが絶頂の余韻にひたりはじめるやいなや、首筋に顔をうずめてうなり声をあげながら、自身も解き放った。

しばし体重をあずけられた。腕と脚をからませ、どんな痛みも忘れて、不安はどこかに消えた状態で、完全な安らぎに包まれた。

ため息をつくと、ケイドがどうにか肘で体を起こした。「どうした。大丈夫か?」

「ええ。あなた、頭痛の治療法を発見したみたいよ。わたしは心地よく麻痺《まひ》してる」

口はほほえまなくても、目には笑みが浮かんだ。「そうか?」

「そんなにうれしそうな顔しないの。知ってるでしょ、あなたはすべてにおいて優秀」

ケイドの目に、愉快さ以外のなにかが加わった。真心。

愛。

「同じ言葉を返すよ」体を離さないまま横向きになって、ケイドが大きな息をついた。

「きみもおれも、少し眠ったほうがいい」

そのとおりだけれど、まだ眠りたくなかった。

いつもどおり、ケイドはその思いを見透かしたらしい。背中と腰を撫でながら、尋ねた。

「なにか考え事か？」

まさか自分がこんな場所にたどり着くなんて思ってもみなかった――満足と幸福の場所に。ずっと悩まされてきた恐怖を打ち明けるのは、驚くほど簡単に思えた――少なくとも、ケイドになら。

「スター？」ケイドが顔をあげた。「どうした？」

「自分にはふつうの生活なんて無理だと、ずっと思ってたの。間違ってなかった」

「おい」ケイドがこぶしの端であごをつついて、上を向かせる。

彼の唇に人差し指を当てて、感情でつかえそうになるのどで必死に話した。「そう、間違ってなかった。だってこれは、あなたとの関係は、ふつうじゃないから」

ケイドの肩の緊張が少しほぐれた。「すごくいいものだ」

「そのとおりよ。絶対に見つけられないと思ってたものを、あなたはわたしにくれた。落ちつくことのできる居場所を」愚かな涙があふれだしたけれど、ここにいるのはケイドだから、気にしない。「泣いたことなんてなかったのに」

「顔では、だろう」ケイドが言い、手のひらを胸のふくらみにそっと当てた。「だがここでは、心のなかでは、きっとすごく悲しかったんじゃないか?」

どうしてそんなによくわかるの? 簡単だ――わたしを愛しているから。ああ、そろそろわたしも心を開くときみたい。ほほえんで、言った。「わたしを信頼してくれて、すごくうれしい。わたしになにができるか……なにができないかを、ちゃんとわかってくれて」

唇に唇が触れた。「きみにはなんだってできるさ、ベイビー」

愛で胸がいっぱいに満たされ、心のなかにはもはやうつろな隙間がなくなった。「そんなことない。だけどもう気にならないわ。あなたとわたしは補い合える。あなたといると安心だって思える。安心なんて、どんな感じかすっかり忘れてたのに」

ケイドの目もかすかにうるんだ。「永遠にきみを守るよ」

「わかってる。わたしもあなたを守るわ」

ケイドがほほえんで、そっと言った。「わかってる」

ようやく見つけた自由と自信に背中を押された。「わたしを愛してるのね」

「こんなに深くだれかを愛せるとは思ってもいなかったくらいに」

それ以上の言葉はない。「あなたと一緒に生きていきたい」

「おれはきみと結婚したい」ケイドが返した。「そうすれば一緒に生きていける」

結婚。ずっと〝ふつう〟だと思っていたこと。わたしがけっして手に入れることのない

〝ふつう〟だと。

それがいまは、〝我がこと〟に思える。

ケイドを抱きしめて、あの香りと強さに包みこまれた。そして悟った——わたしは信じられないほど完璧な男性を見つけた。わたしだけの男性を。「わたしも愛してるわ。めちゃくちゃ愛してる」

「結婚してくれるか？」

「ええ、喜んで」くすくす笑いだしたくなるような幸福感に満たされた。「ここで暮らさなくていいならね——つまり、ずっとは」

ケイドがにやりとした。「そろそろおれの家に案内しなくちゃな」

「明日ね」ささやいて寄り添った。「気づいてないかもしれないけど、今日はたいへんな一日だったの」

エピローグ

ようやく二人が上の階に現れたときには、全員が朝食の間にいた。みんなが待っていたことにケイドは驚いたが、それもバーナードが疲れた顔で入ってくるまでの話だった。バーナードは皿をのせた大きなトレイを手にしており……髪はぼさぼさでシャツの裾ははみだしていた。

同様に驚いているらしいスターと視線を交わしてから、ほかの面々を見た。マディソンは笑みを隠している。父は困った顔だ。

「バーナードは一人で出かけたんだよ」レイエスが不満そうに言い、問題の男性をぎろりとにらんだ。「おれの猫のものを買いに」

バーナードがテーブルのそばで固まった。「あの子の名前はキメラです」

レイエスは左目をぴくぴくさせつつ、穏やかながらも死を招きそうな口調で言った。

「おれの猫に名前をつけたの？」

バーナードが尊大さを全開にし、つんとしてにらみ返した。「あの美しい生き物を猫と呼ぶよりましです」

「美しい？」レイエスが身を乗りだし、テーブルに両肘をついた。「目の色は左右違ってるし、見た目は芝刈り機に轢《ひ》かれたみたいだぞ」

「じつにきれいな目ですし、洗ってブラシをかけてやりましたから、毛並みもゴージャスそのものです」

衝撃にレイエスが唖然《あぜん》とした。「なんだって――？」

テーブルの上座で、父が咳払《せきばら》いをした。「猫の話はそのくらいに……」

バーナードが視線で射抜いた。

父は急いで言いなおした。「キメラの話はそのくらいにして、食事にしよう。できれば冷めないうちにな。それともそこにじっとして、おれたちにはにおいだけ嗅がせておくつもりか？」

バーナードが即座にトレイをテーブルにおろし、スクランブルエッグとマフィン、新鮮な果物と山盛りのソーセージを大急ぎで並べていった。

彼が行ってしまう前に、スターが声をかけた。「ありがとう、バーナード。あなたの料理なしじゃ、いつまで生きていけるかわからないくらいよ。最高の料理人だわ」

バーナードが気取った顔でちらりとレイエスを見た。「ありがとうございます。ほめていただけるのはうれしいことです」

これにはあちこちから抗議の声があがったが、バーナードは動じなかった。そのあまりの高飛車ぶりに、ケイドは一瞬、彼が朝食の間を出ていくときに中指を立てるのではと思ってしまった。

一家はいろんなものに対処してきたが、こんなバーナードを目にするとは。まったく、想像もしなかった。

彼が去ったあと、静寂が三秒ほど続いてから全員が笑いだした。マディソンが椅子を引いて言う。「野獣さんをなだめてくるわ」下の兄を小突く。「それからね、兄さん――バーナードをいじるのはやめなさい」

レイエスはにやりとした。「無理な相談だね。おれが文句を言えば言うほど、バーナードは意地でもかわいがろうとするんだから……キメラを」

ケイドは鼻で笑った。「言えてるな。たしかにバーナードは、あの猫には名前をつけるべきだと信じて疑ってないみたいだった」

父さえ笑った。「あれほどあたふたしている姿は初めて見た。朝いちばんに出かけていって、餌だの皿だの、猫用の草だのおもちゃだの、寝床だのブラシだの、ありとあらゆるものを買ってきたんだ。そして急いで帰ってきた――自分がいないとキメラが寂しがるんじゃないかと心配してな」

スターも笑った。「きっと寂しがってたんじゃない?」

「そうは思えなかったぞ——あいつが風呂に入れてやっているあいだの大騒ぎからすると。バーナードは着替えなくちゃならなかったが、そこへマディソンが現れて、すぐにレイエスも来たから、きちんと身支度をする時間がなかったんだ。食事の用意となると、あいつは異様なほど神経質だからな」

レイエスはすでにお皿を山盛りにして、食べはじめようとしていた。「あの猫をどうしたものか、じつは迷ってたんだけど、バーナードが完璧な解決策を見つけてくれたよ」

「だがまだ子猫が三匹いるだろう」ケイドは指摘した。

「おれには兄と妹がいる。問題解決だ」

まるでだれかに百万ドルをもらったかのごとく、スターが歓声をあげた。「わたし、子猫を飼えるの？」

「離乳できるころになったらね——まあ、バーナードが面会権を求めると思うけど」

ケイドがほほえんでいると、スターが急に心配そうな顔でこちらを向いた。「子猫はぜひ飼いたいけど、あなたの家だし、だからもし無理だとしても——」

「今後はおれたちの家だ」

これには全員がまた静まり返った。レイエスは口いっぱいに頬張ったまま、咀嚼《そしゃく》の途中で固まった。

そこへマディソンがバーナードを連れて戻ってきた。いまも疲れた様子だが、どうにか髪は梳《と》かしたらしい。あるいはマディソンが梳かしてやったのか。

全員が揃《そろ》ったので、弟がまたバーナードをいじりだす前に、ケイドは発表することにした。「スターにプロポーズした」

みんなの目がスターに向けられた。レイエスが満面の笑みを浮かべて言う。「イエスって言ったんだろ？　そうでなきゃ、兄貴がこんなにうれしそうな顔をしてるわけがない」

「もちろんイエスって言ったわ。わたしはばかじゃないもの」

自分の席に戻ったばかりのマディソンがすぐにまた立ちあがり、テーブルを回ってきてスターを抱きしめた。バーナードもうれしそうな顔で、オレンジジュースの入ったグラスを掲げた。「家族へようこそ」

父までほほえんで、ケイドに言った。「運命の相手を見つけるのは、人生最大の贈り物だ。おめでとう。父親として幸せだ」

その言葉で全員が我に返った。パリッシュ・マッケンジーは運命の相手を見つけ——暴力によって失った。その喪失こそ、どのように子どもたちを育て、一家がどのように生きていくかを、父に決めさせたものだった。

正義の追求。

そしてそのおかげで、おれはスターに出会えた。

そういう生き方は長期的な関係と縁のないものだし、ましてや愛や結婚などもってのほかのはずなのだが、それでも、この研ぎ澄まされた洞察力がなければスターに気づくことはなかったかもしれない。

父に感謝を伝えるべきだと気づいて、年齢を重ねた自分はまさにこうなるだろうと思える人物のほうを向き、簡潔に言った。「ありがとう、父さん」

スターが幸せそうな笑顔で寄り添ってきた。「本当に、ありがとう。あれもこれも。だけどなにより、こんなにすてきな息子を育ててくれて」

レイエスが茶々を入れた。「それっておれのこと？　ケイドのこと？」

バーナードがレイエスにナプキンを投げつけ、父は水を差すなと文句を言った。それらを無視してマディソンは一人淡々と食事を続け、おもむろにノートパソコンを開いた。

スターが笑顔でこちらを向いた。「みんなには内緒にしておいてほしいんだけど、あなたの家族って本当に最高ね」

ケイドは一人一人を眺め、かつての恨みが薄れて消えていくのを感じた。この生き方は強いられたものだったかもしれないが、そのおかげでスターを手に入れられた。家族はみんなまともではないが、それでもやっぱり家族だ。スターをきつく抱きしめて、言った。

「同感だ」

訳者あとがき

人は、過去の自分を救いたいと願うものではないでしょうか。

幼いころ、若いころに苦しんでいた自分、悲しんでいた自分、悩んでいた自分。当時は無知で無力で、もしかしたら自身が傷ついていることにも気づけなくて、ほとんどなにもできなかったけれど、年齢と経験を重ね、知恵と知識と精神的な強さを手に入れたいまのわたしなら、あのころのわたしを助けてやれるかもしれない。けれどももちろん、実際には過去の自分を救いに行くことなんてできないから、あのころの自分と同じような苦しみにいま現在さらされているだれかを救うことで、過去の自分をも救ってやりたい――そんなふうに考えるのかもしれません。

本書のヒロイン、スターリング・パーソンはまさにそう考えた一人です。父親を知らず、薬物依存症の母と二人暮らしをしていたスターリングは、紫色の髪に唇ピアスといういでたちの反抗的なティーンエージャーでしたが、ある日の学校帰り、人を人とも思わない非道な売春組織の男たちに誘拐されてしまいます。そこで危うく客をとらされそうになるものの、スターリングは必死の手段に訴えて逃走、炊きだしや更生施設、偶然出会った親切な老人などの世話になりながら、どうにか生き延びました。

それから十二年。スターリングはいま、自立したトラック運転手として働いています。しかしそれは表の顔で、裏では、かつての自分と同じように売春組織にさらわれた女性たちを救おうとたった一人で戦っているのでした。

そんな彼女が出会うのが、コロラド州リッジトレイルの山あいの町でなんてことのないバーを営むケイド・マッケンジー。接客態度は常に穏やかでだれからも好かれ、みごとなまでにたくましい肉体となにも見逃すことのない鋭い目を持つ、生まれながらのリーダー気質の男性です。じつはケイドは、ほぼ父に強いられるかたちでいまの（秘密の）生き方を選んでおり、その選択に後悔まではしていなくても、どこか納得しきれないものを感じていました。

もちろんスターリングはそこまでの事情を知りませんが、厳しい人生を生きてきただけに、ケイドが単なるバーのオーナーではないとすぐにピンときます。そしてケイドのほうも、スターリングが単なるトラック運転手ではないことを見破るのです。二人は互いに強烈な引力を感じますが、どちらもたやすく人を信用できない――してはいけない――生き方を選んでいるため、それぞれの事情は隠したままに、あの手この手の探り合いを続け、そうするうちにどんどん距離を縮めていきます。物理的にも……精神的にも。

果たして、気安く心の距離を縮められない二人のあいだに本物の信頼は生まれるのか。それぞれが選んだ生き方を心の底からよかったと思えるようになるのか。自分のことも自分の未来もどうでもいいと思って生きていたスターリングが、出会った人たちのおかげで自身も重要なのだと本当に理解し、どんな未来が待ち受けているのか知ってみたいと思うようになるまでを、どうぞお楽しみください。また、本書に続く物語として、ケイドの弟妹それぞれを主人公にした二作品が本国ではすでに刊行されています。そちらも続けてお届けできますように。

最後になりましたが、今回も拙い訳者をしっかり支えてくださったハーパーコリンズ・ジャパンのみなさまと編集者のAさまに心からお礼を申しあげます。常に刺激と励ましである翻訳仲間と、いつもそばにいてくれる家族にも、ありがとう。

二〇二四年三月

兒嶋みなこ

訳者紹介　兒嶋みなこ

英米文学翻訳家。主な訳書にソフィー・アーウィン『没落令嬢のためのレディ入門』、ローリー・フォスター『午前零時のサンセット』『ためらいのウィークエンド』(以上、mirabooks)など。

mira

いまはただ瞳《ひとみ》を閉《と》じて

2024年3月15日発行　第1刷

著　者　ローリー・フォスター

訳　者　兒嶋《こじま》みなこ

発行人　鈴木幸辰

発行所　株式会社ハーパーコリンズ・ジャパン
東京都千代田区大手町1-5-1
04-2951-2000（注文）
0570-008091（読者サービス係）

印刷・製本　中央精版印刷株式会社

ISBN978-4-596-53947-2

mirabooks

午後三時のシュガータイム
ローリー・フォスター
兒嶋みなこ 訳
小さな牧場で動物たちと賑やかに暮らすオータム。恋はすっかりご無沙汰だったのに、学生時代の憧れの人が、シングルファーザーとして町に戻ってきて…。

午前零時のサンセット
ローリー・フォスター
兒嶋みなこ 訳
不毛な恋を精算し、この夏は〝いい子〟の自分を卒業しようと決めたアイヴィー。しかし出会ったのは、〝ひと夏の恋〟にはふさわしくないシングルファーザーで…。

胸さわぎのバケーション
ローリー・フォスター
兒嶋みなこ 訳
新たな人生を始めるため、美しい湖にたたずむリゾートの求人に応募したフェニックス。面接相手のセクシーなオーナーは、もっとも苦手とするタイプで…。

ためらいのウィークエンド
ローリー・フォスター
兒嶋みなこ 訳
息子をひとりで育てるため、湖畔のリゾートで懸命に働いてきたジョイ。ある日引っ越してきたセクシーな男性に、封印したはずの恋心が目覚めてしまい…。

ハッピーエンドの曲がり角
ローリー・フォスター
岡本 香 訳
蒐集家の助手として働くロニーは、見知らぬ町でとびきりワイルドな彼に出会う。その正体は、品行方正だと聞いていた、24時間をともにする相棒候補で…。

ファーストラブにつづく道
ローリー・フォスター
岡本 香 訳
過保護に育てられ、25歳の今も恋を知らないシャーロット。ある日街角で出会ったワケアリの男性ミッチに、生まれて初めて心ときめいてしまい…。

mirabooks

雨の迷い子

ダイアナ・パーマー
仁嶋いずる 訳

10年前の雨の夜にテキサスの農場で拾われた天涯孤独のギャビー。恩人であり、兄同然だったボウイと再会して以来、二人の関係は少しずつ変化していき…。

涙は愛のために

ダイアナ・パーマー
仁嶋いずる 訳

命を狙われ、身を隠すために訪れた農場で、生まれて初めて恋を知った検事補のグローリー。しかし、そのひたむきな思いは、あっけなく踏みにじられて…。

真夜中のあとに

ダイアナ・パーマー
霜月 桂 訳

体調を崩したニコルは静かな海辺の別荘で静養していた。ある日ビーチに倒れていた記憶喪失の男を助けるが、彼は議員である兄が敵対する実業家マッケインで…。

夜明けのまえに

ダイアナ・パーマー
泉 智子 訳

運命の相手だと思っていたコルテスから写真一枚で別れを告げられたフィービー。癒えない傷を抱え見知らぬ地で働き始めたが、思わぬ事件が再会を招き…。

傷ついた純情

ダイアナ・パーマー
仁嶋いずる 訳

唯一の肉親をなくしたグレイスへ救いの手を差し伸べたベテランFBI捜査官のガロン。誰にも言えない過去の傷を抱える彼女は、彼に惹かれていく自分に戸惑い…。

涙は風にふかれて

ダイアナ・パーマー
仁嶋いずる 訳

テキサスの名家に生まれた令嬢ベスは、ある日突然無一文の身になってしまう。手をさしのべてきたのは、苦い初恋の相手だった牧場経営者で…。

mirabooks

永遠が終わる頃に

シャノン・マッケナ
新井ひろみ 訳

祖母から、35歳までに結婚しなければ会社の経営権を剥奪すると命じられたケイレブ。契約婚の相手として連れてこられたのは9年前に別れた元恋人ティルダで…。

真夜中が満ちるまで

シャノン・マッケナ
新井ひろみ 訳

ネット上の嫌がらせに悩む、美貌の会社経営者エヴァ。かつて苦い夜をともにした相手に渋々相談すると、彼は24時間ボディガードをすると言いだし…。

この恋が偽りでも

シャノン・マッケナ
新井ひろみ 訳

天才建築家で世界的セレブのフィアンセ役を務めることになった科学者ジェンナ。生きる世界が違う彼に惹かれてはいけないのに、かつての恋心がよみがえり――

口づけは扉に隠れて

シャノン・マッケナ
新井ひろみ 訳

建築事務所で働くソフィーは突然の抜擢で、上司のヴァンとともに出張することに。滞在先のホテルで男の顔を見せられ心ざわめくが、彼にはある思惑が…。

あどけない復讐

アイリス・ジョハンセン
矢沢聖子 訳

復顔彫刻家イヴ・ダンカンのもとに届いた、少女の頭蓋骨。8年前に殺された少女の無念が、闇に葬られた真実と新たな陰謀、運命の出会いを呼び寄せる…。

霧に眠る殺意

アイリス・ジョハンセン
矢沢聖子 訳

組織から追われる少女とお腹に宿った命を守るためハイランドへ飛んだ復顔彫刻家イヴ。数奇な運命がうごめく荒野で彼女たちを待ち受けていた黒幕の正体とは…。

mirabooks

忘れたい恋だとしても
マヤ・バンクス
藤峰みちか 訳

会社経営者ライアンと婚約し幸せの絶頂にいたケリーは、ある日彼の弟との不貞を疑われ捨てられた。半年後、彼の子を身ごもるケリーの前にライアンが現れ――

いつか想いが届くまで
マヤ・バンクス
深山ちひろ 訳

若き実業家デヴォンから夢見たとおりのプロポーズをされ、幸せの絶頂にいた花嫁アシュリー。世間知らずの彼女は、それが政略結婚だと知るはずもなく…。

この手を離してしまえば
マヤ・バンクス
八坂よしみ 訳

密かに憧れていた実業家キャムと、あるパーティの夜に結ばれたピッパ。一度のことと知りながらも喜びを噛み締めていたが、後日妊娠したことがわかり…。

忘却のかなたの楽園
マヤ・バンクス
小林ルミ子 訳

所有する島の購入交渉に来たラファエルと恋に落ちたブライアニー。契約を交わすと彼との連絡は途絶える。妊娠に気づき訪ねると、彼は事故で記憶を失っていて…。

天使は同じ夢を見る
エリカ・スピンドラー
佐藤利恵 訳

5年前の少女連続殺人事件で、犯人を取り逃がした刑事キット。新たな犯行にリベンジを誓うが、かつての犯人を名乗る男から「これは模倣犯だ」と告げられ…。

惑わされた女
ジャッキー・カミンスキー 1
マーゴット・ダルトン
霜月 桂 訳

小さな町で起きた男児誘拐事件を任されたジャッキー。捜査を進めるうちに出会った不思議な魅力を持つポールに惹かれるも、彼は事件の容疑者となってしまい…。